1950년대 전후소설의 응전의식

1950년대 전후소설의 응전의식

저자 소개

최예열(崔禮烈)

1961년 산청 출생

대전대학교 국어국문학과 졸업

동대학원 석사과정 수료

동대학원 박사과정 수료

문학박사 학위 취득(2000년)

현재 대전대 강의전담교수

주요 논문

"최서해 소설 연구"

"현진건 단편소설에 나타난 작가의식 연구"

"한국전후소설에 나타난 현실인식 연구" 외 다수

1950년대 전후소설의 응전의식

인 쇄	2005년 11월 7일
발 행	2005년 11월 14일
저 자	최예열
펴낸이	이대현
편 집	이은희 · 변나영
펴낸곳	도서출판 **역락**

서울 성동구 성수2가 3동 301-80 (주)지시코 별관 3층

전화 3409-2058, 3409-2060 / FAX 3409-2059

홈페이지 http://www.youkrack.com

이메일 youkrack@hanmail.net

등록 1999년 4월 19일 제303-2002-000014호

ISBN 89-5556-440-6 93810

정가 13,000원

* 잘못된 책은 교환해 드립니다.

1950년대 전후소설의 응전의식

최예열

도서출판 역락

"죽은 줄 알고 제사까지 지냈는데…", "아버지 숟가락 북에 있어요"….
이 말은 최근에 있었던 남북한 이산가족 화상상봉장에서 나온 이산가족의 반
가움과 그리움의 '탄성'이다. 우리에게 한국전쟁은 무엇을 남기고 있는가? 한
국전쟁에서 3, 4백만의 이산가족이 발생하였는데 이는 한국의 거의 모든 가
족이 한쪽의 잃어버린 가족이나 친척을 두고 있으며 이러한 문제는 반세기를
훌쩍 넘긴 오늘에도 여전히 끊을 수 없는 민족의 문제로 남아 있다. 이는 또
한 인종적으로나 문화적으로 그리고 언어적으로 단절될래야 단절될 수 없는
하나의 민족, 남과 북은 이제 적대에서 화해로, 분단에서 통일로 한반도의 새
로운 시대를 열어가야 할 스스로의 책임과 권리가 놓여 있는 것이다.

한국전쟁은 많은 전후작가들에게 폭력으로 작용했고 그렇게 인식되었다.
그러한 폭력적 작용은 모든 것을 파괴하고 휩쓸어 삶의 논리를 뒤죽박죽으로
뒤섞어버렸다. 한국사회의 지각변동이 급속도로 이루어진 것이다. 현실의 변
화가 빠르면 빠를수록, 그리고 그 규모가 크면 클수록 작가들은 내면적으로
위축되는 것이 당연하다. 현실의 한 부분에 고착되거나 선행관념의 틀로 현
실을 재단하려는 경향이 뚜렷해지는 것이다. 전쟁의 한 복판에 선 전후작가
들은 전쟁이라는 폭력에 속수무책으로 휘둘린 터라 냉정하게 현실을 탐구할
수 있는 여유를 확보하지 못했다. 살아 남아야 하는 극한상황 속에 있었고,
전쟁이 끝난 뒤에도 그 경험의 자장으로부터 풀려 나오기란 쉽지 않았을 것

이다.

　본 연구는 1950년대 전후작가들의 작품에서 드러나고 있는 전후소설의 응전의식을 살펴본 것이다. 이때 응전의식이라 함은 작가들을 포함해서 황폐해진 공간에서의 삶을 잇대고 있었던 소설 속의 주인공들이 이어가고 있는 현실적이고 절박했던 삶의 방식을 말하는 것이며, 이는 곧 무방비적으로 맞닿게 된 현실에 대한 대응논리의 한 표현이기도 하다. 이러한 대응논리의 표현은 전후소설에서 다양하게 구현되고 있다. 소설에서 다루는 현실은 있는 그대로의 현실이라기보다는 이념화된 현실이다. 소설에서는 현실의 아주 작은 부분을 다루더라도 현실 전체를 환기하는 것이어야 했고, 구체성을 지녀야 했다. 또한 소설은 현실을 여러 가지 방식으로 굴절하게 되는데 이는 소설 내적 요구에 맞게 현실이 조정되는 양상을 보이기도 했다. 이런 점에서 전후소설은 한 시대의 중요한 문제를 문학의 방식으로 성찰하고 그 문제의 해결을 모색해 보는 언어 예술의 한 양식으로 변주하고 있다.

　1950년대의 전후문학이 보여주고 있는 가장 중요한 특징 중의 하나는 전후의 상황적 암울성에 대한 비판과 거부를 들 수 있다. 전후세대의 작가들에게는 폐허화된 현실 자체가 삶의 터전이었고, 그것이 그들의 문학의 기반의 도리 수밖에 없었다. 모든 것을 잃어버린 시대, 그리하여 어느 것도 신뢰할 수 없는 시대를 박경리는 '불신시대'라고 명명했고, 선우휘는 이에 정면 대결하는 '역사에의 참여'와 오상원은 전후 폭력성에 대한 '휴머니즘' 의식의 치열성을 보여주고 있다. 이범선은 짙은 '리리시즘'을 밑바닥에 깐 그의 회상적 취향, 뿌리혹박테리아처럼 다닥다닥 매달린 식구들을 즐겨 보여주는 그의 소시민에 대한 완강한 집착을 작품 곳곳에서 드러내주고 있으며 완벽한 예술적 환치를 획득하고 있다. 이호철은 이데올로기의 대립으로 인해 삶과 죽음 앞에서 치열하게 살아온 그 때의 피난민들의 모습과 고향을 버리고 월남을 할 수밖에 없었던 '실향민'의 처지에서 전후공간을 바라보고 있다. 전광용과 최태응은 각각 '전통적 가치관의 붕괴'와 전후 현실의 적나라한 '경험의 까발림' 등의 전후사회 실상에 대한 객관적인 판단과 비판의 태도를 견지하였다. 이들은 실향민이지만 실향을 주제로 한 작품은 많지 않으며, 전쟁통에 경험한 다양한 주제와 전후사회의 거울 같은 현실상의 작품을 면밀한 계획과 치밀한 필치로 그렸다.

많은 전후작가들에게의 전쟁 체험은 세계를 바라보는 잣대가 되며, 전쟁과 같은 어떤 것이 인간의 삶을 규정하는 보편적 조건이 된다. 무엇보다 한국전쟁은 인간관을 뒤바꿔 놓았다. 전쟁터에서의 인간이란 더 이상 인간이 아니다. 적을 죽여야만 살아남을 수 있다는 점에서 인간은 곧 동물과 다를 바 없다. 따라서 전쟁의 관점에서 바라본 인간은 생존 본능만이 활개치는 동물이다. 또 현실 역시 일상적 현실이 아니라 일종의 전쟁터가 된다. 인간의 야수적 욕망이 서로 충돌하고 투쟁하는 공간으로서의 현실, 그것은 전쟁터에 불과할 뿐이다. 그런 점에서 전후의 작가들에게 현실은 전쟁의 연장에 불과했다고 할 수 있다. 이는 다른 말로 하면, 전후 작가들에게 전쟁이란 일시적 체험이 아니라 인간이 결코 벗어날 수 없는 존재론적 조건이었다는 의미이다. 요컨대 전쟁이란 당시의 작가들에게 그에 대한 합리적 인식이나 객관적 성찰이 불가능한, 인간이 도저히 범접할 수 없는 전지전능한 존재의 그 어떤 무엇으로 작용되었다.

어느새 전쟁이 끝난 지가 반세기가 지났다. 최근에 와서야 이에 대한 관심과 연구의 폭이 넓어진 것은 사실이나 그럼에도 전후문학에 대한 연구는 초보적인 단계의 걸음마 수준이다. 연구대상의 폭이나 깊이에 있어서 많은 연구의 누적이 절실한 편이다. 필자는 앞으로도 계속해서 '전쟁과 인간'이라는 주제 아래에서 탐구할 것이다. 이를 통하여 곧 역사에 대한 이해와 삶에 대한 인식의 그 너머로 이어질 수 있다. 이번에도 많은 분들의 격려와 따뜻한 배려가 없었다면 이 책은 나올 수 없었을 것이다. 특히 늘 한결같은 관심과 다독거림을 아끼지 않는 학과 교수님의 애정에 감사를 올린다. 지난번에 이어 또다시 여러모로 모자란 논문을 정성스럽게 만들어준 이대현 사장님과 편집부 직원 여러분께도 이 자리를 빌어 감사를 드린다.

2005년 10월
최예열

전쟁미망인의 삶과 현실부정 : 박경리

1. 머리말

50년대 전쟁을 다룬 소설을 '전후소설', 이 시기의 작가들을 '전후작가'라고 통칭하고는 있지만, 오늘의 어떠한 소설도 전쟁으로부터 완전히 자유로울 수는 없다. 즉, '전후'란 전시의 상황을 가리키기보다는 전쟁을 체험한 이후의 시간 속에 나타난 작중인물들의 정서나 의식, 혹은 그로 인한 인간과 사물에 대한 관념이나 그 변화의 상태를 가리키는 것으로 한정하는 것이 그것이다. 이는 곧 전쟁과 동기적 관련을 맺고 있는 작중인물들의 의식 형태로 요약 될 수 있다.

전쟁의 시련 속에서 삶과 죽음의 분기점을 숱하게 넘어야했던 전후 세대의 작가들이 창작의 영역에서 가장 고심했던 것은 역시 자기존재의 좌표를 어떻게 설정할 것인가 하는 삶의 의미와 인간 조건에 대한 질문과 그 모색의 과정이었다.[1] 문학이란 객관적 현실을 실제 있는 그대로 그려내어야 하며, 있는 그대로를 단순 반영하는 데에 머물지 않아야 한다는 것 또한 지극히 중요하다. 이처럼 리얼리즘을 성취한 작가의 역량은 주로 객관적 현실을 총체적으로 파악하여 이를 어떻게 형상화하느냐에 있다고 하겠다.[2] 이와 같이 문학과 현실은 불가분의 관계에 있음은 누구도 부정할 수 없을 것이다. 한 작품에서도 현실은 그 작품의 토대가 되는 한편 작가의식을 파악하는데도 매우 중요한 요인이 되는 것이다.

6·25전쟁을 겪은 후 많은 작가들이 역사적 비극의 목격담을 문학적으로 형상화하였다. 사실에 있어서 전쟁을 전후한 그 당시 작가의 역할 가운데 그러한 것을 이야기하는 것이 가장 중요한 일로써 부각된다.

박경리는 현대소설사에서 빼놓을 수 없는 중요한 작가로 1955년 8월 『현대문학』에 단편소설 「계산」으로 등단하여 이듬해인 1956년 「흑흑백백」으로 추천완료 됨으로써 본격적인 작품활동[3]을 시작하였다.

박경리 초기 단편소설에 등장하는 인물은 지나치게 자기의식에 사로잡혀 있다. 인물의 자기의식 과잉이라는 특징은 초기 단편소설에서 두드러지는 점이기도 하다. 이러한 특징이 두드러지게 나타나는 작품은 「계산」, 「흑흑백백」, 「전도」, 「불신시대」, 「벽지」, 「암흑시대」 등이다. 박경리 초기 단편소설에는 동일한 사건이 반복되어 나타난다. 이중 주인공이 자식을 상실하게 된 사건에 대한 묘사는 작가의 자전과 매우 유사하고, 되풀이되어 형상화되었다는 사실에서 사건의 반복을 설명할 근거를 찾을 수 있다. 그녀의 초기 작품은

---

1) 서종택, 『한국현대소설사론』, 고려대 출판부, 1999, 173~176쪽.
2) 이선영, 『문학비평의 방법과 실제』, 삼지원, 1983, 69쪽.
3) 지금까지 발표된 작품을 정리해보면 단편이 40여 편, 중·장편이 30여 편에 이르고 시나 수필, 기행문 등 많을 글을 비롯하여 풍부한 작품을 남기고 있다.

작가가 자신의 상흔에 대한 반복된 회귀를 통해 상흔을 극복하고자 하는 작가적 의지에서 쓰여진 것이라 할 수 있다.

　박경리 문학의 창작 시기를 전체로 보면 세 시기로 나누어 볼 수 있다. 대체적으로 초기 50년대에는 단편소설을 주로 창작하였고, 60년대에는 중·장편을 주로 창작하였으며, 이후에는 『토지』를 집필한 시기라 할 수 있다. 초기 문학의 특징은 개인과 가족사에 문제를 다루고 있다. 특히 「불신시대」, 「암흑시대」, 「영주와 고양이」에서는 전쟁 미망인인 작가의 개인적 체험을 바탕으로 형상화하고 있는데, 그는 이들 작품에서 비극적 조건이 단지 개인적 운명 때문만이 아니라 그 시대 자체의 구조 때문임을 밝히고 있다.

　지금까지 이루어진 박경리 초기소설의 연구 경향은 대략 세 가지 유형으로 분류할 수 있다. 첫째, 박경리 문학의 한계성을 지적하는 부정적인 평가[4]와 둘째, 그의 문학의 탁월한 성과를 긍정적으로 규명하고자하는 경우에서의 평가[5], 그리고 셋째, 페미니즘 입장[6]에서 인물 형상화 방식의 특징들을 규명하는 작업이다.

---

4) 심원섭, 「박경리 생명사상연구」, 『<토지>와 박경리 문학』(한국문학연구회 편), 솔출판사, 1996.

　김우종, 「인간에의 증오」, 『한국현대문학전집』, 신구문화사, 1986.

　＿＿＿, 『한국현대소설사』, 성문각, 1982.

　홍사중, 「한정된 현실의 비극」, 『한국현대문학전집』, 신구문화사, 1986.

　정호웅, 「박경리의 『토지』론 – 지리산의 사상」, 『동서문학』, 1989년 봄호

5) 채진홍, 「인간의 존엄과 생명의 확인」, 『1950년대의 소설가들』(송하춘·이남호 편), 나남, 출판사 1994.

　김외곤, 「전후세대의 의식과 그 극복」, 『1950년대 문학 연구』(문학사와 비평연구회 편), 예하, 1991.

　류보선, 「비극성에서 한으로 운명에서 역사로」, 『작가세계』, 1994년 가을호

6) 김해옥, 「여성적 자존과 소외 사이에서 글쓰기」, 『<토지>와 박경리 문학』(한국문학연구회 편), 솔출판사, 1996.

　이상진, 「여성의 존엄과 소외, 그리고 사랑」, 『<토지>와 박경리 문학』(한국문학연구회 편), 솔출판사, 1996.

앞에서 살펴본 바와 같이 기존 연구에서 가장 논란이 많았던 영역은 자전적 요소의 소설과 사소설로 보는 문제이다. 이러한 비판들은 일견 타당하나 전후의 어려운 시대적 배경과 개인의 체험에서 오는 사소설이라는 전제에서 연역해냈다는 점에 오류의 가능성을 보인다. 즉 개인의 삶과 사회적 현실인식은 작가의 체험에서 벗어날 수 없는 전제인데, 이렇게 되면 신변에서의 소재나 혹은 자전적 요소가 짙은 모든 소설을 사소설로 보는 비약이 도출된다.

이에 본고에서는 박경리의 초기 단편소설을 대상으로 연구하되, 각 작품을 관통하는 주제의식과 구조적인 문제를 통합적인 시각으로 접근하고자 한다. 이를 통해 박경리 초기소설에 대한 보다 포괄적이고 깊이 있는 작품이해에 도달할 수 있으리라 기대한다. 이러한 기대는 결국 현실적 재현의 관점에서 한 걸음 벗어나는 것, 다시 말해 그의 문학작품을 현실재현의 관점에서가 아니라 객관적 전체성을 반영하여 총체적으로 해석할 수 있다는 점에서도 의미가 있을 것이다.

작가는 전쟁을 체험하면서 그 인식과 현실에 대한 대응방식이 비판적 시각을 견지하고 있으며, 이 지향이 곧 현실 극복의 의지라고 보고 이러한 작가의 세계관이 작품 내에서 적절하게 형상화되어 있는 작품 「전도」, 「불신시대」, 「벽지」, 「암흑시대」 등을 다루게 될 것이다.

문학은 인간에 대한 관심의 산물이며 인간의 삶을 통해서 이루어진다. 그러므로 문학연구의 궁극적인 목적은 인간의 본질에 대한 이해에 있다고 할 수 있다. 따라서 본 논문은 박경리 문학의 중심사상을 근거로 각각의 작품 속 인물들이 불신사회, 비극적인 현실과 조건들 속에서 어떻게 반응하며 살아가는지, 자아의 존엄성을 어떤 식으로 대응해 나가는지를 인물을 중심으로 살펴보고자 한다.

2. 부조리한 현실의 비판

「불신시대」에서 진영은 남편이 9·28 수복 전야에 폭사 당하고, 교통사고로 아들까지 잃는 아픔을 겪는다. 이러한 처참한 상황 속에서 믿었던 친척에게 돈을 떼이기도 하고 실직까지 하게 된다. 그녀는 어떻게 해서라도 객관적인 자기의식에서 벗어나고 싶어한다. 즉 자신만이 비극을 안고 있다는 생각에서 벗어나 자의식적인 폐쇄공간을 탈피하려는 모습을 보인다.

그러나 그녀는 가장 인간적이어야 할 종교인과 의사들에게조차 자신을 속이는 속된 동물적 속성만을 볼 따름이다.

> 미사가 거의 끝날 무렵이었다. 진영은 긴 작대기에다 헌금주머니를 매단 잠자리채 같은 것이 가슴 앞으로 오는 것을 보았다. 아주머니가 성급하게 돈을 몇 닢 던졌을 때 잠자리채 같은 헌금 주머니는 슬그머니 뒷줄로 옮겨가는 것이었다. 진영은 구경꾼 앞으로 돌아가는 풍각쟁이의 낡은 모자를 생각했다. 그런 생각을 계기로 하여 진영은 밖으로 나와 버렸다.
>
> – 「불신시대」, 12쪽[7]

얼마 남지 않은 돈은 생활비에다 써야 한다는 이유도 있었다. 그러나 직접의 동기는 외국제 주사약의 빈 병들을 팔아버리는 장면을 본 때문이다.

Y병원에서는 주사약의 분량을 속이고 S병원은 엉터리였다. 그리고 H병원에서는 빈 약병을 팔았다.

---

7) 박경리, 『불신시대』, 지식산업사, 1987, 12쪽. 이후의 인용은 쪽수만을 표기하기로 한다. 박경리의 작품집은 여러 출판사에서 출간되었다. 본고에서는 지식산업사 전집을 텍스트로 삼는다.

진영은 간호원이 빈 병을 헤아리고 있을 때 짐작으로 가짜 주사약 생각을 했던 것이다. 그러나 H병원만이 빈 약병을 파는 것은 아니다. 상인들은 태연히 그런 가짜를 진짜 속의 진짜라고 나팔 불었다. …(중략)… 진영은 그것을 생각하니 인술이라는 권위를 지닌 의사가 그런 상인 따위들 같아서 신뢰감이 사라지는 것이다.

- 「불신시대」, 21쪽

아들을 위해 기도하러 성당에 가고, 사고를 당한 아이를 데리고 병원에 찾아갔지만 그녀가 목도한 것은 위선과 부조리에 가득 찬 세계에 불과하다. 그 세계는 천박한 경제 논리만이 지배하고 있는 인간성을 상실해 버린 암흑의 세계이다. 이러한 상황에서 그녀가 내보일 수 있는 태도는 거부와 현실의 저항적인 몸짓일 수밖에 없다. 따라서 진영은 사회에 대한, 더 나아가 자기 이외의 일체의 외부 세계에 대하여 증오심만 갖게 된다.

문수의 죽음, 그것은 두말할 것도 없이 인위적인 실수 아니던가. 인간은 누구나 나이들면 죽는다고? 물론 죽는게지, 노쇠해서 죽는 거지…… 설령 아이가 그때 이미 죽을 목숨이었다고 치자, 그래도 그렇게 죽이고 싶지는 않았다. 도수장의 망아지처럼…… 사람을, 사람을 좀 미워해야겠다. 있는지도 모른 신을 왜 생각은 해, 아니 아까는 없다고 하고선…… 아니야 모르겠어, 사람을, 사람을 좀 미워해야겠다. 모든 약탈적인 살인자를 저주해야겠다.

- 「불신시대」, 24쪽

모든 것에 대한 불신은 폐쇄적인 자신의 생각에 더 높은 옹벽을 쌓게 하는 것이다. 이러한 불신사회에 대하여 현실적으로 어떠한 해결책도 갖지 못하는 그녀로서는 현실에 대한 비판의식만 커져간다.

사랑하는 자식을 잃은 후여서 절망감에 젖기도 했지만 주인공이 부조리한 사회를 불신하게 된 것은 일차적으로는 자기 자신만을 믿게 하고 자신만이 홀로 살아있다는 의식을 가지도록 만든 전쟁이 가져다 준 소산이다. 이는 주인공뿐만 아니라 전쟁을 겪은 모든 사람들에게 공통되는 것이라 할 수 있다. 주인공이 사회를 불신하는 것이나, 사회의 성원 한 사람 한 사람이 자신만을 위해 살아가는 모습은 불신감이 팽배했던 전후의 한국 사회를 단적으로 보여준다. 1950년대 한국 문학에는 실존주의가 풍미했고, 그 실존주의 철학적 근저에 '인간이란 결국 혼자'라는 명제가 깔려 있었음을 전제로 한다8)면, 박경리의 초기 단편소설에서 보이는 주인공의 사회에 대한 불신 역시 거기에 연결된다고 할 것이다. 바로 이 점에서 작가는 전후 세대적 보편성9)에 접근하게 된다.

50년대는 온갖 후유증에 시달리는 시대였다. 가족 구성원의 죽음은 가족의 붕괴를 가져왔고 온전한 가족으로 정립되지 못하게 하였다. 당대의 삶은 "하루살이처럼 위태롭고 서글픈 생활"이자 "일체의 가산"도 날려버린 상태의 극심한 물질적인 곤란의 연속이다. 이러한 궁핍함은 당대에는 보편적 상황이었으나, 전쟁 미망인에게는 더욱 힘겨운 삶을 요구하였다. 그러나, 어린 자식과 늙은 어머니를 부양해야 한다는 강인한 생활력과 삶에 대한 의지를 강력하게 발산시키기도 하였다.

문수가 자라서 아홉 살이 된 초여름, 진영은 내장이 터져서 파리가 엉겨붙은

---

8) 김외곤, 앞의 책, 136쪽.
9) 전쟁이 제기한 한국 현실의 제반 모순을 파헤칠 힘을 잃고 소박한 휴머니즘에 매달림으로써 객관적이고 냉철한 현실 인식을 보여주는 데까지 나아가지 못함을 말한다.

소년병을 꿈에 보았다. 마치 죽음의 예고처럼 다음날 문수는 죽어버린 것이다. 비가 내리는 밤이었다.

일찍부터 홀로 되어 외동딸인 진영에게 의지하며 살아온 어머니는 "내가 죽을 거로" 하며 문지방에 머리를 부딪치는 것이었으나 진영은 허공만 바라보고 있었다.

아이는 앓다가 죽은 것이 아니었다. 길에서 넘어지고 병원에서 죽은 것이다. 그것뿐이라면 진영으로서는 전쟁이 빚어낸 하나의 악몽처럼 차차 잊어버릴 수 있는 일이었는지도 모른다. 그러나 그것이 아니었다. 의사의 무관심이 아이를 거의 생죽음을 시킨 것이다. 의사는 중대한 뇌수술을 엑스레이도 찍어보지 않고, 심지어는 약 준비도 없이 시작했던 것이다. 마취도 안한 아이는 도수장 속의 망아지처럼 죽어간 것이다. 그렇게 해서 아이는 갖다 버린 진영이었다.

―「불신시대」, 8쪽

주인공 진영은 여러 가지 불신의 세태를 부정적으로 바라볼 수 있는 비판의식을 지니고 있다. 그러나 진영은 문수를 위한 기도에 몰입하지 못하는 자신의 비판의식을 부정적으로 생각한다.

진영은 다시 눈을 감았다. 그러나 자기 자신이 미웠다. 결코 자기라는 의식을 버리지 못하는 것이 미웠던 것이다. 진영은 어떻게 해서라도 객관적인 자기의 식으로부터 벗어나고 싶었다. 진영은 잃어진 낭만을 찾아보듯이 신과 문수의 죽음이 동렬의 신비라는 것, 그리고 아무도 신과 죽음을 비판할 수 없다는 것, 그것은 사실이라 생각했다.

―「불신시대」, 12쪽

그러나 진영의 비판 의식이야말로 사물과 세태를 똑바로 바라볼 수 있게 하는 힘이다. 진영은 도처에서 거부감과 혐오감을 느낀다. 문수 때문에 울다가도 시주쌀을 팔러 온 중과 금세 흥정하는 어머니의 생활감정을 거부감을 느끼고, 계돈을 떼어먹고도 당당한 갈월동 아주머니의 생리를 혐오스럽게 생각한다. 엉터리 의사가 판치고, 빈 약병을 팔고 분량을 속여서 주사를 놓는 병원의 불합리한 처사는 진영의 불신감을 더욱 깊게 만드는 것들이다. 이러한 세상에 대한 불신감 속에서 진영은 자신의 존재를 확인하는 계기를 맞게 된다. 이것은 전후의 피폐한 삶이 단순히 전쟁 이후의 빈곤 때문이 아니라 인간성을 상실해 버린 인간, 인간성을 상실하게 만든 사회에 총체적 원인이 있음을 깨닫게 한다.

> 모든 괴로움은 내 속에 있었다. 모든 모순도 내 속에 있었다. 신도 문수도 손길도 내 속에 있었다.
>
> 그러나 그것은 아무 곳에도 실제 있지는 않았다. 나는 창녀처럼 절조 없이 두 신전에 참배했다. 그리고 제물과 돈을 바쳤다. 그러나 그것 역시 문수와 나의 중계를 부탁한 신에게 주는 수수료였는지도 모른다. 그 수수료는 실제에 있어서 중의 몇 끼의 끼니가 되었다. 결국 나는 나를 속이려고 했다. 문수는 아무 곳에도 있지 않았을 것이다.
>
> — 「불신시대」, 23쪽

위의 작품 내용은 진영의 자기 존재에 대한 냉철한 성찰이 이루어지고 있다. 또한 죽은 아이는 더 이상 존재하지 않는다는 현실을 직시하고자 하는 강한 다짐이 담겨있다. 이때부터 진영은 내부로 향하던 미움을 외부의 '약탈적인 살인자'에게로 돌리기로 마음먹는다. 세상의 부조리에 적극적으로 반항하기로 결심하기에 이르고 있는 것이다.

전후의 부정적인 현실은 인간의 생명과 존엄성을 인식하지 못한 상황을 제시하고 부조리와 모순으로 얼룩져 있다. 박경리 초기 소설에서의 주인공들은 현실에서 물질적 욕망을 추구하며 살아가는 속물적인 근성을 보이며, 또한 그들의 삶의 목적은 생명의 존엄이 아니라 다른 사람을 완전히 지배하거나 인격을 무시하여 무기력한 대상으로 만드는 것이다. 속물적인 인물들은 자신의 체면 때문에 거짓말로 이득을 챙기며 비열한 방법으로 사리사욕을 채우는 공통적인 특징을 보인다. 이러한 이중적인 면모를 보이고 있는 인간상은 「암흑시대」의 병원 관계자들과 의사에게서도 드러난다.

“저 피를 병원의 것을 쓰고 수술을 시작했으면 좋겠어요”

“병원에 무슨 피가 있어요. 피는 없답니다”

냉담하게 말하는 사나이의 옆구리를 키 큰 간호원이 쿡 찌른다. 도무지 무슨 암호인지로서는 알 수가 없었다. 주체할 수 없는 불안이 일 뿐이다.

젊은 두 사나이가 가고 난 뒤, 키 큰 간호원은 아까보다 좀 누그러진 표정으로 순영이를 쳐다보며,

“저 말이지요, 지금 뇌수술에 좋은 약을 오늘 밤 수술을 담당할 선생님이 가지고 계시는데 그것을 쓰겠으니 그쯤 알아두세요. 약방에는 없는 약이니까 그리고 그것은 개인 거래입니다.”

순영은 꼭두각시처럼 고개를 끄덕인다.

－「암흑시대」, 245쪽

순영의 아들은 혼수상태가 계속되고 병원 관계자는 속물적인 근성을 보이며 생명에 대한 어떠한 조치도 취하지 않고 있다. 죽어 가는 아들에게 아무런 도움을 주지 못하는 순영은 자신의 무능력함에 좌절하고 세상이 절망적이며 암울하기까지 하다.

순영이가 겪고 있는 심적 고통은 극심한 빈곤에서 오는 경제적 고통도 아니며 또한 전쟁의 혼란 속에서 느끼는 죽음에 대한 두려움도 아니다. 물질만능의 자본주의 사회에서 이기심과 불신으로 가득 찬 이웃들과의 싸움에서 느끼는 공포와 공허감은 가난이 주는 어떠한 아픔보다 훨씬 심각하다. 주인공은 이러한 사회에서 인간으로서의 자존심과 존엄을 지키고 살아간다는 것이 지극히 힘든 일이라는 것을 자각하게 된다.

"아이 엄마! 아이 엄마!" 누가 소리 친다.

"빨리 수술실로 오시오"

순영에게는 그 목소리만이 들려왔다. 순영이는 아무 것도 의식할 수 없었다. 자기 자신이 지금 달음박질을 치고 있는지 걷고 있는 것인지조차 분별할 수가 없었다.

그러한 순영이 앞에 수술복을 입고 흰 수술모를 쓴 의사가 한 사람 불쑥 나타났다.

순영은 어디로 온 것인지 정신이 아득했다.

"당신이 아이의 보호자요?"

"네"

"자 들어와 보시오"

그것은 바로 수술실 앞이었던 것이다. 간호원이 무엇을 밟는다고 순영이의 팔을 잡아끌었으나, 순영이는 자기의 발뿌리가 보이지 않았다.

의사는 갈라 제친 명수의 두상을 손가락질하고 있었다.

"보시오. 자아, 안이 엉망이요."

그 말이 떨어지기가 무섭게 순영이를 간호원은 수술실 밖으로 밀어내고 문을 닫아 버리는 것이었다.

―「암흑시대」, 248쪽

의사의 무성의함과 피를 제 때에 구하지 못하는 등의 우연한 상황이 결국 아들을 죽음에까지 이르게 하는 과정을 보여준다. 이것은 피폐한 현실에서 인간의 존재 가치와 삶의 의미를 잃게 하는 것이다. 순영은 아들을 잃은 충격으로 주위에 있는 모든 사람들과 접촉을 피하고 어두운 방에서 자신을 고립시키며, 마음속에서 울분을 삭히고 충격에서 벗어나지 못하고 있다. 아들의 죽음을 논리적으로 설명할 수 없는 순영은 모성을 통해 자기 존재의 의미를 찾게 되고, 이 과정에서 자신이 기존 사회로부터 뿌리뽑힌 존재이며 기존 체제를 질서 밖으로 밀려난 극심한 소외자[10]라고 생각한다. 이는 아들의 죽음으로 인하여 정체성의 위기를 맞았기 때문이다. 그러나 결국 아들은 죽었고 가족을 부양해야 하는 중압감 속에서 살아야 한다는 강한 의지를 보인다.

당대의 현실은 속악하고 물화된 세태가 만연한 사회였다. 전후세대인 작가 박경리에게는 폐허화된 현실 자체가 삶의 터전이었고, 그것이 그의 문학의 기반이 될 수밖에 없었다. 전후의 현실은 그러기에 박경리의 의식 속에 역광적으로 투사되었고, 언제나 불안과 절망으로 표출되곤 하였다. 모든 것은

---

10) 김해옥, 「여성의 자존과 소외 사이에서 글쓰기」, 『<토지>와 박경리 문학』(한국문학연구회 편), 솔출판사, 1996, 232쪽.

잃어버린 시대, 그리하여 어느 것도 신뢰할 수 없는 시대를 박경리는 불신시대라고 했고, 다른 작가들은 정면 대결하는 의식의 치열성을 보여주기도 하고, 철저한 부정 정신으로 일관하기도 하며, 풍자적인 시선을 강하게 드러내기도 하였다.

「불신시대」의 진영과 「암흑시대」의 순영은 이름만 다를 뿐 동일인이라 할 수 있는 작가 자신의 모습이 짙게 배어 있다.

> 순영이는 전쟁 때문에 남편을 잃었다. 그리고 일체의 가산도 날려버렸던 것이다. 전쟁 속에서 방황하던 목숨이 전진을 털고 삶의 자리에 마주 섰을 때 순영이 앞에는 핍박한 생활이 들이닥쳐 있었다. 가난, 굶주림, 그리고 자기를 잃지 않으려는 몸부림, 이러한 극단과 극단의 사이에서 순영이는 모든 것에 대한 자신의 항거정신을 보았다. 그러나 인간 본연의 낭만을 버리지 못하는 곳에서 순영이는 문학에 자신을 의지한 것이다.
>
> — 「암흑시대」, 234쪽

이 작품도 남편을 사별하고 아이들과 함께 가난 속에 버림을 받았던 궁핍한 시대의 기록이다. 「암흑시대」는 아들이 죽어 가는 현장을 통해 부패한 사회를 적나라하게 그려 나가고 있다. 「암흑시대」에서 인간의 지식은 생명을 확인하는데 방해가 될 뿐이다. 어린아이의 주검 앞에서 지식을 나열하는 아저씨의 모습이나 아이를 죽음으로 몰고 가는 의사들에게서 이 세계의 암울함은 발견된다. 아저씨나 의사들의 태도에서는 어떠한 생명의 끈도 끄집어낼 여지가 보이지 않는 것이다. '식도락'이나 '지식의 나열벽', 그리고 '미려한 정신의 수사'와 같은 삶의 낭비요소들이 그 틈을 틀어막아 인간간의 경멸과 증오감을 팽배[11]시키는 것이다. 암흑시대를 살아가는 사람들에게 있어 인간의 지적 허영은 아무런 소용이 없음을 보여준다.

　박경리는 자신이 체험한 전쟁과 전후의 현실을 바탕으로 전쟁이 어떻게 한 가족을 파괴하였으며, 그렇게 파괴된 가족 구성원들이 현실에서 받게 되는 고통을 그려 나가고 있다. 「불신시대」, 「암흑시대」와 같은 작품에서 전쟁은 남편을 빼앗아갈 뿐만 아니라 자신이 살아남기 위해 상대방의 인격체로서 존재를 부정하고 나아가 상대방을 죽이기까지 해야 하는 전쟁의 속성을 사람들에게 주입시켜 더욱 이기적이도록 만든다. 결국 주인공이 사회를 불신하는 것이나, 사회의 성원 한 사람 한사람이 자신만을 위해 살아가는 모습은 불신감이 팽배했던 전후의 한국 사회를 단적으로 보여주는 하나의 거울[12]로 나타나게 된다.

　「흑흑백백」의 혜숙은 공연한 결벽증으로 인해 의도하지 않은 좌절을 맛본다. 그녀는 값이 싸서 그런 색 외투를 샀으나 계돈 타면 만환을 돌려주기로 하고 영민과 외투를 바꾼다. 그러나 계주가 돈을 가로채서 이십만환 중에 오만환 밖에 받지 못하게 된다. 혜숙은 죽은 남편인 현의 도움으로 그가 경리를 보는 학교의 선생자리를 소개받는다. 혜숙은 결벽적인 성격으로 인해 영민과 외투를 다시 바꾼다. 돈 만환을 줄 방도가 없는 이상, 영민의 외투를 계속 입는 것에 부담을 느끼는 것이 혜숙의 성격이다.

　혜숙의 좌절의 원인은 일차적으로는 전쟁으로 인한 남편의 죽음과 생활기반의 박탈과 결벽증에 가까운 그녀의 성격에 있다. 회사를 그만 둔 이유도 결벽증 때문이다.

---

11) 채진홍, 같은 책, 255쪽.
12) 김외곤, 「전후세대의 의식과 그 극복」, 『1950년대 문학 연구』(문학사와 비평연구회 편), 예하, 1991, 135~136쪽.

육이오 때 집을 불사르고 남편이 무참히 폭사한 후 어느덧 오 년이라는 세월
이 지나갔다. 부산으로 어디로 무진한 고생이 가로지른 피난살이가 휴전과 더불
어 끝이 났다. 겨우 쥐꼬리만큼의 월급 자리를 환도한 서울에서 얻을 수 있었던
것이 재작년 여름의 일이다. 판자벽에 썩은 함석지붕 밑의 방 한 간을 얻어 이럭
저럭 경이와 어머니의 세 식구 살림이 꾸려져 나갔다. 하루살이처럼 위태롭고 서
글픈 생활이었다. 그러나 그런 불안전한 생활 기반마저 두 달 전에 아주 잃어버
리고 말았다. 실직을 한 것이다. 혜숙은 이렇게 궁해 빠져도 도무지 기질만은 옛
날과 같이 변하지 않는다. 아니꼽고 더러우면 팩하니 침 뱉고 돌아 서 버린다.
이러한 성질은 가난한 그를 더욱 가난하게 하였다. 이번에 직장을 그만둔 원인도
역시 그의 결백성 때문이었다. 추근추근하게 구는 뱃대기에 기름이 끼인 상부 사
람이 더럽고, 또한 향락의 대상으로 보인 것이 분하고 원통하다는 데서 사표를
내던졌던 것이다.

—「흑흑백백」, 51쪽

혜숙의 결벽증은 타인에게서 불쾌함과 모욕을 당했을 때 관계를 단절하
는 행위로 나타난다. 혜숙의 결벽증은 생존 때문에 비굴해지지 않기 위한 자
존심이며, 염치를 아는 양심이지만, 그로 인해 본의 아닌 피해를 당하게 된다.
혜숙이 살고 있는 사회는 양심과 염치를 아는 사람들이 살아가기에는 힘에
벅차다. 생계의 의무를 진 여자의 몸으로 살아가는 것은 더욱 힘이 든다. 장
교장과 밀회를 나누는 황금순은 장교장의 옛 제자이며, 장교장이 경영하는
모여중의 자모이다. 장교장과는 다른 여자들과도 수 차례 '불장난'을 한 바
있다. 남편이 있고, 자식이 있는 여자임에도 불구하고 황금순은 옛 스승과 밀
회를 하고 그 대가로 돈을 융통받는다. 장교장 역시 사회적으로는 교육자의

자위에 있으면서, 젊은 여인들과 떳떳치 못한 불륜을 저지른다. 장교장과 황금순이 사회의 부조리함에 편승하여 자신의 실리를 추구하는 인가형인 것에 비해, 혜숙은 고지식하게 양심을 지키다가 불운을 겪게 된다. 장교장은 자신역시 수 차례의 밀회를 통해 황금순을 임신시켰음에도 불구하고, 임신한 영민으로 착각한 혜숙을 차갑게 경멸한다.

> 장교장은 놀라지 않을 수가 없었다. 바로 조금 전에 교정을 걸어오던 그 눈익은 복장의 여성이 아닌가. 장교장은 너무나 뜻밖의 일이었으므로 잠시동안 어리둥절한 표정을 짓는다. 그러나 혜숙의 침착하고 얌전한 태도에 접하자 장교장은 참 앙큼스런 계집이란 생각이 불시에 들었다. 그는 혜숙을 힐난하는 듯한 눈초리로 아래위로 훑어본다. 그러한 사나운 눈초리가 혜숙의 복부에 가서 머물자 장교장의 얼굴에는 차거운 경멸의 빛이 퍼져 간다. 혜숙은 사정없이 아래위로 훑어보는 장교장의 체모없는 눈이 몹시 불쾌했다. 그와 동시에 의복을 벗고 그의 앞에 선 것 같은 수치감이 일종의 분노로서 그의 얼굴을 붉게 물드리는 것이었다.
>
> － 「흑흑백백」, 58쪽

사회적으로 지탄을 받아야 할 파렴치한의 위선과 혜숙의 좌절이 선명하게 대비되면서 소설은 끝난다. 「흑흑백백」에서 전후 풍속의 한 단면이 그려진다. 장교장과 황금순의 돈의 대가가 오가는 밀회나 모사꾼 현의 도움으로 이루어지는 장교장의 부정 축재는 전후 사회가 부패와 부조리에 가득 차 있음을 보여주는 한 예이다. 혜숙의 결벽증은 양심과 염치를 지키려는 것으로, 더러운 사회 생리에 대한 작가의 거부감을 보여주고 있다.

한편, 「흑흑백백」의 방은 어둡고, 냉기와 습기에 가득 차 있다. 홀어머니와 아이들을 부양하는 전쟁 미망인은 생활고를 타계할 방법을 찾지 못해서 절망에 빠져 있다. 방의 어두움은 그러한 절망감을 증폭시키는 역할을 한다.

일기라도 청명한 날이면 손바닥만큼의 넓이를 가진 마루나마 got살이 제법 두꺼워서 좋았건만 오늘은 날씨마저 웬일인지 흐리고 거게다 바람까지 심술 사납게 쇠양철 지붕을 두들기고 있다.

— 「흑흑백백」, 50쪽

겨울은 찬 서리를 밝고 불끼 없는 냉돌방과 가난한 주머니 속에 준열한 표정으로 들어앉는 것이었다.

바람이 분다. 생철지붕 위에 모래 구르는 소리가 쨍그락 난다. 판자벽에 여며둔 무총 시래기가 흐르르륵 날리곤 한다.

— 「흑흑백백」, 51쪽

영민이가 간 다음 한참동안 이상한 불안 속에 혜숙은 방바닥 한복판에 쪼그린채 앉아 있었다. 그러나 심하게 몰아치는 바람소리는 또 한가지의 불안을 일으키는 것이었다. 현선생이 오지 않는 것이다.

— 「흑흑백백」, 55쪽

바람과 장마는 절망적인 생활고를 암시하는 소설적 장치이다. 생존의 위기와 가난, 고통의 공간으로서 그려진 단칸방은 극단적인 절망을 상징하면서 동시에 절망 속에서도 굽히지 않고 가족을 부양할 책임을 끝까지 지려고 하는 강인한 모성의 공간이기도 하다. 그러나 이들 전쟁 미망인들은 혼자이며 아무런 도움도 받을 수 없는 처지이다. 또한 타인의 배신으로 인해 생활은 점점 더 어려워지고 있다.

박경리의 소설은 속물적인 세계에 의해 손상된 인간의 존엄성을 회복하려는 인물의 노력으로 해석할 수 있다. 그에게 있어서 존엄성의 고수는 인간으로 살아가는데 가장 중요한 것이다. 생존에 달려 있는 문제이자 비극적 상황을 극복하기 위한 노력을 의미한다. 반면에, 소외는 속물적인 세계에 타협하지 않고 숭고한 인간의 존엄성을 온전하게 지키기 위한 실천의 방법이다.

「흑흑백백」은 혜숙의 빈곤하고 결백한 생활과 대조적으로 타락한 인물인 현과 장교장을 제시하면서 세계의 속물성을 비판하고 있다. 장교장과 현이라는 부정한 인물의 묘사는 타락한 물질만능주의에 대한 작가의 혐오를 직접적으로 드러내고 있다.

3. 전후 현실의 체험과 소외 극복

소설 「군식구」에서는 부조리하고 속물화된 세계에서 인간의 존엄이 어느 정도까지 파괴되고 소외되었는지 보여주고 있다. 「군식구」의 양서방은 중국인 사위에게 얹혀 사는 자신의 주체성이 결여된 인물이다. 전후의 빈곤한 생활은 양서방의 가정에 위계질서를 무너뜨리고 가족간의 대화를 단절시켰으며, 양서방에게 사위와 딸과의 대화가 단절된 상태에서 희망이 보이지 않는 어두운 삶을 살아가고 있는 양서방은 삶의 의미를 상실한 인물로 보인다. 그는 딸을 중국인에게 시집보낸 일에 대해 결벽증 이상의 반응을 보이며, 일종의 죄의식에 사로잡혀 소외된 삶을 살아간다. 이러한 양서방의 소외 의식은 결국 인간의 근원에서부터 출발한 것이라 볼 수 있다.

"용화 할아버지, 무작정하고 그리 약주만 잡수시믄 어떻게 합니까. 빨리 돌아가시이소"

양서방은 진심으로 염려해주는 여자의 부드러운 목소리가 한없이 달가웠다. 부질없는 생각이라고 여기면서 저런 며느리가…… 해보고는 생사조차 알 길 없는 아들을 머릿속에서 급히 지워버리는 것이었다. 그러나 그뿐만이 아니었다. 이미 배반하고 가버린 아내에 대한 집착을 지워버리는 것이기도 했다.

양서방은 고개를 수그리고 팔을 내 젓는다.

"다 아요. 다 알아요. 그러나 술을 마시지 않고 어찌 살 수 있단 말이요, 무슨 낙으로 산단 말이요."

"딸이 있고 예쁜 손녀가 있고, 밥 안 굶으면 재미있게 사는 거지, 뭘 그리 욕심을 부립니까."

양서방은 피하면서,

"그놈의 새끼 있으면 머 하요? 되놈의 새끼…… 다 소용없지."

"중국인이 어때서 그래요. 사람은 다 매일반이지 마음에 꺼릴 건 조금도 없어요"

"난 그 애를 술집에 팔았시다. 술집에 팔아먹듯이 되놈한테 팔아먹었소 다아 내 술 때문이지요 그리고 전쟁 때문이지요 내가 아무리 술에 미쳐도 전쟁만 없었으믄 멀쩡한 아들도 있고 버젓이 사위도 봤을게요

―「군식구」, 176쪽

여기서 양서방은 술과 전쟁 때문에 딸을 되놈에게 시집 보낼 수밖에 없었다고 하지만 그는 어떠한 이유로도 위안이 되지 않는다. 그가 생각하고 있는 죄의식은 인간에 대한 미움으로 치환되고, 그의 증오를 폭발시키는 것은 양서방의 유일한 친구인 사진관 주인의 괄시와 사위인 진길이의 조롱이 주원인이 된다. 양서방은 가장 가까운 술친구로부터 인격을 무시당해야 하는 현실과 진길이의 눈치를 보며 살아가야만 하는 자신에 대한 심각한 소외의식을 갖게 된다. 이에 견디다 못한 양서방은 어느 날 술에 만취해 사위가 애지중지하는 세퍼트를 도끼로 난자함으로써 주체성을 회복하고자 한다. 세퍼트의 죽음은 사위에 대한 미움에서 비롯된 것이다.

양서방과 같이 무능력한 인물은 현실에 대한 부정적인 인식과 작가의 세계관 자체를 내적으로 구조화시키는 즉 세계를 파편화하여 물화된 것으로 파악하고 그것을 현실 속에서 그 의미를 찾고자 하는 것이다. 이는 세계를 무의미하고 부조리한 것으로 작품 속에 표현한 것이며, 모든 의미가 불화된 현실 상황에서 작가의 가장 직접적인 반응이 아무런 가식이 없이 오히려 더욱 노골적으로 드러내고자 하는 것이다.

> "어젯밤 우리 사위가……"
>
> 말을 꺼내다가 손님이 사진관으로 들어가는 것을 보자 허겁지겁 점잖이고 뭐고 다 집어던지고 뛰어간다.
>
> 이 사진관의 사위이야기란…… 그가 남에게 협박을 당할 때나, 혹은 위협을 줄 때나 곧잘 꺼내는 권총을 찬 군인 사위 이야기다. 그의 사위 자랑은 유명한 것으로 양서방도 아마 열 번은 더 들었을 것이다.
>
> ―「군식구」, 173쪽

　　"뭐? 이 늙은 개자식이! 딸년을 되놈한테 팔아먹고, 그 주제에 큰소리치네,
이자식아! 그래 딸 팔아 처먹는 술이라서 아까운가? 웅!"

　　……

　　"아들놈은 빨갱이, 딸년은 되놈의 첩……그래도 개 보다 낫다고 술을 처먹
어? 하하핫……

―「군식구」, 184쪽

　　전쟁과 분단만 되지 않았다면 양서방은 한 가정의 가장으로서 권위와 위
엄을 지키며 가족의 삶을 위해 노력하고 있을 것이다. 그런데 전쟁으로 인해
가정은 파괴되고 가족은 헤어져 이산가족의 되었으며, 무능한 아버지는 딸에
게 얹혀 사는 신세가 된 것이다.

　　박경리 소설에 줄곧 나타나는 남성들은 하나같이 삶에 의욕이 없고 왜소
하고 책임감이 없으며 경제력이 부족하거나 무능력하다. 이와는 반대로 여성
들은 가정을 책임져야 하고 생계를 위해 돈을 벌어야 하며, 남성이 부재한
상황에서 중압감에 시달리는 주체적인 인물들로 형상화된다. 양서방 역시 이
유야 어떻든 무능하고 삶의 의욕이 없으며, 사회 속에서 주체의 인물이 될
수 없는 왜소한 인물로 묘사되어 있다. 이것은 작가의 주된 의도 가운데 하
나이며, 작가의 세계관을 엿볼 수 있는 것이다.

　　전후 작가인 박경리는 전쟁이라는 극한 상황에서 인간의 존재론적 본질
을 투시하고 전후의 황량한 인심과 그 비참한 생활을 부각하여 삶의 의미를
조명하며 그것을 문학으로 표출하였다. 이러한 그의 문학은 서사적인 공간과
서정적 가락에 의해 삶의 비극을 노래하였고, 전후의 참상과 살고자하는 발
버둥이 변혁적인 비법으로 현대문학의 새로운 형태로 나타났다. 더구나 분단

에 의한 실향의 한과 패배의식에 의한 인간의 와해가 전후문학의 또 하나의 장을 이루어 그 폭량을 넓히고 있다.[13) 이러한 상황 속에서 박경리는 「군식구」의 양서방을 통해 역사적 배경과 함께 형상화되고 있다.

> 양서방은 '배갈'병을 들었다. 그리고는 눈을 부릅뜨고 비틀거리며 '메리'를 향해서 걸어간다. 머리의 등허리가 굽어진다. 양서방의 살기 찬 눈을 알아차린 것이다. 그러나 개는 쫓긴 쥐가 고양이를 물때와 같이 그러한 자세로 작업복을 걷어올린 푸리딩딩한 양서방의 다리를 노리고 있었다. 양서방이 바짝 다가서서 막 한 다리를 올려 '메리'의 옆구리를 내리칠 판에 '메리'의 앞다리가 팔짝 뛰어오르더니 양서방의 비명이 천장과 사방 유리창을 울린다. 한 발 뒤로 물러선 양서방의 정강이에서는 피가 철철 흐른다. 양서방의 눈이 시퍼렇게 탄다. 그는 배갈병을 고쳐쥐고 한발 다가선다. 무서운 기백에 꼼짝못하는 개의 양미간을 배갈병으로 내리친다. '메리'는 찢어지는 듯한 절규를 남기고 쓰러진다.
>
> －「군식구」, 185쪽

작품의 인용부분은 결말단계로써 인간이 속물성에 대한 저항으로 자기의 존재적 세계에 대한 강한 의지를 표현하는 것이다. 이것은 합리적이고 이성적인 해결이 불가능한 상태에서 양서방이 취할 수 있는 자기 자신에 대한 방어인 것이며, 자신의 주체성의 표현인 것이다. 양서방은 분노와 슬픔이라는 감정의 이중구조를 가지고 있다. 그것은 표면적으로는 대상을 향하고 있으나, 그 내편에서는 분명히 자기를 향하고 있다. 그의 의식 속의 내면에는 사회의 기득권 영역으로 올라가고 싶어하는 자신과 그 반대로는 고결한 고독을 감수

---

13) 구인환, 『한국전후문학연구』, 삼지원, 1995, 14쪽.

하며 살 수 있는 능력이 없는 자신과, 그 어느 쪽도 선택할 용기가 없어 우물
쭈물 살고 있는 자신에 대한 우울적인 혐오가 들어 있는 것이다. 그리고 무
엇보다도 중요한 것은 자기 자신 속의 욕망을 직시하기 위해 내면에서 우러
나오는 욕구, 즉 삶에 대한 소외 극복의 의지가 자신의 내면 속에 깊숙이 숨
어있는 것이다.

「전도」의 숙혜는 남편과 아이가 있는 여자지만, 음악학교 교사며 경이의
피아노 교사인 강순명에게 지순한 사랑을 느낀다. 숙혜는 남편에게 대담하게
이혼 요청을 하지만 순명은 단호하게 대처하지 못한다. 어머니가 깊은 심화
로 죽자 숙혜는 H읍을 떠나 서울로 올라온다. 숙혜의 마음은 강순명에 대한
배신감과, 어머니의 절명과 경이를 버렸다는 자책감이 강박되어 있다. 그래서
숙혜는 직장에서 늘 혼자이고, 다른 사람들에게 경계적이고 회피적인 태도를
보인다. 사람들과 어울리기를 꺼리는 성격 탓으로 불기있는 사무실에 앉아
있기보다는 차가운 도서실에 혼자 있기를 더 좋아하는 숙혜가 유일하게 위안
을 받는 곳이 바로 어두운 자취방인 것이다.

> 햇빛을 전연 모르는 어둠침침한 그 방은 마치 단절(斷絶)된 고도(孤島)처럼
> 숙혜에게 평화로움을 주었다. 그것은 안집과 격리된 방의 위치 때문이지만.
>
> ─「전도」, 284쪽

숙혜의 자취방은 어둡고 그리고 안집과 격리된 곳에 있다. 어두움은 타자
들의 시선으로부터 피로해진 숙혜의 약한 신경을 풀어주는 역할을 한다. 안
집과 격리된 외딴 방이라는 사실에서 숙혜의 방은 숙혜라는 자아를 타자와
분리시키는 역할을 하고 있는 것이다. 숙혜는 방에 들어 와서야 외부 세계를

잊고 편안히 쉴 수 있다. 그런데 이 숙혜의 방은 자아와 타자의 사이를 가로
막고 서 있는 실재 공간이다.14) 숙혜가 편안함을 느낄 때는 방안에서 독서를
할 때인데, 숙혜에게 있어서 결혼 시절부터 시작되어 온 독서는 숙혜와 외부
세계를 분리시키는 벽과 같은 역할을 한다.

> 숙혜가 결혼한 것은 지금으로부터 십년 전, 열여덟이 되던 해였다. 그 대동
> 아전쟁이 말기에 이르렀을 무렵이다. 정신대니 뭐니 하는 바람에 딸 가진 부모들
> 의 마음도 한창 불안했었다. 숙혜는 남편 될 사람과 관례적인 맞선을 한 번 보고
> 결혼을 했다. …(중략)…
> 　이러한 결혼이 가져오는 생활감정의 파란이 숙혜에게는 쉬 왔다. 감수성이
> 예민한 숙혜는 생활을 동화(同化)해 나갈 수가 없었던 것이다. 숙혜는 항상 손에
> 책을 들게 되었다. 그것이 그의 취미였지만 또 석연치 못한 생활에 대한 외면(外
> 面)이었던 것이다.
>
> 　　　　　　　　　　　　　　　　　　　　　　　　　－「전도」, 289쪽

　숙혜는 결혼 생활에 대한 부적응을 독서와 같은 행위로 극복하려고 한다.
그러나 숙혜의 대처 방식은 참다운 의미에서 문제 극복으로 보기는 어렵다.
왜냐 하면 외면이라는 형태의 무관심은 문제에서 시선을 돌려 잠시 잊는 것
에 불과하기 때문이다. 따라서 자아의 외면 행위는 외부 세계에서 비롯된 복
잡한 문제를 잊으려고 하는 시도로 볼 수 있다. 결국 숙혜라는 자아는 외부

---

14) 사르트르는 우리들을 타자에게서 떼어놓은 것은 실재적 공간이거나 또는 관념적 공간이
　　라 하였다. 그에 의하면 자아는 타자의 시선에 의해 객체로서의 자신을 파악하게 된다.
　　이러한 타자의 시선은 자아에게 공간성을 부여하게 된다. 응시되어 있는 것으로 자기를
　　파악한다는 것은, 공간화 되는－공간화하는 자로서 자기를 파악하는 것이다.(사르트르,
　　『존재와 무·Ⅰ』, 손우영 역, 삼성출판사, 1990, 400～455쪽)

세계와 마찰이 생길 때마다 그 문제를 적극적으로 해결하기보다는 외부 세계와 자신을 연결하고 있는 통로를 차단하는 것으로 대처한다. 자아가 스스로 통로를 밀폐시켰다 할 지라도 그와 관련을 맺고 있는 관계 안에서 생긴 문제는 그대로 남는다.

숙혜의 생활은 미래에 대한 어떠한 대책도 설계도 지니지 않은 채 막연히 하루 하루를 견디는 것이 전부다. 마치 천적의 공격을 받은 소라가 몸체를 자신의 껍데기 속, 깊은 곳으로 들여놓는 것처럼, 숙혜는 마음과 몸을 '굳이 닫아버린 소라 속'처럼 외부 세계로부터 격리시킨다. 어떠한 의사소통도 거부하고 방으로 도피한 모습이 숙혜라는 자아인 것이다. 약한 내부를 감싸고 있는 소라 껍데기처럼 숙혜의 방은 나약한 숙혜를 은신시키는 공간으로 존재하고 있는 것이다.

> 일기장 위에 박힌 자기 자신의 모습이 너무나 처참했던 것이다. 그것은 흡사 배암이 자기 자신의 꼬리를 먹어 들어가는 어쩔 수 없는 모습만 같았다. 숙혜는 쓰러지듯이 자리에 누워버린다. 멀거니 천정을 쳐다본다. 지금 무슨 기적이 일어나지 않는 이상 나는 나를 어찌할 것인가, 하며 마음 속으로 울부짖는다.
>
> — 「전도」, 295쪽

독서와 방은 숙혜의 방어 심리를 보여준다. 숙혜는 타자들의 시선에서 자유롭기 위해 독서와 방으로 도피한다. 숙혜가 타자들의 시선에 민감한 이유는 숙혜가 과거이 일로 인해 깊은 자격지심을 갖고 있기 때문이다. 순명에게 느낀 배신감과 어머니가 자신 대문에 절명했다는 사실, 그리고 아이를 두고 혼자 떠나 왔다는 사실이 숙혜를 괴롭히는 원인이다. 그 때문에 숙혜는 자신을 '죄인'이라고 여기기에 이른다. 숙혜가 미래에 대해 아무런 계획도 갖지 않는 모습, 다른 사람들과 관계를 맺지 않는 이유는 숙혜의 부정적인 자기의식에서 비롯된다. 이러한 부정적인 자기의식으로 인해 숙혜는 다른 사람들이 자신에게 다가오는 것을 필사적으로 막는다.

> 같은 여자 동료하고 사귀는 일도 없었다. 그러한 태도는 직장 밖에서도 마찬가지였다. 거리를 거닐 때나 혹은 뻐스, 전차 속에서 어떠한 동료를 만나도 숙혜는 아주 못 본 척 했다. 알은 채 하는 상대방을 묵살해버리는 그의 태도는 상당히 완강한 것이었다. 마치 그것은 쇠뭉치와도 같이 단단한 간격으로서 상대방으로 하여금 좀처럼 접근해 올 수 없게 만들었다. (…중략…) 상대가 여자일 때는 무엇이 그리 죄스러운지 웃는 듯 우는 듯 한 표정으로 인사를 치루었고, 남자일 경우에는 붉은 얼굴을 성 낸 듯이 돌려버린다.
>
> — 「전도」, 288쪽

숙혜는 타자들과 자신 사이에 거리를 두려고 노력한다. 타자들과 대화를 나눌 수 있는 통로를 밀폐하고, 타인들과 일정한 거리를 유지하려는 시도는 숙혜를 자기소외에 빠지게 만든다. 결국 숙혜의 방은 의사소통의 밀폐된 통로를 상징하며, 동시에 다른 사람들과 일정한 거리를 유지하는 장치, 즉, 자아가 외부 세계로부터 자신을 보호하는 방어장치라 할 수 있는 것이다. 이를 통해 알 수 있는 것은 숙혜의 방이 부정적인 자기의식에 사로잡힌 자아의 자기성만 남게 하고, 타자성을 사라지게 한 공간이라는 점이다.

숙혜는 손 한번 잡아 보지 못한 사랑 때문에 이혼을 하게 되고 홀로 서기를 위해 다른 고장으로 이주를 한다. 은행원이 된 그녀는 직장의 동료에 의해 자신의 불륜이 알려지게 되자 직장에 사표를 낸다. 이러한 생존 투쟁 속에서 그녀가 자신을 지키는 유일한 방법은 세상과 철저히 담을 쌓고 살아가는 것뿐이다.

> 공장도 아니요, 창고라고도 할 수도 없는 열 평 남짓한 건물 안에 숙혜가 세든방이 있었다. …(중략)… 숙혜는 이사를 온 후 한번도 안방에 가보는 일이 없었다. 일요일이 되어도 목욕탕을 다녀온 후 그대로 어두운 방에 들어 박혀 있는 것이 그의 어쩔 수 없는 관습 같았다. …(중략)… 아주머니는 그러한 숙혜의 태도를 요즘 사람답잖게 체모가 밝다고 호감을 가졌다. 그리고 책을 많이 가지고 있는데서 식자가 많은 여자라는 존경도 없이 않았다.
>
> — 「전도」, 284쪽

위의 글에서 숙혜는 현실과 담을 쌓고 고립된 생활을 하며, 자기 자신을 지키기 위한 수단으로 타인고 접촉을 회피하고 스스로 소외를 자처하며, 고도로 단절된 어두운 방에서 생활을 하고 있다. 인간은 근원적으로 슬픔과 분노와 불안 따위를 생의 본질 속에 함유하고 때로는 안이한 행복감, 또는 느슨한 삶과의 타협을 시도한다. 숙혜는 행복하고 편안하게 살고 싶은 욕망과 내면 깊숙이 존재하는 비탄이나 정의롭지 못한 것들에 대한 분노를 삭히며, 선과 악에 대한 끊임없는 갈등과 이들을 극복해야 한다는 초조감과 불안 따위를 외면하고 싶어한다.15) 또한 그녀는 어둠 속에서 설명할 수 없이 애매한 삶을 꿰뚫고 지나감을 느끼거나 자신의 존재가 천천히 그리고 영원히 사라지고 말 것 같은 두려움을 느끼며 소외된 생활을 한다.

---

15) 김정자, 『소외의 서사학』, 태학사, 1998, 112쪽.

숙혜의 소외는 정신의 분리·자기 부정·자기 극복의 필연적인 계기가 될 수 있으며, 자기 부정을 매개로 하지 않는 한에서는 창조적 주체성, 자유의 인격체로서 자신이 존재할 수 없다. 이러한 숙혜 자신의 분리를 동시에 자기 확장이요, 자기 실현의 발돋움이며, 자기 분열이 주는 이화의 공통은 새로운 자기 통합 또는 동화를 위한 자기 초극의 아픔인 것이다. 그리고 자기 분열과 재통합은 다름 아닌 정신의 주관적 아픔인 것이다. 그리고 자기 분열과 재통합은 다름 아닌 정신의 주관적 실현일 것이기 때문이다.16) 이러한 숙혜의 소외는 부정적인 자기 의식에서 비롯된 것이라 볼 수 있으며, 숙혜 스스로 다른 사람과의 접촉을 차단하는 것과 일맥상통하는 것이다. 그녀의 직장과 이웃에 대한 경제적·회피적 태도는 기존 사회로부터 자신의 삶의 방식이 철저히 거부되기 때문에 스스로 자신을 소외시키는 것이다.

숙혜는 누구보다도 경제적 자립능력이 필요하였다. 그러나 인간의 자존심을 짓밟는 직장동료의 조롱 섞인 언행은 숙혜의 마음에 상처를 주게 되고 결국 사표를 쓰게 된다. 어려운 상황에서 순명은 생각하나 부질없다는 것을 곧 알게 되고, 궁지에 몰린 숙혜는 죽음을 생각하게 된다. 하지만 아들 경이를 생각하니 안될 일이었다. 숙혜는 직장을 그만두고 경제적으로 곤란해지면서 집세를 내지 못하자, 집 주인의 기세는 드세 지고 이에 따르는 모멸과 함께 자기에게 가해지는 사람들의 부당한 대우를 안으로 삭히며 산다. 그러던 어느 날 밤에 여주인이 가내 공장에서 일을 하다가 도망간 여공을 잡으러 간다. 그 사이 여주인의 남편이 숙혜의 방으로 들어오면서 사건이 전개된다.

---

16) 신오현, 「자기 소외성의 문제 : 유형론적 이해」, 『자아의 철학』, 문학과지성사, 1996, 120쪽.

이상한 술 냄새 같은 것이 얼굴 위에 푹 끼쳤다. 숙혜는 본능적으로 발딱 일어나 않는다.

숙혜 눈에는 고깃덩어리 같은 주인사나이의 얼굴이 보였다.

작은집에 갔다던 - 그건 물론 시골 내려가는 마누라를 안심시키려는, 그리고 동시에 숙혜에게도 경계심을 갖지 못하도록 한 신중한 전술이었다. 뿐만 아니라 순이까지도 돈으로 꾀어 심부름을 보냈다.

사나이는 히쭉히쭉 웃으며 팔을 뒤로 돌려 문을 닫는다. 그때 눈이 쌍글해진 숙혜는 나직이 그러나 단호히,

"소리를 지를 테요."

히쭉히쭉 웃던 사나이는 단정한 양 무릎을 모으고 앉은 숙혜의 질타에 멈칫하고 멈춘다.

"소리를 지를 테요!" 숙혜는 꼭 같은 소리를 되풀이하며 사나이의 눈을 쏘아본다. 빈틈이라고는 한군데도 없는 방어 태세이다.(……)

사나이는 영악한 짐승처럼 씨근덕거리고 있더니 불을 켜고 손을 뻗친다. 책상 위의 가위를 잡는 것이었다.

-「전도」, 302쪽

마지막 인간의 존엄을 지키기 위한 방법으로 죽음을 선택할 수밖에 없었던 숙혜는 이해에 얽힌 현실의 주종관계에서 스스로 삶과의 단절을 선택한다. 숙혜의 소외는 물화의 결과로 나타나는 현상이다. 이것은 자본주의 사회의 모든 인간에게 적용되지만 소유계급과 무산계급에 따라 소외는 그 차이를 드러낸다. 숙혜는 자기소외 속에서 행복감과 안정감을 느끼며 소외를 자신의 고유한 힘으로 인식한다. 소외 속에서 그녀는 인간적 존재라는 의식을 갖게

되고, 어둠과 혼돈으로 얼룩진 사회의 속박 속에서 무방비 상태로 내던져져 소외되어 있는 것이다.[17] 숙혜는 소유계급이 아닌 무산계급으로서 물화된 세계와 빈곤한 속에서 소외된 것이다.

자신을 철저하게 기존 사회로부터 고립시킴으로서 자존심을 지키려했던 「전도」의 숙혜는 자신의 정체성을 위협하는 속물화된 현실에 대해 자신을 포기하는 극단적인 방법으로 저항의 의지를 표출한다. 숙혜는 남성들 사회에서 자기 능력의 탁월함으로 주어진 제도에 대해 과감하게 도전하고 파괴하며 극복해서 새로운 세계로 이행하고자 하는 의지를 지니고 있다. 그러나 사회의 규범은 그것을 허용하지 않았고 여러 가지 여건은 여주인공 숙혜로 하여금 죽을 수밖에 없는 지경으로 몰고 가고 있는 것이다. 그래서 숙혜는 결국 삶으로부터 소외를 당하고 있는 것이다.

「반딧불」은 주인공 주영의 심리 변화를 중심으로 서사가 진행되는 작품이다 주인공 중심의 서사 진행은 주영의 내적 갈등이 작품에 있어서 중심적인 내용이 된다는 것을 의미한다. 주영은 고학으로 대학을 다니고 있는 젊은 여성이다. 폐결핵으로 인해 요양차 홀어머니가 살고 있는 고향으로 내려온다. 주영은 부모가 이혼한 후, 홀어머니 손에 길러졌다. 장에 간 어머니를 기다리면서 주영은 장사 나간 어머니를 기다리던 유년기의 기억을 되살린다. 주영은 자존심을 건드린 학수의 한 마디 말에 결별을 선언한다. 학수는 주영의 들창을 두드리지만, 주영은 응답하지 않는다. 학수가 들창을 울리지 않던 밤에 주영은 어머니에게 저주가 담긴 힐책을 한다. 그러나 어머니의 조용한 반응에 놀라 주영은 어머니에게 사과하고, 모녀는 부둥켜안고서 화해의 통곡을 한다. 주영은 어머니와 한 방에서 자던 밤에 어머니가 치마끈을 목에 묶은

---

17) 김정자, 『소외의 서사학』, 태학사, 1998, 79쪽.

채 도망치는 꿈을 꾼다. 아침에 일어난 주영은 어머니가 대들보에 목을 메었다고 착각하고 폐결핵의 발작으로 쓰러진다.

「반딧불」에서는 주영이 학수와 결별하게 된 장면이 전반부와 후반부의 내용을 나누는 분기점의 역할을 하고 있고, 전반부와 후반부의 서사는 주영 모녀의 심리적 갈등으로 이루어져 있다. 둘 사이의 서사적 차이는 모녀가 갈등하게 된 원인이 다르다는 것일 뿐 그다지 큰 차이를 발견하기 어렵다. 전반부가 주영의 결벽증과 어머니의 맹목적인 애정이 갈등의 축인 것에 비해, 후반부는 학수에게 결별을 일방적으로 선언한 주영이 자신의 심적 고통을 어머니에게 전가시키면서 모녀 사시의 내면 갈등이 축을 이루고 있는 것이다.

「반딧불」의 전반부의 내용 중 많은 부분을 차지하고 있는 것은 주영이 어렸을 적에 느끼던 불안감이다. 이 불안감은 장사하러 나간 어머니가 돌아오기를 기다리면서 생겨난 것이다. 다음의 인용문에서는 주영의 기다림과 그로 인해 생겨난 불안감이 묘사되고 있다.

주영의 어린 때의 일이었다. 몹시 치운 날이었다. 혼자서 엄마를 기다린다는 것은 그에게 있어서 일수였지만 이날은 바람도 거세게 불었고, 엄마를 기다리고 섰는 빤한 고개길에는 강아지 한 마리 얼씬거리지 않았다. 기다림에 지친 주영은 엄마가 죽었는지도 모른다고 생각했다. 해가 깜박 진 연에사 보따리를 인 어머니의 모습이 멀리 보이기 시작했다. 주영은 부리나케 집으로 뛰어 와서 문을 꼭 잠그고 나서 내내 참아온 울음을 터뜨리는 것이었다. 어머니는 잠겨진 문을 흔들다가 허는 수 없이 밖에서 손을 넘겨 문꼬리를 열고 들어 왔다. 그러자 울고 섰던 주영은 엄마를 무섭게 노려보며 왈칵 덤벼들어 멈(엄)마를 문 밖으로 밀어내는 것이었다. 화가 난 어머니는 자(尺)를 가지고 주영이를 때렸다. 때리면은 주영이는 울던 울음을 그치고 빤히 엄마를 쳐다보았다. 그렇게 고집 센 주영을 보다 못해 엄마는 이래서 내 못살겠다고 치마끈으로 목을 매는 시늉을 했다. 이쯤 되야 비로소 주영은 불에 댄 것처럼 왕! 하고 울며 어머니에게 달겨드는 것이었다. 이러한 연극은 때때로 일어났다. 주영은 기다림과 불안과 그러한 가슴이 어스러지는 듯한 연극과 엄마가 도망가리라는 공포 속에서 자랐다.

— 「반딧불」, 109쪽

유년기의 경험은 한 인간의 감수성에 깊은 영향을 미친다는 것은 주지의 사실이다. 유년기에 받은 정신적인 상처가 한 인간에게 있어서 원초적인 상흔18)으로 자리잡게 되는 것이다. 어머니를 기다리면서 느꼈던 불안감은 주영에게 있어서 원초적인 상흔이 되어 잠재하게 된다.

그런데 주영의 불안감은 기다림에 의해 촉발되는 것이기는 하나, 근본적인 원인은 가장의 부재한 생활 환경에서 찾을 수 있다. 어머니와 단 둘이 사는 생활은 주영에게 있어서 존재의 고립감을 심하게 느끼도록 하는 요인이다. 어린 주영은 어머니마저 상실하게 될 상황을 다른 무엇보다도 두렵게 여긴다. 이러한 어머니 상실에 대한 두려움 때문에 주영은 어머니가 죽는 상상

---

18) 정신분석의 가장 중요한 전제 중의 하나는 사람의 행동은 유년/소년 시절의 정신적 상처에 어떤 형태로든 연관되어 있다는 것이다. 김현은 사르트르의 실존적 정신분석에서 '원초적 선택'이 중요한 의미를 지니고 있다고 설명하고, 사르트르의 실존적 정신분석을 정신분석이라고 부를 수 있는 이유를 '유년기의 원초적 정황으로의 회귀'라는 점으로 보았다. 또한 '원초적'이라는 형용사는 '유년기의/소년기의'라는 형용사로 대치될 수 있다고 설명하였다.(김현, 「두 개의 실존적 정신분석」, 『사르트르의 문학적 세계』(김치수·김현 편), 문학과지성사, 1989, 166~167쪽) 본고에서는 유년기의 정신적 상처를 원초적인 상흔이라고 부르고자 한다. 상흔이라는 것은 흔적으로 남아 있는 상처를 의미한다. '우리가 정신적으로 한 번 소유했던 것은 결코 흔적도 없이 잃어 버릴 수 없다.'(지그문트 프로이트, 『꿈의 해석』, 서석연 역, 범우사, 1992, 41쪽)는 말은 정신적인 상흔이 인간의 내면에 깊은 영향을 미친다는 의미로 풀이된다. 이러한 상흔이 가장 잘 나타나는 것이 꿈이다.

마저 하게 되는 것이다. 성인이 되어서도 주영은 일종의 망상증을 지니고 있음이 발견된다. 고소공포증의 증세를 보이는 신경증과 착각으로 인한 발작은 불안감에서 비롯된 일종의 피해망상증으로 볼 수 있다.

> (가) "신경쇠약이라고요? 그렇지만 아주 어릴 때부터 그런걸요. 전 아무리 그러지 않으려고 애를 써도 몸이 저절로 떨어질 것만 같은 착각이 일어나면 그만 정신을 못차리게 되요."
>
> — 「빈딧불」, 112쪽

> (나) 마루 대들보에 무엇이 축 늘어져 있다. 달빛 아래 흰 옷이 눈부시다. 송장이다. 이리저리 흔들리고 있다.
>
> "으악!"
>
> 외마디 소리를 지르며 주영은 쓰러졌다. 목에서 울컥울컥 시커먼 것이 쏟아진다. 주영은 검으죽죽한 피에 젖은 입 언저리에 두 손을 모으며 무어라고 소리친다.
>
> — 「빈딧불」, 116쪽

(가)에서 알 수 있는 것은 주영의 신경증이 유년기에서부터 비롯된 것이라는 점이다. '신경증환자는 어릴 적에 받은 상처가 흔적으로 남아 반복되는 증상으로 나타'[19]난다고 할 때, 주영의 신경증의 원인은 결국 어릴 적에 받은 상처, 즉 기다림에서 비롯된 어머니 상실(죽음)에 대한 불안감이다. (나)에서

---

19) 자크 라캉, 『욕망이론』(권택영 엮음), 민승기·이미선·권택영 옮김, 문예출판사, 1994, 13쪽.

알 수 있는 것은 주영의 발작의 원인이 어머니의 죽음에 대한 착각에 있다는
점이다. 이처럼 주영의 유년기 경험은 어머니 상실에 대한 불안이라는 원초
적인 상흔으로 정리된다. 또한 그 상흔은 망상과 착각이라는 징후[20]로 나타
나게 된다. 말하자면 망상과 착각은 주영의 원초적인 상흔(억압된 것)이 무의
식으로 드러나는 계기인 것이다. 그리고 유사징후인 주영의 꿈에서 원초적인
상흔의 존재를 확인할 수 있다.

위 (가)의 인용문은 주영이 어머니에게 심한 질책을 한 날 밤에 꾼 꿈의
내용이다. '치마끈을 목에 묶은' 어머니가 '달아나고 있는' 상황은 불안의 원
인이 된 어머니의 죽음과 도망이 외화된 것이라 할 수 있다. 주영은 학수에
대해 겉으로 드러난 감정과 안에 지니고 있는 본래의 감정이 다른 상태, 즉
이율배반적인 상황을 겪게 된다. 그로 인해 주영은 정신적인 고통에 시달리
게 되었고, 그 고통을 어머니에 대한 힐책을 통해 전가시킨다. 주영은 자신의
잘못을 뉘우치고 어머니와 화해를 하고 잠자리에 들지만, 그녀가 품고 있는
뉘우침의 감정은 잠재해 있는 어린 시절의 기억을 일깨운다. 잠재해 있던 유
년기의 상흔은 꿈으로 나타나게 된 것이다.

반복충동은 억압된 것으로의 통제할 수 없는 회귀욕구를 말한다. 주영에
게 있어서 '억압된 것'에 해당하는 것은 유년기의 상흔이다. 유년기의 상흔이
란 다름 아닌 어머니 상실에 대한 불안감을 말한다. 위에서 살펴보았듯이 그
불안감은 떠올리게 만든 것이고, 그것이 꿈으로 나타나게 된 것이다.

---

20) 프로이트에 의하면, 모든 징후는 억압된 소망(또는 소망 덩어리) 뿐만 아니라 억압의 힘
  도 표현한다. 징후는 억압의 힘에 양보해야만 하며, 그렇지 않으면 이것 역시 억압되고
  말 것이라는 것이다. 따라서 징후는 욕망의 표현이자 만족이며, 징후를 통해 성취되는
  것과 회피되는 것이 구분된다고 한다. 징후는 어떠한 자극에 대한 대리적인 만족의 형태
  로 나타나는데, 그 이유는 만약 그 자극이 거부되면 불안이 잇달아 생겨나기 때문이라고
  한다.(마단 사럽, 『알기 쉬운 자끄 라캉』, 김해수 옮김, 백의출판사, 1994, 29쪽.)

그렇다면 유년기 경험의 징후를 통한 현시가 서사구성의 원리로서 어떻게 작용하고 있는가가 의문시 된다. 「반딧불」은 주영이라는 여주인공의 심리적 추이에 따라 서사가 진행된다. 줄거리나 사건 중심의 전개가 아니라, 주인공의 심리 묘사가 중심이 되어 사사가 구성되는 것이다. 그런데 주인공의 심리 묘사 중 많은 부분이 유년기의 경험에 집중되어 있다. 학수와의 결별이라는 사건을 두고 작품의 전개를 전후로 나누어 볼 때 전반부는 주영과 어머니의 고립된 생활과 주영이 유년기에 지녔던 불안감의 내용을 서술하고 있다. 후반부는 유년기의 상흔이 재현된 꿈이 서술의 중심이 된다. 주영의 꿈은 유년기 경험의 현시인데, 이것은 전반부의 서술 상황으로 되돌아가는 것을 의미한다.

4. 인간관계의 단절과 도피

「벽지」의 혜인에서도 나타나는데 혜인은 출생 과정에서부터 결핍 요소가 많아 피해의식이 잠재되어 있는 여성이다. 혜인은 남성을 통해 현실의 결핍으로부터 벗어나고자 하나 이러한 욕구가 좌절되면서 자신의 존재를 새롭게 모색해가는 과정의 고통을 경험하게 된다.

숙인과 혜인은 이복자매지간으로 숙인의 아버지가 혜인의 어머니와 한때 불장난으로 인하여 혜인이 태어나게 되었고, 숙인의 어머니는 혜인의 존재가 남편을 빼앗는다고 생각하며 깊은 소외감을 느낀다. 혜인은 숙인으로부터 병구를 처음 소개받았을 때 지성적인 얼굴에 선량해 보이는 병구를 좋아하게 된다. 혜인은 병구라는 한 남자를 둘러싼 숙인과의 갈등에서 어머니 세대의 갈등이 연속되고 있음을 직감한다. 숙인은 투철하고 논리적인 기질을 타고났으며, 전쟁 중 박이라는 동지를 따라 월북을 하게 되고 병구는 실연의 고통으로 괴로워한다.

　전쟁은 대다수의 소시민들, 그리고 민중들의 전쟁의 주체가 아니라 전쟁에 대한 관전자가 될 수밖에 없는 현실 속에서 피를 나눈 형제들끼리 이데올로기란 이념 때문에 사랑하는 사람과 남과 북으로 갈라져 단절되고 소외된 삶을 살아가게 하고 있는 것이다. 이렇게 국토가 단절되어 사랑하는 사람과 헤어져 소외된 삶을 살아가야 하는 숙인과 병구의 운명은 전쟁이 낳은 결과이다.

　박이란 사나이가 권총을 차고 초조하게 들어왔다. 눈에 핏발이 서 있었다. 숙인은 말없이 일어섰다.

　"언니! 어딜 가요"

　혜인은 자신도 모르게 앉았던 자리에서 발딱 일어서며 소리쳤다. 무엇인지 절박한 것이 가슴에 왔던 것이다.

　"왜 그래, 나 지금 바빠."

　몇 발자국 걸어나가던 숙인이 도로 돌아섰다. 혜인을 바라본다. 혜인에게로 다가오는 것이었다.

　"감상이었다고…… 그렇게 말하란 말이야."

　혜인을 쳐다보고 움직이지 않던 눈동자가 파도처럼 흔들렸다. 다음 순간 숙인은 돌아서서 박이란 사나이의 팔을 잡았다. 해가 벌겋게 기우는 거리에는 살벌하고 삼엄한 발자국 소리만 들려왔다.

―「벽지」, 218쪽

혜인은 숙인이 떠나고 난 후 병구에게 안주하고 싶은 생각이 강렬하게 일어나고 있었으나, 병구의 마음속에 남아있는 숙인의 존재가 과연 언제 사라질지가 문제였다. 그 후 혜인은 병구의 결혼소식에 또 한번 좌절과 극심한 소외감을 느낀다. 특히 혜인은 자신이 주체자로서 확립하여 자기의지를 실천하기보다는 병구라는 한 남자의 우연과 선택만을 기다리는 비주체적인 인물이다. 혜인은 병구라는 남성을 통해 현실로부터 소외를 경험하지만 상실의 고통을 통해 자신의 존재를 자각하고 새로운 삶을 위해 불란서로 떠나게 된다.

그토록 오랫동안 병구를 잊지 못하고 방황을 하였던 혜인은 그 소외의 늪에서 헤어 나와 스스로의 동질성에 회복하고 싶었던 것이다. 인간이 자기 존재의 근원에서 소외당한다는 것이 얼마나 커다란 비극을 불러올 수 있는 것인지, 소외의 늪에서 벗어나려는 인간의 욕구는 참담하리 만치 강렬하다는 것을 깨닫게 된다.[21] 비로소 찾아 나서게 되는 자아의 진실한 근원지, 그래서 그것을 찾아내고서야 진정한 자아로부터 소외되었던 삶의 동질성을 회복할 수 있을 것 같은 집념들, 그런 것이 혜인을 끊임없이 방황하게 하고, 어둡고 질식하리 만치 세찬 바람결에 영혼을 흔들리게 했던 것이다.[22] 그리고 방황 끝에 혜인은 자신의 과거 속에 깊숙이 숨겨져 있었던 자아의 세계를 회복하게 된다

"아무래도 견딜 수 없다. 여기에서는 살수가 없다."

혜인은 중얼거리며 또다시 머리를 부여안고 격렬하게 우는 것이었다. 여기서 살 수 없다는 혜인의 생각은 어디로 떠나야겠다는 생각으로 변하여지는 것이었다. 혜인의 그러한 막연한 생각은 차츰 구체성을 띄우기 시작했다.

- 「벽지」, 227쪽

---

21) 김정자, 「소설성과 소외의 이데올로기」, 앞의 책, 117쪽.
22) 김정자, 앞의 책, 118쪽.

　　“비자”가 나오던 날 밤이었다. 혜인은 영화에게 보내는 편지 속에 다음과 같
은 말을 적어 놓는 것이었다.

　　나를 둘러싸고 있는 모든 것으로부터 나는 놓여지는 것이다. 이곳의 하늘과
햇빛까지도 나는 버리고 간다. 그리고 내 몸에 밴 체취, 그것도 여기에 버리고
갈 것을 원한다. 나에게 있어서 “파리”는 새로운 벽지일 것이다. 그러나 그 새로
움에서 나는 내 마음의 벽지를 개간할는지도 모르겠다.

—「벽지」, 229쪽

　　혜인이 새로운 벽지로 떠난다는 것은 병구를 단념하고 심리적 고통을 잊
기 위한 현실 도피적인 행동일 수도 있다. 그러나 새로운 벽지를 향한 출발
은 혜인에게는 자신의 정체성을 찾아가는 자아탐색의 과정인 것이며, 친구
영화에게 보내는 편지에서 암시하듯 혜인이 이제까지의 소외된 삶에서 새로
운 삶의 방식으로 살아가겠다는 주체적인 행동인 것이다. 오랜 시련과 아픔,
그리고 방황 끝에 혜인은 자신의 과거 속에 깊숙이 숨겨져 있었던 자아의 세
계를 회복하여 떳떳한 자기 세계를 소유하고 존재로서의 본질적인 소외를 극
복하고자 자아 정체성을 찾아 새로운 삶으로 이어지는 것으로 보인다.

　　혜인은 병구가 숙인의 애인이었다는 사실 때문에 병구의 마음을 그대로
받아들이지 못한다. 그러면서도 혜인은 병구에 대한 깊은 애정을 갖고 있으
며 이 애정은 혜인을 더욱 외롭게 만들었다. 결국 혜인은 병구로 인해 생긴
외로움과 소외감을 극복하려는 방책을 세우게 된다. 그 방책으로 혜인은 유
학을 택한다.

사방의 흰 벽이 혜인에게 압축되어 오는 것 같이 느껴진다. 혜인은 그대로 방바닥 위로 꼬꾸라졌다. 통곡에 가까운 울음이 그의 몸을 뒤흔드는 것이었다. 어떻게 해 볼 수 없는 고독과 절망.

"아무래도 견딜 수 없다. 여기에서는 살 수가 없다."

– 「벽지」, 227쪽

그러나 혜인의 유학 결심을 다분히 도피적인 행위이다. '그를 피하기 위하여 수만 리 밖의 이역(異域)으로 간다'는 혜인의 독백에서 드러나듯이 혜인의 공간이동은 타자와의 단절을 위한 것이다.

박경리 단편소설에 등장하는 인물 중 독신 여성들은 대부분 실연의 상처를 안고 있다. 「계산」의 회인, 「전도」의 숙혜, 「벽지」의 혜인, 「집」의 연숙이 그들이다. 회인과 숙혜는 애인의 분명치 않은 태도와 말로 인해 일방적으로 애인과 관계를 단절하였고, 혜인은 언니의 애인을 사랑하다가 혼자서 단념하는 아픔을 겪어야 했다. 연숙은 화재로 인해 남편과 사별하나, 화재가 난 밤에 남편은 연숙을 밀치고 혼자서 창문을 뛰어내렸다. 남편의 죽음 이전에 이미 남편으로부터 차가운 결별을 당한 것이다. 회인, 숙혜가 애인과 이별을 결심한 이유는 애인의 행동과 말이 순수한 애정을 손상시키는 것이었기 때문이다. 그것은 또한 인물들의 자존심을 건드리는 사건이기 때문이기도 하다.

아까도 넌 진정으로 사랑한다면 그 사소한 몇 마디 말을 용서 못하는 것이 우습다고 했지? 그 한번 저지른 말 이외는 아무런 배신행위가 없다고? 그래 그건 사실이야, 그렇지만 난 너의 말을 뒤집어 이야기할게. 가령 여기 바람잡이 남편이 있다고 하자. 그는 여러 여자 친구를 갖고서도 의연히 그의 아내에게 나는 당신을 가장 사랑한다고 했다 하자. 그리고 도 한편은 극히 품행이 단정한 남자가 주위에 조작된 압력에 못이겨 단지 자기만을 옹호하려는 이기심에서 그의 연인을 상(傷)해서 말했다고 하자. 여기서 행하여진 이 두 가지 사실의 양이 질을 능가하겠니? 그 사실이 크고 적은 것만으로 이 결말을 나에게만 책임 지운다면 너는 계량기처럼 수학적인 여자라고 할 수밖에 없구나, 연애는 그러한 공식으로 성립되는 것도 해소되는 것도 아니야.

—「계산」, 272쪽

회인은 경구와의 화해를 의미하는 이성을 허위라고 생각한다. 비록 경구가 자신의 말이 진심이 아니었다고 하지만 회인은 그 사실을 절대로 용서하지 못한다. 문제적인 것은 회인이 '약하고 추한 것에 밤낮 외면만' 하는, 도피적인 성향과 결벽증을 지니고 있다는 점이다.

외면이라는 행동기제는 자아가 싫어하는 상황이나 문제에 접했을 때, 정면으로 대응하는 것이 아니라 그 문제에서 시선을 거두고 얼굴을 돌려버리는 것을 의미한다. 즉, 문제해결을 위해 문제를 정면으로 바라보는 것과는 반대되는 행동기제라 할 수 있다.

「계산」의 주인공 회인은 어린 민이와 유사한 결벽증을 지니고 있다. 회인은 결벽증의 고착 정도가 심해져 평범한 인간관계조차 맺기 힘들어진 점이 다르다. 회인은 전차표를 대신 치워준 남학생에게 고마움보다는 원망을 느끼고, 그 친절을 어떻게 갚아야 할까 전전긍긍한다. 다방에서는 맞은 편에 앉은 사내가 신문값을 대신 내주는 바람에 신문은 읽지도 못하고, 오환짜리 신문값으로 백환과 신문을 테이블 위에 올려놓고 나와 버린다. 그때 회인은 왜 자의적으로 혜택을 남에게 베푸느냐고, 상대방의 호의에 반반하듯 이 나직이 마음속으로 되뇌인다. 성씨에게서 부탁한 차표를 받아들고서도 고맙다는 말이 여간해서 나오지 않는 회인은 히죽 웃어버리고 만다.

아까도 넌 진정으로 사랑한다면 그 사소한 몇 마디 말을 용서 못하는 것이 웃읍다고 했지? 그 한번 저지른 말 이외는 아무런 배신(背信)행위가 없다고? 그래 그건 사실이야, 그렇지만 난 너의 말을 뒤집어 이야기할게. 가령 여기 바람잡이 남편이 있다고 하자 그리고 도 한편은 극히 품행이 단정한 남자가 주위에 조작(造作)된 압력에 못 이겨 단지 자기만을 옹호하려는 이기심에서 그의 연인을 상(傷) 해서 말했다고 하자 여기서 행하여진 이 두 가지 사실의 량(量)이 질(質)을 능가하겠니? 그 사실이 크고 적은 것만으로 이 결말을 나에게만 책임 지운다면 너는 계량기처럼 수학적인 여자라고 할 수밖에 없구나.

－「계산」, 272쪽

회인의 말을 통해서 알 수 있는 것은 그녀가 경구의 한마디에 감추어진 진실이 밝혀진 것으로 파악하고 있다는 점이다. 감추어진 진실이란 경구의 이기심이며, 경구의 말이 진심이 아니었다고 할지라도 이기심에서 비롯된 것임이 명백한 이상, 그것은 명백한 배신 행위라는 것이 회인의 판단이다. 결벽증은 자신에 대해서 뿐만 아니라 상대방에 대해서도 최선의 성실을 요구하는 것으로 나타난다. 경구의 불성실이 그의 말실수에서 명백하게 밝혀졌기 때문에 말의 경중을 따지는 것은 의미가 없다는 것이 회인의 생각이다.

5. 맺음말

　박경리가 작품활동을 시작한 50년대 중반은 6·25전쟁이라는 끔찍한 고난을 겪은 후의 혼란하고 비참한 사회였다. 당시의 피폐한 현실은 모든 가치기준을 상실하게 만들었고 심각한 타락과 부패를 경험하게 하였다. 이렇게 전쟁이 야기한 정신적·물질적 고통은 전후작가들에게는 가장 기본적이고도 중요한 관심사로 자리잡았다.

　50년대 작가들이 일반적으로 그랬듯이 박경리는 자신의 몸담고 있는 전후 사회의 어둡고 칙칙한 분위기를 주로 취재했다.[23] 따라서, 그가 초기에 쓴 전쟁 미망인 소설은 이러한 사회의 반영으로 해석될 수 있다. 다시 말하면, 그의 초기 단편들은 가난한 전쟁 미망인을 내세워 전쟁이 불러일으킨 부조리한 사회를 비판하면서 인간성을 잃지 않으려는 인물의 처절한 노력을 부각시키고 있다.

　초기 단편소설은 전후의 피폐한 현실 속에서 궁핍하게 살아가는 전쟁미망인의 삶을 묘사하고 있다. 홀어머니와 어린 자식을 이끌고 삶을 헤쳐나가는 인물을 통하여 전쟁이 불러일으킨 처절한 고통을 묘사하고 있다. 전쟁으로 인해 속물화된 사회가 초래한 절망적 상황을 통행 인물은 세계의 불합리성을 자각하게 되며, 자아는 물신주의에 빠진 세계에 대한 불신과 날카로운 비판을 표출한다. 부정한 현실에 대한 저항은 적극적인 행동으로 발산되지 않고, 내면세계에 집착하는 소극성을 띤다.

---

23) 박경리는 『Q씨에게 - 박경리 산문집』(솔, 1993)에서 처음 소설을 쓰기 시작할 무렵 나는 아주 어려운 처지에 있었다. 마음도 생활도 온통 가난했었다. 그것은 외적인 상황보다 성격이 빚어낸 슬픔이 한층 깊었을 것이다. 하기는 그 성격이 어떤 문학적 바탕을 마련해준 것은 사실이다라고 말하였다.

작품 속에서 인물이 인식하는 세계는 매우 비극적이다. 선량하고 결백한 자아가 속물적인 세계에서 겪게 되는 삶의 고통에서 시작된 비극적 인식[24]은 특히 50년대에 발표된 초기 단편들에서 두드러지게 나타난다. 인간성을 상실하게 만든 전후의 혼란하고 부정한 사회상황은 인식을 규정하는 결정적인 원인으로 작용하고 있다.

작가는 전쟁으로 인해 폐허화된 현실에서 인간존재에 대한 중요성을 인식하게 되었으며, 그 결과 암울한 현실에서 자아 찾기를 통해 피해의식과 소외의식을 극복하는 과정을 그의 초기소설 주인공들을 통해서 드러내었다. 그들은 암울한 현실을 극복하려는 의지 속에서 자기세계를 구축해 가는 것을 알 수 있었고, 전후의 부정적 현실인식 속에서 소외된 삶을 극복하는 과정을 살펴보았다. 전후의 암울한 현실에서 인간의 존엄성 추구와 소외극복은 무화된 현실적 토대가 작가의 의식 속에 부조리하고 속물적인 것으로 비추어지고 현실적 제약이 인간적인 힘에 의해 극복될 수 없는 한계상황으로 판단될 경우 죽음으로 맞서거나 자아 찾기를 통해 그 극복의지가 드러나고 있다.

---

24) 이덕화, 「비극적 세계와 여성의 운명」, 『페미니즘과 소설비평 – 현대편』, 한길사, 1997, 213쪽.

역사에의 참여와 개인주의 : 선우휘

1. 머리말

선우휘는 1955년 「귀신」을 『신세계』에 발표하여 문단에 데뷔하였다. 그리고 1957년 『문학예술』지에 「불꽃」이 신인당선 작품으로 발표되고, 이 작품이 제2회 동인문학상을 수상함으로써 작가로서 본격적인 활동을 시작하였다. 「불꽃」으로 작가적 위치를 굳힌 선우휘는 「One Way」('56), 「테러리스트」('56), 「화재」('58), 「보복」('58), 「단독강화」('59), 「도전」('59), 「깃발 없는 기수」('59) 등의 많은 작품을 발표하였다.[1]

그의 작품 대부분은 역사적인 사건이나 역사적 현실을 중심내용으로 다루고 있다. 즉, 그의 작품 대부분은 6·25전쟁과 전후사회의 혼란상을 수용하고 있다. 작가가 역사적 사실을 문학적으로 수용할 경우 그것은 단순히 작

---

1) 선우휘는 1955년부터 1984년까지 단편 64편, 중편 7편, 장편 10편을 발표하였다. 이 가운데 50년대에 발표된 것은 20여편에 이른다.

품의 소재로써만이 아니고, 그 속에서 역사적 변화의 가능성이나 역사를 창조하고자 하는 작가적 인식을 보여야 할 것이다. 해방후 우리 문학에서 역사·사회적인 현실의 부각은 현재까지도 우리의 체험적 현실이 되고 있는 분단이라는 상황에 대한 관심을 드러내주는 것이기도 하다. 특히, 선우휘의 경우는 무엇보다 작품의 내적 현실이 일제시대, 8·15, 6·25전쟁이라는 역사의 구체적 현실이라는 것과 선우휘의 사회적 자아(교사, 신문기자, 군인)가 서사적 자아가 됨으로써 현실에 대해 민감하게 적응하는 현실인식을 하고 있다.[2]

그 동안의 선우휘에 대한 논의된 점을 보면 작가·작품론에 집중되어 있으며 특히 작품론에 있어서는 「불꽃」에 대한 단평이 대부분을 이루고 있다. 작품에 대한 이러한 기왕의 단평 위주의 논의는 크게 두 가지로 나누어볼 수 있다. 첫째 민족현실에 대한 수난과 역사적 성격으로 파악한 것[3]이다. 이어령은 선우휘를 논하면서 역사를 통해서 앞으로 있어야 할 역사를 유도해냈다는 점에서 한국문학의 새로운 전위작품으로 평가할 수 있다고 지적한다. 그리고 형이상학적인 인간의 운명을 내적인 것보다는 외적인 것을, 본질적인 것보다

---

2) 김윤식도 이점을 주목하여 선우휘의 문학과 생애와의 상관성을 작품이해의 중요한 준거 틀로 삼고 있다. 그는 그가 교사였다는 것, 기자였다는 것, 그리고 실제 전쟁에 참여한 군인이었다는 것을 틀어서 그의 문학은 자전적 성격이 강한 것이라 말하고, 작가의 이러한 자전적 요소가 작품의 구성력 또는 작품구성의 방법론으로 작용하고 있다고 지적하고 있다.(김윤식, 「선우휘 문학의 세 의미층」, 『선우휘문학전집』 5, 조선일보사, 1987, 411~422쪽)
3) 이어령, 「1957년의 작가들」, 『사상계』, 1958.2.
 김우종, 「동인상 수상작품론」, 『사상계』, 1960.2.
 이광훈, 「선우휘론」, 『문학춘추』, 1965.2.
 홍사중, 「선우휘론」, 『사상계』, 1966.5.
 염무웅, 「선우휘론」, 『창작과비평』, 1967, 겨울호
 구중서, 「참여와 회의」, 『민족문학의 길』, 중원문화, 1985.

는 시대적인 것을 대상으로 하였다고 파악한다. 김우종은 그의 문학에는 의미의 함축이 결여되어 있어 암시성이나 신비성이 없고, 상황인식에 대한 섬세함의 부족으로 관조나 사색의 주저 없이 자기의 가설을 웅변으로 정당화시킨다는 부정적 평가를 하고 있다. 이광훈은 선우휘의 문학을 앙드레 말로의 「인간조건」, 「왕도」 등과 일맥상통하는 문학이라 전제하고, 그의 문학적 특징을 '역사에의 관심', '인간에 대한 애정', '현실의 악에 대한 저항'으로 파악하였으며, 작품 속의 주인공들은 주어진 운명에 항거하고 개척하면서 역사에 대한 관심을 잊지 않는다고 지적한다. 그러나 「오리와 계급장」을 발표한 후 점차 센티멘탈리즘을 빚어낸다고 지적하였다. 홍사중은 선우휘의 독특한 매력은 인간적인 것을 빼앗아가고 있는 것에 대한 불관용성과 패배주의자들에 대한 분노를 표출하는 반골성에 있다며, 그가 정치적 상황을 즐겨 그린 것도 매몰되어 간 인간의 노래를 부르기 위한 것으로 보고 있다. 염무웅은 참여문학론적 견해와 함께 그의 문학을 지배해온 제1의 원리를 소극적 개인주의라 지적하면서 그의 문학이 저항·증인 등과 같은 어휘와 관계 맺지 않았기 때문에 오히려 이 나라 사회의 병리(病理)에 대한 가장 날카로운 증인이 되었고, 문학적 저항이 될 수 있었다고 본다. 그리고 그의 문학을 처음부터 지금까지 지배해 온 정신적 기초는 '남의 일에 흥미도 없거니와 남의 한계를 침범할 생각은 더욱 없다'는 소극적 개인주의며, 이 소극적 개인주의가 사회와의 강요된 충돌을 거쳐 니힐니즘으로 귀착된다고 하고, 그의 소설에서 행동이 있다면 역설적으로 그 행동의 무의미를 증명하기 위한 행동이라고 결론지었다. 구중서는 식민지적 지배와 살육, 그리고 역사의 탐욕스런 청부업자로부터 인간을 해방하는 일까지가 선우휘 소설의 주제가 된다고 지적하고, 60년대 전반에까지 참여와 창조의 의지를 지니는 비교적 건실한 작품으로 일관해

왔던 그의 소설이 60년대 후반으로 들어서면서 좌절과 허탈이 노출되었다고 평가한다.

둘째, 전후의 현실을 극복하기 위한 새로운 인간형의 창조와 저항성격으로 분석·평가한 것이다.4) 이철범은 그의 소설에 나타나는 인물에 대해 역사의 밑바닥에 깔린 역사의식과 그 역사 속에서 벌레처럼 살다가 죽은 인간들의 존재문제를 취급한 점에 있으며 다가올 역사의 희생양을 그렸다고 분석한다. 황헌식은 그에 대해 문체적 특성과 대화중심의 스토리성이 강한 작가로 보면서 입담 좋은 사람의 이야기를 듣는 것 같은 느낌이 든다고 하였다. 그리고 작품의 많은 비중을 소재에 두고 있어서 묘사라는 소재발굴에 더 노력하였다는 평가를 하고 있다. 이경자는 그의 소설에 나타난 역사·정치적 배경을 중시하고 자전적 경향이 짙은 일반적 특성에 기대어 그의 사회적 자아가 서사적 자아로 투영된 모습을 추출하여 참여적 의지에 의한 행동과 체념적 허무주의로 빠졌다고 결론 맺는다. 이점갑은 그의 작가의식에 대하여 현실 참여적인 의지와 종교를 통하여 형성하였으며, 휴머니즘 의식에 나타난 비인간성에의 도전, 인간에 대한 도전, 초월적인 인간애로 나누어 분석하고 있다. 김태순은 한국전쟁이 우리 문학에서 행동주의의 출현바탕이 되었다고 보고 그의 소설이 불합리한 행동을 주로 다루고 있다고 지적한다. 그리하여 말로의 행동주의와 비교하여 인물의 행동을 내일에 대한 목표상실로 인한 개

---

4) 이철범, 「전후한국소설의 인간상」, 『자유문학』, 1963.4.
　황헌식, 「선우휘론」, 『현대문학』, 1972.6.
　김　현, 「허무주의와 극복」, 『사회와 윤리』, 일지사, 1972.
　김상선, 『신세대작가론』, 일신사, 1982.
　권영민, 「전후의식의 극복과 문학적 자기인식」, 『한국문학』, 1985.6.
　이경자, 「선우휘 연구」, 숙명여대 석사학위, 1987.
　이점갑, 「선우휘 소설 연구」, 성균관대 석사학위, 1988.
　김태순, 「선우휘 초기소설연구」, 건국대 석사학위, 1988.

인세계에 함몰한 것으로 파악하고 있다.

이러한 평가는 당시의 역사적이고 사회적인 현실을 민감하게 의식한 나머지 작품 내적 현실에서 과도하게 역사·사회적 의미를 추출하려는 연구의 성과가 보여진다. 그러나 대부분의 지적에서처럼 단평 위주이거나 발표당시의 작품들에 대한 평가인 것이라 전체적이고 종합적인 탐색이 어려운 논의들이다. 따라서 본고에서는 50년대에 발표된 작품을 통하여 한국전쟁이라는 역사적 사실에 대한 작가의 의식과 작품세계에 나타난 현실인식의 양상을 살펴보기로 한다.

2. 역사의식과 현실참여

선우휘의 전후 작품 가운데서 가장 많은 관심을 가졌던 작품은 「불꽃」이다. 이 작품이 그의 대표작으로 간주되는 것은 그의 다른 작품을 이해하고 그에 따른 작가의식을 파악하는 데 중요한 실마리를 제공하기 때문이다. 「불꽃」은 그 동안의 역사적 사실을 토대로 하여 민족의 수난사와 전쟁의 비극을 파헤치면서 역사 속에서의 인간적인 삶을 추구한다는 점이 다루어지고 있다.

「불꽃」의 형식적인 면에서 '여유가 있고 전통적인 한국문장'[5]이라는 평가와 내용적인 측면에서 '현의 행동'에 초점을 맞추어 이루어졌다. 긍정적인 평가와 부정적인 평가가 공존[6]하고 있는 이 작품은 분단소설의 이데올로기

---

5) 이어령, 「1957년의 작가들」, 『사상계』, 1958, 1월호, 48쪽.
6) 긍정적인 입장의 자료는 다음과 같다.
    이철범, 「한국전후소설의 인간상」, 『자유문학』, 1963.4.
    백 철, 『인간탐구의 문학』, 창미사, 1986.
    부정적인 입장의 자료는 다음과 같다.

적 성격을 논의하는 데 중요한 요소를 지니고 있다. 이철범은 역사 속에서 벌레처럼 살다가 죽은 인간의 존재 문제를 취급하였다는 점에서 긍정적인 평가를 내렸고, 정명환은 이 작품이 지녀야 할 적극적인 행동성과 거리가 먼 동시에 극한상황의 문학이 보여주는 나체 상태의 인간적 진실을 포함하지도 않은 것으로 보고, 현을 매우 타당하면서도 소박한 철학을 지닌 채 그것 때문에 홀로 쫓겨다니는 인간이란 점에서, 김현도 센티멘탈리즘과 결부된 비개성적 허무주의를 지닌다는 점에서 부정적 분석을 하고 있다. 문학은 삶의 체험과 심성의 체험을 강화시켜 표현한다.[7] 그리고 문학은 삶의 묘사이고 표현이다. 그것은 체험을 표현하며 또 삶의 외적 현실을 묘사한다. 이렇듯 문학은 체험과 불가분의 관계에 놓여있다. 더욱이 진실한 문학의 기반에 대해서는 살아있는 혹은 생생한 체험이라 생각한다. 그리고 모든 심적인 요소들은 그것과 관련되어 있어야 한다. 선우휘 자신도 작품 창작에 있어서 자신의 체험이 크게 작용하였음을 고백[8]하고 있다. 계속해서 그는 소설을 본격적으로 쓰게 된 동기도 전시중의 특별한 체험에 있었다고 말한다.

「불꽃」은 소설 속의 주인공의 삶을 통해 3·1운동부터 한국전쟁에 이르는 30여 년의 긴 역사적 격동기를 파노라마적으로 압축하여 놓고 있다. 이 작품은 주인공의 의식의 내면을 치밀하게 묘사함으로써 단편의 구성형식 속

정명환, 「전쟁과 한국작가」, 『사상계』, 1963.11.

염무웅, 「선우휘론」, 『창작과 비평』(1967, 겨울호).

임헌영, 「전쟁 속의 인간상」, 『월간문학』, 1969.10.

김　현, 「허무주의와 그 극복」, 『사상계』, 1968.2.

신경득, 『한국전후소설연구』, 일지사, 1983.

7) W. 딜타이, 『딜타이시학 – 문학과 체험』, 김병욱 외 옮김, 예림기획, 1998, 185쪽.

8) 선우휘, 「나의 언론생활 40년 ①」, 『월간조선』, 1986년 4월호.
　이북에서 발생한 일로 미루어보거나 진행되고 있는 변혁의 양상으로 보아 절대적으로 사회주의나 공산주의에 환상을 가져서는 안 된다는 메시지를 전해야한다는 생각일넘 뿐이었다고 술회하고 있다.

에 역사의 격동을 인상적으로 담지하고 있으며, 전쟁 직후의 한국 젊은이들에게 시대가 요구하고 있는 새로운 인간형을 제시하고 있다. 주인공이 과거의 소극적인 인간상을 극복하고 일어서는 모습을 통해 젊은이들의 보다 적극적인 행동성을 부각시키고 있다. 작가는 비극적 상황 속에서 심한 갈등이 난무한 가운데 새로운 돌파구와 현실극복의 새로운 인간을 갈망하고 있다. 「불꽃」은 이러한 상황에 적합한 인물의 성격을 묘사하고 있으며, 고차원적이고도 '새로운 질서에의 갈망'[9]과 같은 새로운 모색의 인물을 창출하고 있다.

고현(高賢)은 공산주의자이고 자신의 할아버지를 살해한 연호를 사살하고, 청부업자들을 격리시키고 주어진 땅 위에 그들 선량한 사람과 함께 새로운 마을을 세우자라는 결심을 한다. 이것은 자신의 이상이나 살아가는 방식이 다름을 용납하지 않는다는 이야기이다. 이 작품이 화제작으로 부상하게 된 이유는 여러 논자들의 지적처럼 우울과 체념 그리고 절망의 어두운 색조가 지배적이던 당시의 작품 분위기에서 벗어나 주어진 한계 상황 속에서 결단을 내리는 인간의 행동의지를 강하게 부각시켰기 때문이다. 다른 작가의 작품에서 보기 어려웠던 주인공의 참여적 행동양식이 당시의 독자들이 깊게 몰입하였던 정신적 불모지대를 일깨워 놓았던 까닭이다.

「불꽃」은 순환구조로 구성되어 있다. 고현의 고향 부엉산 산마루 동굴에서 석양빛을 받으며 회상의 형식을 빌려 시작한 소설은 시간적으로 한밤을 지내고 아침 태양이 떠오르는 동굴에서 고현의 당찬 자신의 결의로 끝을 맺는다.

(가) 산과 산, 또 산, 이어간 산줄기와 굽이치는 골짜기, 영겁의 정적. 멀리서 보면 북에서 남으로 흐르는 골짜기가 마치 푸른 모포를 드리운 것같이 부드러운

---

9) 유기룡, 「한국 현대소설에 나타난 인물형의 특질」, 『국어교육연구』1집, 경북대 사범대, 1969, 76쪽.

빛깔을 보였다. (…중략…) 이 골짜기가 내려다보이는 서녘, 부엉산 산마루. 거기 동굴이 있었고 그 동굴을 등지고 고현(高賢)은 앉아 있었다.

―「불꽃」 1, 43쪽

(나) 현은 흐려져가는 의식 속에서 자기를 부르는 하나의 소리를 들었다. 쿵! 하고 들려오는 포소리보다 가까운 하나의 부르짖음.

'보아, 저소리, 벌써 저기 가까와 오는 그리운 저 목소리?

울음에 가까운 그 부르짖음은 차차 이 동굴로 가까와 오면서 산과 산에 부딪치고 골짜기를 감돌아 메아리에 또 메아리를 일으켜 갔다.

산과 산. 어디까지나 이어간 산줄기. 굽이치는 골짜구니. 영겁의 정적을 깨뜨려지고 거기 새로운 생명이 날개를 치며 퍼득이기 시작했다.

―「불꽃」 1, 93쪽

(가)의 인용문은 소설의 앞부분이고, (나)의 인용문은 소설의 마지막 부분에 해당된다. 소설 내의 물리적 시간은 하룻밤으로 되어 있으나, 소설의 내용 시간은 3대에 걸친 방대한 양을 이루고 있다. 이것은 소설의 내용에 해당되는 '이야기된 시간'이 '이야기하는 시간'[10]보다 훨씬 길게 구성되어져 있기 때문이다. 회상시간의 기점은 6·25의 포성이 울리는 전장을 간접적으로 깔고 있으나, 회상내용은 1919년 독립만세 사건에서부터 시작하고 있다. 직접적 시간이 6·25일뿐, 대부분의 내용적 시간은 아버지가 독립만세를 부르다가 총탄에 맞고, 주인공 고현이 현재 위치하고 있는 동굴에서 죽어 가는 것으로부터 그 후의 '고현'의 할아버지와 어머니의 생활, 그리고 '고현'의 기구한 역정

---

10) 이동하, 「선우휘 "불꽃" 연구」, 『우리 문학의 논리』, 정음사, 1988, 133쪽.

이 파노라마 형식으로 진행된다.

작가의 이러한 구성은 한 가계를 중심으로 현재의 의미, 즉 역사적 소용돌이 속에서 개인의 입신양명을 추구한 고현의 개인적인 존명주의가 어떻게 사회화하는가를 보여주기 위한 장치로 보여진다. 역사적 사건이 개인과 무관할 수 없다는 사회적 인식을 보다 극명하게 나타내기 위하여 역설적으로 고현으로 하여금 도피주의로 일관하게 한 것이다.

「불꽃」은 '고현'의 도피주의 전개과정을 보여준 작품[11]으로 고현이 마지막 단계에 가서 '행동에의 투신'이라는 예정된 구성을 나타내 주고 있다. 또 「불꽃」을 소극적 개인주의, 무저항주의 문학[12]으로 보는 이도 있다. 이 작품에는 할아버지, 아버지, 손자의 3대에 거친 혈연적인 삶과 3·1운동에서 6·25전쟁에 이르는 30여 년의 시대적 삶이 함께 얽혀 있다. 이것은 고현의 성장과정과 외적상황에 반응하는 의식과 행동을 통해 현실적 의미로 확산되고 심화된다. 고현의 할아버지는 철저한 현실 순응주의자의 삶을 살아가고 있다. 그에게는 빼앗긴 조국이라든가 민족의 고통과 수난, 항거나 투쟁 같은 시대적 문제는 관심사가 될 수 없다. 할아버지는 나라와 민족의 현재와 장래에 대해서는 전혀 무관심하며 자신만을 믿어야 한다는 개인주의적 의식을 드러내고 있다. 험난한 세월을 살아가는 동안 그는 본능적인 자기 보호의 후각만을 발달시켜 왔으며, 단적으로 다음과 같이 주장하고 있다.

사람은 순리대로 해야 하느니라. 나라 빼앗긴 것이 좋을리야 있으랴만 종자가 원래 제 구실을 못하는 말종이니 말이다. 그리고 언제는 나라가 사람 살렸다던? 그저 세상 형편에 따라 제 주먹으로 제 일 처리를 해야지 믿을 것은 자기밖

---

11) 염무웅, 「선우휘론」, 『창작과 비평』, 1967년 겨울호.
12) 김현, 「허무주의와 그 극복」, 『사회와 윤리』, 일지사, 1972, 68쪽.

에 없느니라. 딴 녀석을 위해 손가락 하나 까닥거릴 것도 없고 손톱만큼이라도 남의 도움을 바랄 것도 없어. 제 몫으로 제 살림을 해야지.

—「불꽃」 1, 52쪽

위의 장면은 현의 아버지가 독립운동을 하다가 죽은 일을 두고 사람들은 훌륭한 일을 하였다고 평가하고 있다. 그러나 현의 조부는 이러한 가치를 거부하고 현을 질타하는 개인주의적 성격을 드러내고 있다. 이것은 불의와 폭력이 판치는 세상에서 살아남기 위한 극단적인 몸부림이기도 하다. 그러나 이와는 반대로 고현의 아버지는 민족의 독립을 위해 3·1운동의 선봉에 서서 목숨을 바친 사람이다. 역사의 현장에 뛰어든 아버지의 가치지향적 삶의 태도가 고현에게 끼친 영향은 지대하다. 고현은 할아버지의 도피적 삶과 아버지의 현실 참여적인 삶 사이에서 갈등을 겪지만, 실제로 그의 의식과 행동을 지배하는 것은 할아버지의 생활방식이다. 할아버지는 남의 일에 간섭도 않으며, 남의 간섭도 받지 않는 비극적 자유[13]가 싹텄으며 오로지 자기 몫으로 생활을 꾸려나가야 한다는 의식을 드러낸다. 그는 모순된 상황을 극복하겠다는 의지보다는 현실이 주는 공포감에 가위눌리는 경우가 많다. 그의 이러한 달팽이의 삶과도 같은 외면과 도피의 세계는 서서히 깨어지고 만다. 그것은 남이 시켜서가 아니라 고현 스스로의 힘과 의지에 의해 나타나고 있다. 할아버지를 죽인 공산당원 연호를 사살함으로써 폭발적으로 분출한 고현의 행동은 다음과 같은 자기 반성의 계기와 새로운 삶을 향한 주체적 의지를 마련해 주는 기초가 된다.

---

13) 신경득, 『한국 전후소설 연구』, 일지사, 1983, 41쪽.

껍질 속에 몸을 오므리고 두더지처럼 태양의 빛을 꺼린 삶. 산 것이 아니라 다만 있었다. 마치 돌맹이처럼. 결국 너는 살아본 일이 없었던 것이다. 살아본 일이 없다면 죽을 수도 없는 일이 아닌가. 살아본 일이 없이 죽는다는 것, 아니 죽을 수도 없다는 안타까움이 현의 마음에 말할 수 없는 공포의 감정을 휘몰아왔다. 현은 잃어져 가는 생명의 힘을 돋우어 이 공포의 감정에 반발했다.

'살아야겠다. 그리고 살았다는 증거를 보이고 다시 죽어야 한다.'

현은 기를 쓰는 반발의 감정 속에서 예기치 않은 새로운 힘이 움터 오르는 것을 느꼈다. 그 힘이 조금씩 조금씩 마음에 무게를 가하더니 전신에 어떤 충족감이 느껴지자 현은 가슴속에서 갑자기 우직하고 깨뜨려지는 자기 껍질의 소리를 들었다. 조각을 내고 부서지는 껍질, 그와 함께 거기서 무수한 불꽃이 튀는 듯했다. 그것은 다음 차원에의 비약을 약속하는 불꽃. 무수한 불꽃. 찬란한 그 섬광. 불타는 생에의 의욕. 전신을 흐르는 생명의 여울. 통절히 느껴지는 해방감. 현은 끝없이 푸른 하늘로 트이는 마음의 상쾌를 느꼈다.

—「불꽃」 1, 91쪽

여기에는 작가의 메시지도 응축되어 있다. 그러나 스스로도 인정한 작품 구성상의 결함 원인은 작중상황의 구체적인 묘사와 그것에 기초한 현실감을 제대로 획득하지 못한 데 있다. 그리고 그것은 작품 곳곳에 작가의 주관적인 음성[14]이 짙게 반영되고 있다는 사실과도 관계가 깊다. 작가는 우울과 체념 그리고 절망의 어두운 색조가 지배적이던 당시의 분위기에서 벗어나 주어진 한계상황 속에서 결단을 내리는 인간의 행동의지를 강하게 부각시켜 놓고 있다.

---

14) 이동하, 앞의 책, 141쪽.

「불꽃」의 고현은 역사적인 소용돌이 속에 휩쓸리지 않겠다는 태도를 견지하고 있다. 그러면서 주인공 고현은 참여적이며 적극적인 인간의지의 화신으로 드러난다. 작가는 역사적 상황을 정면으로 맞서서 선택하고 행동하는 인간을 지향하고 있다. 따라서 고현은 어떠한 물리적인 힘도 거부하려는 의지를 나타내고 있으며, 어쩔 수 없는 역사의 소용돌이 속에 휘말려 현실 참여적 행동을 하지만 평화적 꽃밭을 부정하지는 않는다. 불가피한 상황 앞에서 행동의 발휘는 필요한 것이었으며, 순수하고 아름다운 것이 해를 입게 될 때 좌시할 수 없는 것이지 순수하고 아름다운 것 자체를 거부하지는 않는다. 그럼에도 불구하고 그의 문학적 기조는 현실상황에 대한 참여적 태도를 강조하기 위하여 작품의 결말 부분에서 다시 한번 강조하고 있다.

꽃밭의 시대가 다 끝났다고 외치는 것은 피할 수 없는 절박한 상황이 정면으로 다가왔다는 것을 암시한다. 꽃밭을 부정하는 것이 아니라 꽃밭을 이루고 사는 조용한 인간들의 세계를 해치는 포악하고 광기 어린 청부업자부터 거부하고 부정해야 된다는 절규를 하고 있다.

「화재」의 나(신문기자)는 전우인 면이 아버지가 경영하는 K관에 불을 지르는 과정에 대해 객관적으로 묘사하고 있다. 아버지가 경영하는 K관이 미신의 소굴이며 의지할 곳 없는 가난하고 무지한 사람을 착취하는 타락한 인간의 온상이라 생각한 면은 K관에 불을 지른다. 이런 행동적 인간으로 발전하게 된 계기는 자신의 책임 회피로 죽은 여자에 대한 기억이다. 그는 그 여자에 대한 죄책감으로 군대에 가게 되고 그는 가해자보다는 피해자가 되려고 노력한다.

K관을 모두 태운 후 그가 경찰에 자수하는 것은 괴로움을 단축하려는 것뿐이라며 지나친 자학적 행동을 보인다. 작가는 면의 이런 행동을 시대의 정

의의 표상으로 대두시키고 있다. 면이 K관에 불을 지른 것은 아버지에 대한 반항의 표출이지만 한편으로 가난하고 무지한 사람들에 대한 애정의 분출행위로 볼 수 있다. 작가는 비록 아버지라 할지라도 정의롭지 않은 사회의 악은 뿌리를 뽑아야 한다는 행동적인 인간을 나타내주고 있다.

50년대의 선우휘 문학은 전쟁의 악마성과 참혹상을 '증언'하고 인간의 존재 가치의 유린을 '고발'하며 사회악에 '저항'한다는 '휴머니즘'의 정신을 지향한다. 이는 당시의 문단에 풍미했던 실존주의와 함께 작가의 책임과 윤리성을 강조했던 당대의 평문과 문학적 사고에 힘입은 바 크다.

3. 분단된 현실에의 적응

「오리와 계급장」은 한국 사회에서 흔히 볼 수 있는 권력의 위세를 그려내고 있는 일종의 사회심리적 접근법이 돋보이는 작품이다. 권위를 세우기 위해 계급장이 필요하고 계급장의 위력 하나로 모든 것이 해결되기도 하는 모순된 현실을 객관적으로 조명하고 있다. 이 작품은 분단된 현실과 사상적 갈등에 처한 현실에서 오는 아픔을 드러내 주고 있다. 그러면서 이 작품은 공산주의와 반공주의 활동의 전력을 가진 고향이 같은 두 사람의 화해를 모색하고 있다. 김 선생님과 춘봉 형님은 동향의 이북 출신인 성대령과 10여 년 만에 국민학교 은사인 김 선생을 찾아가는 것으로 시작된다.

춘봉이 남한의 우익 테러리스트로서 날렸던 과거 시절의 자신을 과시하기 위해 성대령을 시골로 초대하여 지프차의 클랙슨을 동네 어귀에서 누르게 하는 것과 지서에 그와 동반하여 인사하러 가는 것이라든지, 김 선생이 이북에 그대로 남아 있었으면 거뜬히 국장이 되었을 거라는 것은 아직도 테러리스트로서의 자신의 위치를 향수하고 있음을 드러낸다. 그러나 춘봉이나 김 선생이 이념이 소용없어진 지금 더 이상 이념만을 지키며 살기를 포기하고, 이념을 초월 현실에 적응하여 시골에서 오리를 먹이며 생활하려고 노력하는 자세, 또한 두 사람이 지난날 대립했던 감정을 잊어버리고 반가워하며 만나는 자세는 이념과 상황 속에서의 갈등을 극복하고 현실상황을 극복하려는 태도로 볼 수 있다.

> 춘봉 형님은 달게 담배를 빨았다.
> "거기선 닢초를 썰어서 신문지에 말아 먹는게 기껏이야."
> "식량 사정은 어떤가요?"
> "보리 한가마씩을 받는데 반찬은 산채웨."
> "김 선생님두 그걸 먹겠군요?"
> "그럼, 거기서야 누구나가 다 한가지지. 생각하문 김선생 팔자두 티껍게 기박한 거웨. 이북에 그대루 남아 있었으문 지금은 거뜬히 국당이지."
>
> —「오리와 계급장」 1, 213쪽

이 같이 옛날 이북에서 좌익의 선봉장 노릇을 열렬히 했던 김 선생과 서북청년회에 가입하여 주먹 꽤나 썼던 춘봉 형님은 과거 이념 때문에 서로가 적대시한다. 그러나 이들이 이념과 상황의 갈등에서 벗어나 현실에 적응하며 지내고 있는 모습은 이념을 초월하고자 하는 작가의식을 내포하고 있다. 그러나 정작 문제는 자기 이익만을 앞세우는 농촌의 풍경에 있다. 과거에 노동자, 농민을 위해 열정적으로 싸웠던 김 선생조차도 계급문제 만으로서는 해결할 수 없는 농촌의 풍경을 비판함으로써 이전의 인간을 옹호하고 있다.

> 뭐, 누구든지 그렇지. 난 여기 와서 새삼스럽게 깨달은 것이 있는데, 한때는
> 나두 노동자 농민하고 떠들어 봤지만, 그렇게 한마디 추상명사로 묶을 수 없는
> 무엇이 있는 것 같애. 너 나 할 것 없이 곤란한 점도 있겠지만 영 얘기가 안 통
> 하는 걸.
>
> ─「오리와 계급장」1, 227쪽

이들은 오리를 키워보겠다고 근처의 못 쓰는 돌밭 열 평 정도를 땅주인
에게 빌려달라고 했지만 그는 인색하게 거절한다. 획일적이고 일률적인 이념
이나 사상이 인간을 얼마나 비참하게 만드는지를 생각하게 하는 대목이다.
그러나 이 문제는 반항이나 적극적인 행동으로 해결되는 것이 아니고, 의외
로 평화적인 이해로 해결되고 있다.

'폭력에 대한 향수'를 순간적으로 느꼈으나, 애써 참아내는 성대령을 통해
작가는 모든 사상, 이념, 선인과 악인을 초월하여 인간에 대한 폭넓은 애정을
추구하겠다는 의식을 드러낸다. 이러한 초월적 인간애를 이루기 위한 방법으
로 제시되는 것이 상대방에 대한 세심한 존중, 인정에 의지하고 있다. 상대방
에 대한 이러한 존중의 태도는 곧 상대방에 대한 이해를 뜻하는 것이며 적대
적인 인물과의 화해에 중요한 역할을 한다. 춘봉 형님은 노래를 부르는 자리
에서도 세심한 배려를 생각하고 있다. 그것은 버릇처럼 부르던 공산당 쳐부
순다는 서북청년회의 노래를 부르게 될까봐 조심하는 데에서 알 수 있다. 한
편 이들은 헤어지는 장면에서도 넘치는 인정미를 표출시키고 있다. 작가는
비인간적인 행위를 하는 인물에 대해서는 인간적인 애정으로 화해에 이르게

하고, 과거의 적이었던 인물에 대해서는 인격적인 대접과 인정미를 통해서
초월적인 인간애를 고취시키는 휴머니즘을 발휘하고 있다.

> 십평도 못되는 땅…… 대령의 눈에 그것은 오리장이 아니라 어떤 영토같이
> 보였다. 이 영토를 위해서 대령이 필요했는지 몰랐다.
> 대령은 슬그머니 손으로 오른편 옷깃에 달린 계급장을 만져보았다.
> 조국이여! 민족이여! 동포여!
> 문득 대령은 이렇게 입에서 뇌어 보았다.
>
> 　　　　　　　　　　　　　　　　　　　　－「오리와 계급장」 1, 230쪽

이렇게 가면을 벗은 이들의 모습에서 자신의 실체를 보여주는데 이는 분
노보다는 애수를 느끼게 한다. 그의 작품세계는 1959년 테러리즘과 비인간화
의 현실을 나타내 주는 「깃발 없는 기수」를 발표한 뒤에 새로운 전환기에
접어들고 있다. 휴머니즘적인 행동주의를 바탕으로 한 역사에의 도전과 현실
과의 대결을 통해 지식인의 책임과 적극적인 현실참여의 의지를 보여주었던
그는 50년대 이후로 보다 깊은 인간내면의 성찰에 관심을 기울인다.

「깃발 없는 기수」는 해방공간에서 좌우익으로 나뉜 불안한 사회상황 속
에서 무엇인가 의미를 찾아보고자 몸부림쳤던 젊은이들의 모습을 그린다. 이
작품의 서두에서 작가는 "데데하고 무능한 탓으로 액운을 당하고 앉은 채 뭉
개는 인간의 경우란 연민보다도 노여움이 앞선다"라고 밝히고 있듯이 그의
작품에 등장하는 인물들은 스스로가 처해있는 현실의 상황을 적극적으로 부
딪쳐 가고 있다. 그것은 해방후 혼란한 한 시기에 삶을 살아나간 젊은이들의
정신 풍토를 그린 동시에 해방후의 한국의 정치적·사회적·정신적 풍토에

대해 대담하게 해부[15]하고 있다. 해방후에 나타났던 대립의 극한상황 속에서 나타나는 인간성의 상실, 또는 정치의 비인간성에 의한 주인공들의 비인간화에 초점을 두고 있다.

이 작품은 주인공 '윤'과 그의 친구들인 반공 운동가 '용수', 사회주의자인 '순익', 자유주의적 휴머니스트인 '형운', 그리고 '윤'의 하숙집 주인인 전직 사회주의 운동가와 그의 가족 및 사회주의 운동지도자 '이철' 등을 중심으로 이야기가 전개된다. '윤'은 신문기자로서 해방후 혼돈기에 진정한 깃발은 무엇인가를 찾아 헤매는 지식 청년이다. 처음부터 부조리한 상황을 정면으로 저항하고 비판하고 있다.

멀리서 얕본 것이 탈이었다고 생각했다. 그 병사도 역시 윤보다는 귀 위 한 뼘이나 더 컸던 것이다. 윤은 지긋이 입술을 깨물었다. 이 언저리를 지날 때마다 윤은 늘씬히 키가 뽑힌 오가는 미군 병사들의 체구에 어찌 할 수 없는 위압감을 느끼고 마음이 언짢았다.

그뿐 아니라 한 마장이나 되는 돌각담 밑을 무수히 스쳐 가는 그들의 얼굴을 보며 지나고 나서 첫 번째 가게의 한구석에 공교롭게도 깨어진 커다란 거울을 힐끗 들여다보는 때면 거기 누르스름한 볼품 없는 빈상의 조그만 사나이를 발견하곤 했다. 그것은 윤 자신의 초라한 모습이었다.

그가 일부러 그 거울을 외면하게 된 것은 벌써 오래였다.

—「깃발 없는 기수」 3, 23쪽

여기서 미군 병사의 커다란 외적인 힘에 상대적으로 몸을 움츠러들 수밖

---

15) 홍사중, 「테러리즘과 비인간화」, 『현대한국문학전집』 12, 신구문화사, 1967.

에 없는 자신을 발견한다. 그는 상대적으로 열등감에 사로 사로잡혀 있다. 그러면서도 그는 미군에 대한 강한 적개심을 보여준다. 미군병사가 허리를 꿰차고 가는 여인의 뒤를 미행하며 친구에게 "언제고 기어이 해칠 테니까" 그리고 "한 번 엽전의 진가를 보여 줘야겠어. 양놈에 못지 않게 으스러 터지도록 젖가슴을 문질러 줘야겠단 말이야" 등의 독설은 그러한 감정들을 잘 드러낸다.

그의 친구들 중 '순익'을 제외하고는 모두가 '윤'과 마찬가지로 진정한 깃발이 무엇인지 확실히 모르는 채 그것을 찾아 헤매고 있다. '윤'은 방황의 과정 중에 좌·우익 이데올로기의 극렬한 대립을 목격한다. 또한 아버지의 못이룬 꿈 때문에 어쩔 수 없이 사회주의 운동에 가입하였다가 마침내는 조직의 비정함에 대항하다 죽고 마는 주인집 아들인 '성호'의 비극적 운명과 겉으로는 순교자인 양 꾸미고 있지만 보이지 않는 곳에서는 미군 정보를 캐내기 위해 자신의 애인마저 희생시키는 '이철'의 양면성을 목격한다. 그리고 '형운'의 동반자살을 보면서 휴머니즘의 고귀함을 깨닫기도 한다. 작품의 마지막에서 '윤'은 '이철'을 총으로 쏴 죽임으로써 행동적 휴머니즘을 몸으로 실천한다. 이를 통해 「깃발 없는 기수」는 역사에 대한 구체적 전망을 형상화하고 있다. 그것은 바로 「불꽃」과 마찬가지로 행동적 휴머니즘의 삶인 것이다. 이데올로기는 어떤 것이나 기만이고 허위이지만, 행동적 휴머니즘은 인간의 보편적 본질과 일치하는 올바른 삶의 방식이라는 주장이 이 소설의 주제라 할 수 있다. 행동의 문학은 일반적으로 운명에 저항하고 투쟁하는 인간의 모습을 통해 인간의 존엄성과 위대성을 보여주고 있다. 이러한 전망을 바탕으로 해방후 역사의 총체성이 제시된다. 그리고 작가의 과도한 서술적 개입이 절제되고 서술과 묘사의 조화를 추구한 점, '대상들의 총체성' 제시라는 장편소설의 본질에 좀더 접근한 점에서 진일보하고 있다.

「테러리스트」의 인물 '걸(傑)'은 혼란기의 극우단체 행동대원으로, 월남한 동료들과 극우단체에 들어가서 정치적으로 적대관계의 인물 제거용 테러리스트로 이용당하였으며, 그리고 나중에는 권력의 뒷전으로 밀려나지만 과거의 테러에 대한 미련과 향수를 가지고 살아가는 인물이다. 그래서 그는 입버릇처럼 "그래도 옛날은 좋았는데"라는 말을 한다. 전쟁 후의 혼란한 상황에서 이북에서 남하한 '성기형님'을 따르면서 잔존한 공산당원들을 공산당이라는 사실만으로 폭력을 행사하면서 살아간다. 피난 와서 빈대떡 장사를 하는 이북 아주머니에게 행패를 부리던 젊은이를 거리낌없이 두들길 수 있었으나 사회가 점점 안정이 되면서 그들이 싸워야 할 대상은 더 이상 공산당이 아니었다. 이 테러리스트들은 주먹을 휘두를 공산당이 없어짐으로써 테러의 대상을 잃어버리게 된다. 공산당을 쳐부수는 일에 오로지 몰두하는 것으로 목표를 삼고 살아온 이들은 더 이상 폭력의 명분이 존재하지 않았다. 거기에다가 그들이 추종하던 정신적 지주인 '성기 형님'마저 정치적 신념을 잃어 무용한 존재가 되어버린 것이다. 지난날 빨갱이들이 찾아왔을 때 유지인 '김가'가 살려달라고 빌었지만 지금 '걸'은 그들에게서 제거되어야 할 존재로 바뀌었다.

「테러리스트」의 인물들은 항상 자기의 행동이 정의를 위한 것이라는 명분아래 폭력밖에 믿을 수 없다라는 논리로 살아왔다. 그러나 공산당이 존재하지 않는 지금 그들은 목표를 상실한 뒤의 행동은 어떤 명분으로도 정당화되지 못하고 있다.

4. 화해를 위한 휴머니즘

선우휘 작품의 또 하나의 서사적 구조는 미워하던 상대를 이해하고 동정하기까지의 과정을 그린 것에서 찾을 수 있다. 「똥개」는 그러한 서사적 구조를 갖고 있는 작품으로 휴머니즘 의식이 깔려있다.

「똥개」의 기본구조를 보면, 타인에 대한 적개심으로 똥개에 그 타인의 이름을 붙여놓고 구박하다가 그 타인에 대한 적개심이 해소되자 똥개를 사랑스럽고도 안쓰러운 눈길로 바라보고 있다. 이는 '미워하던 상대를 이해하고 동정하게 되는 과정'이라는 서사적 구조를 갖고 있으며 '똥개'는 등장인물의 심리의 변화과정을 구체적으로 드러내 주는 매개물로 작용하고 있다.

용칠이와 달호는 소작인의 아들로서 모두 가난한 집안에서 자랐다. 달호가 모진 고생으로 논밭 몇 마지기에 조그만 기와집 한 채를 마련할 동안 용칠은 계속 소작을 하고 있었다. 평범한 두 사람의 생활은 해방과 6·25라는 역사적 사건을 맞이하면서 달라진다.

해방이 되어 '로스케'가 들어오고 공산당이 생기자 용칠은 뽑혀서 면농민동맹 위원장이 되었다.

감투를 쓰고 속이 뒤집혔는지, 용칠이는 처음 달호의 눈을 피하는 듯 하더니 차차 공연한 트집을 잡기 시작했다.

고지식한 용칠이가 상부에서 시키는 대로 한다는 얘기도 있었으나 어떻든 달호는 마음이 편할 수가 없었다.

일본놈 밑에서 친일파 노릇을 했느니, 만주에 다니면서 아편장사를 했느니, 터무니 없는 중상을 했다.

이 년 가까이 달호와 용칠이는 반목을 계속했다.

결엣 면에서 젊은이들이 공산당원들과 싸우고 보안서에 끌려간 사건이 생겼을 때 용칠이는 달호보고 눈을 부라리며 시비를 걸었다.

-「똥개」 1, 98쪽

역사적 급변기에 열심히 일하던 두 사람은 적대관계에 놓이게 된다. 「똥개」에서 미움의 대상은 용칠이다. 주인공 달호가 용칠이로 인해 월남한 후 휴전을 맞는 바람에 북에 두고 온 처자와 생이별을 하게 된 상황이 타인(용칠이)에 대해 적개심과 노여움을 품게 된 원인과 동기가 된다. 달호는 이북에서 면농민 위원장이 된 친구 용칠의 핍박에 못 이겨 단신으로 월남한 후 복수와 저주에 대한 일념으로 살아간다.

그러나 달호의 적개심은 남으로 피난해 온 민호를 통해 용칠이의 회개와 죽음을 전해 들음으로써 소멸된다. 즉, 용칠이의 실수로 어머니가 넘어져 죽게 된 후 자신의 행적을 반성하고, 자학으로 인해 자살까지 했다는 사실을 들은 것이다. 이때부터 달호는 용칠이를 증오의 대상에서 연민의 대상으로 여기게 된다. 개인적인 원한차원에서 복수의 대상이 된 사나이가 죽었다는 이유로 용서하면서 동정을 하는 것은 당시 역사적인 상황에 기인된 것으로 파악할 수 있다.

「거울」은 독특한 형식을 지닌 소설이다. 손님의 직접적인 목소리는 완전히 배제된 채 이발사의 말만을 통해 간접적으로 감지될 뿐이며, 전직 형사의 푸념이 직접 화법으로 단 한차례 소개되는 것을 제외하면 처음부터 끝까지 이발사 혼자만의 독백으로 구성되어 있다. 이발사의 독백을 통해 머리 깎고 비누를 풀고 더운 물수건을 얼굴에 얹고 콧수염을 깎는 이발사의 동작이 동적으로 느껴지도록 하고 있다. 독백만으로 유지해 나가기엔 꽤 긴 분량일 뿐 아니라 이발사가 손님에게 이야기를 들려주는 형식을 취하고 있다.

작가는 대화식의 문장을 이야기 형식으로 삽입시켜 독백조의 긴 이야기 나열이 어색하지 않도록 하고 있다. 20여 년 전 이발사는 이발소에서 조수 역할을 하던 중 어느 날 허름한 차림을 한 젊은 사람하나의 머리를 깎아준 적이 있는데 그 날 그는 바로 경찰서에 끌려가 그 손님 간 데를 대라며 갖은 고문을 당하게 된다. 사흘 뒤 풀려나긴 했지만 그 때 상한 팔이 굳어져 왼쪽 팔이 불편한 병신이 되고 만다. 그때 고문했던 형사가 자신의 이발소에 찾아와 우연히 다시 만나게 된다. 그 형사는 아무 것도 모른 채 이발사만을 믿고 푹 잠이 든다.

그 손님이 대체 누군가구요 아차, 그걸 잊었군요 바루 그때 내팔을 분지른 형사란 말입니다. 어떻습니까? 외나무다리가 분명하죠

이마빡부터 밀어가기 시작했는데 손이 떨리고 숨이 가빠지더군요. 머리속에선 그 때 당하던 가지가지 일이 엉켜 돌아가면서 벌집이 터진 것처럼 윙윙 소리를 내기 시작하더군요 몇 번이나 밀어 가던 면도날을 멈춰서 그대로 엎눌러 버릴 생각도 했죠 그런데 한 가지 딱 걸리는 게 있더군요 여느 손님처럼 마음을 푹 놓고 눈을 감고 누워 있으니 말입니다. 저를 찾아온 손님이란 게죠

—「거울」 1, 112쪽

그러나 자신을 고문했던 형사임을 안 이발사는 미움과 증오, 적개심에 사로잡히지만 전직 형사의 기름기 없고 주름진 얼굴을 본 뒤 '늙었구나' 하는 생각에 마음이 약해진다. 그러나 다시 마음을 사납게 먹고 칼날을 세우는 등

한동안 양가감정에 망설인다. 이때 일곱 살 가량 된 사내애가 문을 열고 전직형사에게 들어와 '아바지'라고 부른다. 그리고 큰애가 전쟁에 전사를 했으니 결국 큰놈인 셈이라는 말과 함께, 자신이 저지른 죄가 너무 많아 아들이 죽은 것이라는 말을 듣게 된다. 이 말을 들은 이발사는 평정을 되찾게 된다. 어린 놈 하나 커 가는 걸 보는 게 한 가지 남은 낙이라고 하며 아들 손을 잡고 나란히 걸어가는 그의 모습을 이발사는 한참 동안 창에 끼어진 유리 너머로 보고 있다가 그 모습이 꼭 자기 자신의 모습일 수도 있다는 생각을 하며 그를 마음으로부터 용서한다.

「보복」은 술집에서 '나'는 처음 보는 사나이에게 까닭 없는 미움을 느끼면서 한국전쟁 당시 유격대의 전신인 특수부대장을 맡던 시절에 만난 맹을 그리고 있다. 공산주의 이념을 쫓던 맹은 밀고자에 의하여 보안서에 입건된 아버지가 화차에 실려 소련으로 압송되고, 이에 분함을 못 이긴 형이 보안서를 습격하다가 죽음을 당하고, 자신도 아버지처럼 화차에 실려 소련으로 압송된다. 그는 '원수의 편에 선 축들을 닥치는 대로 죽이자'는 결심으로 압송되는 화차에서 탈출, 월남한다. 전쟁이 발발하자 맹은 특수부대에 자원하였으며, 전쟁을 그의 보복을 위한 계기로 인식하고 잔인한 행동을 표출하고 있다.

어느 조그만 언덕 위에 몰린 인민군 한 명이 손을 들었다. 그를 쫓던 대원 한 명이 '앞에 총'을 한 채 천천히 다가서고 있었다. 쌍방의 거리가 삼십여 보로 단축되었을 때 손을 들고 있던 인민군이 갑자기 풀숲에 푹 쓰러지면서 수류탄 한 개를 투척했다. 그것은 불과 오륙 초 동안의 일이었다.

그때 그것을 보고 있던 한 명이 대원이 기묘한 소리를 지르면서 인민군한테로 뛰어 올라갔다. 엉거주춤 일어서는 인민군에게 사오발의 총탄을 퍼부은 그는 쓰러진 인민군에게 다가가자 총검 세례를 퍼붓기 시작했다. 한 번, 두 번, 세 번 그는 미친 듯이 연거푸 인민군을 찔렀다.

－「보복」 1, 168쪽

원수의 편에 선 인민군만이 아니라 부역자들까지 죽여버린 것이다. 그러다 주을을 지나 경성 가까이 고개를 넘다가 꼼짝을 않고 있는 인민군 한 명을 발견한다. 그 인민군 병사는 까맣게 거슬린 열 여섯 살의 어린 아이였다. 그는 바른쪽 옆구리에 총을 맞아 방한복 밖으로 꺼먼 피가 덩어리져 있었다. 이것을 본 맹은 심적 변화가 일기 시작한다. 그래서 그는 옆구리 부상을 입은 인민군을 등에 업고 가까운 인가를 찾아 내려간다. 그러나 도중에 그 인민군은 죽고 만다.

적을 죽일 때도 특정한 미움을 없애고 감정 없이 전쟁의 룰에 따르려고 애썼던 나는 맹을 떠나 보낸 뒤, 아우슈비츠의 유태인 학살에 관한 책을 읽고 일종의 현기증이 일어났다. 왜냐하면 맹이 적에 대한 잔인한 태도를 가지고 적을 살상한 반면, 나는 상대에 대한 증오감정을 제거한 채 전쟁의 룰에 따라 적을 죽인다는 사실로 자위해 왔기 때문이다. 그러나 아우슈비츠의 유태인 학살 역시 적개심에 불타 적을 죽이는 맹보다 상대에 대한 원한이나 미움 없이 상대(적)를 죽인 자신의 태도에 더 가까움을 깨닫고 마음이 무거워진 것이다.

한편 맹은 심경의 변화를 일으킨 후 '복수할 단 한 사람'을 찾아 유격대원으로 북에 파견되어 그의 아버지와 형을 죽이는 데 앞장섰던 사람을 죽일 수 있는 기회를 만나게 된다. 그러나 마음을 다잡고 그를 죽이려는 순간 맹은 사나이의 초점 잃은 눈을 보게 된다. 그 눈을 보고는 맹은 복수를 단념하고 돌아서서 나온다. 보복으로 일관했던 그가 인민군 병사와의 만남을 계기로 두려움과 고통을 느끼게 된 것이다. 그래서 그는 더 이상 인간을 죽일 수 없었던 것이다. 인간 생명의 존엄과 가치에 대한 자각을 계기로 인간의 본성을 회복한 맹은 군인인 자신이 전쟁 하에서 생존하기 위하여 남을 죽여야만 하는 현실의 고민 속에서 결국 죽음을 선택하게 된다.

「단독강화」는 우리 민족이 우리들의 의지와는 전혀 관계가 없는 전쟁을 치러야 하는 비극적 상황에 대해 인간 내면의 감동적인 장면을 통해 전개되고 있다. 간밤에 전투를 치르고 낙오된 두 병사는 춥고 굶주린 가운데 미군 '씨레이숀'을 얻고 기뻐하고 있다. 그런 북한 병사의 '동무'라는 말에서 남한 병사는 적임을 알아차리고 대검을 뽑아든다.

"너 괴뢰구나"

"괴뢰?"

"괴뢰지! 꼼짝 마라 손들어."

가냘픈 편의 손에서 깡통이 떨어져 땅바닥에 굴렀다.

"너 괴뢰지?"

"아, 아냐 난 인민군야."

"역시 괴뢰군."

"너, 넌 뭔가?

가냘픈 편의 목소리가 떨렸다.

"나? 난 국군이다."

"국방군! 괴 괴뢰구나."

"자식이, 꼼짝 마."

국군 병사는 인민군 병사의 가슴에 총검을 겨눈 채 그의 옆으로 다가가며 거기 놓여진 총을 힘껏 구둣발로 걸어찼다.

-「단독강화」 1, 249쪽

인민군 병사가 무의식중에 내뱉은 '동무'라는 말에 국군병사는 신경을 곤두세우고 적대감을 표시한다. 두 병사가 상대방을 똑같이 '괴뢰'라 부르며 적대시하는 희극적이면서도 비극적인 상황 설정을 통해 분단현실을 민족적 이질감의 층위에서 인식하고 있다.

선우휘 자신은 자신의 작품 중 대표작으로 「불꽃」이 아닌 「단독강화」를 꼽고 있다.[16] 그것은 휴머니즘 차원의 선과 악, 이념의 차이를 뛰어 넘는 것으로 보았기 때문이라 볼 수 있다. 동족간의 싸움에서 서로가 상대편의 괴뢰가 되는 비극과 그 비극 속의 나약한 개인에 대한 작가의 시각은 어느 하나의 체제나 이념을 뛰어넘어 '인간'이라는 인식과 '인간'이라는 조건에 따르는 연민과 인간애의 구현으로 작가 선우휘의 인간애의 넓이를 엿볼 수 있게 한다. 이데올로기에 대해 잘 모르는 채 희생당하는 선량한 사람들에 대한 구별 없는 인간애의 실현이란 가치를 구현하고 있다. 두 병사의 대화 속에서 작가는 분단을 극복하려는 의지와 함께 해결방안을 찾고자 하는 노력을 하고 있으며, 동시에 민족동질성을 회복하려는 의도적인 행동으로 볼 수 있다.

인민군 병사가 가난한 사람, 농민들, 일하는 사람이 먹고 살 수 있어야 한다는 말에 국군병사는 수긍을 하면서도 다시 반문을 하고 있다. 국군병사의 반문에는 노동자, 농민을 잘 살게 하겠다는 이상과 꿈은 인정하지만, 그것을 명목으로 저지르는 전쟁과 살인에 대한 소리 없는 원망이 담겨 있다. 분

---

16) 선우휘, 「부둥켜안고 전사한 남과 북의 병사」, 『아버지의 눈물』, 동서문화사, 1986, 257
　～261쪽.

단극복에 대한 방안은 이러한 사실의 자각이며 그러한 자각이 민족분단 극복의 선결과제임을 암시하고 있는 것이다. 그러나 작품 속에서는 역사상황과 그것의 근본적인 이치를 따지는 것을 회피하고 있다.

> "이 세상엔 똑똑하다는 놈이 너무 많다는 거야. 그런 놈들이 비단결 같은 말만 늘어놓고 남의 일에 뛰어들어 말썽을 일으키지."
>
> "그럼 바보가 많아야 하나요?"
>
> "나는 바보올씨다. 이런 사람이 되려낫지."
>
> "어떻든 너무 이치를 따지는 건 안 좋와."
>
> "그럼. 그저 들어넘기나요?"
>
> "어떻든 지금은 따질 때가 아냐. 다만 오늘밤은 여기서 새우고 해가 떠서 아침이 되면 너는 북으로 가고 나는 남으로 가는 것뿐이지."
>
> -「단독강화」 1, 256쪽

낙오된 두 병사가 만나 분단문제에 관한 대화를 나누지만 이치를 따지는 것은 좋지 않으며 따질 때가 아니라는 국군 병사의 말에서 소극적인 인식태도를 볼 수 있다. 작가는 남북 병사의 죽음으로 결말을 지어, 개인의 의지가 집단의 의지에 무기력하게 패배 당하는 모습을 드러내고 있다. 정훈장교 시절 소설가 몇 분에게 전쟁 중에 나온 소설을 볼 때마다 '그게 아닌데'라는 불만이 쌓여 갔던 것이 '소설을 써볼까' 하는 생각을 낳게 했다는 그의 회고[17]에서 알 수 있듯이 1950년대의 그의 문학은 전쟁을 체험한 세대로서의 증언문학의 성격을 띠고 있다.

---

17) 선우휘, 「정훈장교 시절 <불꽃>을 쓰기까지」, 『문학사상』, 1984.4.

5. 맺음말

전후에 등단하여 분단으로 비롯된 전후 현실을 형상화한 작가는 많지만 분단의식과 현실 참여적인 의식을 바탕으로 지속적인 활동을 한 작가는 많지 않다. 선우휘는 50년대 전후 현실의 주된 사조였던 실존주의의 영향을 받지 않고 처음부터 사실적 경향을 추구했던 폭넓고 객관적인 리얼리스트적 면모를 드러내고 있다. 또한 남과 북의 어느 한쪽에 치우치지 않는 시각으로 전후 현실을 묘사하고 있다. 그의 작품이 민족분단과 깊이 연계되어 있는 것은 실향민이라는 개인사적 측면도 있지만 근본적인 이유는 민족전체의 비극적 현실을 자신의 현실로 동일시한 작가의식 때문이라 할 수 있다.

선우휘는 역사적 변혁기를 직접 체험한 작가로서 대부분의 작품에는 역사적 사건들을 소재로 하여 역사현실에 대한 인식태도를 구현하고 있다. 그리고 그는 작품 속에서 전쟁이 끼친 변화와 격동기의 역사적 힘이 인간에 어떠한 충격과 영향을 주는가를 사실적으로 구체화하고 있다. 본고는 그의 50년대 초기 전후소설을 중심으로 그의 역사적 인식과 현실 참여적 인식을 파악하였다. 개별 작품의 분석을 통한 결론을 정리하면 다음과 같다.

첫째, 그의 역사에 대한 현실 참여적 행동의식을 「불꽃」의 고현을 통하여 제시하고 있다. 고현은 우유부단한 삶을 추구하다가 시대적 상황에 대한 양심적 가책을 느끼고 정의롭게 행동하려는 돌파구를 마련하고 있다. 고현은 역사의 소용돌이 속에서 휩쓸리지 않는 태도를 견지하면서 참여적이며 적극적인 인간의지의 화신으로 구체화시킨다. 이러한 의식은 「화재」에서도 같은 방식으로 드러나고 있다. 그것은 부조리한 현실에 대한 도전과 직접적인 행동의식을 드러낸 것이다.

둘째, 분단된 현실에의 적응하는 모습을 「오리와 계급장」의 춘봉을 통하여 드러내고 있다. 그는 분단된 현실과 사상적 갈등에 처한 현실에서 베어나는 민족적 아픔을 구현하고 있다. 이러한 적응관계는 「깃발 없는 기수」, 「테러리스트」 등에서 나타내고 있다. 「깃발 없는 기수」는 해방후의 불안한 사회 상황에서 삶의 의미를 찾아보고자 하는 젊은이의 모습을 제시하고 있다. 신문기자인 주인공 '윤'은 해방후의 혼란스러웠던 시기의 깃발은 무슨 의미를 지니는가를 탐구한다. 이러한 점은 「테러리스트」의 '걸'을 통해서도 나타나고 있다. 그것은 좌우의 정치적 극단과 적대관계로 인한 폭력적 행동을 유발하고 있다. 그러나 이들은 목표를 상실한 행동은 아무런 의미가 없음을 금방 알아챈다.

셋째, 남북 이데올로기로 인한 증오에서 벗어나 서로를 이해하고 동정하는 휴머니즘의 구현을 들 수 있다. 이는 「똥개」나 「거울」, 「보복」, 「단독강화」 등에서 드러나고 있다. 이들 작품의 주인공들 모두가 남북의 이데올로기에 의한 피해나 증오감에서 갈등을 겪다가 본질적 인간문제로 돌아서는 휴머니즘을 발휘하고 있다. 「거울」의 이발사는 개인에게 원한처럼 느껴졌던 이데올로기의 문제를 인간에 대한 본질적 이해에서 그것을 승화시키고 있다.

선우휘는 1950년대 전후 신세대 문인의 한 사람으로서 전쟁과 그로 인한 사회적 변동과 무관하지 않은 문단 상황에서 50년대 문학의 보편성을 공유한 채 작가 스스로의 뚜렷한 개성과 문학적 경향을 가지고 50년대 문학에 공헌하였다. 해방과 전쟁으로 인해 기존의 문인들이 사망하거나 월북 또는 납북되어 문인들의 교체가 급격히 일어난 1950년대에 선우휘는 김성한, 장용학, 손창섭, 오상원, 이범선, 이호철, 하근찬 등의 신세대 작가들과 더불어 실존주의적 분위기로 전쟁과 전후의 상황을 휴머니즘적 시각에 입각해서 그렸다는 공통적인 특성을 공유하면서도, 다른 작가들보다 밝고 긍정적인 시각으로, 형상화에 집착하기보다는 꾸밈없는 직정(直情)의 창작을 하였다.

03

전후 폭력적 상황과 휴머니즘 : 오상원

1. 머리말

오상원(1930~1985)은 1955년 「유예」가 한국일보 신춘문예에 당선된 이후 본격적인 작품활동을 시작한 신세대 작가군[1]에 속한다. 당시의 신세대 작가들은 한국전쟁에 직접 참가한 경험을 바탕으로 하여 전쟁의 비정성과 모순성을 작품으로 형상화하였다. 이들은 어디까지나 과거의 모든 것을 신뢰하지도 않으며 계승하려 하지도 않고, 오히려 과거의 것에 대하여 반항하고 새로운 것을 얻으려 하는 작가군이다. 즉, 역사적 전환점에 상응되는 정신이 마련되어 있다고 보고 있다.

오상원은 그동안 40여 편의 중·단편소설과 2편의 희곡작품을 남겼다.

---

1) 김상선, 『신세대작가론』, 일신사, 1982, 51쪽.
신세대 작가군으로는 손창섭, 장용학, 김성한, 곽학송, 전광용, 정한숙, 최일남, 박경리, 이범선, 오상원 등이 거론되고 있다.

그의 왕성한 작품활동은 1955년부터 1960년에 이르는 동안에 이루어졌다.[2] 그의 작품에 대한 이해는 1958년 「모반」이 동인문학상을 수상하면서부터 이루어지고 있다. 이 작품은 소설 구조적 측면에서 영화적 수법에 의한 이야기의 입체적 조화와 심리적 복선에 의한 새로운 구상이라는 평가를 받았다. 그 이후 그에 대한 평가에서는 서로 상반된 평가를 받게 되는데 김우종, 황순원, 박남수 등은 부정적인 평가를 내렸으며, 유종호, 김윤식, 이어령, 김현 등은 긍정적인 평가를 내렸다. 이들의 연구[3]는 대체로 하나의 작품에 대한 단편적인 해설을 겸한 평가를 내리고 있다는 단점을 드러내고 있다.

그러나 그의 소설에 대한 본격적인 연구는 80년대 이후 이루어지기 시작하였으며, 신세대 작가의 특성을 지니는 것으로 문제삼는 경우와 50년대의 실존주의 수용의 양상으로 보는 연구[4]로 이루어졌다. 이외에도 전쟁포로라는 극한상황을 설정하여 개인의 실존의미를 추구해나가기도 하고, 정치적 암투가 횡행하는 혼란기에서 테러리스트로서 활약하는 인물을 형상화함으로써 행동주의에 따른 모랄의 의미를 제시하는 것으로 평가받고 있다.[5] 그는 전쟁이

---

2) 1955년 한국일보 신춘문예 「유예」를 당선작을 비롯하여 1960년 「황선지대」까지 23편의 작품을 남기고 있다. 본고에서는 이 시기에 발표된 작품 가운데 17편을 대상으로 삼는다. 발표서지의 불명확으로 미처 구하지 못한 작품에 대한 연구는 다음으로 미룬다.

3) 당시의 동인문학상 심사위원은 황순원, 김동리, 안수길, 백철, 박남수이었는데 작품에 대한 장단점의 평가를 서로 다르게 지적해놓고 있다. 「동인상수상 작품론 - 심사경위」, 『사상계』, 1958.10.

　김우종, 「동인문학상 작품론」, 『사상계』, 1960.2.

　김윤식, 「오상원·오유권·이범선과 그의 문학」, 『신한국문학전집』, 어문각, 1986.

　이어령, 「휴우머니티에의 긍정 - 모반」, 『신한국문학전집』, 어문각, 1986.

　유종호, 「도상의 문학 - 오상원」, 『현대한국문학전집』, 신구문화사, 1982.

4) 김상선, 『신세대작가론』, 일신사, 1982.

　신경득, 『한국전후소설연구』, 일지사, 1983.

　우한용, 『한국현대소설구조연구』, 삼지원, 1990.

5) 오상원에 대해 다양한 연구는 다음과 같다.

　김병익, 「6·25와 한국소설의 관점」, 계간 『현대사』, 창간호, 1980.

끝난 후의 사회현실의 변화상을 문제삼아 전쟁이 남긴 상처회복의 가능성여부를 가정의 테두리 안에서 묻기도 하고, 지식인이나 소외계층의 전락한 삶이 영위되는 현장을 제시함으로써 사회적 관점에서의 작가의식을 관철시키려는 의지를 보이기도 하였다. 또한 그는 전후 현실에 대한 반항적 의식을 제시하는 과정에서 인간의 내면세계에 눈을 돌려 인간 삶의 본질과 그것의 존재의미를 추구하였다.

이러한 사실은 작가가 전쟁을 엄연한 역사적 사실과 이에 의해 규정될 수밖에 없는 전후사회 현실이라는 객관적 조건에 처해 있는 상황에서, 자신을 지탱시킬 수 있는 대응논리를 확고하게 마련하지 못한 처지에서 나름대로 내보인 다각적인 방향모색의 여러 과정을 설명해주고 있는 것이다. 그의 작품은 전후의 극한 상황에서 살아가는 개인의 실존의지를 다룬 작품과 전쟁으로 상처받은 전후 현실에 대한 현실인식을 드러내주고 있다.

이에 본고는 오상원의 개인적 전쟁체험과 전후 현실을 다양하게 형상화시킨 구체적인 작품을 통하여 살피도록 한다. 이러한 연구는 앞서 기존연구에서 보았듯이 몇몇 한정적이고 단편적인 작품의 연구에 머물렀다는 한계를 극복하고 그의 전후문학에 대한 종합적인 성격과 특징을 밝히는데 그 의의를 둔다.

김상선, 『신세대작가론』, 일신사, 1982.
김우종, 『한국현대소설사』, 성문각, 1982.
김윤식, 『한국현대문학사』, 일지사, 1983.
_____, 『우리 소설과의 만남』, 민음사, 1986.
송태욱, 「오상원 소설 연구」, 연세대 석사학위, 1992.
이현석, 「전후소설의 서사구조와 수사적 성격 연구」, 서울대 석사학위, 1997.
임준호, 「오상원 소설 연구」, 서울대 석사학위, 1996.
조건상, 『한국전후소설연구』, 성균관대 출판부, 1993.
조남현, 『한국현대소설의 해부』, 문예출판사, 1993.

2. 실존적 존재와 휴머니즘의 발현

1950년대 전후에 나타난 특징 중의 하나는 전쟁이라는 한계 상황 속에 서 있는 인간의 존재의미에 근원적 물음을 던지는 실존주의적 경향[6]의 대두이다. 가족이 해체되고 모든 사회적 공동체가 파괴되어 가는 전쟁의 부조리한 상황 속에서 살아남은 인간존재에 대해 회의와 갈등을 겪는 작가들의 문제의식은 자연스런 현상이라 볼 수 있다. 이러한 실존의식의 표현은 인간 고유의 휴머 니즘을 회복하는 것으로 보고 있다. 그것은 전쟁의 상처를 극복하고 새로운 사회를 건설하는 원동력은 인간들의 관심과 애정을 바탕으로 형성되는 것이 라 보기 때문이다. 이러한 가운데 오상원의 소설은 인간존재의 본질에 대한 물음에서 비롯되고 있으며, 작품 속의 인물들이 무의미의 근원이며, 인간에게 가장 위협적인 요소로 작용하는 인간조건의 인식에서 출발하고 있다.

「유예」는 대학 재학중 군대에 소집된 지식 청년을 인물로 등장시켜 수색 대의 소대장으로서 전투에 참가한 그가 적진에서 낙오하여 포로로 잡힌 상황 을 설정한 후 죽음을 기다리는 인물의 내면을 추적해 가는 작품이다. '포로' 에서 '죽음'으로 이어지는 극한 상황에서 인민군의 장교가 심문하고 난 후 그 결과가 결정되는 사이 죽음이 유예되고 있는 순간을 다루고 있는 것이다. 주 인공은 모두 인민군의 포로가 된 인물들로 존재의 가치가 부정되는 고립된

---

6) 서구에서 실존철학의 본격적인 논의는 제1차 세계대전 이후 사회의 격심한 해체기를 거친 1920년 후반 부터 약 10년 간이었다. 실존주의는 기술지배시대에 대한 반동, 과학주의에 의 반동, 기술시대의 지성우위에 대한 반동과 개성의 위기, 정신의 위기를 바탕으로 시작 되었다. (조가경, 『실존철학』, 박영사, 1991, 20쪽.)
우리나라의 실존사상은 1930년대 초부터 조금씩 그 내용이 소개되면서부터 본격적인 논의 는 1950년대에 들어 와서이다. 이는 1946년 발표된 사르트르의 『실존주의는 휴머니즘이 다』라는 책이 소개되면서 논의가 활발해졌다.

상황에 처해 있으며 공산주의에의 사상적 전향과 그로 인한 생존을 선택할 수 있는 여유가 한 시간밖에 남아 있지 않은 사형수이다.

> 누가 죽었건 지나가고 나면 아무것도 아니다. 그들에겐 모두가 평범한 일들이다. 나만이 피를 흘리며 흰 눈을 움켜쥔 채 신음하다 영원히 묵살되어 묻혀갈 뿐이다. 나만이 피를 흘리며 흰 눈을 움켜쥔 채 신음하다 영원히 묵살되어 묻혀갈 뿐이다. 전 근육이 경련을 일으킨다. 추위 탓인가…… 퀴퀴한 냄새가 또 코에 스민다. 나만이 아니라 전에도 꼭 같이 이렇게 반복된 것이다.
>
> 싸우다 죽는 것, 그것뿐이다. 그 이외는 아무것도 없다. 무엇을 위한다는 것, 무엇을 얻기 위한다는 것, 그것도 아니다. 인간이란 태어난 본연의 그대로 싸우다 죽는 것, 그것 뿐이다고 생각하였다.
>
> ─『동아』, 409쪽7)

포로가 된 주인공은 인민군 장교가 그에게 던지는 사상 전향의 문제를 고민하기보다는 자신이 처한 조건 자체를 인식하고자 한다. 그 결과 인물은 심한 고독감에 사로잡히게 되고 '싸우다 죽는 것'이 인간 존재의 본질이라는 추상적인 결론에 도달한다. 또한 이러한 이처럼 인물들은 고립된 상황에서 자신의 존재의 의미를 탐색하고자 노력한다. 고립감에 사로잡혀 있는 인물들은 존재의 공허함, 존재의 무상성에 침윤될 수밖에 없다. 이때의 존재 의미는 순수한 현사실로서 인간의 어떤 본질 규정보다 앞서 있는 실존의 의미8)이기

---

7) 작품인용는 두 가지 방식으로 이루어질 것이다. 오상원의 작품이 흩어져 있는 관계로『한국문학소설대계』(동아출판사, 1995)에 수록된 작품과 여기에 수록되지 않은 작품은 원래의 발표지면 자료를 표기한다. 전자의 경우는 게재지면(『동아』, 쪽수)로 표기하고, 후자의 경우는 발표지면(예 :『사상계』, 쪽수)로 표기하기로 한다.
8) F. 짐머만, 이기상 역,『실존철학』, 서광사, 1987, 42쪽.

도 하다. 그러한 인간으로서의 존재 가치에 대한 모든 것이 제약되고 박탈당한 상황에 처해 있지만 인물들은 끝까지 자신의 존재에 대한 신뢰를 포기하지 않는다.

　찬 눈이 얼굴 위에 스치자 정신이 돌아왔다. 일어서야만 한다. 그리고 정확히 걸음을 옮겨야 한다. 모든 것은 인제 끝나는 그 순간까지 정확히 나를 끝맺어야 한다.
　그는 눈을 다섯 손가락으로 꽉 움켜 짚고 떨리는 다리를 바로잡아 가며 일어섰다. 그리고 한 걸음 한 걸음 정확히 걸음을 옮겼다. 눈은 의지적인 신념으로 차가이 빛나고 있었다.

―『동아』, 419쪽

　전쟁은 자기 존재의 무의미성 및 자기가 지향해온 가치의 무성, 내가 죽어도 세계는 아무런 이상이 없이 여전히 그대로 있다는 허무와 절망, 그리고 그곳에서 수반되는 고독과 불안, 이런 것들을 직접적으로 자각할 수밖에 없게 만드는 현장이며 그런 현실과 직면해야만 하는 상황이다. 전쟁은 인간이 마주칠 수 있는 최악의 상황 중에 하나임은 재론할 여지가 없다. 그러면 이러한 극한 상황에서 오상원이 제시하는 인간의 조건은 무엇인가. 오상원의 휴머니즘은 전쟁이라는 상황, 그 현실의 인식으로부터 출발하여 그러한 현실에서 인간의 의미와 극복의 가능성, 즉 인간조건을 감상적이거나 낙관적인 전망에 의해서가 아닌 투철한 현실인식으로부터 추출해낸다.

　또 눈과 기와와 추위와 싸움이 계속되었다. 한 사람, 두 사람, 이 자연과의 싸움에 쓰러지기 시작하였다. 소대장님, 하고 마지막 한 마디를 외치고 눈 속에 머리를 박고 쓰러지는 부하들을 볼 때마다 그는 그 곁에 무릎을 끓고 그 싸늘한 마지막 시선을 지켰다. 포켓을 찾아 소지품을 더듬는 그의 손은 항시 죽어간 부하의 시체보다도 더 차가웠다. 소대장님…… 우러러 쳐다보는 마지막 부하의 그 눈빛, 적막을 더듬어가며 죽음을 재는 그 눈은 얼음장보다도 더 차가운 그 무엇이 있었다.

─『동아』, 410쪽

살아있는 주인공의 손이 시체보다도 더 차갑다는 표현은 과학적으로는 성립되지 않는 역설적인 표현이다. 그러나 이 역설적인 표현 속에 주인공의 심경이 미학적으로 드러난다. 사랑하는 부하의 죽음 앞에 아무것도 해줄 수 없는 무력감이 그것이다. 죽어 가는 부하에게 기껏 소지품을 챙길 수밖에 없는 고통은 주인공의 가슴을 찢을 것이다. 오상원은 이러한 감정을 전혀 묘사하고 있지 않다. 그럼에도 불구하고 건조한 문체와 긴박감 있는 묘사, 냉정한 중립적 시선을 통해서 보여주는 상황은 비극성을 띠는 데 성공하고 있다. 독자는 죽은 시체보다 더 차가운 손을 가진 주인공에게 오히려 인간적 요소를 발견하고 있기 때문이다. 이러한 상황은 낙오된 주인공이 불안과 고독 속에서 사람을 그리워하다가 마을을 발견하는 부분이다.

소복이 집들이 둘러앉은 마을! 가슴이 뭉클하고 눈물이 핑 돌았다. 그는 눈물을 머금으며 마을로 내려갔다. 마을 어귀에 다다랐다. 집 문들이 제멋대로 열어 젖혀진 채 황량하다. 눈이 마을 하나 가득히 쌓인 채 발자국 하나 없다. 돼지우리, 소 헛간, 아…… 사람들이 사는 곳! 그는 방안으로 들어갔다. 열어 젖힌 장롱…… 방바닥 하나 가득히 먼지 속에 흩어진 물건들… 옷! 찢어진 낡은 옷들! 그는 그 옷들을 주워서 꽉 움켜쥐었다. 아, 사람냄새! 때묻은 사람의 냄새! 방안을 둘러본다. 너무도 황량하다. 사람 사는 곳이 이렇게 황량해질 수는 없는 것만 같이 느껴진다.

-『동아』, 416쪽

사람의 냄새 속에서 인간과의 유대감을 확인하고 있는 이 장면은 오상원의 작품에서 드물게 나타나는 감상적인 표현이다. 감탄부호로 연결된 문장 또한 그렇다고 볼 수 있다. 그러나 동시에 이곳에 깔려 있는, 인간과의 유대감의 확인, 연대의식의 지향 등은 오상원의 작품 도처에서 나타난다.[9] 물론 오상원의 시각은 냉철한 리얼리스트이지만, 그의 시선 중에는 휴머니즘의 시각이 자리잡고 있다.

"이 둑길을 따라 곧바로 걸어가시오. 남쪽으로 내딛는 길이오. 그처럼 가고 싶어하던 길이니 유감은 없을 거요"

피해자는 돌아섰다. 한 발자국, 한 발자국 걷기 시작하였다. 뒤에서 두 놈이 총을 재었다.

바야흐로 불길을 뿜으려는 총구를 등뒤에 받으며, 조금도 주저 없이 정확한 걸음걸이로 피해자는 눈길을 맨발로 헤쳐가고 있다. 인제 몇 발의 총성과 더불어 그는 무참히 쓰러지고 말 것이다. 똑바로 정면으로 눈준 채 조금도 흩어질 줄 모르는 그의 침착한 걸음걸이……

눈앞이 빙빙 논다. 그는 마치 저 언덕길을 걸어가고 있는 것이 자기인 것만

---

9) 이 요소를 탁월하게 형상화시킨 작품으로는 인민군병사와 국군 낙오병 사이에서 일어나는 상황을 그려낸 「모멸」이 있다.

같았다. 순간 그는 총을 꽉 움켜쥐었다. 내일을 위해 오늘의 싸움을 피한다는 것은 비겁한 수단이다. 지금 저 눈길을 걸어가고 있는 피해자는 그가 아니라 내 자신이다. 내가 지금 피살당하러 가고 있는 것이다. 쏴야한다. 그는 사수를 겨누었다. 숨죽이는 순간 이미 그의 두 총구에서는 빗발같이 총알이 쏟아져 나갔다. 쓰러진다.

─『동아』, 417쪽

위의 상황은 주인공이 인민군에 의해서 총살당하는 국군장교를 발견한 순간이다. 타인과의 유대감을 지향하는 존재로서 실존하는 인간이라면 그 지향이 관념상으로서가 아니라 삶의 실제 행위로서 드러나야 한다. 저 언덕길을 걸어가고 있는 것이 "자기인 것만 같은 관념"으로부터 "그가 아니라 나 자신이다"라는 사실인식에 이르는 것은 작가의 휴머니즘이 현실의 삶과 실존적 행동을 수합하는 것임을 입증해준다.

그가 나 자신이라면, 나를 향해 총구를 겨누는 적을 향해 총을 쏘아야 하는 것은 정당방위이자 본능이다. 내일을 위해 오늘 총을 쏘지 않는 것은 비겁한 행위가 된다. 왜냐하면 그것은 그를 나 자신으로 본다는 것이 관념에 불과한 것일 뿐, 실제 나의 인식은 그와 나를 별개의 타자로 보는 것임을 의미하기 때문이다. 그런 사람에게 있어 타인과의 유대를 지향하는 휴머니즘은 관념 속에 고착되어 있는 것이지 그의 삶 속에 있는 것이 아니다.

주인공은 국군장교를 향해 총을 쏘는 인민군에게 총을 쏘는 것이 아니라 바로 자신을 향해 총을 쏘는 적에게 총을 쏜 것이다. 주인공은 자신의 행위가 결국은 자신의 죽음을 야기 시키는 것임을 알면서도 그 행위를 선택하고 결행한다. 그 행위가 비록 세계 자체를 변경시켜줄 의미를 갖고 있지 못하더라도, 그것은 자신이 인간임을 다만 자기 스스로에게 증명하고 확인하는 것이다. 결국 주인공은 총탄에 맞고 포로가 되며, 국군 장교와 동일한 상황에서 처형되고 만다.

> 흰 눈이 회색빛으로 흩어지다가 점점 어두워 간다. 모든 것은 끝난 것이다. 놈들은 멋쩍게 총을 다시 거꾸로 둘러메고 본부로 돌아들 갈테지. 눈을 털고 추위에 손을 비벼 가며 방안으로 들어들 갈 것이다. 몇 분 후면 화롯불에 손을 녹이며 아무 일도 없었던 듯 담배들을 말아 피고 기지개를 할 것이다. 누가 죽었건 지나가고 나면 아무것도 아니다. 모두 평범한 일인 것이다. 의식이 점점 그로부터 어두워 갔다. 흰눈 위다. 햇볕이 따스히 눈 위에 부서진다.
>
> ―『동아』, 420쪽

주인공의 죽음에도 불구하고 세상은 변화가 없다. 이러한 죽음에 대해 장윤수는 '끝의식'으로 규정하고 있다. 그것은 죽음이 유예된 시간에 대해 의식이 '끝나는' 것으로 계속되다가 '끝난'것으로 이행되면서 작품이 종결된 것으로[10] 보고 있다. 그러나 주인공은 그 사실을 알고 있으면서도 그에 매몰되어 주어진 세계에서 도구화되기를 거부하여, 결국 성취여부와 상관없이 인간의 가치를 지향해 가고 있다. 이 주제는 바로 죽음이 유예된 부조리한 상황 속에 처해 있는 모든 인간들 중에서, 과연 인간이기 위한 조건이 무엇인가를 모색해내는 총체적 작업이다.

「죽음에의 훈련」에의 주인공은 이국인 포로 수용소에 감금된 한인 병사

---

10) 장윤수, 「6·25, 그 문학적 대응의 한 양상」, 『1950년대의 소설가들』(송하춘·이남호 편), 나남, 1994, 165쪽.

이다. 미군 포로들이 모두 석방된 후 혼자 남게 된 주인공이 죽음에 직면하고 있다. 여기서 고독이 생기는 인간존재의 불안문제를 다루고 있는데, 인간의 삶이 바로 연속되는 '죽음의 훈련'과 다름이 아님을 보여준 것이다.

모두들 떠나갔다. 남은 것은 그 하나뿐이었다. 그는 굳어버린 화석처럼 어둠만을 지키고 서 있어야 하는 것이었다. 주위에는 다만 서서히 짙어오는 어둠을 타고 죽음처럼 무겁게 침묵만이 뒤덮어 가고 있다. 그는 눈을 감았다. 마음이 몹시도 어둡게 흩어진다. 그리고 수없이 지나간 대화의 그늘이 머릿속에서 거리의 소음처럼 떠 달아가고 있다.

－『사상계』, 267쪽

주인공 '문'은 소외된 인물이다. 함께 있던 미군 포로들은 모두가 석방되고 자신만이 소외된 상황에 그대로 남아 있다. 그러나 주인공은 이러한 현실에 그대로 굴복하지 않고 더욱 강한 생존의식을 드러내 보이고 있다. 그것은 주인공이 신으로부터와 포로교환에서도 소외되고 예외가 되어버린 상황에서 무조건적으로 믿어야만 하는 독백의식11)과도 같은 것이다.

모든 것은 죽음에의 훈련이었다. 그리고 이 죽음에의 훈련은 아직도 계속되고 있는 것이다. 나는 이 훈련 속에서 지금껏 나는 지켜온 것이다. 죽음에의 훈련…… 이것은 확실히 어두움이었다. 그리고 이 지루한, 뼈저린 죽음에의 훈련은 나의 죽음을 위하여 있는 것은 결코 아닌 것이었다. 그리고 지금도 이것은 계속되고 있는 것이다! 언제 끝날지도 모른다. 끝나는 순간이 문제는 아닌 것이다.

---

11) 임준호, 「오상원 소설 연구」, 서울대 석사학위, 1996, 19쪽.

언제 끝나건 언제까지 계속되건 그것이 문제될 수는 없는 것이다. 다만 이 죽음
에의 훈련을 통하여 더 강한 삶만을 찾아 악착스러이 이겨 가면 되는 것이다.

―『사상계』, 286쪽

현재의 상황에서 주인공은 자신의 죽음을 피하지 않고 있다. 오히려 더욱
강인한 자신을 만들기 위한 훈련의 과정으로 생각하고 있다. 이러한 의지는
극한상황에 처한 인간의 강인한 생존의식의 표출과 전쟁이 남긴 상처의 극복
이라는 긍정적인 주제의식으로 나타난다. 지금 주인공은 결코 살려서 '돌려보
내 주지는 않을 것이 뻔한' 전쟁포로의 처지에 놓여 있다. 그러나 주인공은
자신의 목숨이 '언제 끝나건 언제까지 계속되건' 전혀 상관하지 않고 있다.
여기서 "죽음에의 훈련"과정이라고 할 수 있을 작품의 공간은 주인공이 생존
에의 강한 의지를 드러내 보이는 하나의 가상이라 할 수 있다.

「균열」은 정적을 살해하는 과정에서 겪는 한 테러리스트의 심리적 고뇌
를 생생하게 드러내고 있다. 주인공 형제는 소련의 점령군 치하에서 '자립당'
이라는 정당활동을 한다. 그러나 소련의 사주를 받은 '신진당'에서 '자립당'의
당수인 형을 암살하게 된다. 그는 '자립당'의 조직원으로서 이러한 테러행위가
정치권력과 관련된 문제이기 때문에 무의미하다[12]고 생각하는 가운데서도 동
료들이 요구하는 '신진당' 당수의 보복 살해를 반대하며 심한 갈등을 느낀다.

한 사람을 쏘아 죽이지 않으면 안 되는 것이다 방아쇠를 당기는 순간 고막을
꿰뚫는 듯한 일발의 총성과 함께 커다란 몸집이 중심을 잃고 털썩 눈앞에 쓰러
질 것이다. 복도에 차가이 울리는 발자국 소리가 점점 정확히 침실 쪽으로 다가

---

12) 임준호, 앞의 논문, 10쪽.

오고 있다. 그는 숨을 죽였다. 문 앞이다! 한쪽으로 커든이 드리운 창문 너머로 마주 보이는 도어, 그 도어가 열리는 순간, 그는 오버 포켓 속에서 권총을 꺼내었다. 둘째 손가락 끝이 방아쇠 위에서 철편 끝처럼 차가이 울리고 있다.

―『동아』, 421쪽

여기서의 살해의 대상은 '자립당'의 당수였던 형을 죽였을 뿐만 아니라, 소련에서 밀파되어 정치공작을 펴고 있는 '신진당'의 당수이다. 그러므로 형을 죽인 개인적인 원한을 갚기 위해서는 물론이고, '자주자립 정신'의 실현이라는 '자립당'의 정당이념을 수호하기 위해서도 반드시 제거해야 할 대상인 것이다. 그러나 주인공은 개인적인 원한과 정치적인 보복이라는 이중이 살해동기에 대해서는 부정적인 생각을 드러내 보이고 있다.

한 사람을 죽인다는 것, 한 사람의 심장을 향하여 방아쇠를 당긴다는 것, 이것은 간단한 일이다. 무엇 때문에? 아무것도 아니다. 그러나 아무것도 아닌 이 작은 것을 가지고 우리는 얼마나 많은 시간을 두고 토론과 계획을 셈 질 하였는지 모른다. 나로 보면 무의미한 것이다. 하지만 쏘아 죽여야 한다는 것이 귀결된 유일의 결정이었다. 그리고 이것을 내가 쏘아야 한다. 모든 동지는 내가 쏠 것을 믿고 있고 또 내가 쏘아야만 하며 내가 쏘는 것이 당연한 도리라고 생각하고 있는 것이다. 그러므로 나는 쏘아야만 하게끔 되어 있는 것이다.

―『동아』, 422쪽

형을 죽인 '진보당' 당수를 자신의 손으로 살해해야 하겠다는 원한의 감정은 조금도 발견할 수가 없다. 단지 그가 신진당 당수를 살해하려는 이유는 동지들의 암묵적인 요구와 그런 요구에 의한 자신의 의무감 때문으로 나타나고 있다. 살해를 앞둔 한 시간 전까지도 주인공은 자신의 의지 속에서 결정되지 않은 이 임무에 대해 끊임없는 갈등을 겪고 있다. 게다가 독립운동을 하다 불구가 되어 돌아가신 아버지의 유언은 주인공의 마음을 더욱 복잡하게 만든다.

> 그 음성은 몹시 부드러운 것이었으나 폐부를 찌르는 듯한 쓰라림이 있었다.
> "인간이란 충실히 자기를 살아가는 것을 의미할 것이다. 사상을 위한 것도 좋다. 주위를 위한 것도 좋다. 하지만 그것이 인간의 전부는 아니다. 하나를 위하여 인간을 버려서는 안 된다. 생활의 한 조건을 위하여 자기를 불구로 만들고 죽여서는 안 된다. 인간의 가치는 하나를 위하여 자기를 죽이는 것이 아니라 자기에게 부여된 생명을 끝까지 손색없이 충실히 살아가는 데 있을 것이다. 그런 것이 아닐까? 인간에게는 인간으로서의 더 큰 무엇이 있는 것이 아닐까?"
> —『동아』, 434쪽

역사적인 인간의 의미보다는 '부여된 생명을 끝까지 손색없이 충실히' 살아가는 개인의 생명존중의식을 더욱 중시하는 아버지의 유언이다. 정치적인 '행동'과 개인의 '생명존중의식'이라는 선택된 기로에서 주인공은 더욱 갈등을 겪고 있는 것이다. 그러나 그이 심리적인 동요는 암살의 정당성과 무의미함, 거사의 두려움에서 그의 무의미의 근원은 실존적인 문제[13]로 돌려지고 있다. 그는 신진당 상수를 살해한 후 지금까지 보였던 모습과는 다른 모습을 보이고 있다.

---

13) 송태욱, 「오상원 소설 연구」, 연세대 석사학위, 1992, 38쪽.

쏘는 이상 죽여야 한다. 그의 걸음이 멈춰지는 것과 동시에 몇 발의 총성이 요란하게 울렸다. 눈 앞에는 신진당 당수가 맥없이 쓰러져 가고 있었다. 또 연발하여 총성이 울렸다. 커다란 몸집이 털썩 쓰러지며 계단을 미끄러져 떨어졌다. 그는 또 당겼다. 현관 유리창이 요란하게 부서져 날아갔다. 동시에 모든 것이 깨어져 나가는 것만 같았다. 모든 것이 산산이 깨어져 나간 눈앞에는 아무 것도 없었다. 또 몇 방의 총성이 거리를 두고 측근에서 울려 왔다. 그른 경련적으로 몸을 떨었다. 그리고 뜨거운 무엇이 주르르 이번에는 그의 내부에서부터 흘러내리는 것 같았다.

모든 것은 그의 주위에서부터 깨어져 나갔다. 무의미하지는 않았다.

이 순간을 위하여 그는 다가온 것이다. 무의미하지는 않을 것이다.

―『동아』, 437쪽

자신에게 무의미하게 느껴졌던 행동이 갑자기 '무의미하지 않은' 행동으로 극적인 전환을 이루는 순간이다. 불과 한 시간 전까지만 해도 갈등을 보이던 그의 모습을 어디에서도 찾아볼 수가 없다. 여기서 주인공은 불합리한 상황에 몰려 있다. 쏠 수밖에 없는 쏘아야만 하는 행동이 요구되는 상황이지만, 그러한 행동에서 주인공은 전혀 의미를 발견할 수 없는 처지이다. 그럼에도 주인공은 신진당 당수를 살해했고 자신의 무의미한 행동으로 존재의 의미를 발견할 수 없게 되었다. 그렇다고 삶을 포기할 수도 없고 살아가야만 하는 개인으로서 자신의 존재 이유를 얻기 위해 의미를 찾고 있다. 작가는 역사의 거대한 흐름 속에서 인간의 행동이 가지는 의미를 추구하고자 하였다.

「위치」에서의 인물들은 해방기의 정치적 불신으로 굳게 닫힌 사회적 조건 속에 놓여 있다. 삶의 현장 속에서 역사적 여건에 따라 아무런 선입견이

나 강요 없이 가장 구체적으로 자신의 삶을 자신의 존재로 선택하고 행동하는 것이 존재의 참모습이다.

> 모든 질서와 기준이 이미 여기에서는 무너져가고 있었다. 나는 비로소 모든 질서와 기준이 무너져 버린 상황 속에서 나의 말은 그것이 진실임에도 불구하고 그것은 상대자들의 해석에 의해서만이 어떠한 의미로든지 규정되고 정리되어야 한다는 것을 알았다. 이미 나의 말은 나의 의사에 의하여 있을 수는 없었다. 타인의 의사 속에서만 있었다. 이미 나의 말은 본연의 의미를 상실하고, 아니 박탈당하고 있는 것이다. 그 속에 나는 없었다. 의당히 내가 있어야 할 그 속에 타인이 있었다.
>
> −『신태양』, 310쪽

주인공은 인간 삶의 원천이 본질에 대한 육박이라든가 회의를 구하지 않고서도 존재할 수 있다고 믿어왔던 때문이기도 하다. 그러나 이들을 둘러싼 사회적 환경은 그들에게 고독과 불안이라는 인간조건을 확인시켜 준다. 이것은 즉 인간존재의 의미를 되묻는 일이 된다. 그 결과 생존을 확인하는 데에서 존재의 의미를 느낄 뿐 억압된 자유에 대한 안타까움과 다른 사람에 의해 자신이 규정되어야 하는 현실 앞에서 주체적인 인간의 의지가 무용함을 깨달을 뿐이다.

일개 시민으로 행세마저 할 수 없는 상황에 놓인 주인공은 사회적인 의미를 완전히 박탈당한 존재이다. 그러므로 주인공은 감금된 상태에서 심한 좌절과 절망을 경험한다. 그러나 이러한 주인공의 의식이 반전을 가져오는 사건이 발생하는데 그것은 자신의 존재가치를 발견하는 순간이다.

　　나는 내가 있는 곳으로부터 약 2백미터 쯤 되는 곳에서 시체들이 마치 오물처럼 쌓여 있는 것을 보았다. 나는 아직 생명이 붙어 있다는 데서 그들과는 구별된 것이다. 나는 살아 있다. 살아있다는 것은 이처럼 강한 의미를 지니는 것이다. 다만 살아 있다는 것, 아무리 나로서의 의미는 갖고 있지 못할지언정 그리고 남의 의사에 의하여 나란 의미가 규정될망정　살아있다는 것은 이처럼 하나의 강한 위치를 갖는 것이다.

　　생명에 대한 의욕, 나는 살아야 하는 것이다. 아! 나는 아무리 나의 의사가 곡해되고 내가 나를 행사할 수 있지 못한다 할지라도 나는 먼저 살아야 하는 것이다. 모든 것이 지금 정상에서 벗어나 있다 할지라도……

─『신태양』, 313쪽

　　위에서 보듯 주인공은 강한 생존의식을 보여주고 있다. 자신을 끌고 온 병사가 "자식, 살았는데……"라는 한마디를 던지자 주인공은 형용할 수 없는 희열을 느끼며 뜨거운 눈물을 흘리기까지 한다. 이러한 병사의 말은 도구가 아닌 인간으로서의 존재의의를 주인공에게 부여하는 작용한다. 인간조건을 문제삼는 오상원의 작품들은 인간의 삶을 사회적·역사적 존재로서 관찰하지 않고 구체적 상황과 유리된 인간 존재의 내면세계에 초점을 맞추고 있다. 또한 그것은 인간 내면의 세계에 맞닿고 있는 전후의 폐허를 문학적으로 수용하고 행동을 통해서 그 속에서 삶의 문제를 제시하는 문학정신이기도 하다. 전후의 피폐한 상황을 극복하기 위한 인간구원에의 모랄은 당시의 중심적인 이슈[14]였던 것이다.

　　「피어리드」에서는 총성과 살육으로 뒤덮인 무의미한 전장에서 부상을 입

---

14) 엄해영, 『한국전후세대소설연구』, 국학자료원, 1994, 37쪽.

고 죽음에 직면해 있는 인간존재의 허무성이 드러나고 있다. 이는 자신들의 삶의 조건을 결정하고 있는 전쟁과 죽음이라는 상황에서 존재가 극히 자유스러운 모습을 나타내고 있다.

> 온 누리를 뒤덮던 총성과 폭음도 그 순간뿐 지나가고 나면 모든 것은 또 정상대로 돌아오기 마련이다. 파멸이란 있을 수 없는 것이다. 그것은 말뿐이다. 그토록 총성 속에 흩어지던 비명들, 그것은 마치 인간의 최후를 알리는 듯 뼈저린 것이었지만 또 오늘은 오늘대로 인간들은 살고 있는 것이다. 죽은 자는 죽은 것으로 그만이다. 인간은 여적지 그대로 살아가고 있는 것이다. 무엇을 위한 것이건 간에 인간의 생활은 이어져 가고 있는 것이다. 우선 그들은 먼저 살고 있는 것이다.
>
> −『지성』, 194쪽

주인공의 내적 독백을 통해 드러나는 것은 인간이란 무의미하며 허무한 존재라는 인식이다. 이는 전장에서 느끼는 허무성과 고독감을 극복하기 위해 사람의 음성으로 표출되는 따스한 휴머니티와 인간적 유대감을 제시하고 있으며, 부조리한 죽음을 주저 없이 받아들이는 의지적 자세를 보여주고 있다. 이러한 태도는 인간성을 말살하는 전쟁의 잔인성과 부조리성을 부정하는 반항적 태도라 할 수 있다.

또한 이 작품은 전쟁 속에서 죽어 가는 한 지식인 병사의 인간적인 고뇌를 드러내 보이고 있다. 전투에서 부상을 입고 죽어 가는 주인공이 다른 낙오병과 만났다가 헤어지는 것으로 나타나고 있다. 전쟁터에서 죽음을 맞이하는 일반적인 병사들의 모습과는 거리가 먼 비현실적인 장면이기 하지만 그 이면에서의 전쟁의 참혹성에 대한 저항으로 볼 수 있다.

괜찮아, 내 번쩍 들어다 옮겨 주께. 참 전에 우스운 자식이 하나 있었어. 영동 전투에선가였었는데 자식이 갑자기 "야! 나 배에 총을 맞았다. 배에 총을 맞았어!"하고 고함을 지르면서 이리 왔다 저리 갔다 하더니 약 십메터쯤 뛰어가서 우리 쪽으로 돌아서서 킬킬 마구 자기 배를 가리키며 웃어대지 않아. 보니까 밸이 줄줄 흘러서 무릎 밑으로 흘러 내려 매어 달려 있는 거야. 다음 순간 쿡 쓰러지대. 급히 쫓아가 보았더니 배꼽밑에 뚫어진 총알 구멍으로 밸이 다 쏟아져 나온거야. 자식 죽으면서도 자꾸 킬킬 웃어대는데 보기 딱하더군.

― 『지성』, 198쪽

이는 주인공이 영동전투에서 숨진 동료 병사에 대한 회상인데, 전쟁터에서 죽어 가는 보편적인 인간의 모습을 볼 수가 없다. 죽음을 희화화시킴으로써 오히려 전쟁의 비정성에 대한 역설적인 접근을 하고 있는 것이다. 이는 또한 인간성을 말살하는 전쟁의 잔인성과 부조리성을 부정하는 반항적이고 실존적인 자세라 할 수 있다.

3. 부조리한 현실과 가치관의 변화

전쟁은 그 원인이 어떠하든 그것이 인간과 인간성을 철저히 파괴하고 말살하려 든다는 점에서 본질적으로 악한 것이다. 따라서 전통적으로 인간과 인간성을 옹호해온 작가들이 그의 문학형상화를 통해서 전쟁의 부정성을 고발하고 비판하려는 것은 당연한 일이 아닐 수 없다. 오상원의 전후소설에서 끊임없이 드러내 보이는 대상으로 전쟁이 끝난 후의 사회 곳곳의 비합리적이고 부조리한 양상들이다. 그곳에서 기생해서 살아가는 사람의 삶의 모습과 그로 인해 보편적인 가치관이 전도되는 경험을 드러내주고 있다. 이는 전쟁으로 인한 파괴와 소멸 등 이전으로부터의 단절감에서 비롯되기도 한 것이다.

「황선지대」는 작중 상황이나 인물 그리고 주제를 고려할 때 그의 작품 경향을 종합적으로 보여준 작품이다. 우선 해방기 북한에서 우익으로 정치활동을 하고 월남한 사람, 참전 군인, 전쟁으로 인해 창녀로 전락한 여인 등 그의 작품에 주로 등장하는 인물들이 그대로 등장하고 있다는 점에서도 그렇다. 이 작품의 공간적 배경은 'OFF LIMITE YELLOW AREA'(황선지대)로 전쟁과 함께 미군주둔지 변두리에 형성된 특수지대다. 이 특수지대에 사는 사람들은 미군이 먹다버린 빵 조각에 빈틈없이 서식하는 곰팡이처럼 살아간다. 「황선지대」가 이러한 특수지대를 배경으로 한 것은 50년대 한국사회의 본질적 국면을 포착하기 위한 작가의 의도로 해석된다. 이 곳에 사는 사람들에겐 생존본능만 있지 도덕도 윤리도 있을 수 없다. 왜냐하면 그들에게 허용된 것이 그것밖에 없기 때문이다. 오직 그들은 살아갈 뿐이고, 목적이 있다면 그 곳의 생활로부터 벗어나는 것이다.

그가 「황선지대」에서 보여주는 것은 미래에 대한 희망과 탈출구가 완전히 막혀버린 황선지대의 부조리한 현실이며, 참담한 현실이다. 정윤과 곰새끼, 그리고 두더지 고병삼은 각자의 기대를 가지고 미군 창고 밑을 파들어 간다. 목표로 삼은 미군 창고에는 한탕으로 황선지대를 벗어날 수 있는 귀중품이 보관되어 있다. 그러나 그들은 며칠 동안 기대 속에 굴을 파고 들어 갔는데 파고들어 간 창고 밑은 휴지조각, 어둠, 먼지만이 날리는 텅빈 공간이다.

　　정윤과 청년과 곰새끼는 최후로 씨멘트 콩크리트로 된 창고의 밑바닥을 조심스러히 뚫고 안으로 기어올라갔다. 안으로 올라간 순간 세 사람의 눈앞으로 드리닥친 것은 기대했던 그것이 아니라 공허, 그것이었다. 텅 빈 속에 남아 있는 것이라곤 먼지와 어둠과 휴지조각 뿐이었다.

－『사상계』, 370쪽

　　이렇게 전후의 암담한 현실에서 해방을 얻지 못하고 끝내 좌절하는 인물들을 내세워 좌절할 수밖에 없는 현실을 그려낸다. 여기에 등장하는 인물들은 모두 "황선지대"를 벗어나기 위해 노력하는 당시 일반인들의 모습인 것이다. 그러나 숱한 노력에도 불구하고 기대했던 미군의 귀중품은 보이지 않고, 그들을 기다리고 있는 것은 "먼지와 어둠과 휴지조각뿐"이다. 이처럼 전후의 현실은 어려운 생활을 벗어나려는 인물들의 기대를 완전히 외면한다. 전후 우리사회가 갖는 가장 취약한 모습 중의 하나인 미군부대 주변을 공간적 배경으로 택한 것은 이러한 사회적 모순의 부조리한 현실에 다가서려는 진지한 작가 정신의 소산인 것이다.

　　이곳을 떠나서는 살 수 없을 것만 같아요. 괴로워도 이곳에는 뭔가 믿어지는 데가 있어요?

　　그녀는 입 속에서 속삭였다. 그리고 벽에다 이마를 묻고 눈은 내려 감았다. 정윤은 시선을 떨구었다. 그녀는 동생의 손을 힘있게 꼭 움켜쥐고 있었다. 그 손은 떨고 있었다.

　　무거운 침묵이 또 흘렀다. 정윤은 이 무거운 침묵 속에 자기만이 점점 갇혀 들어가는 것만 같았다. 그는 말없이 그대로 돌아서 나왔다.

－『사상계』, 327쪽

전쟁의 상처는 정윤의 편지의 써 있는 대로 무섭고 피할 수도 없는 것이지만 그 상처를 방치하거나 절망을 해서는 안 된다. 그것을 치유할 수 있는 자세가 필요하다. 절망과 좌절은 적극적인 행동에 의해 극복 될 수 있다. 상처의 아픔이 클수록 내일에의 지향 의식에 불타면서 현실을 추구해야 한다. 「황선지대」는 미군 주둔지 주변의 삶을 서사공간에 도입하여 상황에 대한 현실인식을 시도하고 있다. 또한 그 속에 여러 인물들을 등장시키고 있다. 이들은 대부분 술집이나 매춘, 싸움 등의 행동을 보이는데 이들은 '황선지대'라는 특수지대에 기생하는 부유물로 이야기되고 있다. 미군의 창고는 이들에게는 어떤 이상향과 같은 존재로 여겨지고 있다. 거기에 닿으면 모든 것이 이루어질 것이라는 믿음을 갖지만 막상 도착한 그곳에는 아무것도 없다.

작가는 이 작품을 통하여 전후의 사회상을 제시하며 그 속에 살아가는 인물들을 형상화하고 있다. 전후 현실에 대해 보다 객관적인 시각으로 접근하고 있다고 볼 수 있다. 그러나 그 속에 드러나는 인물들은 절망을 거듭할 뿐이고 어떤 대안이나 희망과 단절되어 있다. 강한 주제의식을 앞세운 휴머니즘이나 행동주의의 추구는 현실인식의 추상화와 관념화로 귀결되고, 객관적 현실인식이 이루어진 상황에서는 절망적인 인간형이 등장함으로써 그의 작품 형상화는 전후의 부조리한 현실을 제시하고 있는 것이다.

「보수」는 미군 부대 주변의 창녀촌이라는 소외지역을 중심으로 하여 생존을 위해 수단을 가리지 않는 비인간화된 삶의 방식을 드러내주고 있다. 이 작품의 처음에 나오는 바라크촌은 폐허가 된 사회를 재건하려는 급속한 성장으로부터 제외되어 있는 창녀촌을 배경으로 하고 있다. 이곳은 전쟁으로 집과 가정을 상실한 인물들이 미군 부대에 의지해 생계를 유지하는 황폐한 공간으로 자리잡고 있다.

잡초들이 우거진 속에 물이 잠방히 괴어 있는 개천을 건너 둑을 다시 하나 넘어섰을 때 멀리 어둠 속에 까물거리는 불빛이 보였다. 바라크촌이었다.

전쟁이 낳은 유일한 부산물인 것이다. 그리고 이 부산물은 외군에 의하여서만이 그 명맥이 이어져 가고 있었다. 모든 것으로부터 제외된 영역, 그러나 그곳처럼 살기 위해서 자기에게 충실한 곳은 없었다. 더욱이 낮과 밤이 바꾸어진 이 제외된 영역 속에서는…… 지금 이 바라크촌에서는 생활을 위한 거래가 한창인 때였다.

―『동아』, 506쪽

여기서 말하는 거래란 양공주와 미군 병사와의 매춘, 양공주와 이들에게 기생하는 부랑아들 간의 흥정 등 성과 돈을 매개로 한 비인간적인 계약들이다. 이처럼 비합리적이고 부조리한 관계 속에서 일어나는 거래가 생활의 전부인 바라크촌은 이와 유사한 소설의 공간인 빈민가처럼 더 이상 집과 같은 안주의 공간일 수가 없는 것이다.

이 작품에 등장하는 '윤씨'와 미군물자를 털게 되는 '민규'는 윤씨 아내의 정부이며 프로급의 '얌생이'이다. 그는 범행이 발각되면 함께 간 동료를 도피시키는 척 하면서 동료가 사살되는 틈을 타서 위기를 모면하는 수법으로 얌생이 생활을 지속하고 있는 인물이다. 머리가 약간 모자라는 윤씨를 피해자로 만들고 크게 한탕을 하려는 작정으로 미군의 PX물품을 털게 된다. 그러나 막상 발각이 되었을 때 윤씨는 '민규'의 계획에 말려들지 않고, 오히려 그의 속셈을 훤히 알고 있다.

"저쪽으로 빨리 뛰어라. 도망쳐야 한다."

그러나 윤씨는 차바퀴 밑으로 기어 들어가며 말하였다.

"나는 안 뛴다. 뛰면 총맞아 죽는 걸 난 알고 있다. 밤낮 네가 하는 수법이다. 상대방을 도망치게 해놓고 그 틈을 타서 너는 늘 도망쳐 왔다. 나는 다 이미 안다."

"뭐라고, 안 뛸 테야!"

-『동아』, 523쪽

위의 내용은 민규와 윤씨의 주고받는 대화의 일부분이다. 윤씨는 민규의 계획대로 움직여 주지 않는다. 민규는 수많은 이들을 기만함으로써 지켜온 자신의 생명에 위협을 받는다. 그는 도망을 치다가 사살이 되고, 윤씨는 상자를 챙겨 무사히 달아나게 된다. 결국 '민규'는 자신이 만들어 놓은 함정에 걸리게 되는 것이다. 이러한 정황은 윤씨의 아내에게도 같이 적용되는데 남편을 제물로 삼고 자신의 영락을 꾀하려 했던 계획은 수포로 돌아가고 만다. 그동안 자신의 정부였던 민규는 물론, 기대하고 있던 재물, 그리고 본래 자신의 남편인 윤씨까지 가진 것을 모두 상실하고 만다. 민규는 타자를 기만함으로써 자신의 존재를 이어갔지만 윤씨라는 자연상태의 인물로 인해 어이없이 생을 마치게 된다.

「증인」은 전쟁으로 인해 정신과 육체의 순결함을 상실한 주인공이 현실 사회로 귀환하지 못하는 사실을 다루고 있다. 전쟁의 체험에서 벗어나지 못한 남자 주인공을 중심으로 해서 또 다른 피해자로서의 여성의 모습을 드러내놓고 있다. 주인공은 전쟁이 끝난 현실에서도 자기 상실의식에서 헤어나지 못하고 있으며, 그 결과 그는 여성과의 이별을 통해 다시 시작해야 한다는 강박관념에 쌓여 있다.

싫다시면 그만이죠. 저도 인제 진절머리가 나요. 하지만 헤어지기 전에 저는 꼭 헤어져야만 되게끔 된 동기를 알고 싶어요. 그전에는 절대로…… 어림도 없어요. 요즘 여자란 모두 맹물인줄 아시는군요! 냉수처럼 한 목음 목을 축이고 나서는 픽 내던지는……, 그렇게 값 싼건 아니에요. 자기하고 싶은 대로 여자의 살결을 마음껏 매만지고 나서는 돌아가 주세요, 이대로 나를 내버려주세요, 하고…… 도대체 그 속알머리가 벌써 틀렸어요. 요즘 보면 그것이 곧 전쟁 탓이라고 하지만 그것은 스스로의 합리밖엔 안 되요. 남들만이 전쟁을 당한 건 아니예요.

─『사상계』, 250쪽

주인공은 전쟁의 깊은 상처로 인해 어떻게 하든 지금의 자신을 부정하고 새로운 시작을 꾀하고자 할 뿐이다. 전쟁으로 인해 모든 것을 상실했다고 믿는 주인공은 이처럼 새로운 출발을 꿈꿀 뿐이다. 주인공이 갖고 있는 상실감은 현실의 자신을 인정하고 그것을 극복하려 할 때 이루어질 수 있는 것이다. 즉 전쟁으로부터 상처받은 사람들과 함께 서로를 위로하고 함께 출발하는 것이 '지금의 자신'에서 벗어날 수 있는 방법이다.

그는 전쟁의 깊은 상처로 인해 어떻게 하든 지금의 자신을 완전히 부정하고 새로운 삶의 방향을 찾고자 하는 것이다. 그러나 전쟁이 갖는 의미를 객관적으로 파악하고 그것을 넘어설 수 있는 구체적 전망을 확보하지 못하고 있다. 그것은 주인공의 삶이 전쟁에 대한 직접적인 체험의 후유증에서 벗어나지 못한 상태에 놓여 있고, 여성들 또한 그러한 남자들의 삶의 방향에 절대적으로 결정되어 있기 때문이다.

그 순간 쾅 닫기던 문소리와 함께 청년은 착잡히 이어가던 생각에서 깨어났
다. 나는 이미 치욕과 저주에 <멍든 나>인 것이다. 여인은 정당한 것이다. 그러
나 나는 이 저주스러운 나, 그리고 모든 것을 상실 당한 이 <텅빈 나>에서부터
나는 나를 다시 시작하지 않으면 안되는 것이다. 저주받아야 할 나, 허무러진 나
를 그대로 허덕허덕 이상 더 이어갈 수는 없는 것이다. 나는 이 시대의 중인이
되어야 하는 것이다. 결코 무위(無爲)한 중인이 되어서는 안 되는 것이다 강력한
중인이 되어야 하는 것이다.

—『사상계』, 260쪽

전쟁으로 인해 모든 것을 상실했다고 믿는 주인공은 이처럼 새로운 출발
을 꿈꾸고 있는 것이다. 즉, 전쟁으로부터 상처받은 사람들과 함께 서로를 위
로하고 함께 출발하는 것이 지금의 자신에서 벗어날 수 있는 방법의 하나이
다. 그런 가운데서의 사람들은 '오늘'이라는 폐쇄적인 시각 속에서만 단지 자
신에게 주어진 '행동'을 아무런 회의나 자각도 없이 단순하게 수행하는 존재
일 뿐이라는 인식을 보여준 것이다.

현실은 우리를 전쟁 속에 휘몰아갔다. 우리는 그야말로 모든 것을 버리고 나
가 싸운거다. 그리고 돌아왔다. 모든 것을 잃어버리고 돌아온 것이다. 이 잃어버
린 것들을 우리는 메꾸어야 했다. 그러나 메꾸울 수는 없었다. 이러한 이그러진
우리에게 그들은 돌아오기도 바쁘게 다자꾸 수많은 것을 요구해 오는 것이다. 공
부를 하라, 좀더 진지해지라, 성실해지라, 하고 뭐니 뭐니……. 우리는 그야말로
상실 당한 속에서 또한 수많은 이 사회의 요구를 동시에 걸머져야 한단 말이다.
이것이 우리들의 현실인거야. 이중 삼중으로 우리는 그야말로 학대를 받아야 한

단 말이다. 과연 우리들은 그들이 말하듯이 타락한거야? 바보같은 자식들!

－『사상계』, 259쪽

그러면서 주인공의 현실에 대한 진단은 간단하다. 그것은 전쟁으로 생겨난 '현실' 그 자체인 것이다. 그는 전쟁을 경험하면서 순결, 순수, 정열 등의 가치들은 상실한 것이다. 전쟁으로 인하여 순결한 마음을 상실했기 때문에 정상적인 활동을 할 수 없다는 비관적인 현실인식으로 나타나기도 한다. 주인공은 자신의 내면까지 병들게 하는 이 상실감을 '메꾸기'위해 애를 쓰지만 정상적인 단계로의 회복은 이루어지지 않으며 오히려 왜곡된 방법의 현실이 여러 겹으로 옥죄어 드는 것이다. 모든 것을 빼앗아간 전쟁의 광포한 폭력성에 대한 피해의식을 고발해주고 있는 것이다.

「백지의 기록」은 전쟁에서 정신적 육체적 상처를 입고 돌아온 형제가 좌절을 딛고 사회에 복귀하는 과정을 그리고 있다. 여기서 육체적인 면의 정체성 문제는 중섭을 통해 제기된다. 중섭은 의과대학 3학년에 다니다 군의관으로 전쟁에 참가한다. 그는 격전기에서 부상병을 구하려다 팔과 다리를 하나씩 잃는다. 중섭의 육체적 불구가 내면화되면서 점점 정신적 불구 상태로 이행된다. 또한 중섭의 자학적이고도 자기 파괴적인 행동이 심화되면서 그의 불구성은 가족으로 전이되고 확산된다. 전쟁이 가정을 파괴하는 영상을 보이고자 하는 부분이다. 중섭은 "나만은 불구가 된 것이 아니"라 부모는 이미 마음 속에 "나 이상으로 불구가 깃든 것"임을 알고 절망한다.

　　웃고 있는 얼굴, 그것은 분명히 자기의 얼굴이었다. 하얀 가운을 입고 수술대 앞에 서 있는 예전의 자기 …(중략)… 메스를 든 건전한 손, 빙긋이 정면을 향하여 웃고 있는 그는 분명히 자기였지만 지금은 자기가 아닌 것이 되어 버리고 만 것이었다. 어머니의 마음속에 남아 있는 아들은 지금의 자기가 아니라 건전하였던 그때의 아들인 것이다. 그리고 지금은 내가 아니라 그때의 나를 그리워하고 있는 것이다.

―『동아』, 322쪽

중섭은 어머니가 혼자 보다가 감추는 사진에서 예전 의과대학 시절의 자기 모습과 그때와는 다른 지금의 자신을 보게 된다. 여기서 중섭은 '예전의 나'를 '참 자기'라고 믿고 지금의 나를 부정하는 자아 분열에 빠진다. 지금의 나는 예전의 나가 아니라는 것이다. 건전한 손으로 메스를 쥐고 하얀 가운 차림으로 수술대 앞에 선 의학도가 '이전의 나'라면 그 연장으로서 '현재의 나'는 당연히 의사이어야 하는 것이 중섭이 파악하고 있는 '진정한 나'의 동일성의 개념이다. 이러한 자기 동일성 개념에서 결여 부분에 해당되는 것이 의사이다. 의사라는 사회적 신분 또는 사회적 기능의 상실이 중섭에게는 본질적인 인간 상실의 문제로 파악되고 있다. 이 때문에 중섭은 자살을 기도한다. 이 자살기도는 인간 상실의 문제를 극복 혹은 초월하고자 하는 중섭의 선택이다. 그러나 이 선택은 타의에 의해서 좌절되고 정신 착란 상태에 빠진다. 그의 선택이 혼돈 상태에서 일어난 것임을 보인 것이다.

한편 정신적인 측면에서의 정체성의 문제는 중서를 통해서 제기 된다. 중서는 상과 대학 재학 중에 입대하여 정신적 불구가 되어 돌아온다. 중서는 형 중섭의 신체적 불구로 인해 심화되고 확산되는, 가족 내의 암담한 분위기를 피하여 술과 담배와 계집 등으로 시간을 소모하고 있는 젊은이들과 어울린다. 전쟁은 가정뿐만 아니라 젊은이들, 그리고 그들이 속한 사회까지 황폐화시키고 있는 것이다.

> 그는 집을 뛰쳐나갔다. 자기에게 주어진 이 수많은 시간들, 이것들은 꾸역꾸역 메꾸어져 가야만 하였다. 무엇에고 정착되지 않는 이 시간들은 다방 한 구석지에 손끝이 타도록 담배만 피워 가며 머물러져야 했다. 중서는 스스로 마음의 갈피를 잡을 수가 없었다. 다방에서나 술집에서나 주위에 흩어지는 수다한 얼굴들 그 얼굴들은 모두가 직접적으로 또는 간접적으로 전쟁에 의하여 나가떨어진 일그러진 얼굴들이었다. 그는 그들 속에서 자기 또한 일그러진 얼굴을 비비대고 덧없이 허덕여야 하였던 것이다. 그러나 언제까지 그래야 하는 것인가? 나는 언제까지 이처럼 나를 가누지 못하고 멍청거려야 한단 말인가?
>
> ─『동아』, 378쪽

이러한 중서의 상실감은 주로 윤리적인 측면, 또는 정서적인 측면에서의 자아 동일성이 문제된다. 중서는 사변 전에 사랑하던 정연이를 생각하며 성순희를 만나는데 이 두 여자를 대하는 태도의 변화에서 이전의 나와 지금의 나 사이의 자아 동이성의 상실을 확인하게 된다. 그의 난폭한 포옹으로 촉발된 성 충동에 대한 성순희의 반발을 계기도 두 개의 나가 대비된다. 그 대비에서 사변 전의 나와 지금의 나 사이의 잃은 것과 얻은 것의 목록이 제시된다. 잃은 것은 꿈같던 때, 순박한 감정, 감미한 연애 감정, 사랑스런 소녀(정연) 등이고 얻은 것은 여자의 살맛을 앎, 욕정, 술, 담배 등이다. 이것은 전쟁이 그에게 남긴 유산이다. 이 유산의 결과는 젊은이들의 성도덕과 타락과 질병의 만연, 여성 파괴 등의 사회적 문제의 발생이다. 형란과 정연이 이의 희생자로 자살한다. 남북전쟁으로 육체적 정신적 불구는 이전의 나와 현재의 나를 동일성의 진정한 나로 파악할 수 없게 만드는 외상이다. 이 작품에서 인물들의 고통과 고뇌, 그리고 인물들 사이의 갈등은 모두 '진정한 나'의 동일성을 찾을 수 없는 데서 파생되는 것이다 이것은 인물들의 정신과 가족 공동체를 파괴시키고 남녀 관계를 병적인 타락으로 몰고 가며, 젊은이들을 방황케 하는 요인이 된다.

「백지의 기록」의 중서는 형제는 이처럼 자기 상실을 확인한 후 자기 회복과정을 맞는다. 정신 착란중으로 정신병원에 입원한 중섭은 한쪽 눈을 잃고 코까지 짜부라진 심한 불구를 딛고 병원장의 조수로 일하고 있는 중학 때의 친구 준을 만난다. 그의 도움으로 중섭은 건장을 회복할 뿐만 아니라 준이 자신의 불구를 딛고 일어서는데 도움을 받았던 '우리들의 마을'에서 새로운 삶을 시작한다. '우리들의 마을'은 전쟁에서 육체적 정신적으로 심하게 파괴된 불구자들이 마을을 이루어 밝은 삶을 살고 있는 곳이다.

한편 중서는 정신병원에 수용된 정연이를 만난다. 군부대 주변을 떠돌다 군인들에게 성 폭행을 당하고 정신 이상에 걸린 정연이를, 소령 계급장을 단 군인이 그녀가 여학교 때 가르치던 학생임을 알아보고 정신병원으로 데려 온 것이다. 정연이의 유일한 소지품인 중서와 정연이 함께 찍은 사진을 보고 준이 연락을 해준 것이지만, 중서와 정연의 만남에 따르는 일련의 과정이 지나치게 작위적일 뿐 아니라 구성상의 무리를 노정하고 있다. 정연은 중서와 준의 보살핌으로 건강을 회복하지만 임신중인 그녀는 결혼하자는 중서를 피한다. 정연은 결국 계단에서 투신하여 절명한다. 중서 형제의 입장에서 볼 때 육체적 불구보다는 정신적 불구의 극복이 더욱 지난한 문제임을 보인 대목이라 하겠다. 이러한 자기 회복 과정은 무의미한 전쟁의 상처, 과거의 청산, 백지화15)에서 비롯된다. 그만큼 전쟁은 직접 참가한 남성들뿐 아니라 여성들과 그들의 가족을 포함한 사회전체의 사람들에게 비극을 남기고 갔으며 전쟁이 끝나 사회로 돌아와 현실적인 비극과 절망을 극복하고 새로운 미래를 향해 전진해 나가야 한다는 점에서 더욱 그러하다.

> 그렇다! 모든 것은 끝났다. 그러므로 모든 것은 다시 시작돼야 하는 것이다. 제대 이후 도대체 나는 무엇을 하며 살아왔단 말인가. 다만 전쟁이 나의 가슴속 깊이 던지고 간 공백을 허덕허덕 그대로 더듬어 오고 있었다는 것뿐이었다. 제대 되던 순간부터 나는 확실히 그 공백속에서부터 나를 다시 시작했어야 하였던 것이다. 이미 상실된 나는 영원히 상실해 버려야 하는 것이다. 그리고 상실한 거기에서부터 모든 나는 다시 시작되어야 한다.
>
> —『동아』, 381쪽

이와 같은 과거의 청산, 백지 하에는 정연의 죽음도 포함된다. 정연의 죽음은 자기 상실의 극복이나 회복의 불가능함을 보여준다. 여성 파괴는 정신적 육체적 또는 사회적 차원의 복원이 불가능함을 보여준다. 여성 파괴를 정신적·육체적 또는 사회적 차원의 복원이 불가능하다는 작가의 인식의 한계를 드러낸 것이라고도 할 수 있다. 양가 부모의 친분 관계나 중서와의 애정 관계, 또는 중서의 구혼 등으로 미루어 볼 때 정연은 중서 가족 공동체의 복원에 동참해야 할 인물이다. 그러나 정연의 죽음은 그녀가 가족 공동체의 복원에서 배재될 수밖에 없는 인물임을 의미한다.

이렇게 작품 속에서 6·25는 삶의 차원에서 파괴적인 양상으로 나타나기 때문에 앞선 작품들보다 상황이 구체적으로 인물에게 영향을 끼치고 있다.

---

15) 최병우, 「분단시대의 장편소설」, 『한국전후문학연구』(구인환 외), 삼지원, 1995, 105쪽.

젊은이들의 정신적, 육체적 불구와 고뇌에서 6·25는 그 구체성이 살아나며 부조리한 현실의 문제로 다가선다.

「사이비」의 동수는 살육의 전장과는 판이하게 다른 일반사회에 적응하지 못하고 전쟁의 후유증을 앓고 있는 인물이다. 훈장을 여러 개 탄 소대장이었던 그는 제대후 자신의 모든 행동과 행동의 의미를 규정해 주던 준거 기준을 상실한 채 전장과 사회의 이질감 속에서 방황하고 있다.

> 사실 그들은 전쟁터에 대해서 너무도 인식이 부족한 것이다. 아니 무지하기 때문인 것이다. 그들은 내가 전쟁터에서 잔인성에 물든 채 그대로 돌아오지나 않았나 하고 불안해하고 있는 것이다.
>
> 그러나 천만에! 나는 그렇게 생각하는 그들이 도리어 애처롭게 생각되는 것이다. 전쟁터를 겪은 사람은 누구나 다 알 것이다. 거기에는 결코 행위만이 있는 것이다. 행위 이외에는 아무 것도 없는 것이다. 내가 적을 향하여 방아쇠를 당긴 것은 전쟁이란 상황 속에서 나에게 규정된 행위에 의해서인 것이지 적을 살해하기 위한 잔인성이 있은 것도 그것이 나의 행위에 앞서 있는 것도 아니다. (…중략…) 그리고 이 행위가 있은 다음 나 아닌 제 삼자에 의하여 의미가 규정되었던 것이다. 이것은 참으로 명료한 사실인 것이다. 나도 훈장을 몇 개 받은 것이다.
>
> ―『현대』, 320쪽

이에서처럼 전장에서의 개인의 행위를 규정해주고 그것에 의미를 부여했던 것은 '전쟁'이라는 거대한 메커니즘이다. 그 속에서 개인은 스스로 가치 기준을 마련하고 자신의 행위에 대한 의미를 규정할 필요가 없는 것이다. 그러나 동수가 전쟁 이전의 삶으로 돌아와 직면한 것은 전장의 질서가 소용이

닿지 않는 사회현실이다. 전장 속의 인간의 삶은 생존을 위한 처절한 인간 의지와 행동이 중심이 되는 본능적인 삶이다. 그러나 전후사회에서의 인간의 삶은 합리적인 질서에 의해 이루어지는 가식적이고 속물적인 삶이다.

이처럼 상반된 성격을 갖는 삶의 양태로 인해 동수는 심한 내적 갈등을 겪는 것이다. 그것은 그에게 강요되는 사회인의 요건은 다름 아닌 출세한 아버지의 생활방식 즉, 허식으로 이루어진 일상과 속물적인 처세술, 경쟁심, 타산적인 인간관계 등이고 이런 것들과 타협을 해야만 직업을 가진 사회인으로서 살아갈 수 있는 것이다. 그러나 동수는 행위의 준거기준을 상실하고 아버지의 거짓된 생활 방식 또한 수용할 수 없이 자신을 사회의 일원으로 정립시키지 못한 채 방탕하고 쾌락적인 삶을 이어가고 있다. 그 결과 살육의 전쟁터가 오히려 향수의 대상이 되어버리고 자신이 속한 사회 속에서는 고립감과 단절감을 느끼게 된다.

> 거리에 나서면 지나가는 모든 사람들이 사람이 아닌 장식품처럼만 보였다. 여자들은 특히 더 그러하였다. 필요 이상의 장식이 인간을 느닷없이 장식해버리고 있는 것이다. 그것뿐만이 아니었다. 필요 없는 대화와 무의미한 웃음이 그들의 피로를 종일 담당하고 있는 것이었다.
>
> 그러면서 그들은 그러한 생활이 마치 의미를 지닌 것처럼 생각하는 것이었다. 아버지의 생활이 특히 그러하였다.
>
> (…중략…)
>
> 물론 전쟁터에서 돌아온 지 얼마 되지도 않고 또 너무 오래 전쟁에 시달린 탓도 있겠지. 원래 전쟁터란 사람을 단순하게 만들어버리는 곳이니까. 그러나 일단 사회에 돌아오면 또 생활을 바꿀 줄 알아야지 그렇지 않냐?
>
> ―『현대』, 321쪽

위에서처럼 동수는 현실의 모든 것은 '장식'처럼 무의미하게 느낀다. 그러나 그러한 '장식'이 있어야만 사회인으로서의 자신이 의미를 지닐 수 있다는 부조리한 상황 때문에 동수는 타인과 자기 사이에 놓인 상황을 '틈바구니 속에 끼기어 들어가는'것처럼 여기고 있는 것이다.

4. 전후사회의 폭력성과 극복의지

전쟁은 인간의 목숨을 도구적으로 다루고 있는 극한적인 공간이다. 아군이 아닌 적군은 단지 살상의 대상일 뿐 더 이상의 의미는 없다. 이러한 전쟁은 그 상황중이거나 전쟁이 끝난 후에도 많은 후유증을 남기게 된다. 전쟁에서 죽지 않고 살아남은 사람들도 정신적 상처와 그로 인해 벌어지는 가족간의 갈등 등의 문제를 드러내게 마련이다.

「모반」은 1946년 늦가을의 해방정국을 역사적 공간으로 하여 정당간의 대립과 암투가 정적에 대한 암살로까지 이어지는 상황을 설정한다. 그리고 거기에서 한 정파의 비밀결사대의 일원으로 활동하던 '민'이라는 청년의 변천과정을 추적해 나가고 있다.

어머니를 잃은 '민'은 자신의 행동에 의문을 제기하고 조직원들과 갈등을 일으키기도 하지만 거사에 참여하여 정적(政敵)을 암살하는 데 성공한다. 그리고 현장 주변에 있던 한 청년에게 혐의를 덮어씌움으로써 신변에 대한 안전도 확보하게 된다. 그런데 문제는 사건이 터진 날 저녁에 발행된 신문을 통해 누명을 쓴 청년에 대한 신상이 밝혀지면서 생겨난다. 그 청년에게는 병든 노모와 여동생이 있다는 사실과 함께 그 날도 노모의 약값을 구하기 위해

거리로 나섰다가 억울하게 일을 당했다는 여동생의 이야기가 전해진 것이다.

　　여동생의 이야기 ……어머니의 오랜 병환으로 오빠는 오늘도 돈을 구하러 간다고 거리에 나갔습니다. 오빠가 그런 일을 결코 할 리가 만무입니다. 하느님 앞에 맹세합니다. 결코 오빠가 범인이 아니라는 것을…… (소녀는 울음에 목메어 기자 질문에 말을 더 계속하지 못하고 있었다.)

―『동아』, 470쪽

　　명분이나 역사라는 '하나'를 위해서만 행동해야 한다는 '세모진 얼굴'의 논리에 대립하여 '민'이라는 인물이 인간옹호를 내세울 수 있었던 것은 자기 대신 잡힌 '청년'의 노모와 자신의 돌아가신 어머니의 얼굴이 겹쳐짐에 가능했던 것으로 볼 수 있다. 모두가 조국을 위해서다 위로해 보지만 조국을 위해 암살을 경험했을 때의 신념과 어머니와 청년의 어머니의 얼굴이 대면되는 현실 사이에서 갈등한다. 이는 그의 갈등이 어머니와 청년의 어머니의 영상으로 반복되어 표출된다. 여기서 '민'은 어머니를 회상하다 자신을 대신하여 살인 누명을 쓰고 희생당한 청년의 집을 찾아간다. 가는 도중 몇 일전 동료가 린치를 당하는 장면이 그의 의식 속에서 살아난다.

　　연기는 안 돼. 생각해봐. 우리가 오늘 이 기회를 잡기 위해서 얼마나 시간과 정력을 소비했나를…… 그것뿐만이 아니라 오늘 실패하는 경우엔 이미 우리들의 계획은 모두 수포로 돌아가야 하는 거야. 그렇게 되면 우리는 하나에서부터 다시 시작해야 하는 거야. 지금 우리들은 삼이라는 성공 숫자 앞에 와 있다. 알겠지? 어머니는 우리가 맡을 테다. 조국을 위해서 이미 모든 것을 버리기로 한 우리들이 아니냐.

－『동아』, 474쪽

　　민은 조직에 대한 반항으로 청년의 누이동생에게 돈을 주고 사무실로 돌아온다. 그러나 어머니에 대한 생각과 린치 당하는 동료에 대한 생각으로 갈등, 결국 조직을 탈퇴하게 된다. 그러한 위기적, 극적 상황 설정16)은 극적 장면을 중심으로 전개되는 소설 속의 사건에서 극적인 분위기를 느끼게 하는 것도 사실이다. 주인공 '민'은 조직탈퇴의 이유를 다음과 같이 언급하고 있다.

　　"잘 들어둬. 나는 평범한 인간들을 한 사람이라도 더 사랑해보고 싶어졌단 말이다. 위대한 하나의 일의 성공보다도 나는 오히려 소박하게 살아가는 인간의 모습들이 하나라도 더 소중스러워졌단 말이다.?
　　"너는 아직 역사라는 것을 모르고 있군."
　　"나는 너희들이 말하는 그러한 희생을 강요하는 역사를 요구치 않아."
　　"그럼 너는 의의라는 것을 부인한단 말이냐?"
　　"인간의 의의를 묻고 살기보다는 나는 오히려 묻지 않고 살기를 원해."
　　"변절이야?"
　　"아무렇게 생각해도 좋아. 나는 돌아가겠어."

－『동아』, 486쪽

　　이는 주인공이 역사 현실에 대한 장황한 서술이 현실에 기반하지 않고 있는 상태에서 일반적 상황을 수식하는 것이었음을 알 수 있다. '민'은 정치

---

16) 유종호, 「도상의 문학 － 오상원」, 앞의 책, 440쪽.

적 허무주의에서 역사적 허무주의로, 그리고 인간에 대한 의의를 묻는 질문
조차 파기한 상태에 이르고 있다. 홀로 인간의 소박한 모습을 외치는 이 부
분을 통하여 우리는 현실 상황에서 유리된 인간의 외로운 외침을 듣게 된다.

「표정」의 '어린 친구'의 부모는 적군에 의해 총살형을 당했다. 이러한 '어
린 친구'에게 '작업복'은 인간성을 배제한 잔혹한 전쟁논리를 드러내 보이고
있으며, 주로 '어린 친구'와 '작업복'이라는 두 인물의 대화를 주된 내용으로
이루어져 있다. 그런 가운데 '어린 친구'도 적군들을 무표정하게 죽일 수 있
다는 내용을 드러내주는 작품이다.

"무엇을 생각하고 있지?"

작업복이 물었다.

"아버지와 어머니를 생각하고 있었어요."

어린 친구는 쓸쓸히 대답하였다.

"아버지와 어머니가 총살되는 것을 보았다고 했지?"

"네."

"그때 아버지와 어머니의 표정을 보았나?"

"……"

어린 친구는 대답을 하지 않았다.

"그럼 쏘는 순간의 사수들 표정을 보았나?"

작업복이 또 물었다.

"네."

"어땠어?"

"무표정하더군요."

“쏜 다음에는?”

“쏘고 나서도 역시 무표정했어요.”

어린 친구는 천천히 어둠 속에 잠긴 거리를 내려다보며 말하였다.

“바로 그게야. 그들은 무표정했어. 너도 그들을 죽일 때 그처럼 무표정해야 한단 말이야. 그들이 네게 준 것처럼 너도 그래야 해. 무자비하다고 할지도 모르겠지만 인간성에 대한 문제는 결정적인 승리가 온 다음의 문제지. 그때는 다시 논의될 수도 있지만 지금은 안돼.”

—『사상계』, 359쪽

조금은 길다시피 인용한 위의 내용은 ‘작업복’이 ‘어린 친구’에게 무표정하게 살인할 것을 강요하는 장면이다. 여기서의 “무표정”의 의미는 표정을 가진 인간성에 대한 부정이며 전쟁이라는 폭력적 상황아래에서 정상적인 인간성에 대한 문제는 그 가치를 잃고 있다. 전쟁의 승리라는 목적성을 이루기 위해 희생되는 인간성은 도구적 이성에 의해 소외되는 특수자의 위치에 놓여지고 있다.

「표정」의 뒷부분에서도 상황을 내세우며 ‘하나’를 위해서 행동해야 한다는 ‘작업복’과는 대조적으로 인간의 긍지를 확인할 수 있었던 것도 죽어 가는 ‘구레나루’가 인간적 긍지를 잃지 않고 총살당한 부모님과 동일시되고 있기 때문이다. 부모가 정부군에 비협조적인 기사를 신문에 게재했다고 처형되자 ‘소년’은 반란군 편에 가담한다. 그 소년에게는 주로 포로들을 사살하라는 임무가 주어진다. 포로들은 대부분 죽음에 앞서 더없이 비굴한 표정을 지었기 때문에 소년은 주저함 없이, 무표정하게 방아쇠를 당길 수 있었다.

저런 자일수록 쏘는데는 묘미가 솟는 거야. 총살 직전까지 지금과 같은 침착한 태도를 취하든가 그렇지 않으면 상상 이외로 발악을 하든가 둘 중 하나지. 둘 중 어느 쪽이건 역시 무표정하게 방아쇠를 당겨야 해, 어쩌면 담담한 표정으로 서있을지도 모른다. 그러한 상대방의 표정을 볼 때 흔히 주저하는 수가 있지. 그러면 결국 지고 마는 거야. 아버지 어머니 생각이 나지 않나?

―『사상계』, 363쪽

소년은 '구레나루'를 만나기 전에는 바로 '작업복'의 수족이었다는 점에서 '작업복'의 논리를 지니고 있었다. 그러나 인간으로서의 긍지를 읽지 않고 죽어 가는 '구레나루'를 비정한 '작업복'의 총탄에 의해 쓰러뜨리고 싶지는 않았던 것이다. 물론 여기에는 인간으로서의 긍지를 잃지 않고 죽었던 부모님과 '구레나루'를 동일시하는 현상이 매개되어 있다.

어린 친구는 약간 떨구었던 총구를 다시 들고 방아쇠를 당겼다. 요란 총성이 여러 번 울렸다. 그는 눈을 꾹지려 감았다.

총성은 담담하게 서 있던 인간을 쓰러뜨리고 바위에 부딪친 총탄처럼 되돌아 와 그의 가슴을 뚫고 들오는 것 같았다. 그리고 무언가 뜨거운 핏물 같은 것이 가슴속에서 주루루 흘러내리는 것 같았다.

―『사상계』, 367쪽

이는 두 사람을 처형하기 위해 쏜 총탄은 '작업복'의 논리를 따르던 기존의 소년 자신에게 향해진 것이었으며, 이를 통해 '뜨거운 핏물'로 표상되는 인간성의 회복을 이룰 수 있었던 것이다.

「난영」에서는 '문'이라는 인물을 중심에 배치하고 그를 둘러싼 몇 명의 인물을 제시함으로써 전후의 어두운 그림자로서의 현실을 그려내고 있다. 한국인 노무책임자로 있던 주인공은 한국 노무자들이 부당한 대우－절도혐의, 누명, 해고－를 받는 것에 대항해서 싸우다가 해고를 당하고 만다. 그가 살고 있는 삶의 근거지는 미군부대 주변의 빈민지역이다. 이곳은 고갯길을 숨가쁘게 기어올라야 도달할 수 있는 공간으로 사회에서 고립되어 있는 곳이다. 이들은 극도로 가난하고 궁핍한 상태에 빠져 있으면서도 피할 수 없는 것은 실직은 미군부대 내의 부패로 말미암아 전도된 가치에 대한 저항의 의미를 갖는다. 양키 상사를 정부로 삼아 기생해야 하는 유부녀, 자기 처를 양키 상사에게 붙여 목숨을 부지하면서도 처 잘 둔 자랑을 사람들 앞에서 함으로써 자위하는 송씨, 일자리를 잃은 후 가족의 생계를 위해 돈을 꾸러 간 주인공이 산부인과 의사인 친구 박형의 주수입원이 양공주의 낙태수술임을 확인하게 된 사실 등, 이 작품은 당대의 모순관계에서 파생되는 삶의 현상들을 잘 포착해내고 있는 것이다. 즉 생존을 위해서 '악'의 현실 앞에 굴복하고 마는 모습을 보이고 있다.

멋진 이야기가 하나 있지. 낙태를 시키러 온 양공주의 이야긴데 '아모래도 죽여야 할 생명인걸요' 학 쓰게 웃는 거야. 결국 그 양공주가 죽이건 내가 죽이건 매한가지란 말이지. 어디에도 악은 있어야 했으니까. 선이란 도대체 뭐냐 말이다. 악 속에도 아름다움이 있어요 선 속에도 비굴한 곳이 있듯이 말이다. 왕왕 법에 의하듯이 선에 의하여서도 인간은 바보 취급을 당할 때가 있으니 말이다.

－『동아』, 443쪽

육체적 생존만이 여타의 문제를 앞지르는 가치관의 발현된 모습이다. 주인공은 미군들의 부당한 처사에 대항하기도 하고, 미군들에게 몸을 파는 부도덕한 여인들을 경멸했던 인물이다. 작가는 극도로 궁핍한 상황에서 자신의 삶의 좌표를 포기하는 주인공의 변화과정을 통해 극도로 폐쇄적이고 제한적인 전후의 어려운 상황을 폭로하고 있다. 이는 또한 전쟁의 상처로 인해 정상적인 삶의 길이 막힌 상황에서 자신의 신념을 포기하는 주인공을 통해 전후의 비참한 사회상을 고발하는 것이다.

> 미군병사들은 물건을 훔쳐내어 팔아 먹고는 그 죄를 애매한 한국 노무자에게 씌워 해고하여 버리는 것이다. 물론 한국 노무자들도 훔쳐내어 팔지 않는 것은 아니었지만 노무자들은 그때마다 미국 병사들이 훔친 것까지 억울하게 뒤집어 쓰고 해고를 당하고 마는 것이다. 그러면 또 새로운 노무자가 들어온다. 억울한 해고를 당한 경우가 있을지라도 당장 굶주린 한국의 실직자들에게는 그것이 문제가 아니었다. 그들에게는 오늘만이 있었지 결코 내일이 문제될 수는 없는 것이다. 내일 억울하게 쫓겨나는 일이 있을지라도 오늘을 살아야 하는 것이다. 마치 내일이란 그들과는 인연이 없는 시간만 같았다.
>
> —『동아』, 440쪽

이처럼, 미군들은 다른 생계 수단이 없는 한국인 노무자들의 약점을 이용하여 부당한 처사를 저지르곤 하였다. 한국인 노무책임자로 있던 주인공은 이처럼 불합리한 대우에 대항해서 싸우다가 해고를 당하고 있다. 미군들은 개인적인 쾌락을 위해 양공주와 결탁한 도둑질을 서슴지 않고, 또한 그것을 한국 노무자에게 전가하는 등의 비윤리적 행위를 일삼고 있다. 그러나 주인공은 문제를 적당하게 덮어두자는 미군 상사의 회유에도 불구하고 자신의 신념을 전혀 굽히지 않을 정도로 정의에 대해 투철한 신념을 가진 인물이다.

「부동기」는 영식이라는 소년의 눈을 통해 전쟁의 상처로 한 가정이 파괴되는 과정을 생생하게 드러내주고 있고, 전후의 궁핍상과 정치 사회적 문제를 한 가족의 몰락을 보여준 작품이다. 이 작품이 서두는 희곡 무대설명과 유사하게 작품의 전체적 분위기를 암시하는 역할을 하고 있다.

> 한쪽으로 기울어져 내려앉은 대문, 벌레가 숭숭 사이 없이 좀먹어 들어간 퇴색한 기둥은 이미 주춧돌 위에서 제자리를 잃고 한 뒤로 비긋이 물러나 앉은 지도 오랜상 싶다. 들어서면 코밑에 껍질만 남은 빈대처럼 안채가 엎드려 있다. 계절이 바뀌어도 햇볕이라는 구경도 할 수 없고 조고만 방들, 그러나 그것도 단 둘뿐이다. 한쪽 방에 삼십촉 등이 희미하게 켜져 있다.
>
> －『동아』, 488쪽

이 집에는 사변 전에 공장을 경영했으나 공장과 땅을 잃고 딩구는 휴지 조각처럼 무기력한 아버지, 가족의 생계는 무관심하고 정치활동에 자신의 삶 전체를 투자하는 형, 가족의 생계를 위해 술집에 나가는 누나, 그리고 어머니, 신문팔이를 하면서 가족의 생계를 돕고 있는 막내 영식이 살고 있다.

영식은 아버지가 그 육중한 몸집처럼 의젓하게 땅바닥을 콱콱 밟고 다녀주었으면 하고 바란다. 그러나 아버지의 발자국 소리는 허공을 짚는 것 같이 허청거리기만 하고, 방안에서는 허수아비처럼 벽만을 쳐다보고 있을 뿐이다. 그리고 찢어진 벽처럼 허무한 웃음을 터뜨릴 분이다. 아버지의 이 같은 행동은 전쟁으로 공장과 땅만을 잃은 것이 아니라 가장으로서의 권위까지 송두리

채 빼앗겼기 때문이다. 그러나 아버지의 절망은 여기서 그치지 않는다. '정치적 배경으로 인하여' 빼았긴 땅을 되찾으려는 순간 그에게 다가오는 정치적 부조리의 힘은 그를 더 깊은 무력감에 빠지게 한다.

> 정치적 배경으로 인하여 이미 빼앗겨 버린 땅, 사회적으로 한낱 길바닥에 뒹구는 휴지 조각에도 비할 나위 없이 무기력하여진 지금의 아버지로서는 아무런 도리도 없었다. 그 땅을 찾으려면 나에게도 배경이 필요하다. 피난살이에서 돌아와보니 이미 그 대지는 남의 손에 쥐어져 가고 있었다. 불순한 몇 공장 직공녀석들이 빨갱이 치하에서 그 공장 터를 어떻게 농락질하였는지는 모른다. 하여튼 그것은 별문제다. 그 땅을 다시 찾으려면 그것을 찾을 수 있을 만치 강한 배경이 필요하다. 그 배경에 줄을 대려면…… 이러한 길이 있다. 또 이러 이러한 길도 있다. 아니, 그와는 방도를 달리 할 수도 있을게다. 그러나 상대쪽이 타고 있는 줄이 그 어느 쪽으로 어느 만치의 넓은 세력분포를 갖고 있는 것일가. 그러고 보면…들 것이 많다. 이렇게 이렇게 다리를 거쳐야 한다. 그뿐이랴—그럴 바에는…… 아니 포기하는 편이 나을 것이다.
>
> —『동아』, 490쪽

영식의 가족이 불행의 길로 들어서게 된 원인은 '사변'과 아버지의 무능함 때문이다. 폭격으로 날아가 버린 공장의 대지를 "불순한 몇 공장직공들이 빨갱이 치하에서" 농락질하여 빼앗고 말았다. 하지만 아버지에게는 그 땅을 다시 찾을 만한 든든한 배경이 없는 것이다.

전쟁의 소용돌이를 막 벗어난 50년대 남판 사회는 정치적 파행성, 경제적 불균등의 심화와 함께 극심한 가치관의 혼란 속에 있었다. 이러한 현상은 해방을 전후로 한 시기에서부터 이어져 온 문제인데 전쟁을 통해 그 파행성은 극에 달하게 되었다. 아버지의 절망을 비겁이라는 개인적 이유로 이해하는 것과 같이 형의 정치적 활동의 목적은 극히 개인적인 보상행위라 볼 수 있다. 정치적 배경이 없이 때문에 자기 땅의 소유권을 주장할 수 없는 아버지, 그리고 정치활동으로 모든 것을 한꺼번에 보상받으려는 형, 그들은 모두 50년대 사회구조가 낳은 희생물이란 점에서 동일하다.

전후의 한국경제는 정치와 경제의 변태적인 유착으로 거대한 복마전을 형성하게 되어 부의 불평등을 심화시키는 한편, 정치에 있어서도 파생적인 질서가 초래되었는데, 아버지는 이러한 현실의 거대한 힘에 의해 파멸되어 가는 인물인 것이다. 작품의 중반부까지 아버지가 보여주는 모습은 자존심과 정상적인 생활을 포기한 극도로 비참한 것이었다. 그런데 아버지는 누나와 어머니의 죽음 앞에서 전혀 새로운 모습을 보인다.

다음날 새벽 어머니는 가슴에 칼을 꽂은 채 부엌 구석지에 쓰러져 있었고 누나 방에서는 쥐 죽은 듯이 차가운 침묵만 계속되고 있었다.

두 사람의 재를 한강 기슭에 뿌리고 돌아오던 날도 형은 나타나지 않았다. 영식은 눈이 퉁퉁 부어서 부성부성한 아버지의 손을 잡고 집으로 돌아왔다. 문 앞에 이르렀을 때 아버지는 영식의 어깨 위에 손을 얹고 힘없이 쓰다듬으며 이렇게 혼자 중얼거리는 것이었다.

"죽기는 왜 죽어. 다 쓰러져 가는 집이라도 사람이 들어있는 동안에는 무너지지 않는 법인데."

－『동아』, 504쪽

위에서는 아버지의 끈질긴 생존의지가 담겨져 있는 삶에 대한 극복의지로 나타난 것이다. 그러나 가장으로서의 능력을 다하지 못한 자신의 무능함으로 인해 죽어간 가족들을 원망하며, 그가 보이는 생존의식은 설득력 있는 주제의식을 형성하지 못하고 있다. 자신은 가족의 생존을 위한 노력을 이미 포기했으면서도, 생존 그 자체에만 지나치게 의의를 두고 있기 때문이다. 과연 가족을 모두 잃은 상황에서 무엇을 위한 생존이란 말인가라는 의문이 제기되는 장면이다. 작품 후반부에서 돌출되는 아버지의 상황과 분리된 존명의식이 전체적인 흐름을 깨뜨리고 있다.

「현실」은 전쟁 중에 아무 죄 없는 사람들이 죽어 가는 사실에 주목함으로써 전쟁이 지닌 비정성을 폭로하고 있다. 그러나 주인공 '신 이등병'은 평범한 사람들을 살해한 '선임하사'의 주장에 아무런 항의를 못하고 있다. '신 이등병'은 전쟁의 잔학상을 어찌할 수 없는 상황이라고 믿는 상황에 빠져 지낸다. 주인공이 소속된 부대는 적진에서 아군이 있는 지대로 이동을 하고 있다. 그러는 가운데 선임하사는 길을 안내해준 선량한 농민들을 부대를 보호한다는 이유로 모두 사살해버린다. 이는 광기를 띤 이성에 기울어지는 듯한 주인공의 모습을 발견할 수 있다. 그런 가운데서도 주인공은 인간본성을 잃지 않으려는 모습을 드러내주긴 하지만 이미 거대한 폭력 앞에서는 너무나 미약한 존재이다.

"나는 저 농민 하나보다는 내 부하를 더 사랑해. 너는 나를 너무도 잔인하다고 했지? 그러나 잔인한 게 아니야. 만일 저 농민이 돌아가는 도중에 적군의 수색대나 유격대에 부딪쳤을 때 그는 자기가 살기 위해서 반드시 우리의 행방을 가르치기 마련이거든. 우리의 행방을 누구에게도 남겨서는 안된단 말이야. 임마. 전쟁이 나를 잔인하게 만든 게 아니야. 보다도 나를 현실적으로 만들 게야. 임마.”

- 『동아』, 542쪽

이 같이 선임하사는 자신의 잔인성을 깨닫지 못하고 오히려 그러한 행동을 지극히 현실적이고 정상적인 것으로 받아들이고 있다. 즉 그는 이러한 현실관을 통해 전쟁의 폭력성을 대변해주는 인물이기도 하다. 이러한 위기 상황의 형상화를 통해 드러나는 것은 일차적으로 전쟁이 야기한 비인간적인 폭력 행위[17]와 잔혹성, 비정한 전쟁논리 등이다. 이 작품은 낙오상태에서 벗어나기 위해 행해지는 선임하사와 대립하는 인물인 신 이등병의 내적 갈등을 통해 선임하사의 행위에 대한 비판적인 시각을 확보하고 있다. 이는 신 이등병의 내면의식을 중심으로 전개되고 있는 심리적 서술과 간접적인 문체를 통하여 효과 있게 드러낸다.

그렇다면 무엇이 그로 하여금 그토록 잔인하게 되게 하는 것일까. 신 이등병은 생각하였다. 결국 아무 것도 아니었다. 전쟁이 그를 그토록 잔인하게 만들고 있는 것이었다. 그를 사로잡고 있는 고열이나 그로 인한 정신적 혼돈에서 오는 이상형태도 아니었다. 신 이등병은 그렇게끔 변질되고 만 선인하사란 인간에 도리어 동정이 쏠렸다. 그러나 그것 또한 큰 착오라는 것을 신 이등병은 알지 못하고 있었다.

- 『동아』, 540쪽

---

17) 전쟁이란 우리의 적대자로 하여금 우리의 뜻을 완벽하게 이행하도록 강요하려는 폭력행위이다.

K. V. 클라우제비츠, 『전쟁론』, 김홍철 역, 삼성출판사, 1998, 51쪽.

위의 인용문은 서술자의 심리서술과 주인공이라 할 수 있는 신 이등병의 내면의식을 설명해주는 간접문체가 뒤섞인 이중적인 서술방식으로 묘사되고 있다. 선임하사의 잔혹한 살상이 비인간적인 전장의 논리를 대변하는 것인 동시에 신 이등병이 마주친 극한상황임을 잘 드러내주고 있는 것이다. 낙오병 일행과 합류한 신 이등병은 자신들의 행방을 감추기 위해 사람들을 차례대로 사살하는 선임하사의 잔혹성을 여러 번 목격하게 된다. 작가가 여기서 주목하는 것은 단순히 전쟁의 참혹성에 대한 고발이라기보다는 합리의 이름으로 인간의 존엄성과 특수성을 무시한 채 부조리한 죽음을 야기하는 전쟁의 메커니즘에 대한 통찰이다.

따라서 전장의 논리에 의해 이루어지는 죽음 앞에서 그가 느끼는 것은 전쟁의 잔인성뿐만 아니라 인간 존재의 무의미성을 깨닫게 된다. 전장의 비정한 현실논리가 이러한 허무성을 자각하게 만든 것이다. 낙오된 상태에서 만난 패잔병들이 '아군인가 적군인가 구별할 의식의 여유조차 없'고 '총 쏘는 것에 대하여 마저 의미를 잃은' 이유는 그에게 있어 전쟁 자체가 무의미하게 느껴지기 때문이다.

「파편」에서는 전쟁으로 인해 한쪽 어깨에 파편을 맞아 파편이 박힌 채로 살아가고 있다. 개인의 상처를 수용하고 있는 그의 소설 속에서는 신체적인 불구현상, 윤리의식의 파탄, 광기 등 건강하지 못한 신체적·정신적 상태가 나타나고 있다. 이러한 특성을 통해 전쟁의 폭력성과 개인의 심리적 불안 혹은 전후사회의 병리적 현상을 제시하고 있는 것이다.

전쟁으로 인해 손상된 자아의 모습을 형상화하고 있는 그의 소설에서 신체적 불구 현상과 비정상성 및 인격구조의 불건강함이 단순히 소재적 차원 이상의 특별한 의미를 지니고 있기도 하다. 이는 신체적·정신적 환부를 가지고 있는 병적 상태가 인간의 건강성을 무참히 짓밟아 놓은 전쟁의 광포함과 그 결과로 남겨진 황폐화된 자아의 모습을 드러내기 위한 문학적 상상력과 관련된 것이다.

축 늘어진 왼쪽 손… 두 개의 파편, 이것은 생명체가 아니라 무기물이다. 그러나 이것들은 무기물이면서도 박테리아균보다 더 무서운 생명력을 가진 무기물이다.

그것들은 지금 내 육체 속에서 차고 들어 나란 인간을 좀먹어 가고 있다. 나의 젊은 핏줄을 끊고 나가 생명체의 조직들, 세포들 뇌수를 살육하여 가고 있다. 그러나 나는 이것들과 함께 살아야 한다. 나는 이것들과 함께 살다 죽어야 할 또 없이 저주스러운 운명 속에 결합되어 있는 것이다.

―『새벽』, 142쪽

전쟁은 사회전체가 맞닥뜨리는 전면적인 재난이기 때문에 어느 누구도 전쟁의 위기상황에서 벗어날 수가 없다. 이와 같은 재난 상황하의 위기는 그것을 체험한 사람들에게 전적으로 새로운 상상적 세계를 창조하도록 한다. 따라서 신체적·정신적 이상성이 전쟁의 잔혹성과 폭력성을 환기시키는 상상력으로 구현되는 동시에 건강한 삶을 회복하기 위한 의지와 관련되는 것이다.

또 하루가 사라져 가고 있다. 무너진 거리에는 부서진 인간들이 종일 흘리고 간 조각들이 어둠 속에 묻혀가고 있다. 그리고 마지막 남은 그가 남아서 이 흐트러진 조각들을 밟고 가는 것만 같았다.

―『새벽』, 148쪽

「파편」에서는 전장에서 부상을 입고 돌아온 '그'의 불안정한 내면심리가 서사의 중심을 이루고 있다. 어깨에 파편이 박힌 '그'는 왼손의 감각을 잃은 불구자이다. 인간에게 있어서 팔과 손은 힘과 행위의 주체이다. 일을 한다는 것은 곧 손을 쓰는 행위요, 그 결과를 손 안에 넣는 행위인 것이다.[18] 따라서 파편이 박힌 어깨와 사용할 수 없는 왼손은 그가 정상적인 생활인으로서의 살아가기를 어렵게 하는 장애요인으로 작용하고 있다. 이러한 장애요인에도 불구하고 '파편'이 박힌 듯한 전후의 사회상과 상이 용사들의 처지를 솔직하게 드러내 보이면서 전쟁의 상처를 적극적으로 자신의 삶 속으로 받아들이고 있다.

번역하는 일로 간신히 생계를 이어가는 그의 궁핍한 생활은 이를 말해준다. 또한 행위의 주체인 손의 불구는 능동적인 생활력을 상실한 그를 곰팡이와 어둠뿐이 '헛간방'이라는 폐쇄적인 공간에 고립시켜 놓고 있다. 그는 이러한 소외 공간에서 자신의 내면 세계로만 몰입하여 스스로를 폐쇄시킨다. 그의 피해의식은 불구가 된 신체에 대한 반복적인 묘사를 통해 설명되고 있다.

> 바른쪽 손은 불덩이처럼 뜨거운데 왼쪽 손은 감각을 잃은 듯 차갑다. 뭉클 눈앞을 어둠이 스치고 지나간다. 파편…두 개의 파편을 끊고 근육 속 깊이 박혀 있는 것이다. 균형을 잃은 나, 나의 뜨거운 바른쪽 손은 지금 차가운 나의 왼쪽 손을 남의 손처럼 어루만지고 있다.
>
> ―『새벽』, 144쪽

---

18) 인간의 신체는 결코 단순한 물(物)이나 도구가 아니라, 인간의 자아가 머무는 장소, 즉 세계에 있는 것으로서의 근원적인 존재양식이다. 다시 말해 신체는 실존의 외부적인 무엇이 아니라 실존의 구체적인 실현이므로 '표현'인 동시에 표현된 것이다. 또한 신체가 실존을 기호화할 수 있다면 그것은 신체가 실존을 실현시키기 때문이며, 신체가 실존의 현실성이기 때문이다.
이재선, 「표현의 장으로서의 신체」, 『문학주제학이란 무엇인가』, 민음사, 1996, 177쪽.

인용된 내용은 불구가 된 자신의 손에 대한 강박관념을 드러내고 있다. 전장에서 파편이 꽂혀 왼쪽 손이 불구가 되어 돌아왔다는 내용을 반복하고 있는 것은 그의 외상(外傷)과 그 외상으로 인해 병들어 가는 내면심리를 강조하기 위한 것으로 표출되고 있다. 그의 의식에 내재하는 피해의식은 반복되는 발작과 악몽을 통해 표출된다. 불안정한 정신상태에서 기억되는 것 역시 전장의 참혹한 상황이다. 그에게 있어 전장은 정상적인 신체와 사랑하는 사람을 잃어버린 상실의 공간이다. 자신을 불구로 만든 전장과 사람들이 분주하게 활동하는 일상의 현실은 비정상-정상, 불건강-건강으로 차이화 되고 있다. 그들이 참가한 전장에는 죽음과 격렬한 전투가 있었을 뿐 개인의 행위에 아무런 의미를 부여할 필요가 없었던 반면 그들이 귀환해 직면한 일상에는 죽음은 없어도 죽음이상의 무서움과 두려움이 도사리고 있기 때문이다.

5. 맺음말

1950년대 우리의 문학은 식민지 시대의 풍부한 문학적 전통을 계승하지 못한 채 해방기와 전쟁이라는 역사적 격동기를 거치면서 민족의 분단과 아울러 문단의 분단, 그로 인한 문학적 역량의 급격한 후퇴 속에서 시작되었다. 전후에 등장하게 된 신세대 작가들은 전쟁의 폐허 위에서 문학적 전통을 상실한 채 나름대로 새롭게 문단을 꾸려나갈 수밖에 없는 형편이었다. 오상원은 이러한 전후 신세대 작가들 중에서도 50년대적 특성을 지닌 대표적인 작가로 평가받기도 하였다

본고에서는 그가 50년대 중반에 집중적으로 발표한 전후소설의 문학적

특성을 살피는데 주된 목적을 두었다. 오상원 소설의 인물들은 그들의 절망과 도덕적 타락, 무력감 소외 등 모든 것이 전쟁 때문에 생겨난 결과물로 인식하고 있다. 그들은 자신의 상황에 절망하고 사회에 대해서는 냉소적 시각으로 일관하며, 나아가 사회로부터 스스로 고립되는 결과를 표출하고 있다. 그동안의 그에 대한 논의된 내용을 정리하면 다음과 같다.

첫째, 전후의 실존적 존재와 인간본연의 가치관인 휴머니즘을 드러내주고 있다. 이에는 「유예」, 「죽음에의 훈련」, 「균열」, 「위치」, 「피리어드」가 있다. 이들 작품에서 전쟁은 죽음이 일상적인 생활처럼 전개되고, 개인의 목숨이 죽음 앞에서 불가항력적으로 내던져진 상태로 드러나는 극한상황 그 자체인 것이다. 이러한 상황 속에서 인간은 자신의 존재의미를 찾고자 내면세계로 침잠하기도 한다. 「유예」에서는 전쟁에서 죽어 가는 젊은이를 통하여 기성의 가치에 대한 의문을 그리려고 했다. 그의 작품은 의식의 과정을 중심으로 하고 있으며, 나아가 인간의 역사는 서로 죽고 죽이는 것으로 구체화된다. 전쟁을 통하여 죽음이 일상화되는 모습을 통해서 인간 존재의 모습에 다가가려 한 것이다. 이러한 실존적 자각은 전후 절망적 현실에서 인간의 문제를 중심적으로 다루어야 한다는 실제적인 과제를 환기시켜 주었다는 점에서 의미가 있다.

둘째, 전후의 부조리한 현실과 그러한 사회분위기 속에서 가치관의 변화가 어떻게 일어나고 있는가를 나타낸 것으로 「황선지대」, 「보수」, 「증인」, 「백지의 기록」, 「사이비」가 있다. 이들 작품들은 전쟁으로 인한 파괴로 사회전체가 폐허화된 상태이며, 극도로 궁핍한 상황에서의 부조리한 현상 그대로였다. 이러한 상황 속에서 소설 속의 인물들은 전쟁의 상처로 절망하고 좌절을 경험하고 비정상적인 삶을 꾸려나가고 있는 것이다.

셋째, 전쟁자체가 가져다주는 비이성적인 폭력성과 그에 맞서 그것을 이겨내려는 삶에의 극복의지를 드러낸 것으로 「모반」, 「표정」, 「난영」, 「부동기」, 「현실」, 「파편」의 작품이 있다. 이들 작품은 전쟁의 상처를 수용하고 있는 신체적·정신적 환부를 지니고 있는 병적 상태가 전쟁과 이데올로기의 폭력성을 환기시키는 동시에 사회병리와 관련을 맺기도 한다. 특히, 신체적 불구성은 전쟁의 상황이 강요하고 조직화시킨 폭력에 희생된 모습을 드러내주는 것이며, 또한 그것을 외부로 스스로의 존재를 확인해줌으로써 개인의 희생이 지닌 사회적 의미를 드러내는 동시에 현실적인 삶에서 극복의지를 내보이는 것이다.

전쟁의 참화가 역사주의적이고 이데올로기적 투쟁의 결과라고 하면, 인간존재에 대해 질문을 던지게 되고 순수한 인간의 편에 서서 내면화된 결단에 의해 행동을 하게 되는 것은 필연적인 과정이며 그 결과로 나타난 것이 그의 작품이 지닌 특징이라 할 수 있다.

실향민의 애환과 화해의식 : 이범선

1. 머리말

이범선은 1955년 「암표」와 「일요일」이 현대문학에 추천되어 작가 활동을 시작한 전후문학 세대에 속하면서 신세대 작가군[1)]에 포함되고 있다. 해방 이후의 기성작가들은 문학과 정치·사회의 변화를 논의하면서 현실의 변화에 적극적인 자세로 대응하자고 주장했던 것과는 달리 신세대 작가들은 전쟁이나 정치를 직접적으로 다루지 않고 간접적인 양상으로 드러내 주고 있다. 이들 신세대 작가들은 6·25 이후의 혼란했던 분위기를 인간의 심미적·내

---

1) 김상선, 『신세대 작가론』, 일신사, 1982, 54쪽.
　　6·25는 우리에게 전쟁이라는 시련을 통하여 새로운 시대정신을 형성케 하는 기틀을 마련하게 해주었다. 그는 국토양단과 사상적 대결과 동족 상잔이라는 기막힌 현실이 과거의 모든 윤리 형태와 가치 체계를 전도시켰다는 점에서 세대론의 구분 명분을 찾고 있다. 그는 구세대 작가, 신세대적 작가, 신세대 작가 등으로 분류하고 이범선은 구세대적 신진작가 속에 포함되고 있다.

면적 정서를 바탕으로 한 전통적 의미의 미학을 긍정적으로 채택하였으며, 비판적 지성을 앞세워 전통과 현실을 부정하여 비판하거나, 고발하려는 경향이 주된 관심의 방향이기도 하였다. 이들은 일제 식민지 시대에 소년기를 보내면서 해방을 맞았고, 청춘을 전쟁 속에서 보낸 후, 폐허의 터전에 새 삶을 가꾸기 위해 나선 사람들이기도 하다. 이들이 참혹한 현실 속에서 익혀온 언어는 삶에 대해 모든 가치 개념이 붕괴되고, 꿈과 이상이 상실되어 버린 거칠어진 현실이 이들이 서야 할 땅이다. 이러한 상황적 조건과 거기에 대응하고자 하는 정신 사이의 갈등 속에서, 때로는 거부의 몸짓으로, 혹은 비판의 눈길로, 또는 자조의 탄식으로 이들의 언어가 문학적 형상화의 가능성[2]을 얻게 된다. 그리고 이들은 전후의 변화하는 역사적 현실 속에서 인간의 문제에 깊은 관심을 드러내었다. 그러면서도 이데올로기로 빚어진 민족 전체의 비극적 참혹성과 잔인상을 폭로하되 부정 부패에 물든 사회 현실을 작품 속에 그려내고 있다.

이범선의 문학은 이러한 일반적인 관심 속에서도 전후의 현실상황 그 자체에 관심을 집중시키고 있다. 6·25로 인한 피난민들의 귀향의식과 실향민들의 애환 등은 그의 일관적인 관심사였다. 이범선이 활동하기 시작한 50년대 후반의 시대적 상황은 전쟁이 끝난 후의 사회적 풍속의 혼란한 모습과 전쟁 뒤에 밀려오는 허무와 폐허가 주된 정조를 이루는 시기였다. 6·25전쟁은 사회적으로는 혼란과 절망을, 개인적으로는 흑·백논리를 강요하였다. 그리고 재산과 전통과 지위와 신분 등 인간의 근원적인 뿌리마저 흔들리게 하고 피난민들은 그들 나름대로의 아픔을 겪어야 하였으며, 이러한 아픔을 제시한 문학이 이 시대의 대체적인 주류이기도 하였다. 사상 유례 없는 동족상잔의

---

2) 권영민, 『한국현대문학사 1945~1990』, 민음사, 1993, 145쪽.

전쟁이 오랫동안 계속됨으로써 야기된 최악의 정치적 상황, 사회적 혼란은 한국 사회를 극한 상황으로 몰고 갔다. 이로 인해 인간 본질의 삶과 죽음의 문제가 작품 속에 심각한 현실적 문제로 드러나게 되었으며, 이러한 사회적 역사적 분위기를 반영해야 하는 소설이 당시에는 절실하게 요구되기도 하였다.

이제까지 그에 대한 연구는 그의 소설에 나타난 주제에 주목하여 서정적 혹은 개인적인 것과 사회 고발적인 리얼리즘의 두 계열3)로 나누어 보는 것이 일반적인 경향이었다. 권유4)는 이범선 소설에 나타나는 피해의식 양상과 피해의 원인을 6·25전쟁이 끼친 실증적 관계 내에서 규명하고, 그 시대에 소설 속의 인물들은 어떻게 대처하여 왔는가에 대해 살펴보고 있다. 그러나 이것은 주제별로 몇몇 작품으로 한정지어서 고찰한 것이어서 그의 문학 전체에 대한 일관적이고 선조적인 고찰이라기보다 단편적이고 한정적이라는 결점이 있다. 본고에서는 이범선의 초기 작품을 이루는 50년대 후반의 작품을 중심으로 살펴보고자 한다. 이범선 작품의 주요 인물들은 전후의 혼란한 상황 속에서 어떻게 적응하여 살아야 하는 것인가와 삶의 가치란 무엇인가 라는 근

---

3) 이와 관련한 언급은 작가 자신이 문학잡지 대담에서 밝힌 「오발탄, 그리고 피해자」(『문학사상』, 1974년 2월호)에서 그에게 문학적 영향을 끼친 것은 이태준에게서 시작되었음을 밝히고 있다. 두 가지의 특징으로 나누어지는 것은 따스한 마음으로 인간을 관찰한 서정성과 비판을 앞세운 대사회적인 것으로 나눈다는 내용에서 비롯되고 있다. 대부분의 지적 속에서 언급되고 있는 공통적인 작품은 「학마을 사람들」과 「오발탄」에 집중되어 있다. 즉 전자가 서정적 작품에 해당되고, 후자가 리얼리즘적 비판 성격을 띤 것이라 한다. 이에 해당되는 대표적 언급을 살펴보면 다음과 같다.
　· 이어령, 「문제성을 찾아서」, 『한국전후문제작품집』, 신구문화사, 1961, 386쪽.
　이범선 작품의 기법 문제는 전통적인 기법보다는 인간의 복잡한 내면 심리를 연상하는 수법을 차입하여 표출하거나, 인간의 심리를 분석한다던가, 철학적 에세이의 수법을 도입하고 있다고 지적하면서 그의 문학적 서정성을 강조하였다.
　· 김윤식, 『문학사와 비평』, 일지사, 1975, 205쪽.
　이범선은 1930년대 한국 소설의 주류 층의 하나인 한국적 리얼리즘 계보에 이어져 있다고 지적하였다.
4) 권유, 「이범선 소설에 나타난 피해의식 연구」, 한양어문연구회, 1996.12.

원적이고, 일상적이고 보편적인 문제에 대해 여러 인물들을 통해서 잘 드러
내 주고 있기 때문이다. 이범선의 50년대 초기 작품 속에 등장하는 인물들은
6·25 이후의 시대적 정황이나 사회적으로 드러나는 문제들을 직접적으로
비판하고 제시하는 것이 아닌 간접적인 묘사, 즉 화자가 인물들을 관찰하는
시점으로 일관하고 있기 때문에 당시의 상황이나 배경들을 사실적으로 드러
내 주는 효과를 지니고 있다. 이렇듯 6·25 이후의 문제들에 대한 다양한 시
각의 접근은 과거에서부터 앞으로도 그것이 던진 후유증에서 벗어나지 못하
는 민족적 문제이기 때문에 이범선의 초기 문학에 대한 이해는 전후 문학의
올바른 이해에 이르는 시금석을 마련하는데도 일정한 부문을 차지할 것이다.

2. 전후 현실에 대한 고발

이범선은 전쟁이 끝난 공간 속에서 일어나고 있는 현상들을 현실감 있게
드러내 주고 있다. 「오발탄」의 송철호와 영호 형제, 「사망보류」의 철(哲)과
박선생, 「미꾸라지」의 민(珉) 「몸 전체로」의 부자, 「학마을 사람들」의 마을
주민들을 통하여 전쟁이 끝난 직후의 현실들을 어느 일정한 시대의 주요 부
분들을 파노라마적 기법5)으로 제시하고 있다. 작품 속에 등장하는 인물들은
전쟁으로 인한 정신이상자로 몰릴 정도의 파괴된 생활과, 사람의 죽음을 놓
고 곗돈 때문에 죽은 사실을 며칠씩이나 미루는 절박한 삶의 모습으로 지내

---

5) 물리적 배경이나 시간적으로 장시간에 걸친 사건들을 단일한 구절로 선택하고 압축하여
요약하는 서술 기법이다. 이 기법의 특징은 오랜 기간에 걸친, 혹은 여러 장소에서 일어난
사건들을 요약해서 전달해 주는 화자의 존재가 필수적으로 요청되는 것이다.
  (한용한, 『소설학 사전』, 고려원, 440쪽)

고 있고, 전쟁이 끝난 후에 전통적 가치관이 일시에 무너지는 가치관의 붕괴 모습과, 전쟁 끝에 살아남기 위한 처절한 몸짓임을 드러내 주는 어느 부자, 전쟁 가운데 이데올로기로 인한 공동체 의식의 붕괴 과정을 그려내고 있다.

「오발탄」은 계리사 사무실에서 서기로 근무하는 송철호 가족들의 삶을 통해 전쟁이 끝난 후의 분단된 현실 속에서 생활하고 있는 전쟁의 이면적인 모습을 비극적으로 보여주고 있다. 작품 속에는 전쟁의 소용돌이를 벗어난 한 가족의 등장 인물들을 통하여 굶주림이나 헐벗음, 상이군인, 실업자, 양공주로 생활해 나가는 당시의 분위기를 연출하고 있다. 그리고 전후의 사회적 혼란을 이용하여 저지르고 있는 부정과 부패, 권총강도 등으로 생활하고 있는 극단적인 삶의 모습을 적나라하게 드러내 주고 있다. 전쟁으로 인해 피난 왔다가 간신히 해방촌 고개의 판잣집에서 지내는 송철호 어머니는 고향을 그리워하다 결국은 정신병자가 되어 '가자 가자' 하고 고래고래 소리를 지르면서 지낸다. 이 작품은 전쟁으로 인해 남북이 분단되는 비극을 겪게 되고, 동족끼리의 비운을 겪어야 했던 시대적 상황 속에서 폐허가 되다시피 한 삶의 터전을 다시 다져야 했던 사람들의 아픔을 형상화하고 있다. 철호 어머니가 불쑥 아무 때나 외치는 이러한 경우는 분단으로 인한 실향민의 아픔을 대표적으로 나타낸 것으로 당시의 분위기를 진실하게 표현하고 있는 것이다. 노모의 '가자!'라는 거듭되는 절규는 분단으로 인해서 고향을 잃어버린 많은 실향민들의 비극적인 향수를 대리적으로 표상하는 의미를 지니고 있는[6] 것으로 지적되고 있다.

철호의 동생 영호는 고학으로 고생하며 대학 다니다가 전쟁으로 인해 대

---

6) 이재선, 「전쟁체험과 50년대 소설」, 『한국현대문학사』(김윤식 · 김우종 외 30인), 현대문학, 1995, 346쪽.

학 3학년에 학업을 중도에 그만두고 군대에 입대한다. 그러나 그는 상이군인이 되어서 제대하여 여러 해를 실직자로 지내게 되고, 사회에서는 냉대를 받아가며 술과 울분으로 세월을 보내다가 결국은 강도 행위로 체포당하고 만다. 평소 영호는 거의 매일이다시피 저녁마다 술을 먹고 들어와서는 형 철호에게 양심이나 윤리, 관습, 법률 등을 다 벗어 던지고 살아야 된다고 대든다.

> 자살을 할 만치 소중한 인생도 아니고요. 살자니까 돈이 필요하구요. 필요한 돈이니까 구해야죠. 왜 우리라고 좀 더 넓은 테두리 법률 선까지 못나가란 법이 있어요. 아니 남들은 다 벗어던지구 법률선까지도 넘나들면서 사는데, 왜 우리만이 옹색한 양심의 울타리 안에서 숨이 막혀야 해요. 법률이란 뭐야요 우리들이 피차 약속한 선이 아니냐요?[7]
>
> —「오발탄」, 229쪽

이렇게 하여 영호는 권총강도 행각(어느 회사에 사환월급 줄 돈 찾아가는 것을 겁탈)을 저지르게 되고 형 철호는 근무 중에 경찰서로 불려간다. 경찰서에서 만난 영호는 자기 형에게 '인정선에 걸렸어요, 법률선까지는 갔는데, 쏘아 버렸어야 하는 것인데'[8] 하고 차라리 쏘지 못한 한 가닥의 양심에 대해 영호는 후회하고 있다. 계속해서 그는 양심에 대해 손끝에 박힌 가시로 생각하고, 윤리는 나일론 팬티 같아 입으나마나 불알이 덜렁 비쳐 보이고, 관습은 소녀의 머리 위에 달린 리본이라 이해하고, 법률은 허수아비와 같은 것이라

---

7) 작품 인용은 이범선 작품집 『표구된 휴지』(책세상, 1989)를 자료로 삼는다. 이후의 작품인용은 작품명과 쪽수만 밝혀둔다. 이 작품집에 없는 작품은 본래 발표되었던 지면을 밝혀둔다.
8) 「오발탄」, 238쪽.

이해하고 있다. 허수아비는 참새들에게는 공갈이 되고, 좀 큰 새 까마귀는 무서워하지 않는 것으로 작용하고 있다.

이들이 총체적으로 드러내 주는 것은 전쟁이 끝난 후의 가난문제와 암담한 사회 풍경을 그대로 나타내 주는 것이며, 이전의 공동체적 의미가 서서히 붕괴되어 개인중심적 가치관으로 변화해 가는 현상을 보여주고 있다. 즉 나만이, 내 가족만의 생존을 위하여 주위 남의 삶의 모습에 신경을 쓸 겨를이 없는 상태이다. 이러한 가난 문제는 1920년대 이후 일제 식민지하에서 겪게 되는 것과는 여러모로 다른 면을 지니고 있는 것이다. 이때의 가난은 지주가 소작인에 대한 착취의 구조적 문제인데 반해 50년대의 가난 문제는 전쟁으로 인해 그 동안의 일구어 놓은 경제구조가 폐허화 된 것에 따르는 문제이기도 하다. 경제구조의 폐허 문제는 6 · 25 발발의 책임론을 비판하게 되는 정치적 문제까지로 확대되기도 한다. 동족 간의 전쟁 책임은 과연 누구의 몫인가 하는 것이다.

철호의 아내는 전쟁이 일어나기 전에 E여자 대학에서 음악 공부를 하였으며 매우 건강했던 사람이었는데, 그러나 지금은 웃음도 잃고 동물처럼 되어 버린 모습으로 아무런 희망도 가져 보려고 하지 않은 채 만삭의 몸으로 멍하게 지내고 있다. 그리고 철호가 영호의 일로 경찰서 다녀오는 사이에 아내는 해산을 제대로 못해 병원으로 갔지만 이미 병원에서 죽어 있다. 그리고 생존을 위해 양공주가 되어 세상 모든 사람들의 멸시를 받으며 살아가고 있는 누이동생 영희, 영양실조가 걸려 노랗게 뜬 얼굴과 헌 셔츠, 허리통을 잘라서 위에 끈을 꿰어 스커트로 입고 다니는 여윈 다섯 살 박이 딸아이 등 이 작품에 등장하는 송철호의 가족들이 지내고 있는 이 같은 비참한 모습은 전후 사회에 적응하지 못하고 좌절하고 있는 생활 모습들을 나타내고 있다. 이 작품에서 영호나 명숙의 지나친 배금주의 정신은 예고 없이 닥쳐온 전쟁의 커다란 시련 속에서 살아남기 위한 극단적인 존재 의식을 현실적인 모습으로 드러내 주는 것이며, 철호 어머니가 나타내주는 실성한 모습은 전후의 실향 의식을 간절하게 나타내 주고 있다. 그 가운데서 철호는 아무런 경계선도 극복하지 못한 채 좌절하고 만다.

병원에서 아내의 죽음을 확인한 철호는 마치 무엇인가 큰 일 한 가지를 해결한 것 같은 기분이 들다가도 어찌 생각하면 무언가 할 일이 많이 생긴 것 같은 무거운 기분으로 휘청거리며 여기저기를 배회하고 있다. 그러다가 정작 자신의 이가 아파 본인은 고생을 많이 했지만 다른 일로 병원을 못 가다가 이리저리 배회하다 멍하니 눈에 띄는 치과 간판을 보고 그는 병원으로 간다. 여기서 철호가 겪고 있는 치통의 아픔은 전후 시대의 가난을 표징하면서도 이 세상을 성실하게 살아가려는 한 인간의 사회적 양심의 고통을 암시하고 있다. 그러면서 충치는 사회 자체의 타락[9]을 의미하기도 한다. 병원을 나온 후 철호는 택시를 타고서는 해방촌, 병원, 경찰서로 갔다가 이리저리 헤매다가 운전수로부터 오발탄 같은 손님이란 욕을 얻어먹는다.

긴 자동차의 행렬이 움직이기 시작했다. 철호가 탄 차도 목적지를 모르는대로 행렬에 끼여서 움직이는 수밖에 없었다. 철호의 입에서 흘린 선지피가 홍건히 그의 와이샤쓰 가슴을 적시고 있는 것은 아무도 모르는 채, 교통 신호대의 파랑 불 밑으로 차는 네거리를 지나갔다.

– 「오발탄」, 245쪽

---

9) 이재선, 『한국현대소설사 1945~1990』, 민음사, 1991, 215쪽.

그는 마침내 무조건 가자는 무의식의 방황을 나타낸다. 이는 삶의 방향도 잃고, 어디로 가야할 지 일정한 행선지도 모르는 채 그냥 택시를 타고 방황하는 그의 모습을 표현한 것이다. 그러면서 자신은 아들 구실, 남편 구실, 아비 구실, 형 구실, 계리사 사무실의 서기구실 해야 할 구실이 너무 많은데 그 모든 것을 상실한 존재라고 스스로 인정하면서 조물주의 오발탄인지 모른다며 혼몽한 세계로 빠져든다.

전후의 암담했던 사회분위기 속에서 가치관의 붕괴 모습과 가난 문제는 「사망보류」에서 그대로 나타나고 있다. 예절이나 절제, 인격을 강조하는 도덕주의는 재물, 소득, 지위 등을 강조하는 물질 숭배주의와 갈등을 일으키는 모습을 드러내 주고 있다. 이 작품의 철(哲)이라는 선생과 박 선생은 병원에서 결핵진단을 받았지만 가족들의 생계 때문에 학교를 그만두지 못하는 모습을 통하여 물질만을 추구하게 되는 전후 현실의 어두운 모습을 재현하고 있다. 같은 교무실에서 지내면서도 동료의 아픔이나 고통, 불행에 대하여 나타내 보이는 다른 선생님들의 행동으로 비추어 당시의 전통사회의 가치관이 파괴되고 피폐해져 가는 인간성 상실의 과정을 드러내 주고 있는 것이라 볼 수 있다.

박 선생이 어느 날 오랜만에 학교 갔을 때 평소에 자기가 앉던 책상에는 새로 온 다른 선생님이 차지하고 있다. 교무실의 다른 선생님들은 반갑다고 인사를 건네기도 하고, 아프면 자리를 그만두지 않느냐는 투의 빈정거림과 농담을 하기도 한다. 오늘부터 출근 명령을 받았느냐는 옆에 선생의 말에 박 선생은 생각 같아서는 '당장에 다 뒤집어 던지고 인간폐업이라도 하고 싶지만 젤 무서운 것이 아랫목 어린 새끼들이 밥 달라는 호령'[10]이라 그런다. 평소에는 교장 선생님이 무섭고, 교감 선생님이 까다롭다고 생각했지만 어린

---

10) 「사망보류」, 51쪽.

아이들의 배고픔이 그것보다 훨씬 더 하다고 하는 데서 이 당시의 가난문제를 절박한 모습으로 보여준다.

그런 반면 또 다른 어떤 선생은 오랜만에 학교 나온 박 선생 보고 십 만 환 짜리 돈 뭉치로 보인다고 비꼬아 이야기한다. 이것은 박 선생에게 곗돈 십 만환을 꾸어 주었는데 못 받을까봐 놀리는 어투로 이야기하고 있는 것이다. 박 선생은 계속해서 학교로 출근하지만 임시교사가 자리를 비켜주지 않고, 학교에서도 뭐라고 하는 지시가 없어 한쪽 옆자리에 앉아 지낸다. 어느 날 오후 박 선생은 기침으로 쓰러지고 철이라는 선생이 숙직실로 업고 가게 되고 그 후 집으로 실려 가는 일이 생긴다. 그러다 얼마 안 있어 박 선생이 죽었다는 소식이 알려지고 철이라는 선생이 조의금 가지고 박 선생 댁에 가게 되었다. 그는 조의금 봉투 속에 돈 대신 차용증서를 넣은 것을 발견하고 문상 가는 것을 그만두려 한다. 철(哲)은 피난 내려오면서 피난 열차에 몇 번이고 오르려다 애꾸눈이 때문에 실패한 어느 피난민을 생각하게 되고 절박한 상황에서의 바꾸어지는 인간 본질의 심성에 대해 눈앞이 아찔하였던 경험을 회고하고 있다. 피난민 차에 자꾸 오를 때마다 짐 꾸러미를 밑으로 굴러 버리는 애꾸눈이를 옆에서 나무라다가 그는 야박한 욕설을 듣게 된다. 애꾸눈이는 철에게 그렇게 동정심이 많으면 당신이 내리고 그 자리에 태워 주라고 타박을 하였던 것이다. 「오발탄」의 영호와 비슷한 생각과 행동을 하고 있는 인물이 「사망보류」의 애꾸눈이다. 우선 당장 자신의 실존문제가 크기 때문에 다른 사람의 사정을 돌볼 겨를이 없는 암담한 현실성을 그대로 드러내놓고 있다. 어수선한 사회적 상황 아래서 다른 사람을 돌볼 겨를이 없고, 자기 자신만을 생각하고 있는 모습을 이들의 행동에서 알 수 있다. 철은 소풍갔다가 소낙비를 만나게 되고 비를 피하기 위해 쫓아오다 평소에 고생하고 있던 결

핵 중세가 더 악화되어 심한 각혈을 하게 되고, 그 길로 여러 날을 결근하게
된다. 그러다 이십 오일에 곗돈 십만 환을 타게 되는데 스무 나흘 날 밤에 철
은 심한 각혈로 죽게 된다.

> "며칠이오?"
>
> "이십사일"
>
> …(중략)…
>
> "보류하우"
>
> "뭐요"
>
> 아내는 얼굴을 찡그리며 귀를 그의 입 가까이 가져갔다.
>
> "낼까지는…"
>
> "낼까지는 뭐요?"
>
> 철의 소리가 작아지니 만치 아내의 소리는 또 커졌다.
>
> "낼까지는 죽었다고 하지 마우"
>
> 눈을 감은 채였다.
>
> - 「사망보류」, 61쪽

죽어 가는 순간까지 오늘이 며칠이냐며 반복해서 그의 아내에게 묻고 있
으며 '낼까지는 죽은 사실을 보류' 하라는 말을 아내의 귀에 대고 꺼져 드는
소리로 말한다. 아내는 급히 병원으로 쫓아가지만 무슨 일인지 병원 문은 열
리지 않는다. 이는 당시의 암담한 사회적 분위기와 지독한 가난문제를 세밀
하게 드러내 주고 있다.

「사망보류」는 이렇게 박 선생의 죽음과 철이라는 선생의 죽음을 통하여

전후의 절실한 문제의 하나였던 생존의 위기의식과 각박해져 가는 사람들의 심리와, 곗돈을 타기 위해 죽어 가는 순간까지 죽음을 보류시켜 주위 사람들에게 알리지 말라는 비극적인 단면에서 당시의 문제들을 나타낸 것이다.

　전통사회의 윤리질서와 가치관의 붕괴가 계속되는 것이 「미꾸라지」에서도 나타나고 있다. 「미꾸라지」의 민(珉)은 학교에서 역사를 가르치는 선생님이다. 민은 출근 시간에 버스를 기다리는데 몇 번이고 버스를 놓치고 만다. 그것은 버스를 타기 전에는 줄을 섯다가도 버스가 저 만치서 오면 이미 줄은 엉망이 되버리기 때문이다. 원칙과 양심으로 지내는 민은 수업 시간에 중국의 백이숙제(伯夷叔齊)의 고사에 대한 이야기를 하는데 학생 하나의 질문을 받고 당황해 한다. 백이숙제가 임금에 대한 충절을 지키면서 지냈던 것처럼 살아야 한다는 의도에서 설명했던 민은 그 학생의 '그래서 어쨌다는 것입니까'라는 질문에 당황해 한다. 이 질문은 왕조 체제 속에서나 필요한 임금에 대한 충성이 필요 없다는 논리이기도 하며 전쟁 후의 사회적 가치관이 변화되어 간다는 증거이기도 하다. 혼란한 시대적 상황 속에서 나 혼자만 그렇게 도덕적이고 양심적이게 지낸들 그것이 나에게 무슨 의미를 준다는 것이냐. 그러다가 어느 날 오후에 학부형의 초대로 동료 직원들의 회식 시간이 있었는데 이와 비슷한 분위기는 계속 이어진다.

　　어른을 속이는 놈과 어린애들을 속이는 놈과 어느 놈이 더 나쁘냐 말이야. …(중략)… 양심, 도의, 다집어 치어. 못난 소리. 백이숙제는 무덤 우에 핀 할미꽃이야. 집어치어, 다 집어치어. 양심, 도의, 애국, 말라 비트러진 수양산 고사리라구 해라. 남처럼 좀 호화판으로 살아보잔 말이야.

— 「미꾸라지」11)

이것은 밀수를 해서 잘 사는 것과 모르면서도 아는 척 하는 것이 뭐가 다르냐는 것이다. 이 말은 평소에 민이 양심적이니, 도의적이니 하면서 지냈던 민의 자세에 대해 비판하고 있다. 학생은 학생으로서의 위치에 걸맞은 사고와 동료 선생님들도 교사로서의 사명감을 볼 수가 없는 전통적 가치관의 붕괴와 그것은 곧 개인 중심적 사고의 발현이라는 서구 사상의 유입과 그 맥을 같이한다고 볼 수 있다. 해방후의 대부분의 관심들이 정치나 사회문제에 집중되었는데 사상 초유의 큰 난리를 겪고 난 뒤의 의식이 바뀌어져 가는 모습의 단면을 보여주고 있다.

이러한 가치 체계의 붕괴 속에서「학마을 사람들」에서는 전후의 혼란을 거듭하고 이데올로기 선택의 문제를 강요당하게 되고, 이로 인해 마을전체가 서로 믿지 못하고 소원한 관계가 되는 새로운 관계양상을 펼쳐내고 있다. 이 작품은 강원도 두메마을 학마을(鶴洞)이라는 곳에서, 신성한 것으로 여겨지고 있는 학으로 인해 벌어지고 있는 일을 중심으로 풀어 나가고 있다. 학은 이곳 사람들의 공동체적 상징이기도 하다. 무더기로 핀 진달래꽃이 분홍무늬를 수놓은 듯한 산들이 사면을 둘러싼 가운데 있는 일곱 집이 이 마을의 전부이고, 영마루에서 내려다보면 꼭 새둥우리 같은 보여주기의 장면묘사를 통하여 평온한 마을의 정경을 그림 그리듯이 나타내고 있다. 여기서 학은 매우 신성시 여겨지고 있으며, 마을의 길흉화복을 점쳐 주는 전령이기도 하다. 학이 날아 돌아오는 날은 마을의 남녀노소 모두가 어울러져 학나무 밑에서 기쁨의 잔치를 벌이곤 한다. 학이 이렇게 신성시 여겨지는 대목은 작품 곳곳에서 나타나고 있다. 학이 날아가다가 학의 똥이 처녀들의 물동이에 떨어지면 시집을 간다는 속설과 학이 마을에 날아들지 않는 해에는 왜놈들의 포탈도

---

11)『현대문학』, 1957년 9월호(통권 33호), 183쪽.

드세 지고, 가뭄도 극심해지고 염병도 젊은 사람들만 중심으로 창궐하고 있다라는 점에서 학은 상징적이라 할 수 있다. 이렇듯 생각하고 있는 학마을에 학이 날아오지 않았던 것은 한일합방이 이루어지던 해부터 30여 년이 지난 50년대 초 전쟁이 발발하기 전까지였다. 그러다 36년 만에 학이 날아들자 해방이 되고, 징용에 나갔던 이장 영감의 손자 덕이와 정신적 지주인 서당 박훈장의 손자 바우가 왜병 옷을 입은 채로 무사하게 돌아오고, 들판에는 대풍이 들기도 하였다. 학이 마을에 찾아들어 평온하게 이어지던 학마을의 삶은 봉네라는 처녀를 두고 덕이와 바우가 서로 힘 겨루기를 하다가 봉네는 덕이와 혼례를 올리게 된다. 이를 비관한 바우는 어디론가 잠적하게 되고, 그 후 마을에 찾아든 학의 새끼가 떨어져 죽는 변고가 생기게 되고, 이러한 불길한 징후로 인해 마을 사람들은 뭔가 모를 악재가 생길 것이라 예상하고 걱정한다. 그러다 얼마 안 가서 6 · 25가 터지고 바우는 인민군이 되어 나타나고 마을의 인민위원장이 되어 나타난다.

　바우는 자주 부락회의를 소집하고, 마을 사람들을 반동으로 몰고 신성시여겼던 학의 둥우리도 없애 버린다. 바우는 인민군들의 쫓겨남과 동시에 어디론가 사라지고, 마을 사람들은 부산까지 피난 갔다가 돌아왔는데 학나무는 불에 타죽고 마을은 폐허가 되어 있다. 마을 사람들은 폐허 속에서 바우의 조부 박훈장의 시신을 발견하게 되고, 덕이 조부 이장 영감도 그날 밤 죽게 된다. 이장 영감의 유언으로 봉네는 장례 치르고 내려오면서 흰 보자기로 애송나무를 감싸안고 산에서 내려온다. 이렇게 마을 사람들이 학나무를 대신하여 애송이 나무를 가슴에 안고 내려오는 것은 마을 공동체적 질서를 회복하려는 강렬한 의지를 표상한 것이다.

　이러한 줄거리로 미루어 전쟁 중에 펼쳐지는 남과 북의 이데올로기의 불가피한 선택 문제로 볼 수도 있다. 6 · 25는 이데올로기와 관련되고 같은 민족끼리의 잔인한 모습으로 총구를 서로의 가슴에 겨누었다는 점에서 한층 비극적이었듯이 작품 곳곳에 드러나는 학의 상징성과 덕이와 바우의 충돌은 이러한 사실을 뒷받침해 주고 있는 것이다. 전후 공간에 횡행되어졌던 이데올로기 문제는 이범선 뿐만 아니라 당시의 많은 작가들도 이러한 문제에서 완전하지 못하였다. 그 후 오랫동안 격랑의 60년대와 70년대를 지나오면서 이데올로기의 그림자 속에서 정치적 · 사회적 · 문화적으로 삶의 본질적 부문까지 옥죄었던 문제이기도 하다. 이러한 6 · 25에 접근은 심지어 레드 콤플렉스 문제까지도 낳게 된 비극의 씨앗을 잉태한 것이기도 하다.

전후의 혼란스럽고 암담했던 시대적 상황 속에서 처절하게 살아남기 위한 실존의 심각성과 공동체 의식의 붕괴 모습을 「몸 전체로」에서 잘 드러내 주고 있다. 하숙집에 지내는 화자는 주인집 부자의 매일같이 연습삼아 하고 있는 권투 연습 소리에 잠을 깨곤 한다. 주인집 아저씨는 자기 아들한테 눈은 똑바로 뜨고, 보초선에 선 병정 모양으로 항상 방아쇠에 손가락을 걸어 놓고 싸늘하게 상대방의 심장을 겨누고 있어야만 자기의 생명을 지킬 수 있는 세상이라며 가르치고 있다. 6 · 25전쟁 중에 어른들이 하는 말 중 이해하기 어려웠던 말이 '가장 무서운 것이 사람이라' 하였는데 지금에야 그 말의 의미를 깨닫는다는 이야기이다. 특히 피난 중에 잃어버린 말 중의 하나가 '우리'라는 공동체 의식이었고, 폐허가 다 된 서울 거리에서 '우리'라는 대신 한강의 모래알처럼 많은 개인적인 '나'를 발견하였다고 한다. 이 모래알은 어쩌다 우연히 모였을 뿐, 아무런 유기적 관계가 없다는 말이다. 수많은 '나'는 민족의 비극인 전쟁으로 말미암아 갖은 고생과 어려움 속에서 살아남은 자, 현실의 폐허 위에서 느끼고 있는 고독하고 소외된 파편으로서의 인간군상의 대표성을 드러내 주고 있다. 암담한 시대와 그 속에서 방황하고, 자신만의 목숨 부지를 위해 자아내는 인간성 상실은 전후에 당면한 인간의 내면적 절망감을 우회적으로 드러낸 것이다. 이러한 장면은 작품 곳곳에서 주인 아저씨의 회고를 통하여 나타난다. 어느 날 화자와 주인집 아저씨가 다방에 들렀을 때 거지가 어린아이를 업고 다방 안을 돌면서 '한 푼 도와줍쇼'라고 할 때 그는 일부러 한 푼도 없다고 딱 잡아뗐었던 과거를 회고하기도 하였다. 그러면서 거지의 처지와 자신의 처지가 매우 가깝다는 논조를 펴고 있다. 주인집 아저씨는 피난 중 부산에서 아이들에게는 두부 비지도 사 먹이지 못한 채 사흘을 굶어 본 적도 있었다. 그리고 부둣가에서 노동을 하였으며, 아이들은 영양 부족으로 바로 앞에 놓인 것도 못 보는 처지가 되어 끓여 놓은 수제비 그릇을 엎질렀다가 혼이 났던 일, 창고 안에서 지내다 백일해를 겪은 일, 그것이 전염병 인줄로 알고 창고에서 쫓겨 나와 갈 곳이 없었던 일, 그래서 창고 마당에 쌓아 놓은 가마니 밑에서 네 식구가 지냈던 일, 그러다 창고에 불이 나서 미처 빠져 나오지 못한 어린아이가 둘이나 타 죽는 것을 직접 보게된 경험도 있었다.

주인집 아저씨는 창고에서 쫓겨 난 분풀이로 창고에 불을 질렀을 것이라는 혐의로 경찰서에 끌려가기도 했다. 경찰서에서 풀려났을 때 세 살짜리 꼬마는 엄마 등에 업힌 채 손에는 빈 초콜릿 종이를 꼭 잡은 채 죽어 있었던 과거를 생각하면 현재를 억척스럽게 지내야 한다는 생각을 아들에게 심어주고 있다. 딸애가 죽은 후에 부둣가에서 일하던 어떤 박노인의 권유로 아편 밀매를 하여 그는 제법 재미를 보았다. 한참 후 박노인은 미군 흑인부대 뒷산에서 총살을 당하고, 주인 아저씨는 그 일이 있은 후로 아편 밀매를 그만두고 환도령이 내리기 전에 숨어 서울로 와서 헐값에 부동산을 소유하기도 하였다. 남으로 도강해서 생명을 불법 소유한 사람, 북으로 도강해서 집을 불법 소유한 사람, 사기, 도박 등은 불법과 부정이 자행되는 사회적 그늘진 양상을 나타내고 있는 것이다. 암담했던 생활을 더듬으면서 풀어내는 화자의 이야기 속에서 철저하게 개인 중심적인 사고가 자리잡혀 가고 있다.

3. 종교에 대한 부정

「피해자」는 최요한과 양명숙의 대결에서 아주 평범한 문제에 대한 시각 차이에서부터 문제가 제기되고 있다. 이 작품은 오발탄의 여파를 받고 나서 그 반발로 쓰여진 작품이라고 스스로 밝히고 있듯이 작가는 본질을 도외시하고 이기주의적 복락을 위해 기독교를 취하는 종교문제를 비판하고 있다. 또한 외형상 외래 종교로서 수용된 종교에 대한 비판을 나타낸 것으로 근본적이고 기본적인 정신과는 어긋나게 수용되어진 종교문제 때문에 생긴 피해자가 작품의 주인공들이다. 신실한 기독교 신자인 최요한에게 있어서 일요일은 주님의 날이며, 안식일로 이해되는 반면 양명숙에게는 그렇지 않고 일반적인 개념의 휴일이나 공일의 성질로 이해하고 있다. 최요한의 아버지 최장로는 고아원을 운영하였는데, 어려서부터 양명숙과 최요한이 서로 오누이처럼 사이좋게 잘 지냈다. 최요한이 일본에서 공부하다 아버지 최장로의 강권에 못 이겨 목사님 딸과 결혼을 위한 맞선을 보게 되고 최장로가 일방적으로 약혼을 정해 버렸다. 이렇게 함으로써 최장로와 요한 간의 갈등양상은 깊어만 간다. 최장로는 철저하게 성경 말씀대로 지내고 있다고 생각한다. '목숨을 위하여 무엇을 먹을까, 무엇을 마실까 염려하지 마라. 천부께서 이 모든 것을 우리에게 있어야 할 줄 아시느니라'[12]는 구절을 손수 벽에 써 붙여 놓고 지낸다. 그러나 혼담 이야기를 나누다가 최장로는 양명숙에 대해서 '아무리 애가 똑똑하다 해도 고아를 며느리로 맞아들일 수야 있느냐'는 말로 그녀와의 결혼을 반대한다. 고아들을 위해 그렇게 헌신적이었던 아버지가 그런 말을 하는 것을 보고 요한은 꿈에도 상상해 본적이 없었던 일이라 생각한다. 요한 아버지는 고아들을 사랑하고 동정한 것이 아니라 그가 믿는 소위 하느님 아버지에게 충성을 다 하려는 것 일뿐, 그런 애들을 돌봐 주는 것이 하느님의 뜻이라 생각했기 때문에 괴로움을 참고 일을 하는데서 만족을 느꼈다. 요한은 그의 아버지에게서 발견할 수 있었던 것은 하느님에 대한 맹목성과, 일종의 사명감과 같은 자리에 놓일 수 있는 교만일 뿐이었다.

이 일로 양명숙은 아무도 모르게 고아원을 나가버렸고, 최요한은 일본에서 공부도 다 마치지 못한 채 한국으로 건너와 집 나간 양명숙을 몇 년간 찾다가 목사님의 딸과 혼례를 올린다. 요한은 어릴 때부터 교회의 근처에서 한 치도 벗어나지 못했으며 지금은 집사의 위치까지 오르게 되었다. 요한은 즉 아버지의 뜻을 거스르지 못하고 순명함으로써 자기 속에 있는 아버지의 모습을 현실로써 받아들이게 된다. 최장로에게는 모든 일(좋은 일, 궂은 일)이 하나님의 뜻이며, 최요한의 아내에게서는 좋은 일은 하느님의 뜻이며 궂은 일은 사람의 죄 값이라 생각하며 지낸다. 40평생 동안 일요일을 혼자서 나쁜 일과 지내본 적이 없는 요한이지만 믿음에 대한 소신은 아버지 최장로와도 부인과도 생각을 달리한다.

---

12) 「피해자」, 118쪽.

우리는 누구나 다 믿는 것이다. 너무나 큰 믿음이기 때문에 우리들이 그 소리가 너무 커서 지구의 도는 소리를 못 듣는 것과 같이 그 믿고 있는 대상도 또 사실도 의식하지 못하고 있는 것에 지나지 않다라는 것이다. 그러면서 새삼스레 나는 하느님을 믿노라고 까부는 것은 도리어 하느님을 믿고 있지 않다는 말과 통할 수 있는 것인지도 모른다고 여긴다.

－「피해자」, 133쪽

계속해서 요한은 '인간은 나의 아버지가 생각하듯이 하나님의 아버지 종으로 태어난 것도 또 나의 아내가 생각하고 있는 것처럼 영원히 아담과 이브의 원죄를 면할 수 없는 그런 죄 속에 던져진 죄인도 아니고 실은 무한히 너그럽고 크신 은총으로 주어진 것'이라 생각하고 있다. 그런 반면 요한의 아내는 극성스러울 만큼 열심히 예배를 하고 있다. 그녀는 기도를 꼭 예배당 마룻바닥에 엎드려서 해야만 되는 것으로 알고 있고, 그 횟수가 많으면 많은 것만큼 사람들의 심령이 깨끗해지는 것으로 알고 있다. 아내는 태초의 남자인 아담이 죄를 지어서 그녀 자신은 죄인이라고 생각하며 지내고 있다. 사랑하는 사람을 사랑한 것도 죄이며, 미운 사람을 미워한 것도 죄이며, 그저 모든 것이 죄인으로 여겨지고 있다. 즉 인간으로 태어난 것이 벌써 죄 값에 형무소에 던지어진 것 인양 생각하고 있다.

그러던 어느 날 1년에 한번씩 일본에서 공부했던 친구들의 모임이 있어 교회 예배가 끝나는 대로 모임 장소로 요한은 가게 된다. 모임에서 자꾸 요한에게 술을 권하는 S친구의 술잔을 끝까지 거절하다가 마지막에 가서 왜 술을 먹지 않으려 하는지, 그리고 세상일에 덜 물들고 종교 속에서 산다는 것이 왜 열등감을 가져야 하는지에 대해 요한은 곰곰이 생각을 한다. 친구 S가

왜 목사는 술을 먹으면 안 되는가 하는 물음에 대한 많은 생각을 그는 하게 된다. 2차 모임을 평양 집에 갔다가 습관적으로 술잔을 권하는 S의 술잔을 요한은 냉큼 받는다. S가 미안해하는 말에 요한은 '내가 지켜 왔다기보다는 아무도 건드리는 사람이 없으니까 그대로 남아 있었던 것에 지나지 않다'라고 말한다. 이는 사람들의 보편적인 선입견이 일상적인 생활의 범주를 구속하고 있는 것에 대한 해명의 성격을 나타내주고 있다.

술 파티가 끝난 후 성경책을 가지러 술집에 다시 갔다가 20여 년 만에 양명숙을 그곳에서 만나게 되면서 지나갔던 과거의 일들과 현재 자신의 위치에 대한 회한의 여운이 감돈다. 양명숙은 그 다음날 최요한이 경주 수학여행 간 곳까지 따라온다. 이들은 경주에서 밀회를 즐기다가 양명숙은 석굴암 해돋이 보고 내려오다가 낭떠러지에서 떨어져 죽게 된다. 같이 갔던 교감 선생님이 무심코 내뱉은 자살은 죄라는 말에 최요한은 흥분을 감추지 못한다. 그러면서 양명숙을 죽도록 한 것은 바로 당신들이라는 것, 그러면서 자신은 그녀를 죽인 하수인이라고 울부짖는다.

최요한은 '진정한 하나님은 여러분들이 소위 예배당이라고 부르는 성황당(城隍堂) 저 너머에 있다'라며 모순된 종교나 인습의 부정성을 토로하고 있다. 계속해서 그는 한국의 목사, 장로 그리고 모든 기독교인을 모두 비판하고 있다. 반세기도 더 전에 한가하던 우리 조상들이, 마을 어귀 느티나무 밑에 앉아서 허리에 차고 다니던 장도로 심심풀이로 깎아 세운 기독(基督)이란 목상의 피해자라 생각한다.

4. 원상으로의 회복 지향

6 · 25전쟁으로 인해 살길을 찾아 피난을 갔던 피난민들은 제자리를 찾아 가기 위한 몸짓을 강하게 추구하고 있다.

「갈매기」에서의 훈은 조그마한 섬으로 피난 내려와서 선생님으로 지낸 지가 7여 년이나 된다. 육지에서는 병적계나 도민증을 지니고 다녀야 하는데 이 섬에서는 그런 것을 소지할 필요가 없는 곳이다. 안개 낀 포구가 유리창에 그대로 한 폭의 묵화처럼 보이는 이 섬에는 <갈매기>라는 다방을 운영하는 피난민 부부와 아들이 국민방위군에 소집되는 바람에 서로 헤어져 지내는 서씨 노인 등이 지낸다.

다방 창문 밖에는 갈매기 한 마리가 펄럭이며 지나간다. 팔만 내밀면 잡힐 듯도 하다. 난리 통에 피난 온 고향이나 옛날에 자기가 보금자리 펼쳤던 곳이 눈앞에 그럴 것이라는 상징적 의미를 지닌 것이 '갈매기' 새이다. 이들 부부는 지나간 과거의 추억을 약처럼 갈아 마시며 외롭고 슬프게 그저 그렇게 살아가고 있는 실정이다. 그런데 추석이 가까워 오는 어느 날 <갈매기> 부부가 파도에 휩쓸려 죽었다는 슬픈 소식을 훈은 학교에서 듣게 된다.

추석날 오후에는 서노인 집에 국민 방위군 소집 때문에 헤어졌던 아들이 찾아온다. 이 섬의 경비 책임을 맡은 서씨 아들은 젊은 부부의 시체를 건져 올린 것을 확인하다가 거기 서 있는 자기 아버지를 찾은 것이다. 그래서 서 노인은 아들과 함께 전쟁으로 파괴되었던 원래의 자리를 회복하게 된다. 즉, 전쟁으로 인해 뿔뿔이 흩어졌던 가족의 구성원이 다시 본래대로 이루어진 것이다.

그 길로 서노인은 떠났다. 한 십 리 떨어진 곳에 있는 아들의 부대로 가는 것이다. 큰 길에까지 배웅나간 훈과 종과 또 박노인과 김노인이 늘어선 앞에 지프차 뒷자리에 올라 앉은 서노인은 얼빠진 사람 모양 말이 없다.

- 「갈매기」, 192쪽

그러면서 훈도 언제가 자기도 이 섬을 떠나야 할 지 모른다는 생각을 하며 <갈매기> 다방을 바라본다. 달빛을 향해 날아가는 갈매기를 바라보는 훈의 심정은 또한 전후사회의 보통 사람들의 그늘진 모습이라 할 수 있다.

피난 왔다가 미처 되돌아가지 못한 모습의 생활들은 「토정비결」에서도 그대로 표출되고 있다. 전쟁이 끝나고 휴전이 된 뒤에 육지에서는 대개가 서울로 가고 있다는 소문이 전해 오고 있는 가운데 학교 숙직실에 모여드는 선생님들의 한결같은 이야기의 일관된 주제이기도 하다. 그러다가 정월달에 미술선생이 토정비결 책을 가지고 와서 심심하다며 몇 사람의 운수를 봐준다. 미술 선생의 괘명은 용생두각 연후등천(龍生頭角 然後登天)으로 나와 곧 서울로 갈 것이라고 좋아한다. 곁에 있는 국어선생의 괘명은 정어출해 의기양양(井魚出海 意氣揚揚)으로 나와 어쩔 줄을 모르게 좋아하며 집에 와서는 서울 갈 수 있는 괘가 나왔다며 아내에게 자랑하고 집안 어른들이며 친구들에게 편지를 쓰고 있다. 그리고 북에서 혼자 월남한 생물선생은 유리남북 별무소득 혈혈단신 의탁하처(流離南北 別無所得 孑孑單身 依託何處)라는 괘명이 나와 꺼림칙한 모습으로 지낸다. 그러다 그 다음날에도 숙직실에 들린 국어 선생은 나이 계산이 잘못하여 다른 사람과 괘명이 바뀌어 버렸다는 것을 알게 되었다. 정작 국어 선생의 괘명은 주호불성 반위구자(畵虎不成 反爲狗子)로 나와 기운이 쑥 빠져 버렸다. 남의 운수괘로 온갖 공상을 그렸던 자신을 허탈해 한다. 집에 들어온 그의 아내는 독을 이웃집 아주머니에게 팔아 버리고 집에서 기르던 닭도 잡아먹는다. 그러면서도 국어선생은 아내의 행동에 대해 아무런 제지를 못하고 물끄러미 바라보기만 한다.

> 그들은(학교 선생님 : 인용자) 이년전 그 행운이 이제 와서는 도리어 무슨 화근이 되기나 한 것처럼 여기며 투덜되었다. 그리고는 제법 누구누구 그럴듯한 인사들의 이름까지 내 들며 이번 방학에야말로 세상없어도 서울로 올라 가고야 말겠노라고 몇 달전 부터 벼르곤 하였다. 그러나 정작 방학이 되어 보아도 별 도리 없었다. 떠난다고 한대도 굳이 붙어 잡을 사람 한 없는 것처럼 또한 꼭 오라고 불러줄 그 누가 있을리 없는 그들이었다.[13]

이렇게 숙직실에 모여드는 선생들의 대부분이 현실성 없는 토정비결의 괘명에 쫓아 일희일비하고 있는 실정이다. 답답한 심정을 그대로 드러내 주고 있는 것이다. 매일같이 일어나는 교무실의 분위기가 피난으로 자기 위치를 회복하지 못하고 정착하지 못하는 사회 분위기를 나타내주고 있으며, 국어선생이 보여주는 행동의 의미는 좁은 섬지역에서 한시라도 빨리 벗어나 자신의 심리적 원초적 회복을 꾀하려는 몸짓으로 이해될 수 있는 것이다.

「환원」은 다른 작품에 등장하는 인물처럼 피난민은 아니지만 6 · 25 이후 전쟁이 끝난 뒤에 일어나는 현실과 분위기가 매우 흡사하다. 통역관 김소위는 미군 장교와 함께 헬리콥터 타고 일선 지역 순찰 나갔다가 헬리콥터가 떨어지는 사고가 나서 미군 장교는 죽고 김소위는 어느 조그마한 섬지역에 떨어졌다. 그 섬에는 도라지라는 여인과 노인이 살고 있었는데 김소위를 보

---

13) 『현대문학』, 1958년 1월호(통권 37호), 128쪽.

자마자 자신들을 구원해 달라며 사정을 한다. 30여 년 만에 사람 구경은 처음이라는 것이다. 김노인은 젊었을 적에는 바이올리니스트였으며, 음악 선생과 결혼을 하였는데 나중에 서로 가지고 있는 오래된 사진으로 확인한 결과 동복남매로 드러나 인간 사회에서는 축출되어 인간 사회를 피해 다니다 지금의 원시림 속으로 들어오게 되고 도라지 어머니는 일찍 죽었다고 한다. 그러나 김소위는 몇 번이고 탈출을 시도하지만 번번이 노인과 도라지에게 들키고 만다.

> (김소위) 목침 위에 군복 저고리를 접어 올려 놓은 그 밑에서 권총을 꺼내었다. 그리고 조심스럽게 일어났다. …(중략)… 먼동이 희끄무레 트기 시작하고 있었다. 김소위는 여기 온 뒤로 언젠가 노인을 따라 골짜기에 내려갔을 때 한 번 신어보았을 뿐인 군화를 벽에서 벗겨 들었다. 문을 나섰다. 신을 든 채 맨발 그대로 가만가만 잔디밭을 걸었다. 김소위가 잔디밭 복판에 있는 무덤 옆을 막 지날 때였다.
>
> "기어이 가오?"
>
> 노인의 굵은 목소리가 들렸다. 김소위는 흠칫 놀라 뒤로 돌아섰다.
>
> — 「환원」, 212쪽

이리하여 김소위는 자신이 떠나왔던 곳으로의 귀향이 사실상 실패하고 만다. 무인도로 설정되어 있는 공간배경은 전쟁으로 인해 누구에게라도 자신의 근거지가 아닌 타향, 즉 정신적인 무인도 일 수밖에 없는 것이다. 작품 속에 나타나는 노인의 인생은 전쟁으로 인해 생겨난 가족관계의 파괴가 최악의 경우로 생겨난 것이라 볼 수 있다. 전쟁 중에 헤어진 남매가 나중에 인간 사회의 저주를 받아야 하는 상피관계로 드러나는 것은 그만큼 전쟁이 남긴 상처의 최대 환부이기도 한 것이다. 그리하여 노인과 도라지는 더 이상 인간 사회로의 탈출을 꿈꾸지 않은 채 지내고 있다.

5. 맺음말

전후 작가로 분류된 이범선은 분단이 고착화되고 남한에는 자본주의 이데올로기가 정착하는 가운데 작품활동을 시작하면서 피난민들과 실향민들의 애환 등을 잘 그려내 주고 있다. 그가 활동한 50년대 후반의 시대적 상황은 전쟁이 끝난 후의 사회적 풍속의 혼란한 모습과 혼란한 과정 속에 밀려드는 허무와 폐허된 모습을 나타내는 것이었다.

이범선의 초기작품의 경향은 세 가지로 나누어 볼 수 있었다. 그것은 첫째 전후 현실의 공간 속에서 커란 사회적 변고로 인해 사람들이 어떻게 지내는지의 삶의 양상을 그려내 주는 것과, 잘못된 종교인식으로 인해 생겨나는 개인적, 사회적 문제를 비판하고, 셋째는 전쟁으로 흩어지고 파괴되었던 피난민과 실향민 생활의 원상회복을 위한 지향의식으로 정리해 볼 수 있다.

그는 전쟁이 끝난 후에 혼란하고 무질서한 모습으로 살아가는 양상을 「오발탄」, 「사망보류」, 「미꾸라지」, 「몸 전체로」, 「학마을의 사람들」의 주요 인물들을 통하여 나타나고 있다. 「오발탄」의 송철호를 통하여 당시의 사회 곳곳에 팽배한 혼란함을 그대로 지적하고 있다. 고향으로 가자고 쉼 없이 외쳐대는 어머니를 통하여 피난민과 실향민의 애환을 그려주고 있으며, 동생 영호나 명숙을 통하여 당시의 부조리한 모습들을 나타내고 있다. 도덕과 양심, 심지어 법률까지도 파괴하여야 한다는 의식의 변화를 쫓고 있다. 「사망보류」의 철(哲)과 박 선생은 전쟁을 치르는 동안에 변하게 된 사람들의 인심과 잘못된 자본논리의 의식구조가 확대해 나가는 모습을 제시하고 있다. 가난과 주위 사람에 대한 불신이 커져가고 있는 사회적 불안요소가 그만큼 늘어났던 것이다. 「미꾸라지」의 민(珉)은 각자 자신들의 본 위치를 지키고 있어야 함에도 그렇지 못하는 세태의 변화하는 혼란을 겪고 있다. 역사 선생으로서의 지녀야 할 시대에 대한 양심이니, 도의니, 정의니 하는 문제들이 전쟁으로 큰 혼란을 겪게 되는 가치관의 전도양상을 나타내고 있다. 「몸 전체로」의 하숙집 주인 부자는 우리가 아닌 '나'만의 가치개념으로 혼란된 사회 속을 관통할 수 있다는 실존적 의미를 드러내 준다. '우리'라는 전통적 의식이 나만, 혹은 나 혼자만 해야 한다는 개인논리의 중심으로 자리바꿈을 하고 있는 것이다. 「학마을 사람들」에서는 6·25 이후 지금까지 온전하지 못하는 이데올로기 문제의 선택에 따르는 애환을 신성시되고 있는 학의 출몰에 빗대어 상징적으로 보여주고 있다.

관습이나 인습으로 잘못된 종교인식에 대한 문제는 「피해자」의 최요한과 양명숙을 통하여 세밀하게 나타난다. 종교에 대한 잘못된 이해가 아버지에 대한 위선적 이해라든지, 일상 생활 속에서 뚜렷하게 구분되어지는 관습 등에서 종교에 대한 비판의식으로 드러내어지고 있다. 단지 두 사람이 사랑을 이루지 못했다는 결과론적인 이해가 아니 과정으로서의 나타나고 있는 갈등요소들을 드러내 보임으로써 이러한 양상은 분명하게 지적되고 있다.

세 번째로 설명할 수 있는 원상회복으로서의 지향의식은 「갈매기」, 「토정비결」, 「환원」의 작품을 통해서 시기적으로 전쟁 이후의 사회적 현실들을 드러내주고 있다. 「갈매기」에서의 훈이라는 선생과 서노인의 모습은 전쟁으로 인해 서로 헤어졌던 가족의 재결합을 나타내주고 있다. <갈매기>의 부부가 죽게 되는 것은 지금도 그러한 숙원의 문제를 풀지 못하고 죽어가는 분단이산 가족들의 아픔이라 할 수 있다. 그의 또 다른 작품 「달팽이」에서 이러한 가족 이산의 문제는 극도로 고조되고 있다. 「환원」에서의 김 대위는 끝내 자신의 탈출을 성공시키지 못한다. 물론 작품 배경이 그동안 주조를 이루었던 것과는 달리 군인과 훈련 중 무인도를 택하였는데 전쟁의 피해 범위가 그만큼 광범위하게 공존하고 있는 문제이기도 하다. 「토정비결」의 국어 선생을 통하여 이러한 의식은 더한층 고조되어 나타나고 있다. 숙직실에 모여드는 선생들의 의식들이 한결같이 현재 속해 있는 세계를 벗어나려는 즉, 원상 회복으로서의 지향을 강하게 추구하고 있다.

어느 누구도 불의의 전쟁으로부터 자유롭지 못하였음을 작가는 작품 곳곳에서 피력하고 있다. 전쟁으로 인해 겪게 되는 경제적 궁핍과 정신적 파탄, 심리적 소외감 등의 불만을 토로할 목적으로 작가는 작품을 통하여 무의식에서 자행되는 행위들을 표출시켜 내고 있다. 특히 이범선은 전후의 현실 분위기에 대해 커다란 삶의 후유증을 남겼던 전쟁의 실체를 파악하기 보다 그것으로 인한 개인의 운명적 패배와 공산주의자들이 저질렀던 가해를 위주로 주요 묘사 대상으로 삼고 있다. 그러나 그는 이와 같은 한계에도 불구하고 자기 시대의 현실 상황을 재현하는데 만족하지 않고 자아의 윤리적 실현과 휴머니즘을 통한 독특한 자기 세계를 구축하는데 진력한 작가로 받아들여지고 있다. 그의 작품에서는 소외당하고 전쟁으로 인해 고통받는 사람들에게 따스한 애정을 느낄 수 있다. 이는 휴머니즘과 서정성을 바탕으로 한 인간성 본래의 회복이며, 인간과 외부상황과의 갈등과 대립을 해소하고 조화시켜 주는 정신적 화해의식의 발현이라 할 수 있다. 이러한 점에서 그의 소설은 전후시대의 실험의식이나 문제의식의 탐구에만 정신을 기울인 같은 시기의 다른 작가들과는 구분되는 변별점을 지니고 있다.

끝으로 남는 과제는 이범선의 작품 전체를 통하여 관류하고 특징들과 또한 동시대 다른 작가들과의 차이점의 특성을 가려내는 데까지 나아가야 하는 것들이다.

분단극복의 의지와 귀향의식 : 이호철

1. 머리말

1950년대 문학의 주된 주제적 경향 중의 하나는 전쟁으로 인한 고향 상실의 애환이었다. 우리의 현대문학사의 흐름을 살펴보았을 때 실향의식과 귀향의지의 문학적 형상화는 식민지 시대 문학에서부터 비롯한다. 일제 식민지하에서 조국을 떠나 간도나 일본 등을 떠돌던 우리 민중의 삶이 강한 향수를 불러 일으켰음을 분명한 이치이다. 식민지 시대 문학에서 실향과 귀향의 문제는 문학적 주요 관심사가 되었으며, 이러한 경향은 한국전쟁의 비극적 체험이후 다시 한번 우리 문학의 중심에 서게 되었다. 전쟁은 물리적·정신적 피해뿐 아니라 민족의 대이동을 통한 재편성을 가져왔다.

이호철 문학의 출발점은 전쟁으로 인한 분단과 고향상실의 체험[1]에 대한

---

1) 이호철은 1932년 함경남도 원산에서 출생하여, 1945년 원산공립중학에 입학하게 되고 해방을 맞이하였다. 이후 5년간 북한체제에서 생활하다가 1950년 전쟁이 발발하자 인민군으

강한 인식이다. 고향이란 모든 인간에게 있어 자기가 태어난 지역이라는 단순한 사전적 의미 이상의 실체이다. 그렇기 때문에 고향을 잃은 상실감은 흔히 부모를 잃은 고아의식에 비견되기도 한다. 특히 어린 시절에 체험한 전쟁과 이산의 아픔은 성인이 된 이후에도 떨쳐 버릴 수 없는 강한 실향의식과 회귀의지로 나타난다. 이호철은 50년대 전후 현실의 주된 사조였던 실존주의의 영향을 받지 않고 작품 초기부터 사실주의적 경향을 추구했던 폭넓은 리얼리스트 작가이다. 그러면서도 그의 초기작품 경향을 서정적 리얼리즘으로 규정하기도 하고, 편견 없는 시선으로 50년대 전후 현실을 묘사하여 안정된 분위기와 균형 잡힌 필치를 보여준 작가로 평가[2]받고 있다.

이호철 작품의 대부분 중심 인물들은 실향민이고 그들의 정착과정을 그리는 동안 작가의식의 사회적 관심의 확대가 있었음에도 불구하고 아무 말도 할 수 없는 '나'를 통하여 실향민의 소심증과 폐쇄성을 보여주고 있어 그에 대한 비판으로 '실향민 작가'라는 지적도 제기되고 있다.[3] 그리고 그의 문학에 나타난 사회성, 역사성의 확대과정은 인정되면서도 그의 문학이 소시민성, 실향의식에 연관지어 현실에 대한 적극적 의지를 결여하고 있다는 지적을 받고 있다. 이러한 평가는 그의 문학이 견고하고 온건한 사실주의 문학이기 하지만 치열한 가치의식에 의해 끊임없이 시련 받으며 성장하지 못하므로 무기

로 동원되었다. 이후 울진에서 9·26을 기해 북상하는 국군선발부대와의 교전 중에 중대에서 이탈하였고, 며칠 후 양양에서 포로가 되었다.(작품 데뷔작 「나상」에 이때의 경험을 나타내었다.) 흡곡(歙谷)에서 누이남편 자형을 만나 주둔 헌병의 허가로 풀려나 그 해 12월 초에 단신으로 LST를 타고 월남하여 부산항에 닿았다. 이 무렵 이야기는 단편 「만조」와 「빈골짜기」에 그 편린이 나타나 있다.

2) 김병걸, 「현실을 보는 세 개의 시선」, 『창작과비평』, 1976년 가을호.
　최원식, 「사멸하는 현실과 살아있는 현실」, 『월남한 사람들』, 심설당, 1981.
3) 정명환, 「실향민의 문학」, 『창작과비평』, 1967년 여름호.
　김치수, 「관조자의 세계 – 이호철론」, 『문학과지성』, 1970년 겨울호.
　박태순, 「막힌 시대의 갱도를 헤쳐온 사람」, 『천상천하』, 산하, 1986.

력한 시정묘사 내지 정숙주의로 기울어질 염려가 있다는 지적4)과도 통한다.

그의 일관된 문학적 세계관은 분단의식으로 설정할 수 있다. 월남작가로서 그의 문학적 기반이 역사의 질곡인 '분단'에 근거해 있었고, 1961년 「판문점」을 기점으로 서정성과 실향민 의식이 많이 희석되면서 민족분단의 문제가 명징성을 드러내 주고 있다.

그에 대한 그 동안의 논의를 간략하게 정리하여보면 세 가지의 축을 이루고 있다. 첫째는 그의 작품에 대해서 그는 직접적인 체험에 근거하여 전후현실의 황폐성과 분단문제에 대한 인식을 드러내고 있다는 논의5)와 둘째는 60년대 이후의 세태풍자 및 사회적 현실에 대한 비판적 관심을 드러낸다는 주장6)과 마지막으로 이들의 양자를 종합하여 그의 문학 전반에 나타난 일관적인 흐름을 발견해내는 논의이다.7) 둘째와 셋째의 논의는 본고가 다루는 범위 밖의 작품을 대상으로 하였기 때문에 구체적인 논의의 내용은 피하고 간

---

4) 김흥규, 「일상과 역사」, 『세계의 문학』, 1976년 가을호.
5) 천이두, 「묵계와 배신 ─ 이호철론」, 『현대한국문학전집』 8, 신구문화사, 1966.
　　김병걸, 「현실을 바라보는 세 개의 시선」, 『창작과비평』, 1976년 겨울호.
　　임헌영, 「분단의식의 문학적 전개」, 『세계의문학』, 1977년 가을호.
　　이태동, 「분단시대의 리얼리즘」, 『한국현대소설의 위상』, 문예출판사, 1985.
　　권영민, 「닫힘과 열림의 변증법」, 『소설과 운명의 언어』, 현대소설사, 1992.
　　박철우, 「이호철 소설연구」, 중앙대 석사학위, 1988.
　　윤성원, 「이호철 분단의식 연구」, 숙명여대 석사학위, 1994 .
6) 정창범, 「소시민의 한국적 의미 ─ <소시민론>」, 『세대』, 1965.11.
　　김주연, 「왜곡된 소리의 사회학」, 『새대』, 1967.4.
　　염무웅, 「순응과 탈피」, 『한국문학의 반성』, 민음사, 1976.
　　이보영, 「소시민적 일상과 증언의 문학」, 『현대문학』, 1980.8.
　　최원식, 「사멸하는 현실과 살아있는 현실」, 『월남한 사람들』, 심설당, 1981.
　　백낙청, 「작가와 소시민」, 『민족문학과 세계문학 Ⅱ』, 창작과비평사, 1985.
　　민현기, 「이호철의 풍자소설」, 『한국현대작가연구』, 민음사, 1989.
7) 김치수, 「관조자의 세계 ─ 이호철론」, 『문학과지성』, 1970년 겨울호.
　　김윤식, 「소설가와 예술가의 갈등」, 『이호철전집 3』, 청계연구소, 1988.
　　김원철, 「이호철 소설의 변모과정 연구」, 서울대 석사학위, 1998.

략하게 보면 다음과 같다. 이보영은 우리의 역사적 상황에 대해 집요한 성찰을 보였으며, 그러한 역사적 민족적 문제를 소시민적 현실 속에서 소시민의 눈으로 취급하였다고 평가하였다. 그는 냉혹한 문제들을 순수문학의 허울을 빌려쓴 감성의 유희를 허용치 않고 있다는 것이다. 그러나 그의 소시민적 의식은 일상적 차원에서나 그것을 넘어서는 역사적 민족적인 차원으로 확충되며 그 결과 포괄적인 역사의식이 작품의 동인이라고 파악한다. 김치수는 그의 작품을 논하면서 소설작품의 성패가 감성적 요소와 이성적 요소의 조화에 있음을 전제하고 그리하여 그의 문학세계가 초기의 서정적 세계에서 점차 사회현실로 확대되어 감성과 이성의 조화를 이루려 한 것으로 파악하였다. 염무웅은 그의 문학에서 분단과 성향이라는 민족사적 운명이 뼈대를 이루고 선량하고, 힘없는 소시민의 일상이 이호철 문학의 살이라고 보고 있다. 그가 비판하는 현실의 세태풍자는 민족분단이라는 뿌리깊은 역사적 근원으로부터 현재를 바라보는 데서 성립한다는 것이다. 김원철은 기존 논의의 작품변모과정에서 공통적으로 지적되는 것은 미학적인 면에서 주정적인 진술의 우위에서 서사성의 확대로 이어졌으며, 내용 면에서는 개인의식을 뛰어넘어 역사성의 의미추구로 확장되며, 그것은 실향에서 오는 개인적 존재의 고뇌를 거쳐 사회내적 존재로서의 인간을 파악하는 과정이라고 보는 가운데서도 변화과정의 내적 논리를 규명하지 못했다는 비판과 함께 이호철 문학의 변화를 가져오는 계기를 주체의 초월이라는 관점에서 규명하고자 한다.

첫째의 논의는 이호철이 등단한 50년대 중반부터 60년대 초기까지의 소설들에 대하여 그의 체험을 기반으로 하여 고찰하였으며, 그의 문학적 특질을 해명하는데 중요한 단서를 제공하여 준다. 천이두는 이호철 문학에 대해 '무드의 미학'이라고 규정하고 그의 소설이 객관적인 묘사보다는 '주정적 서술'에 의존하고 있다고 지적한다. 김병걸은 그의 문학의 주조를 '분단사의 애화'로 보고 민족 전체의 비극적 현실을 실향민이라는 자기 자신의 현실로 동화했다고 본다. 권영민은 그의 문학은 분단시대의 역사적 전개와 대응되는 테마설정을 통해 실향민 의식이라는 개인적 피해의식에서 분단의식이라는 민족사적 과제로 확대·심화되었다고 지적한다. 그러면서 그의 소설에는 영웅적인 주인공도 없고 극적인 사건도 없다. 그리고 운명적인 주인공도 없고 서사적 드라마도 없다면서 그를 정공법적인 리얼리스트가 아닌 상황성의 의미를 극대화하여 무드미학을 연출하는 '스타일리스트'라고 규정한다. 임헌영은 실향민이라는 현실상황이 뿌리뽑힌 분단체제에서 삶을 각성시키게 했고, 분단의 고착화가 소시민적인 다양한 삶을 풍자할 수 있게 했다는 것이다. 박철우는 분단상황을 제재로 한 작품을 중심으로 분석대상으로 삼았으며, 작가가 소설의 화해로 제시한 감정적 태도를 비판한다.

그의 작품이 민족분단과 깊이 연계되어있는 것은 실향민이라는 개인사 때문이기도 하지만 보다 근본적인 이유는 작가로서의 의식이 민족전체의 비극적 현실을 자기 자신의 현실로 동화[8]시킨 까닭이다. 그것은 그의 문학적 뿌리가 역사의식과 분단의식 속에 내재해 있기 때문이다. 역사의 혹독한 가치관의 풍화작용 속에서 가장 견고하게 남을 그는 실향민이라는 숙명적인 조건을 창작의 발판으로 삼은 다른 실향민 작가와는 달리 뿌리뽑힌 듯한 자신의 모습을 분단체제에서의 그의 삶을 각성시키는 방향으로 자세를 굳히게 했고, 분단체제가 쌓아온 고착화 현상으로서의 소시민적 생존권의 아귀다툼에서 소시민적인 다양한 삶의 모습까지를 분단인식으로 확대함으로써 그의 작품이 분단시대 전체를 관류할 수 있는 공감대를 이룩하게 만들고 있다는 지적이다.[9]

---

8) 김병걸, 「분단사의 哀話」, 『오늘의 한국문학 33인선』, 양우당, 1989, 442쪽.

분단상황에 대한 인식의 전환이 이루어지기 시작하는 동안 자기체험의 밑바닥에 고여있는 우러남의 작가로서 실향민의식을 바탕으로 분단극복을 위한 새로운 문학적 지평을 열어 보인 이호철은 고향상실의 테마들을 개인적인 내면의식보다 민족분단의 역사적 상황과 결부시킴으로써 단순한 실향민의식이 아닌 사회적 의미를 획득하고 있다. 분단시대의 역사적 전개와 대응되는 테마설정은 실향민의식이라는 개인적 피해의식에서 분단의식이라는 민족사적 과제로 확대 심화되고 있고[10] 따라서 그의 문학, 그에 대한 평가가 이제는 사회적 접근방법을 통해 역사 속에 근거한 분단문학의 차원에서 고착되어져야 한다.

이러한 광범위한 논의는 초기소설 몇몇 작품에 한정하고 있거나, 부분적으로 단편적인 작품을 대상으로 하고있어 전체적이고 종합적인 작가의식의 흐름을 밝히는 데까지는 나아가지 못하였다. 그리고 이호철은 아직 생존작가로서 작품활동을 왕성하게 하고 있으며, 그를 둘러싼 현장비평 역시 활발하게 진행되고 있다. 이에 비해서 학술적 연구는 수적인 측면에서 초기단계를 탈피하지 못하고 있는 실정이다. 따라서 본고에서는 기존 연구의 단서를 기초로 50년대의 전후작품 전체를 관통하는 분단의식과 실향의식을 나타내는 작가내면의 문제의식을 탐구하는데 그 목적을 둔다.

2. 분단현실과 소극적 저항

분단시대를 살고 있는 오늘에서 해방정국의 격변과 한국전쟁의 올바른

---

9) 임헌영, 「분단시대 소시민의 겨울」, 『이호철전집 2』, 청계연구소, 1988, 445쪽.
10) 권영민, 「닫힘과 열림의 변증법」, 『이호철전집 5』, 청계연구소, 1989, 402쪽.

이해는 반드시 필요하며 그것을 그려내는 것이 작가의 의무임은 당연하다. 분단에 내재되어 있던 이데올로기 문제, 전쟁의 참혹상에 대한 문제는 반드시 짚어야 될 부분이고 그것을 지적하지 못한 추상화된 이상향을 그려낸 것은 이호철의 리얼리티의 한계이기도 하다.

「파열구」는 전방과의 대비를 통해 전쟁에서 인간이 겪은 패배감이 도피처로서 후방이 지닌 안일함과 타락한 현실 속에서 분출하는 내면화된 원인을 설정하고 있다.

> 며칠을 굶었던 사람들이 금세 배속을 채운 듯이 별안간에 생기를 찾고 힘들을 냈다. 모두 노래를 부르며 마주보고 웃고들 있었다.
> '그리고 지금 생각하면 그야말로 희화다. 거기엔 어느 끝머리에 가 있는 사람들만의 서러운 것이 있었다. 적어도 그때 부산 거리는 그렇지가 않았으니까'
>
> ─「파열구」 2, 14쪽[11]

오히려 전방생활에 대해 더 안온함과 동료 의식을 느끼는 갈표는 후방에서는 패배감에 빠져 있는 반항자의 모습으로 표출된다.

> 현욱이를 지레 우그러들게 하는 비결이라고 할 것은 특별히 없지만 이쪽이 줄곧 일선에서만 돌았다는 상투적인 선입견을 그가 갖고 있는 이상 자연히 얘기 투 부터가 그렇게 나외지는 것이었다. 도대체 일선에서만 돌았다는 상이군인들에 대한 이상한 아첨조, 애걸조, 비굴, 이런 것도 갈표로서는 견딜 수가 없었지만,

---

11) 작품인용은 청계연구소에서 간행한 『이호철 전집 1・2』을 텍스트로 하고, 전집에 나오지 않는 작품은 원래의 발표지면을 표시하기로 한다.

노상 미국으로 금방 떠날 것처럼 우쭐해서 떠벌려대곤 하는 꼬락서니에는 구역질 나서 견딜 수가 없었다.

―「파열구」 2, 15쪽

후방에는 또 다른 후방이 존재한다. 그것은 '미국'이라는 안전지대이다. 줄이 없어서 전방에서 떠돌다 상이군인으로 후방이라는 안전지대에 뒤늦게 합류한 갈표는 후방에서만 도사리고 있다가 더 나은 안전지대로 나서는 석후와 현욱에 대해 강렬한 저항감을 갖는다. 그것은 곧 '미국'이라는 존재에 대한 저항감이기도 하다.

밤 열두시부터 세시 어간은 누구나가 가장 꺼리는 시간인데, 굳이 교대를 자청해서 이 시간의 근무반을 연속적으로 떠맡은 것은 충분히 이상하게 생각하자고 들면 그럴 수 있었다.

'오늘밤은 천하없어도 심문을 해야지. 수하를 해야지. 그놈의 GMC를 세우고 말테야. 만일 서지 않으면 쏠테야. 오늘밤은…'

―「파열구」 2, 14쪽

이러한 갈표의 오기는 석후에 대한 패배 의식이 계영에 대한 사디즘으로, 미군의 일개 고용인으로 전락돼 있다는 열등감은 외국 유학의 행운을 약속받고 있는 현욱에 대한 짓궂은 야유로 왜곡 표출되고 있다. 그 이유는 갈표의 심층 의식 속에 도사려 있는 착잡한 콤플렉스에 있다. 그리고 마침내는 야간 보초 근무의 춥고 음산한 분위기로 상징되는 전후의 현실, 즉 더 이상 잃을 것이 없는 정신적 황폐화 상황에서 하나의 파열구를 찾아 폭발하고 마는 것이다.12) 전쟁으로 모든 것을 잃은 자신에 비해 모든 것이 채워져 오만하고 강대하고 우월하며 모든 것일 수 있는 석후일 수도 있고, 애정을 저버린 계영일 수도 있으며, 자기보다 우월한 현욱일 수도 있는데도 갈표는 하나의 초점 미군 GMC를 향해 폭발하는 것이다.

> 그런 종류의 경멸은 비단 자기나 계영에 대해서 뿐만 아니고 우리 한국전체에 대한 모독이라고 까지 울분을 확대시켜보지만, 어차피 실감이 덜하고 한가한 자위나 도피의식이 곁들여진 연극조이기가 쉬웠다.
>
> '하긴 워싱턴의 30층 꼭대기에 앉으면 우리 골방 풍경도 구질구질해 보이겠거니와 토끼새끼의 반동강이 같은 한국이라는 것이 아득한 나락 밑처럼 여겨지긴 할거라.'
>
> 갈표는 또 카악 가래침을 뱉었다.
>
> —「파열구」 2, 17쪽

갈표의 심리는 계영을 버리고 미국으로 간 석후에 대해 일종의 열등감 내지 자학적 증상으로 표출되지만, '5MILE SLOW'라는 정문 앞의 표지판을 무시하며 달려드는 미군 GMC는 갈표 같은 인물이 저항하기에는 너무 거대한 미국이다. 여기서 우리는 전후의 시대상의 편린을 통해서 한미 관계의 역사성과 정치성을 음미하게 된다.13) 이 부분이 이호철의 현실인식을 엿볼 수 있게 하는 부분이다.

전쟁 현실이라는 각박한 세상에 던져져 거기에서부터 벗어나기 위한 방

---

12) 천이두, 「이호철론」, 『문학춘추』, 1965.2.
13) 이재현, 「정치, 상황 그리고 인간」, 『천상천하』, 산하, 1986, 426쪽.

법으로 계영은 미국행을 절대적으로 소원한다. 절망적인 상황에 대한 문제의
식은 이를 극복하기 위한 생존의지로 이어지는 것이다. 살기 위한 몸부림이
목숨만큼 귀하게 다가왔던 것이다.

> "각박한 타산으로 어느 가능성에 호기심을 느꼈달 뿐이지, 탓이 있다면 네가
> 아니라 우리를 둘러싼 이 각박한 세상이야." (…중략…)
> "아이, 또 나오시네. 누가 그걸 모른댔나. (…중략…) 어차피 미국으로 난 가
> 야겠어, 미국으로 구질구질하게 이 구석에서 평생 썩긴 너무두 억울해. 비록 뉴
> 욕의 어느 아득한 빌딩 꼭대기에서 곤두박질을 해 자살을 하더래두."
>
> —「파열구」2, 19쪽

하지만 작가의 의식이 돋보이는 것은 그러한 와중에도 긍정적 돌파구를
모색하는 자세에 있다. 대부분의 전후문학이 지닌 허무주의에 말려드는 것이
아니라 삶의 허무를 극복하려는 적극적인 모습을 드러내주고 있으며, 실질적
이고 이기적인 삶의 애착과 적응능력을 드러내주고 있다.

> 갈표는 그냥 마음속으로 중얼거렸다.
> '수다한 사람들이 별 짓 다 겪고도 살고 있지 않나. 어째서 못 사느냐 말야.
> 뭐 그리 대단하게 따질 것이 있느냐 이 말이야. 중뿔난 것이 하나도 없으면서 괜
> 히 중뿔난체 하구, 괜한 귀족 취미인지도 몰라.'
>
> —「파열구」2, 23쪽

> '세시에 들어가면 우리 계영일 기가 막히게 위로를 해줘야지. "우린 왜 만나
> 기만 하면 심각해지기부터 하우." 적어도 요런 재수 없는 소릴 지껄이지 않도록.

말하자면 이런거지.'

　우리두 이제 겉멋일랑 버리고 태반의 토종 한국 사람들 마냥 진흙바닥에서 끈덕지게 살아보자 이런 거지.

- 「파열구」 2, 25쪽

긍정적인 삶의 애착이 전쟁과 전후의 현실 속에서 인간이 추구하는 단면이라면 이를 무너뜨리는 현실은 전후의 냉혹한 일면이다. 갈표는 '온통 밤을 짓찧는 소리' 같은 GMC를 향해 총을 쏘다가 결국은 현욱을 죽이고 만다. 현욱에 대한 갈표의 갈등 분출은 계영을 버리고 미국으로 간 석후와 같은 동질적 요소에서 비롯되었다고 볼 수도 있겠으나 실은 후방의 안정성에 대한 저항인 것이다.

　그것은 현욱이 가진 후방성의 나태한 모습, 삶의 현장에 적극적으로 뛰어들지 못하는 도피자의 모습이고 이것이 갈표로 하여금 파괴와 분출로 치닫게 하는 요인이 되었던 것이다.

　갈표는 그냥 뒤따라가면서 방아쇠를 당겼다. 어느집 유리창이 통째로 바스러지며 부서져 나갔다. 와르릉거리며 GMC는 왼편 쪽 커브를 돌고 있다. 갈표는 그 뒤를 다시 따랐다. 길목의 판자집을 통째로 쓰러뜨리며 GMC가 커브를 돌았다. 질편히 앞으로 뚫린 길을 GMC는 달리고 있었다. 비로소 갈표는 맨길바닥에 엎드려 울음을 터뜨리면서 그냥그냥 방아쇠를 당겼다. 눈물이 번진 눈에 GMC는 무슨 날개 돋친 짐승처럼 멀어져가고 있다.

- 「파열구」 2, 27쪽

다시 황폐한 현실로 돌아선 것이다. 갈표에게서 극복 가능한 현실이 있는가 하면 극복가능하지 못한 현실, 모든 것을 폐허로 만들고 날개 돋친 짐승처럼 달아나 버리는 각박한 현실이 있는 것이다. 그것이 곧 50년대 전후의 현실이다. 작가는 50년대 폐허의 상황에서 전후 현실의 극복을 모색하는 과정을 통해 정확한 현실 인식을 보여주고자 하고 있다.

3. 감상적 화해의식과 분단극복

「빈골짜기」와 「만조」는 해방정국 당시 북한의 체제 속에 편입되어 있었다가 1·4후퇴 전에 국군이 잠시 진주하던 시기의 한 마을의 모습을 조망하고 있으며, 어린 소년과 마을 사람들의 시각을 통해 화해를 지향하기도 한다. 이 작품 속을 관류하는 것은 한국전쟁이 이데올로기 대립의 전쟁임에도 불구하고 마을전체가 한 집안으로 이루어졌기 때문에 이데올로기 대립은 처음부터 배제되고 있다는 것이다.

> 우리동네 말이우다. 다른 동네하군 사정이 좀 달라요 모두 같은 조상을 타고 났수다. 모두가 한 집안 씨족이란 말입니다. 그래두 못되게 군 애는 몇 있었수다. 혼들이 한번 단단히 나야 정신들을 차리지. 저 새돌집이라는 집 정미소 창고에 꽝꽝 가두어뒀읍니다요 허지만 사실은 그게 다 몹쓸 놈의 바람탓이지(이건 사실은 이장이 단골로 쓰는 어투를 도용했다), 사람들야 무신 죄가 있습니까. 허허, 알구 보믄 다 불쌍하구 철없는 애들이지요
>
> —「만조」1, 26쪽

위의 인용은 국군이 진주했을 때 마을의 외무위원 보좌격인 '광석'의 말
이다. 이 말 속에는 치열한 사상이나 계급대립의 소산을 찾아볼 수가 없다.
그저 '바람탓'이라고 할 뿐이다. 이러한 내용은 「빈골짜기」에서도 나타나고
있다. 인걸이네 집 하녀였던 간난이는 북한체제가 들어서면서 농민위원장인
미장이의 아내가 되었다. 그러나 간난이는 전 주인인 인걸이네에 대하여 몹
시 많은 걱정을 하면서 지내고 있지만 남편 미장이에 의해 묵살되고 만다.

> 남편 미장이는 헌칠한 키에 조금 투박하기는 할망정 그런대로 위인은 괜찮
> 은 편이었으나, 인걸이네 소리를 입 밖으로 내기만 하면 버럭 역정을 내곤했다.
> 간난이는 이런 남편이 옳은지 그른지는 알 수 없으되, 마음 한구석으로는 서운해
> 지는 것을 어쩔 수 없었다. 남편 모르게 혼자 눈물을 질금거리곤 했다.
>
> —「빈골짜기」 2, 202쪽

간난이의 마음은 인걸에게도 마찬가지이다. 어려서 간난이 한데 업혀 자
란 인걸은 해방이 되어서 잃어버렸던 집을 되찾고, 빼앗겼던 땅을 되찾았지
만 마음 한구석이 허전하게 와 닿는다. 그것은 과수원 움막에 마을 사람들이
갇혀 있고, 세상이 대관절 뒤바뀌었다고 해서 무엇이 어쨌다는 것인가 하고
생각할수록 겉돌고 허황스러운 것이라 그렇다는 것이다. 물론 이러한 인걸에
게도 어떠한 이데올로기나 그에 따른 미움 같은 것은 존재하지 않는다.

> 다음 교대가 나왔을 때는, 놀랍게도 인걸이와 두칠이는 창고 속으로 들어가
> 요즈음의 마을 사정을 지껄이고 어랑타령을 부르고 하면서 제법 민주교양 사업
> 이랍시고 거드럭대고 있었고, 창고 속 사람들은 눈이 휘둥그래서들 앉아있고, 이

틑날 마을 안은 또한번 발칵 뒤집어졌다.

- 「만조」 1, 38쪽

이들은 가둬 놓은 공산주의자들을 지키는데 마치 무슨 소꿉장난처럼 여기고 있다. 어처구니없는 전쟁놀음 속에서 죽음과 패배의식으로 귀결되는 것이 아니라 화해를 통해 대립극복을 지향하고 있다.

간난이는 대문간 안에 머리를 수그리고 서 있었다. 역시 등에는 어린 것을 업고 있었고, 꺼푸시시한 머리칼을 앞으로 내려뜨린 채 울고 있었다. 한 손에는 누덕누덕 기운 자루에 무엇을 들었다. 낟알 같다. 차마 빈손으로는 올 수가 없어 저것이나마 들고 온 것이리라.

(…중략…)

인걸이는 뜰에 내려서자 다짜고짜 간난이 손에서 자루를 빼앗아 집어던졌다. 말가웃이나 되는 녹두알이 와그르르 쏟아져 나오고 있었다.

간난이는 두 손으로 얼굴을 쓸어안고 다시 울음을 터뜨렸다.

인걸이도 마구 울면서 간난이에게 대들 듯이 빼락빼락 소리를 질렀다.

"우리두 다시…너랑 같이 살려구 돌아왔지, 우리가 나그네질 온 줄 아니? 나그네질 온 줄 알아? 누가 저런거 받겠다니?"

(…중략…)

부엌문을 살그머니 열고 내다보던 인걸이 어머니 눈도 눈물이 글썽해지며 어느덧 휘청휘청 안뜰로 내려서고 있었다.

간난이를 그러 안으며

"간난아…"

"엄마…"

-「빈골짜기」 2, 206쪽

이것은 이데올로기 전쟁 속에서도 그 대립을 넘어서려는 작가의 의도를 통해 분단 해결의 단서를 찾으려는 노력을 볼 수 있다. 명확한 역사의식 아래 분단의 원인과 결과를 적실히 고발하는 리얼리티를 확보하지 못했다하더라도 이들의 시선이 지니는 순수성과 혈연공동체의 결연을 통하여 이데올로기에 선행되어야 하는 분단해결의 방향까지도 제시한 것이라 볼 수 있다.

「부군」[14]은 북한군에 소속된 한 대대가 정예군의 후퇴를 목적으로 소모품으로 희생되는 전쟁의 정면을 배경으로 삼고 있다. 이 작품은 아직 벌어지지 않은 전투를 기다리며 전쟁을 바라보는 전전(戰前)상태의 초조함과 아울러 그 안에서 휴머니즘과 비참함의 대조, 그리고 실제 전투상황에 돌입했을 때의 인간 군상이 형상화되어 있어 전쟁문학의 성격을 지니고 있다.

「부군」에서는 전쟁의 상황을 다루었지만 전쟁에 앞서 분단아래 전쟁의 성격이 어떤 것인가 하는 작가의식이 드러나고 있다. 한국전쟁은 개인의 능동적 참여가 아닌 분단의 모순된 구조에서 배태된 결과이고 개인은 외압적 분단의 시류에 수동적으로 휘말려 전쟁을 체험하게 된다.

완호는 공청에 자리를 잡자. 마음 한구석 좀 찔끔스러웠고 허전했고 더구나 홍석이에게 마구 휘둘리어지는 스스로를 느끼며 아연해지지 않을 수 없었다.

(…중략…)

---

14)『현대문학』 1957년 1월호에 실린 작품이다. 작품전집에 실리지 않아 발표지면을 그대로 표기한다.

벌써 홍석이는 도당부에 올라가 있었고, 점점 더 강렬한 것이 발산되는 홍석이와 마주 서기만해도 완호는 어떤 명령을 기다리는 듯한 몸짓을 느끼고 위엄끼를 느끼곤 했다. 어느 늦가을 저녁, 하루 사이에 홍석이는 군복차림이 돼 있었고 군관 계급장을 달고 있었다. 며칠 후 완호도 군복을 입었다. 그것은 더 어떻게 휘어잡을 수 없는 돌개바람 같은 것이었다.

―「부군」, 236쪽

개인의 의지로 제어할 수 없는 '돌개바람' 같은 시류는 해방 이후 정국의 단면이며 분단이 내포한 전쟁의 전조이기도 하다. 개인은 어쩔 수 없이 전쟁에 매몰되기 마련이지만 집단으로서 당이 주는 한계나 폐쇄성은 전쟁의 상황에서 개인의 독창성을 찾는 반대급부로 표출될 수밖에 없다. 작가는 한국전쟁이 이념전쟁이었다 라는 명확한 규정을 회피하고 있다. 그러나 '집단적인 의상이란 먼 조망으로서만 가치가 있을 뿐이다' 라는 작품 서두에 밝힌 작가의 주석에 모호하게나마 전쟁이 남한과 북한의 체제집단 사이의 이념의 성격이 내재된 것임을 인식하고 있다고 볼 수 있다. 따라서 중대장 완호는 '당'의 집단에서 벗어나 개인을 지향하게 된다.

"결국 솔직한 얘기지만 어떤 그런 종류의 카테고리를 떠나서의 얘기지만… 이렇게 되면 누구를 물론하고, 제가끔이 다 자기자신들을 선택해갈 수밖에 없지 않을까구… 즉 극단히 개인적으루 될 수밖에 없지 않을까구… 솔직히 말해서…."

―「부군」, 237~238쪽

완호는 '어디서 날아온 것인지조차 모르는 명령' 속에서 치러지는 전투에서, "최후의 죽음조차로도 메꿀 수 없는 지리한 초원 속에 혼자 남긴 외로움"(225쪽) 같은 것을 느끼고 있다.

> 하여튼 조만간에 제가끔 다 자기 스스로 자신들을 선택해 갈 수밖에 없을 것이다. 의식적이든 무의식적이든. 이 굴레가 벗겨지는 날, 얼마나 많은 자기들이 마구 노정될 것인가. 그것은 찬란한 꽃일 수도 있는 것이다.
>
> —「부군」, 226쪽

전쟁 속에서 개인의 입지를 모색하는 과정은 남북 분단의 전체성에 매몰된 민족 구성원 개개인의 삶의 입지 모색하는 방향으로 이어질 수 있었다. 계속적인 집단 의식의 거부가 그것이다.

> 이미 당으로서의 권위를 당이 잃어버린 한, 나를 지배하는 권위는 내 속에 있어야 한다. 이건 철칙이 아니겠는가. 그러나 이것은 나대로의 또 허황한 결론에 지나지 않는다. 그러니 어쩌잔 말인가? 대대장이 내세우는 도시 애매한 행동지표와는 판판 달라야 할, 내가 내세우는 내 행동지표란 어떤 것인가? 어느만큼 군건한 근거와 확적한 것을 갖고 있는가? 아무 것도 없지 않는가? 그저 술에 취해서 흙탕물이나 빠진 것처럼 엄벙대기만 하지 않는가.
>
> —「부군」, 231쪽

불투명한 전쟁상황에서 끊임없이 반복되는 인간의 '회의'와 공허한 사고의 반복은 현실에 자신을 내맡기는 극단으로 치닫고 만다.

"빨리 일선으루라도 내보내달라우요… 내보내달라우요"

완호는 무슨 꿈 속에서나처럼 내던지듯,

"오냐 오냐 이제 간다 이제 간다."

뜻 알수 없는 소릴 지껄이고 있는 것이었다.

(…중략…)

드디어 이동준비명령이 떨어졌고, 완호는 더퍼놓고 감개무량했다. 흡족했고 어정쩡했고 통쾌했다.

- 「부군」, 233쪽

어떤 형식으로라도 결말이 다가왔다는 그런 예감으로 인한 일종의 '해방감' 그것은 전쟁에 자신을 방치하는 가장 침전된 감정으로 전쟁의 긴장을 극복하는 대안이었다. 그리고 그렇게 수동적으로 던져진 전쟁상황에서 전쟁 문학이 가진 일반적 요소인 휴머니즘이 부각될 수밖에 없는 것이다. 중대장 완호는 어린 소년 연락병 박인규에 대해 상관으로서의 자격을 넘어서는 대우를 해 주고 있다.

흙투성이가 된 군인들이 여기저기 어정거리는 울진읍 거린엔 화염만이 충천했다. 비행기가 요모조모로 훑으듯이 돌았다. 함포가 뜸한 대신 박격포탄이 연방 날아왔다.

(…중략…)

비틀거리는 걸음걸이로 만나는 사람마다 붙들고는 미친 사람처럼 대구 연락병을 못봤는가고 물었다. 그러나 누구도 모르는 것이었다.

완호는 불티와 연기로 희뿌연 읍거리 한복판을 허청거리며 연락병동무우, 연락병동무, 인규야, 인규아아, 제 아들이나 부르듯이 부르며 엉엉 울고 있었다.

- 「부군」, 246쪽

중대장 '완호'라는 인물이 이념이나 전쟁과는 무관한 사람이었으므로 집단보다는 개인성이 우세한 인물이었다. 그런 완호를 통해 보이는 소년 인규에 대한 애정은 전쟁과 대조되어 인간애, 전쟁을 넘어서고자 하는 희망으로 부각된다. 열여섯의 인규는 소년단 간부로 전쟁에 자원해서 온 것이다. 그의 의식 속에는 애초 전쟁의 심각성을 체득할 여력이 없었다. 그래서 중대장인 완호 앞에서 눈물을 보이며 울 수 있는 여유가 남아 있었던 것이다. 하지만 완호와 인규의 죽음은 나약한 개인 성향이 발붙일 수 없는 전쟁의 객관적 상황을 제시한다. 그래서 결말만 따지고 본다면 전쟁 고발과 그 현장성에 치중한 작품으로 귀결되고 마는 것이다.

그러나 분단에서 전쟁으로 이어지는 해방후 상황에 대한 작가의 명확한 시대분석이 행해지지는 못했지만, '돌개바람'으로 비유되는 분단에 대한 의식은 내재해 있었고 그것은 인물 형상화 과정에서도 드러나고 있다. 인규의 눈에 비친 완호는 당시 현실에 기반을 두기에는 부적합한 인물이었다.

전장을 목표로 나올 때의 그 팽팽한 긴장과는 딴판으로 마음이 점점 풀려지는 것이었다. 중대장이라는 사람이 우선 더 없이 사람은 좋은 것 같으나, 어느 구석 보기 안됐을 만큼 위태위태한 데가 있다. 말하자면 비판 대상감이다. 구체적인 것은 모르겠지만…. 그러나 중대장이 전혀 옳지 않다든가 그런 것이 아니고 도리어 이런 중대장의 모호한, 태도의 석연찮은 데에 더 빠드름하지 않은 으늑하고 믿엄직스런 구석이 있어도 보이는 것이다. 대대본부라는데도 그렇다.

- 「부군」, 227쪽

이러한 완호는 이념으로 무장되어 가던 현실, 전쟁의 상황에서 도태되기 마련이다. 어느 한쪽의 선택이 분명해야 하는데도 중대장 완호의 '모호한 태도'란 그의 죽음과 직결될 수밖에 없었다. 반면 친구 홍석은 당시 체제에 원칙적으로 적응하는 인물이었다. 굳건한 표정의 단일성을 위치하고 있었다. 깡끼 있고 성급하고 뭔가 강렬한 것을 발산하는 사람들이 대개 그렇듯, 사고의 한계가 명확하고 따라서 좀 단순할 수 있는 것이었으나, 냉냉한 형안으로 자신의 입지를 꿰뚫어 보면서도, 허황한 과장이 없이 깨끗하게 스스로를 수습해 나가는 것이었다. 이러한 홍석이었기에 친구 완호의 생명까지 스스로 죽이고 돌아설 수 있는 집단의 철저한 관리 수행자 일 수 있었던 것이다.

대조적 두 인물을 통해 이호철은 작가 자신이 체험했던, 개인에서 집단의식으로 재편되어 가는 북한체제를 비판하고 있다. 그래서 어는 정도 '반공문학'의 성격을 노정시키고 있는 것도 사실이지만 전쟁의 현장성 속에서 전쟁에 이르기까지의 해방후 분단 현실을 내면에 깔고 있는 작가 의식을 내포하고 있다고 볼 수 있다.

치열한 전쟁 현장과는 달리 전쟁이 휩쓴 그 폐허의 자리에는 황폐한 의식과 패배감 그리고 분출되지 못한 분노가 잠재하고 있었다. 그것은 당시 여러 작가들에서 보이는 50년대 전후문학[15]의 한 특질이다.

남과 북은 하나의 민족으로 갈라진 기간보다 한 민족으로 살아온 시간이

---

15) 권영민, 「전후의식의 극복과 문학적 자기 인식」, 『한국문학』, 1985.6, 399쪽.
　　50년대 전후 문학의 특성은 두 가지 측면에서 보인다. 첫 번째는 전후의 상황적 암울성에 대한 비판과 거부로 전후 세대의 작가들에게는 폐허화된 현실 자체가 삶의 터전이었고 그것이 문학적 기반이 될 수밖에 없었다. 그러므로 전후의 현실은 작가들의 의식 속에 역광적으로 투사되었고 언제나 불안과 절망으로 표출되고 있었다. 두 번째 특징은 기존의 문학적 관습에 대한 반발과 파괴로 상징적 수법과 의식의 내면을 추구하는 노력이 보인다.

더 길었다. 그러나 분단된 지 15여 년, 전후 10년이 지나면서 남북의 사고는 관념화되고 편견으로 고정화 되어가고 있었다.

「판문점」은 고착화된 분단의 길을 걷고 있는 바로 그 현장이다. '판문점'이 한국 소설에서 갖는 의미 내지 공간적 역할은 분단조건의 가장 실제적인 현장을 지시하는 동시에 남북 분단의 상징적인 지지(地誌)이다.16)

1960년 4·19혁명의 영향 속에서 문학이 역사와 현실에 대한 신념을 표출할 수 있어야 한다는 당위론이 제기되었고, 현실지향적인 문학의 정신이 고양되기 시작했다. 이호철의 문학 역시 개인의 '탈향' 의지를 거쳐 이제는 민족의 문제를 분단역사의 가운데에서 객관적으로 점검하기 시작하고 있다. 적극적 의지로 개인의 삶이 뿌리를 내리기 시작하면서 이제는 분단된 현실 속에서 이 현실을 그대로 받아들이는 것이 아니라 넘어서기 위한 작업이 필요한 시기라는 것을 절감하게 된 것이다.

「판문점」에서 의도한 작가의 의도는 분단된 민족의 비극성을 극복하기 위한 근원적 에너지로서 이질 체제를 초월한 민족애를 제시하자는데 있다. 그리고 무엇보다 남북대화 이전에 우리에게 주어진 그 편협하게 위압되었던 터부의 세계를 깨뜨리고, 남북한의 의견교류를 시도한 것이 이 작품이 지닌 문학적 의의라 볼 수 있다.17)

> "참, 저 남-북 교류를 어떻게 생각하세요?"
>
> 그녀가 또 이렇게 물었다.
>
> "네? 교류요? 글쎄… 결국 이렇죠. 지금 당신하구 나하구 교류가 가능해지지 않았습니까? 참 간단하게…. 그러나 이런 걸 빗대어서 모든 것이 다 이런투로 될

---

16) 이재선, 『현대한국소설사 1945~1990』, 민음사, 1991, 132쪽.
17) 김병걸, 「폭넓은 객관적 리얼리스트 이호철」, 『한국단편문학전집』, 동화출판사, 1976.

수 있다고 생각하는 건 지금 우리가 처해 있는 처지로서는 너무 소박하구 낙천적인 생각같군요 우리 남·북 관계는 원체 착잡해요 6·25이전부터의 그 끔찍끔찍한… 이 리얼리티를 리얼리티대로 포착하는 것이, 참 리얼리티라는 말은 모르겠군."

진수는 얘기가 신명나지 않아, 뜨적뜨적 이렇게 말하고는 씽긋 웃었다.

"사실주의의 그, 그것 말이지요?"

"네, 네, 그런거요. 그런 것과 관련이 있는 문제거든요. 민족의 양식이라는 것도 현실적인 조건 앞에서는 당장 먹혀들 여지가 없어요. 현실은 어떻게 해 볼 도리가 없게 되어 있지 않아요?"

─「판문점」 1, 69쪽

그러나 교류의 시도가 현실적 여건을 넘어서기는 힘들어 보인다. 그만큼 남북관계는 간단한 것이 아니기 때문이다. 판문점에서 주인공 진수는 북쪽 여기자와의 대화를 통해 단절된 기간동안 각각의 체제 속에서 형성된 사상의 깊이로 뛰어넘기 힘든 이질감, 이역감을 느끼고 있다.

실질적인 분단극복의 장이 되어야 할 회담장 안의 모습은 그러한 민족의 이질감을 단적으로 보여주고 있다.

들여다보이는 회담장은 바야흐로 서릿바람의 도가니였다. 납치한 어부들을 당장 송환하라는 것이었다. 기본 내용을 알아서 그런지 말소리는 들리지 않고 그저 스피커 소리가 귀에 윙윙하기만 했다. 저편은 울부짖고 이편은 전혀 무관심의 표정이고, 이편이 울부짖으면 저편 얼굴에 하나같이 야유조가 어리고, 드디어 저편에서 책상을 두드리고, 순간 맞은편에 앉은 이편 사람은 시끄럽구먼 왜 이리

야단이여, 이쯤 조금 어리둥절한 낯색을 하고, 비로소 스프링 달린 쇠붙이 의자를 한번 들썩이고 헛기침을 하고, 똑똑히 들으란 말이여, 별로 쓸모는 없는 소리지만, 이렇게 미리 다지기라도 하듯이 상대방을 일순간 맞바로 쏘아보고, 내리읽고… 이번엔 스피커에서 영어가 울리고 서릿바람이 일고… 이런 연속이다.

―「판문점」 1, 72쪽

회담장 안의 모습은 분단이 노정시킨 남과 북의 현실 그 자체이다. 이렇게 겉도는 회담장 안의 모습에서 실무적·정치적 차원에서의 분단극복의 실마리를 얻기란 힘들다는 것을 알 수 있다. 그렇기 때문에 북쪽 여기자는 이 현실을 비판하며 분단해소의 가능성에 대해 근본적인 해결책을 피력하고 있다.

"누가 먹고 누가 먹히나요? 그 발상법부터가 삐뚤어진 생각이야요. 요컨대 피할 까닭은 없어요. 어떻게 생각하세요. 정치의 표준이라는 걸 어디다가 두고 계시나요? 어느 특정된 개인의, 혹은 집단의, 감정적인 장애라든가 타성에서 오는 고집이라든가, 우선 그런 건 제거되어야 하지 않아요? 선택할 권리는 묻혀서 사는 일반에게 있어요. 그 사람들에게 선택할 기회와 자유를 주어야 해요?"

―「판문점」 1, 70쪽

선택할 권리가 일반에게 있다는 것은 분단 해결의 실마리가 남과 북에 살고 있는 사람들 당사자들의 문제이므로, 그들의 노력이 필요하다는 논리인 것이다. 소나기가 퍼붓는 지프차 안에서 진수와 북쪽 여기자는 이들 둘만의 공간에서 그것의 분위기를 자아내고 있다.

"지금 넌 놓여난 기분을 느끼지 않나? 너나 나나 마찬가지야. 놓여난 기분을 느껴야 돼"

"그런 얘기를 할 때가 아니야요, 지금은."

"이런 것이 우리 경우에서의 자유라는 거다, 겨우 이런 것이. 무엇인가, 고삐를 풀어 팽개친 연후에 겨우 남는 것이 이런 거야. 그렇게 느끼지 않나? 이런 말은 여전히 썩은 소리라고만 생각하나?"

"이건 썩은 냄새야요 분명 썩은 냄새야요. 이런 건 끝까지 경계해야 해요 전 그래야 해요."

─「판문점」1, 76쪽

북쪽 여기자의 모습은 사고의 경직성을 보여주면서 이역감을 느끼게 하고 있다. 이것이 분단극복의 가능성을 제약하고 있다. 그러나 고정되고 허풍이 섞인 우월감과 상대편에 대한 은근한 경멸기가 범벅이 된, 언뜻 보기에도 조금 냉랭한 판문점의 공식적 분위기에서 놓여나 개인으로 섰을 때, 비로소 이념과 체제에서 벗어나서 이질성의 극복이라는 결론으로 나아갈 수 있다는 전망을 암시해주고 있는 것이다.

작품 「판문점」은 분단의 상징이자 민족의 분단을 공식적으로 극복할 회담장소로서 한가닥 접촉점이면서도 분단을 굳혀 놓고 해소시킬 가능성을 가로막고선 장애인 것이다. 그래서 비록 상상과 환상 속에서 주제를 처리함으로써 핵심을 피하고 있다는 비판[18]을 받기는 하지만 작품에 대한 작가의 객관적 해석은 정확한 것으로 보인다. 따라서 작품에 나타난 분단의식은 객관적 리얼리스트로서의 작가위치를 확보하면서 명확해지고 있다. 개인적이며

---

18) 백낙청, 「작가와 소시민」, 『문』, 민음사, 1981, 342쪽.

서정적인 작품세계를 지양하고 현실적 문제제기로 들어서면서 의식을 확산시키는 전환점에 서 있는 것이다.

남북 양 체제에 대한 비판을 통해 확보된 객관성을 바탕으로 현실의 모순을 지적해내는 방향으로 문제의식을 확산시키고 있는 점도 작가의식의 변화된 모습이라 할 수 있다. 초기에 가졌던 북쪽의 도식화된 체제와 이념에 대한 비판, 부정적 의식과 아울러 남한 체제에 대한 비판, 그리고 남한 사회가 갖는 일상성, 상투성에 대한 비판이 함께 나타난다. 이것은 작품 「판문점」이 민족분단의 현실과 직면함으로써 일상성의 유혹에서 벗어나서 이데올로기 대립과 의식의 이질성을 예각적으로 포착해낸 의미[19]로 작가의 개인의식에서 역사적 인식의 표출인 분단의식의 문제성을 드러내주고 있다.

진수가 북쪽의 이데올로기적 도식을 역겨워하지만 동시에 여기자의 입을 통하여 제기되는 채찍의 말들, 즉 나태, 타락, 임시, 비트적이고 주저앉고 싶은 자기에 대한 논리[20]는 남한 체제에 대한 날카로운 비판과 지적으로 볼 수 있다.

> 진수가 응했다.
>
> "그렇지요. 선택할 자유를 주어야지요. 아무렴요. 당신들은 줍니까? 당신들 세계에서 자유라는 건 어떤 모습을 지니는가요? 자유조차 혹시 강제 당하는 건 아닌지요? 설령 그것이 당신들이 말하는 진보적 민주주의가 표방하는 선택된 몇 사람의 미래에 대한 일정한 역사적 전망에 뒷받침된 옳은 강제라고 가정하더라도 말이지요. 어때요, 거기서 견딜 만해요? 솔직히 말하세요"
>
> 진수는 조금 신랄한 데를 찌른 듯하여 비죽이 웃었다.

---

19) 권영민, 『한국현대문학사 1945~1990』, 민음사, 1993, 196쪽.
20) 구중서, 『민족문학의 길』, 중원문화, 1985, 169쪽.

순간 그녀는 발끈했다.

"신념이 문제지요. 자유는 허풍선과 같은 허황한 것일 수가 없어요. 자유의 진가는 그 사회 나름의 일정한 도덕적 규범과 인간적 품위와 결부가 되어서 비로소 제대로 설 수 있는 거지요. 자유 이전에 정의가 있어요. 그렇지 않으면 자유는 이용만 당해요. 빛좋은 개살구지요. 우리 모랄의 기본이 뭣인지 아세요? 우리 민족의 나갈 바 큰 방향이야요. 개인은 거기 제대로 째어들어 있어야만 해요. 그 속에서 자유야요. 결국 이념이 문제겠군요.

―「판문점」 1, 71쪽

자기를 강조하는 진수의 말에 그녀는 다시 한번 이념의 논리 안에 자기를 강조하고 있다.

"천만에, 자기가 없이 어떻게 이념이 있을 수 있어요. 자기를 왜 팽개쳐요 완벽하고 명료한 자기는 이념에 밑받침되어 있어야해요. 그렇지 않고는 흐늘흐늘하고 비트적거리는 자기의 검불만 남아요. 당신의 자유에 대한 견해는 썩어빠진 거야요. 쉰 냄새가 나요. 곰팡이 냄새가… 어마아, 그런 논리가 어디 있어요?"

"있지요, 있구말구. 사람이 지니고 있는 내면이 부피와 깊이는 한이 없어요. 당신들은 사람도 어떤 효율의 데이터로만 간주하고 있어요. 당신들 사회에서 옳다 그르다 하는 그 기준이 대개 짐작이 되는데, 일면적인 거지요"

―「판문점」 1, 71쪽

이러한 단순한 대화를 통해 남과 북이 갖고 있는 이념의 문제와 거기서 파생된 정치·사회적 측면을 정확히 짚어내기는 어렵지만 이념에서 파생되고 굳어진 사고방식의 차이와 상대 체제에 대한 부정적 비판의식은 명확히 나타나난다. 그러기에 가가기 다른 입장에서 본 상대방에 대한 비판이 정확한 일면을 지닐 수 있는 것이다. 특히 그날 그날의 일상에 젖어든 남한 사회의 무력감은 정확하게 드러나는데 진수가 무디어진 형과 형수의 생활에서 이 역감을 느꼈던 것도 바로 그러한 이유 때문이었다.

사실 형님에겐 치사한 구석이 있다. 형수와 조카는 끔직이 사랑하고 어머니나 자기를 두고는 집안에서의 제 처신, 마땅히 해야할 제 도리같은 것만 우선 생각한다. 그리고 그 처신이나 도리를 적당히 작위적인 진지성을 수반하기가 일쑤이다.

―「판문점」 1, 59쪽

아이 걱정, 집 걱정, 옷 걱정과 식모애에게 야단치는 형수의 호들갑스런 말투오 파디, 그리고 춤으로 이어지는 편안하면서도 편안하지 않은 분위기묘사는 남한 사회 속에서 분단의 현실은 아랑곳없이 일상성에 매몰되는 일반인의 모습을 직접적으로 노출시키고 있는 것이다. 그것은 북쪽 체제의 획일화에 비길 만큼 분단의식이 희석화되고 무력화된 현장에 대한 문제제기인 것이다.

"뭐, 판문점? 글쎄, 가는 것은 좋지만 조심해라."
형님은 이렇게 긴치 않게 받았다.
"을씨년스럽지 무슨 구경이 되겠어요. 끔찍스러워."
하고 급하게 웃저고리를 걸치고 난 형수가 형님을 흘끗 쳐다보며 한마디했다.

―「판문점」 1, 57쪽

　분단현실에 살고 있는 사람들이 그 안일함에 빠져 타성화된 논리로 그것을 생각하는 자세가 곧 남한 체제가 분단을 연장시키고 있는 모순구조인 것이다. 여기서 작가의식은 체험을 통한 일방적인 북한 비판과 남한 옹호시각에서 벗어난 역사의 중앙에 서서 어느 정도 남북을 동등한 시선으로 바라보는 객관성을 확보하게되고, 그것을 통해 분단극복을 지향하고 있다고 볼 수 있다.

　「판문점」이 분단문학의 정점으로 설 수 있는 것은 이호철이 견지하고 있는 역사의식 때문이다. 비록 환상과 상상으로 처리되어 전후세대의 재치 있는 환상으로 희화화시켰다고[21] 하지만 민족분단의 상황을 문이라는 이중적 의미[22]로 풀어내기도 한다. 그러한 인식은 많은 작가들이 분단의 상황을 '장벽'의 이미지로 그려내고 있는 점과는 큰 차이를 드러내주고 있는 것이다. 닫혀 있음에도 불구하고 언제든지 열릴 수 있다는 상황의 이중성을 '문'의 속성을 통하여 암시하고 있기 때문이다.

　　판문점이란 이러한 세계 유일의 점포로서 문자 그대로 남·북으로 난 두 개의 문이 판자문으로 되어 있어, 그 문을 열고 닫을 때마다 쾅 닫아도 한참을 흔들흔들했다. 천장이 낮고 길쭉한 단층집으로 휑하게 큼직한, 흡사 2세기 전 국민학교 교실같은 마루방인데, 신을 들은채 드나들어도 괜찮게 되어 있었다. 문은 북문하고 남문이 있었다. 이를테면 그 문이 판자문이라는 말이다.

ㅡ「판문점」 1, 83쪽

---

21) 임헌영, 「분단시대 소시민의 거울」, 『이호철 전집 2』, 청계문화연구소, 1989, 447쪽.
22) 권영민, 「닫힘과 열림의 변증법」, 『이호철 전집 5』, 청계문화연구소, 1989, 408쪽.

그러나 주의할 것은 분단현실에 대한 명확한 인식을 꾀하고 있다는 것과 이에 대한 통렬한 비판이 정면에서 다루어지고 있다.

2백년쯤 뒤 판문점이란 고어로 '板門店'이 될 것이다.(비몽사몽 간에 진수의 생각은 또 비약했다.) 그때 백과사전에는 이렇게 쓰일 것이다. 1953년에 생겼다가 19**년에 없어졌다.

(…중략…)

판문점은 분명 '板門店'이었고, 이 나라 북위 38도선상 근처에 있었던 해괴망측한 잡물이었다. 일테면 사람으로 치면 가슴패기에 난 부스럼같은 거였다. 부스럼은 부스럼인데 별로 아프지 않은 부스럼이다. 아프지 않은 원인은 부스럼을 지닌 사람이 좀 덜됐다, 불감중이다, 어수룩하다는데 있다.

(…중략…)

이 얼마나 어이없는 일이었고 민족의 에너지를 쓸데없이 좀먹는 일이었던가. 통탄, 통탄이다. 우리의 조상들이 그때 그 시절에 그 짓을 하고 있었다는 걸 상상해 보라. 더구나 외국 사람까지 주역으로 끌여들여서 말이다.

−「판문점」 1, 81〜83쪽

작가는 '판문점'에 대해 역사 속에 있었던 한 시대의 산물로 규정하고 있다. 그것은 곧 어느 시대인가 폐기될 대상일 뿐이라는 사실을 근간하고 있는 것이다. 다만 그 폐기의 노력이 우리 민족 안에서 주체적으로 이루어져야 한다는 것을 지적하고 싶은 것이다. '판문점'과 '분단'의 문제를 한 시대의 공통된 산물로 파악하고 민족 스스로 주체성을 가지고 해결하려는 책임 있는 노력을 촉구하고 있기도 하다. 한 시대, 역사의 산물인 판문점을 없애는 일, 즉 분단을 극복하는 일은 우리 민족 자체적으로 해결해야 할 일임을 작가는 인식하고, 분단을 그냥 방치했을 때 그것은 점점 더 굳어져 가는 현실이 될 뿐이라는 인식을 나타내주고 있다.

　분단이 파생시킨 또 하나의 문제는 전쟁과 아울러 실향민의 현실 적응 문제였다. '실향민'은 전쟁에 의해 고향을 잃어버린 사람들을 의미한다. 전쟁은 사회적으로 다수의 실향민을 양산시켰고 실향민들은 분단된 현실에 적극적으로 대처해야만 했다. 이호철은 실향민들을 통해 남한의 현실 속에 정착하고 적응하려는 적극적 현실 대응 자세를 보여준다. 그들은 상실된 고향에 대한 막연한 집착보다는 맞닥뜨린 현실 속에서 그 현실을 받아들이는 자세를 터득해 내고 있다. 이것을 이호철은 '탈향'으로 명명한다. '탈향'은 전쟁으로 고향을 잃었지만 개개인의 의지는 고향을 잃은 것이 아니라 고향을 벗어나 당당히 자신의 터전을 정립시키는 적극적 의지의 발현으로 볼 수 있다.

4. 실향민의 삶과 귀향의지

　「탈향」이라는 작품은 미군기관의 JACK부대 경비원으로 일하다가 서울로 올라와 소설가 황순원의 충고로 부산 피난시절의 부두노동의 경험과 실향민으로서의 자기의 삶을 다룬 데뷔작이다. 「탈향」은 작가 자신과 실향민들의 삶의 방향을 제시하고자 하는 의도가 드러난 작품으로 볼 수 있다. 이 작품은 원산에서 피난 온 네 젊은이가 화차간에서 피난살이를 하면서 느끼는 향수와 애환을 드러내고 있다. 화차살이를 하다가 광석이가 기차에 다쳐 죽는 사건이 발생하지만 하원이는 꼽대가리를 해서라도 영주동 산꼭대기에 집을 지으려는 현실문제의 다급한 문제의식만을 지니고 있다.

> 고향으로 돌아갈 날은 갈수록 아득했다. 이 한달 사이에 두찬이는 두찬이대로, 광석이는 광석이대로 남 모르게 제각기 배포가 서게 된 것은(배포랄 것까지는 없지만) 그들을 탓할 수만 없는 일이었다. 쉽사리 고향으로 못 돌아갈 바에는 늘 이러고만 있을 수는 없다. 달리 변통을 취해야겠다. 두찬이와 광석이는 나머지 셋 때문에 괜히 얽매여 있는 것처럼 스스로를 생각하게 된 것이었다.
>
> — 「탈향」 1, 3쪽

고향은 인간이 가질 수 있는 안식처다. 세상에 태어나기 전의 모태인 것이다. 인간이 그 모태를 벗어난 순간부터 불안감 속에서 세상과 홀로 대결하며 살아야 한다. 즉 적응하고 타협하며 생존해야만 하는 것이다. 그러기 위해서는 현실에 대한 적극적 의지가 필요하고 단호함과 냉정함도 배제해야만 한다.

> 중공군이 밀려온다는 바람에 무턱대고 배 위에 올라타긴 했으나, 도시 막막하던 것이어서 바다 위에서 우리 넷이 만났을 땐 사실 미칠 것처럼 반가웠다. 야하 너두 탔구나, 너두, 너두, 너두.
>
> 배 칸에서 하루 저녁을 지나, 이튿날 아침에는 부산거리에 부리어졌다. 넷이 다 타향 땅은 처음이라, 마주 건너다보며 그저 어리둥절했다. 마을 안에 있을 땐 이십촌 안팎으로나마 서로 아접조카 집안끼리였다는 것이 이 부산 하늘 밑에선 새삼스러웠던 것이다.
>
> "야하, 이제 우리 넷이 떨어지는 날은 죽는 날이다, 죽는 날이다."

광석이는 몇 번이고 되풀이하여 지껄이곤 했다.

-「탈향」1, 3쪽

처음 이들이 부산에 피난을 왔을 때는 처지가 같다라는 연대감을 갖고 있었고 꽁치 토막일망정 좋은 반찬을 서로 양보를 하며 동질감을 찾으려 애썼다. 그러는 가운데 차츰 그들은 그들 각자의 생존 방식을 터득해 나간다. "고향인"이라는 끈으로 묶여 있던 일체감에서 서서히 전후의 궁핍한 상황 속에서의 현실 적응으로 돌아서게 되는 것이다. 그러나 이들 네 젊은이들의 적응 방식은 각기 달랐다.

광석이는 토박이 반원들과 어울려 막걸리 사발이나 얻어 마시며 주변 좋게 북쪽 얘기를 하고 그럭저럭 타협하고 지내면서 나아가서는 자신이 제일 잘 적응하는 듯 나날이 갈수록 자신만만해졌다. 반면 두찬이는 외양보다 실속만 자란 성격으로 일을 해도 자신의 몫을 따로 챙기는 모습을 보인다. 이에 비해 하원이는 나약하고 눈물 많고 보호받아야 할 인물이다. 그러나 이런 하원이마저 자본주의 남한 사회에 정착하려는 의지를 보인다.

"야하, 우리 이젠 꼽대가리(밤낮을 거푸 일하는 것) 자꾸해서 돈 좀 쥐자. 그러구 저기 영주동 산꼭대기에다 집하나 짓자. 거기 집 제두 일 없닝 기더라야. 잉야 조카야, 흐흐흐 우습다. 진짜 우스워. (…중략…) 돈 벌어서, 돈 벌문 말야, 시계부터 사자, 어부러서. 그까즌 거, 꼽대가리 대구 하지 머. 광석이 아저씨까 두찬이 형은 못 봤다구 글자 마, 알 거이 머야, 너까 나만 암말두 안 헌 담에야. 그저 대구 못 봤다구만 글자 마. 낼부터 나 진짜 꼽대가리 할란다."

-「탈향」1, 12~13쪽

집이란 하나의 터전이다. 고향에 두고 온 집을 놔두고 새 집을 짓는다는 것은 곧 새 터전에서 정착함을 뜻한다. 두찬이와 광석이를 배제시킨 하원이의 의식 속에는 어느 정도 스스로 서겠다는 의지가 드러나고 있는 것이다.

그러나 하원이는 나이 어린 '나'와의 관계만은 유지하고 싶어한다. 반면 '나'는 철저하게 하원이와 결부된 자신의 감상주의, 고향에의 향수를 털어 내고 있다.

무엇인가 못 견디게 그리운 것처럼 애탔다. 그러나 누가 알랴! 지금 내 마음 밑 속에서 일어난 돌개바람 같은 것을…… 아, 어머니! 이미 내 마음은 하원이를 버리고 있는 것이다. 순간 나는 입술을 악물었다. 와락 하원이를 끌어안았다. 눈물이 두 볼에 흘러내렸다.

-「탈향」1, 13쪽

이러한 나의 현실 대응관계에 대해, 주어진 현실 속에서 '나'가 어떤 의지를 갖고 있다거나 행동하는 입장에 서지 않고 그것을 관망하는 태도를 취하고 있기 때문에 관찰자로서 '나'라는 인물이 자가 의식의 폐쇄성을 보여준다[23]고 한다. 그러나 실제로 '나'의 태도는 네 사람 중에서 가장 냉정하고 적극적인 것이다. '나'는 두찬이나 광석이, 그리고 하원이에게서 객관적이고 냉정하게 거리를 유지하고 있다. 동료들에 대해 폐쇄적으로 보일지 모르지만 그것은 당시 전쟁 속에서 낯선 현실에서 살아가야 하는 사람이 느끼는 하나의 적응방식일 뿐이다.

'나'의 냉정하고 객관적 거리 유지는 광석의 죽음을 통해 나타난다. 그들

---

23) 김치수, 「관조자의 세계 - 이호철론」, 『문학과지성』, 1970년 겨울호.

의 임시 터전이었던 화차가 화통에 매달려 달릴 때마다 넷은 번번이 자다말고 뛰어 내려야 했다. 그런데 광석은 계속 실수를 한다. 화차 가는 쪽이 아닌 반대쪽으로 뛰곤 했던 것이다. 그렇게 덜렁덜렁 적응하려 애쓰던 광석은 결국 달리는 화차에서 잘못 뛰어내려 팔이 잘리고 하루만에 죽고 만다.

> 사실 나는 광석이 곁으로 갔을 때, 자조도 느꼈다. 또 어떤 자랑스러움도 느꼈다. 다만 이렇게 광석이 곁으로 온 바엔 광석이가 죽고 안 죽고는 내가 알 바 아니다. 광석이가 죽을 때까지 광석이를 지키고 있었다는 것을, 이 다음에 고향에 가더라도(갈 수만 있다면) 조금도 부끄러움을 느끼지 않고 떳떳할 수 있으리라.
>
> −「탈향」1, 7쪽

광석의 죽음 앞에서 '나'는 적극적인 삶의 자세를 견지하려는 의지를 나타내고 있다. 그것은 감상적으로 묶어 놓던 정서의 고리, 즉 나와 세 사람을 묶어주던 감정의 유대이면서 소년시절 저 아득한 고향으로 연결시켜 주는 심리적 통로에서 '나'는 어제보다 현실적인 자기 생활의 벌판으로 떨어져 나갔다는 사실을 반영하는 것이다.[24]

> 나는 그저 나도 모르게 이런 말을 지껄이고 있었다.
> 바람도 없이 내리는 눈송이여, 아, 눈송이여."
> 무엇인가 못 견디게 그리운 것처럼 애탔다. 그러나 누가 알랴! 지금 내 마음 밑 속에서 일어나는 돌개바람 같은 것을… 아, 어머니! 이미 내마음은 하원이를

---

24) 염무웅, 「순응과 탈피」, 『민중시대의 문학』, 창작과비평사, 1985, 20쪽.

버리고 있는 것이다.

- 「탈향」 1, 13쪽

주인공은 현실적응의 의지를 강하게 키워가면서 마음속으로는 하원이를 버리며 우는 것과 이 오열은 주인공의 과거를 이루고 있던 모든 것과의 강요된 결별이 빚어낸 아픈 경련인 동시에 맨주먹으로 새 삶에 뛰어 들려는 하나의 몸부림을 드러내 보이고 있다. 얄팍한 인정주의와 돌아갈 기약 없는 고향에의 그리움으로 눈물이나 짜고 있는 감상주의와 단호히 결별하고 단독자로서 눈앞의 현실을 정면에서 마주 대하는 강한 자기 자세를 보여주는 것이다.[25]

분단과 한국전쟁은 자체의 구조적 모순 속에서 배태된 것이긴 해도 그것의 전개 과정은 외부적 요인이 더 크게 작용했다. 고향에서 전쟁과 무관한 삶을 전개하던 대다수 개인은 전쟁을 통해 벌어진 일련의 사태에 적극적으로 대처할 능력이나 의지가 없었다. 하지만 전후의 생존 방식은 「탈향」의 '나'처럼 고향이라는 끈을 스스로 끊으며 일어서는 주체적인 탈향 의지를 통해 가능해질 수 있다. 따라서 이호철의 실향민 의식은 작가 개인적인 감상성을 벗어나 50년대 전후 현실의 객관성을 확보하면서 문학적 전망을 제시하고 있는 것이다.

「탈각」[26]의 내용은 세 명의 실향민들이 남한 사회에 정착하는 과정을 보여주고 있다. 이 작품에 등장하는 실향민은 '필구', '동연', '형석'인데, 이들은 모두 고향이 같다라는 동향의식이 마음속에 자리잡고 있다. 막노동꾼으로 전

---

25) 정호웅, 「탈향 - 그 출발의 소설사적 의미」, 『1960년대의 문학연구』(문학사와 비평연구회), 예하, 1993, 89쪽.
26) 이 작품은 『사상계』에 1959년 2월에 발표된 것이다. 이 작품도 그의 작품집 어디에도 실려있지 않아 발표지면 그대로를 표기한다.

전하는 '필구', 사업가로 성공한 '형석' 그리고 유부남에게 속아 결혼하여 딸을 데리고 이혼녀가 된 '동연'을 하나로 묶어주는 것은 언젠가는 고향으로 돌아갈 것이라는 생각을 하면서 매일매일 지내고 있다.

이들 인물이 공통적으로 지니고 있는 고향으로 향한 귀향의식은 현실세계와는 고립된 자신들만의 공간을 배태시키고 있다. 이들 모두는 귀향의지라는 공동의식 아래 연대감을 형성하고 있다. 필구는 막노동꾼으로 부랑자의 생활을 함으로써 현실에의 정착을 못하고 언젠가는 고향으로 갈 것이라는 귀향의지만을 나날이 키워가고 있다. 형석은 아내와 가족을 건사하고 있는 가장임에도 불구하고 늘 고향에 대한 의식을 지니고 있었다. 그는 동향인 필구와 동연을 자신의 집에 머물게 함으로써 귀향의지를 잃지 않으려 했다. 동연역시 아버지의 체면과 고향에 대한 자존심을 지키기 위해 강준장과 이혼을 한다. 이들에게 고향은 '성지의식'으로 인식되며, 성지의식은 같이 남한에서 생활하며 지낸다는 공동의식이기도 하다. 그러는 가운데 현실에의 정착은 '성지'에서 '속지'로의 이행을 의미하고 있다.

소설의 중심인물은 '필구'이다. 그것은 필구의 내면변화를 통하여 이들의 갈등과 정착의 과정이 드러나기 때문이다. 필구는 세상에 대해 냉소적인 태도를 보이는 관조적이고 자기 고백적인 인물이기도 하다. 그는 타인과 세계에 대해 냉정한 거리를 유지하고 적극적인 개입이나 행동을 보이지 않는다.

적어도 그러한 '고향의식'이라면 동연이나 형석이 못지않게 필구도 지니고 있다고 자체해온 터이다. 그러나 이즈음에 와서 필구는 되씹듯 되씹듯 혼자 속으로 뇌이는 것이다.

"이젠 어차피 나도 이놈의 데다가 엉덩이를 놀어 붙이고 살아야 될 판이다.

임시 변통도 유만부득이지 말이 되나. 아득한 나날을 밤낮 임시루 살수야 없잖나. 돌아갈걸 예상하구, 그러니까 임시루 도대체 어느 장날까지 임시냔 말야. 요는 나도 이젠 좀 살아봐야겠다아 이 말이지. 쥐꼬리만한 고향이랬쟈 형석이나 나나 동연이나 피차의 상판대기에서 겨우 느낄까 말까 아닌가, 피차의 상판대기에서…… 도대체 어처구니 없구 우스운 노름아닌가. (…중략…) 머 말라죽은 고향이야? 이럴바엔 차라리 고까짓 군더더기 같은 고향 나부래기는 깨끗히 집어치우자, 깨끗이. 그리구 시작이다. 그러니까 결국 새 출발이다. 새 출발! 동연의 말대로 건강해져야 해, 건강해져야. 우선 매력 있는 말 아닌가, 건강이라는 말은…”

이렇게 제멋대로 결론을 내리면 그 ‘새출발’이 풍겨주는 참신한 어감과 더불어, 형석의 존재는 저 밑으로 까마득히 가라앉아들고 동연이만이 더한 질량감으로 덮쳐 오는 것이다.

– 「탈각」, 387쪽

위의 인용은 필구의 내면변화에 대한 개인적인 회술이다. 세월이 지나고 고향에 돌아갈 수 없는 날이 계속되자, 필구는 동연과의 결혼을 은근히 바라게 되고 임시적이고 따분한 삶에서 벗어나 남한의 현실에 정착하기를 바라게 되었다. 이들의 결혼은 남녀간의 애정을 바탕으로 한 결합이 아니다. 그것은 자신들만의 폐쇄적이고 임시적인 공간에서 벗어나 현실에 안주하고 정착하고 싶은 욕구에서 비롯되었다. 이들의 결혼을 반대하는 형석을 통하여 과거의 자신을 떠올리며, 고향에 돌아가야 한다는 생각이 ‘허황된’ 감상이었다고 느끼게 되었다. 과거에 형석이 출세하는 모습을 보며 고향을 저버리는 행위하고 저주와 반발을 느꼈던 필구는 고향이라는 공동의식 아래 서로를 견제하고 뜨내기로 자처하며 임시변통적인 삶을 살아야 하는 현실을 부담스러워졌다.

따라서 필구는 동연과의 결혼으로 새로운 출발을 시도하게 된다.

귀향의지를 포기하고 현실에 안주하고 정착하는 것은 '성지'에서 '속지'로 바뀌어지는 것이라고 생각한 이들은 필구와 동연의 결합을 계기로 그것을 '건강해지는 것'이라고 생각하게 된다. 이들은 체면과 자존심, 그리고 귀향의지 아래 정착을 거부하는 것이 감상과 허위의식의 소산이었으며, 현실에 정착하여 생존하는 것이 건강한 삶이라는 인식을 하게 된다. 그러나 이 '건강'이라는 말에 대한 필구의 태도는 여전히 냉소적이다. 필구의 내면묘사에 나타나는 전체적인 뉘앙스나 그가 귀향의지를 버리고 현실에 정착하는 과정을 볼 때, 그 과정이 '건강'한 태도는 아니었다는 것이다.

「탈향」과 「탈각」은 이호철의 문학사적 출발을 의미하는 작품이다.27) 작가는 「탈향」의 '나'와 「탈각」의 '필구'를 통하여 실향민으로서의 임시적이고 불안정한 삶을 버리고 생활로서의 현실에 정착하고 안주하겠다는 자신의 결심을 암시한다. 이 작품은 전쟁과 분단으로 인한 탈향과 이산이라는 자신의 체험을 기반으로 하여 새로운 현실에 뿌리내려야 하는 실향민의 절박한 삶을 그려내 주고 있다. 이호철은 관조적 인물의 현실정착에의 과정을 묘사함으로써 분단의 문제를 귀향하지 못하고 남한 사회에 정착할 수밖에 없었던 실향민들의 삶을 제시하여 주고 있다.

작품 「나상」은 실향의식과 귀향의지로의 내면화가 작가의 의지 그대로 형상화된 것이다. 「나상」의 주인공 철은 전쟁과 형에 대한 과거를 회상하면서 현재의 자신을 뒤돌아보고 있다. 철에게 있어 형에 대한 기억은 언제나 고

---

27) 정호웅, 앞의 책, 85~86쪽.
　　그는 '나'의 얄팍한 인정주의·감상주의와의 결별이 완강한 반공이념에 근거한 소박한 휴머니즘과 비장한 영탄조의 50년대 소설과의 결별이란 소설사적 의미를 지닌다고 평가하고 있다.

향에 대한 그리움을 동반하고 있다. 전장으로 동원되었던 형제는 포로의 신분으로 비극적 상봉을 하게 되는데, 형의 어리숙할 정도의 순박함을 이해하지 못했던 동생은 며칠 간의 포로생활을 통해 형에 대한 애정을 느끼게 된다. 그것은 형제애의 확인인 동시에 삶의 가치에 대한 새로운 인식을 의미한다.

　　이렇게 며칠이 지나는 사이에 동생은 이런 형 앞에 지난 날 스스로가 간직하고 있었던 오연함을 그대로 유지할 수 없을 뿐만 아니라, 형이 남부끄럽다거나 창피하다거나 그렇지 않은 것은 물론이고 좀 어처구니 없었으나 이런 형인 까닭으로 해서 도리어 마음이 개운해지는 것이 아닌가. 해죽하게 두 팔을 들어올리는 싱거운 뒷모습이 오히려 어울리는 형의 모습이긴 하다! 생각하며, 이런 꼬락서니로 형과 만나진 데 쓴웃음을 지으면서도, 이런 형일수록 오히려 형다운 것이, 어처구니 없는 즐거움 같은 것이 울컥 느껴지는 것이다.

―「나상」 1, 19쪽

　　주인공 철은 의례적인 몸짓을 알지 못하는 형의 둔감성이 과연 모자람을 뜻하는 것인지, 또 현재의 자신이 되찾은 오연함의 정체에 대해 회의한다. 이것은 철에게 있어 고향의 의미와 무게를 다시금 실감하도록 만든다. 고향을 잃은 상실감은 형과 철의 상실감에서 공통적으로 찾아볼 수 있다.

　　철은 갑자기 내 곁으로 바싹 다가앉으면서 이때까지의 어조와는 생판 다른 조용한 목소리로
　　"내 어릴 때 이름이 칠성이었다."
　　"……?"

나는 두 눈이 휘둥그래졌으나 철의 입가에는 연한 조소 같은 것이 떠 있었다.

"자, 나는 다시 이렇게 범연한 내 고장으루 돌아왔구, 다시 내 그 오연함이란 것을 되찾아 입었다. 그런데 그전보다 좀 편편치 않다. 뒷받쳐야 할 의지라는 것이 자꾸 다른 것을 생각하기 때문이다. 나로선 아마 손해일는지도 모르지."

— 「나상」 1, 24쪽

철(칠성이)에게 고향과 형의 존재를 잃어버렸다는 사실은 현실적 삶의 전반을 규정짓는 본질적 성격을 지니고 있다. 또한 형에 대한 기억은 자신의 현재적 삶을 반성하는 계기로 작용하는데, 이것은 그의 소설에서 자주 나타나고 있는 근원의 상실감에서 비롯되는 것이다.

전쟁 때 두 형제가 인민군 포로가 되어 북으로 끌려가며 겪었던 적응 과정을 그린 「나상」은 현실 적응 문제가 월남인에게만 국한되는 문제는 아님을 알 수 있게 한다. 어딘가 모르게 둔감했고 위태롭도록 솔직해서 조금은 모자란 사람인 듯했던 형이었지만 포로가 된 뒤에 자신이 어떻게 적응해야 하는지는 알고 있었다. 같은 포로로 동생을 만난 형은 다음과 같이 당부한다.

사변이 일어나자 형제가 다 군인의 몸이 됐다.

1951년 가을, 제각기 북의 포로로 잡혀 북쪽 후방으로 인계돼가다가 둘은 더럭 만났다. 해가 질 무렵, 무너진 통천읍 거리에서였다.

(…중략…)

"난 잡힌지 한 보름 됐다. 고향쪽 얘긴 아예 입 밖에두 내지 마라."

"……"

"날 형이라 그러지두 말구……."

— 「나상」 1, 15쪽

그리고 잠바 포켓에서 웬 밥덩이 한덩이를 꺼내면서 동생에게 들릴 듯 말 듯한 말을 한다.

> 동생이 좀 의아해 하는 낯색에 형은 벌컥 성을 내듯, 그러나 여전히 귀속말로,
> "자, 어서, 어서 받아라. 초저녁에 가만히 보니 몇뎅이 남을 것 같더구나. 고 앞에 지키구 섰다가 죽는 시늉을 했어. 그 새끼 있잖니. 어제 낮에 날 보구 지랄하던 새끼. 그 새끼가 한뎅이 던져주두나. 먹능 체처럼 허군 슬쩍 넣어뒀다. 그 새끼가 기래두 기중 맘이 좀 낫시야."
>
> — 「나상」 1, 17쪽

평소 언제나 똑똑하다고 인정받았으며 형을 무시하면서 자신만만하던 동생은 이러한 형 앞에서 그의 적응 방식을 수용하기 시작한다.

> 종래의 모든 것을 철저히 체념해버리고 잃어버린 지금, 마음 밑바닥에 철저한 무관심이 자리잡고 있다고 자신하면서도 이런 형의 그 마음가락에 휩쓸려 들어가는 스스로를 의식하며, 벅차게 서러워오고, 지난날의 형에 대한 스스로가 후회되며, 더불어 엉뚱한 향수 같은 것이, 즐거움 같은 것이 느껴지는 것이었다. 지금 이런 형에게서 의지, 논리로써 얻어진 신념 같은 것이 멀리 미치지 못할 위엄 같은 것조차 느껴지는 것이다.
>
> — 「나상」 1, 19쪽

그렇게 아슬아슬하게 적응하던 형은 그가 지닌 그 솔직성과 담백함 때문에 결국은 죽고 만다. 「탈향」에서 광석의 죽음이 그랬던 것처럼 적응 과정에

서의 도태를 의미한다. 그것은 뿌리뽑힌 자들이 그들의 필요에 의해 다시 어디엔가 뿌리내린다는 것이 얼마나 어려운가의 사실을 말해주는 것으로 분단과 전쟁이라는 역사가 배태한 비극으로 나타나고 있는 현실이다. 또한 역사의 비정한 일면 속에 허물어져 가는 개인의 모습으로서 개인의 비극인 동시에 민족의 비극이기도 한 것이다.

「나상」의 동생 '나'는 그 '범연한 내고장'으로 돌아왔고 다시 오연함이란 것을 되찾았다. 그런데 그 전보다 편편치 않다고 말한다. 완전히 편편치 않고 편편해서도 안될 그 삶에 대한 섬세한 비판자[28]로서 나가는 것이 이호철의 인물 설정 방식이다. 이호철의 주인공들은 관찰자로서 객관성을 유지하고 비판자로서의 역할을 수행한다. 전후 현실의 모습을 객관적으로 보여주며 폐허 속에 살아가는 현실 극복 의지의 자세를 제시하고 있는 것이다. 그러기에 그는 리얼리스트로서의 한 면모를 갖게 되는 것이다.

「먼지 속 서정」은 버스의 앞차장인 광석과 뒤차장 순발이라는 두 인물이 중심이 되어 그들이 현실적 삶에 적응하는 공간을 중심으로 이야기가 전개된다. '동대문 버스 정류장'으로 설정된 현실의 공간에서 한눈을 판 사이에 그들은 자신들이 탈 버스를 잃어버리고 '춘아원(春雅園)'이라는 중국집으로 까지 가게 된 것이다. 자신들이 잃어버린 버스가 다시 돌아오는 시간동안 자유롭게 지낸다. 이들에게 주어진 자유는 한정적이며 일시적인 것이다. 무작정 걷다가 문득 '전쟁 후의 먼지 섞인 바쁜 삶 속에서' 지냈던 과거를 회상하게 된다. 순발의 회상은 얼굴도 모르는 어머니가 자신을 잉태하던 때까지 거슬러 올라간다.

"그러구 보니까 너두 나하구 비슷하구나. 난 어떻게 이 세상에 태어났는지두

---

28) 백낙청, 「작가와 소시민」, 『門』, 민음사, 1981, 335쪽.

몰라. 무슨 안개 속 같으다. 내가 어느 어머니의 배속에 생기던 저녁은 어떤 저녁이었을까. 참 아름다웠을 것 같애. 어떤 저녁이었을까. 어떤 밤이었을까. 여간 궁금하지 않구 말이다.

-「먼지 속 서정」 2, 36쪽

버스를 놓친 '동대문 버스 정류장'이라는 공간은 비비적거리고 초췌하고 피곤한 낯짝으로 풀이 죽어있는 듯한, 무엇인가 철물 같은 것이 흐르고 육중하게 뒤틀며 더덕더덕한 것이 천천히 흐르고 있는 방향을 상실한 곳이다. 이들이 나중에 찾아든 '춘아원'은 동대문 버스 정류장이라는 현실공간에서 느끼지 못한 호젓하고 조금은 쓸쓸하고 약간은 구슬픈 듯해도 좋기만 한 곳으로 여겨지고 있다. 그리고 광석에게는 전장의 경험을 회상하게 하기도 한다. 이 공간의 설정은 두 인물로 하여금 전쟁 후의 여유롭지 못한 삶 속에서 과거를 회상하는 계기를 마련해 주고 있다. 그러나 이들에게 '춘아원'은 임시공간일 뿐이며 실향민들이 갖는 현실적인 공간의 삶의 의식을 드러내주는 것이다.

눈 앞에는 번쩍번쩍 저 아득한 나날들의 편린들. 걷잡을 수 없는 소요. 발 지척 앞에 나타난 빡빡깎은 맨머리 바람의 큼지막한 얼굴을 향해 두 눈을 부릅뜨고 쏘아제친 경기관총. 그때 그 부서져 날아가던 얼굴. 똥째로 으스러져 날아가던 얼굴. 어처구니없게도 묘한 어린애 울음소리 같은 것. 순간순간의 고요

-「먼지 속 서정」 2, 38쪽

그러다 이 두 사람은 다시 동대문 버스 정류장으로 돌아오게 되는데 이것은 현실적 삶에 대한 작가의 긍정적인 의식을 반영하고 있는 것이다. '동대

문 버스 정류장'은 표면적으로는 인물이 떠나고 싶어하는 현실적 공간이지만 그들이 그곳으로 되돌아감으로써 현재적 삶에 충실하려는 실향민으로서의 의식을 드러낸 것이다.

이호철은 작가 자신이 월남인이기도 했기 때문이지만 나아가 전쟁으로 폐허가 된 한국 사회에서 누구나 자기가 발 딛고선 땅이 고향이 아닌 낯선 곳일 수밖에 없다는 사실과 개인이 거기서 살아 남기 위해 적응해야 하는 당대 사회의 한 단면을 절실히 보여주려 했다고 할 수 있다.

이호철의 문학적 특징은 그 발전의 기반을 월남인이라는 사실에 두고 남한 사회에 정착하려는 의지와, 그럼에도 불구하고 남한 사회에서의 삶을 임시로 생각하는 사이의 대립이라고 정의할 수 있다. 그 대립은 남한 사람들이 자주 망각해 버리는 두고 온 산천과 고향 사람들에 대한 사무친 그리움으로, 월남한 사람들은 그것이 현실 속에서 어떻게 왜곡되더라도 결코 저버릴 수 없는 약속을 의미한다. 이와 같은 국외자 의식이 작가로 하여금 분단 시대의 삶을 전적으로 수락할 수 없는 처지에 스스로 서게 했던 것이다.[29] 그래서 이호철의 작가 의식은 단순히 개인의 현실 적응이나 뿌리내림의 차원을 넘어서 분단현실의 극복으로 이어지게 된다.

5. 맺음말

본고에서는 이호철의 50년대 발표 작품을 중심으로 그의 분단의식과 실향에 대한 귀향의식을 문학적으로 어떻게 형상화하였는지 작가의 현실인식을

---

29) 최원식, 「사멸하는 현실과 살아있는 현실」, 『월남한 사람들』, 심설당, 1981, 305쪽.

중심으로 살펴보았다. 문학이 현실이면의 보이지 않는 현실의 구조를 밝혀주는 문학사회학의 관점이라면, 분단문학 속의 현실구조는 우리의 현실모순을 내포하고 있다. 이호철은 이러한 분단현실 문제를 1950년대의 전후 신세대 작가들의 작품세계와는 서로 다른 모습으로 드러내고 있다. 그는 분단현실에 대해 객관적이고 비판적인 안목을 견지하고 있을 뿐만 아니라, 실향민으로서의 갖는 좌절감과 상실감을 인간의 보편적 원형심리에 맞닿는 귀향의식을 내면화시키고 있다. 이러한 그의 50년대 전후문학의 논의를 요약·정리하면 다음과 같다.

첫째, 전쟁으로 인한 분단현실과 그러한 현실에 대한 소극적 저항의식을 드러내는 것으로「파열구」를 들 수 있다. 이 작품의 갈표, 석후, 현욱은 분단현실에 처한 인간상을 전후방의 대비적 상황 속에서 나타내고 있다. 특히 갈표의 현실에 대한 패배감 이면에는 '미국'이라는 또 하나의 분단현실의 장벽이 놓여있는 것이다. 그것은 미국에 대한 긍정적인 태도를 보이고 있는 현욱과 석후에 대한 강한 저항의식과 이러한 감정의 표출은 미군 GMC를 통하여 더욱 촉매되고 있다. 그러나 이 작품은 분단현실에 구속된 개인이 저항하고 개인의지를 드러내보지만 결국은 패배할 수 없는 개인의 좌절과 소극적인 저항 모습을 보여주고 있다.

둘째,「빈골짜기」,「만조」,「부군」,「판문점」을 통하여 작가가 분단현실에 대해 감상적 화해의식과 분단극복의 모습을 나타내고 있다.「빈골짜기」와「만조」는 이데올로기의 대립으로 발생된 전쟁에 대한 대립적 감정을 어린 소년 '광석'과 '인걸'을 통하여 분단극복의 화해의 모색 점을 찾고 있다. 작가는 분단현실의 극복을 이데올로기가 아닌 감상적·가족적 공통체 의식 속에서 해명하려는 역사의식을 자아내고 있다. 이러한 의식은「부군」의 중대장

'완호'가 포로로 잡힌 소년 인규에 대한 애정표현에서 전쟁의 아픔과 분단현실을 넘어서려는 데서도 엿볼 수 있다. 「판문점」은 현실적으로 고착화되고 있는 역사적 공간인 남북분단의 상징이기도 하다. 이러한 공간에서의 작가적 의도는 분단된 현실의 상황을 극복하기 위한 방책으로 우리 자신이 편협한 의식을 지니고 있었던 터부적 세계를 깨뜨려야 한다며 초월적인 민족의식을 제시하고 있다.

셋째, 「탈향」, 「탈각」, 「나상」, 「먼지 속 서정」에서는 전쟁으로 인한 필연적으로 파생된 실향민의 현실적 삶과 언제가 돌아가야 할 고향에 대한 귀향의지를 강하게 드러내고 있다. 「탈향」, 「탈각」은 분단현실의 내면적 상징 인자로 자리잡고 있는 실향민이 현실에 적응해나가는 삶을 그리고 있다. 「탈향」은 광석, 하원 그리고 '나'가 부산 피난시절의 부두노동의 경험을 통해서 전후공간에 적응해야 하는 현실적 삶을 리얼하게 형상화한다. 「탈각」의 필구, 동연, 형석은 동향의식 속에서 현실적 고통들을 냉소적, 관조적, 자기 고백적, 즉 감상적인 삶을 계속적으로 이어가고 있다. 「나상」의 철은 전쟁의 현장에 동원된 형을 포로수용소에서 비극적으로 만나게 되는데, 스용소 생활과정에서 실향민의 절박한 문제, 즉 고향으로 되돌아가기 위한 의지를 강하게 표출시키고 있다. 「먼지 속 서정」은 '광석'과 '순발'이가 전쟁으로 인한 실향의식과 분단현실의 삶에 적응하는 과정을 내보이고 있다. 이들의 삶은 전쟁후의 삶의 외피적 어려움을 과거에 대한 회상을 통하여 드러나고 있는데, 그들이 마지막으로 찾은 중국집 '춘아원'은 이들에게 뿐만 아니라 실향민들이 갖는 현실적 공간의 삶의 모습을 제시한 것이라 할 수 있다.

이상의 논의를 통해 그의 전후소설은 우리 사회가 당면하고 있는 역사적 사실을 예각적으로 포착하고 있으며, 이러한 작가적 현실에 대한 인식 속에는 부정적으로 놓였던 현실을 극복할 수 있는 대안을 암시적으로 드러나고 있다. 그러나 그에 대한 새로운 논의의 가능성은 현재까지 활동하고 있는 현존작가라는 측면과 50년대를 벗어난 전시대의 작품을 포괄시키는 전반적이고 종합적인 문제로 이어질 때 그의 분단현실에 대한 본질적인 규명은 이루어질 것이다.

06

전통적 가치관의 붕괴와 허무의식 : 전광용

1. 서론

　전광용(1918~1988)은 전후시대에 등단[1] 한 전후작가로서 전쟁의 체험을 기초로 하여 한국현대소설의 새로운 변화를 시도한 작가이다. 일반적으로 한국의 전후문학은 '한국전쟁의 와중에서부터 전후 4·19까지라는 공간에서 형성된 문학'으로 여겨지고 있다. 전후 시대는 신인 작가들이 많이 등장하게 되었고 그들마다의 작품도 다양화되었으며 양적으로도 풍성한 시기이기도 하였다. 전후문학은 전전의 문화에 대한 반동으로 일어난 문학예술상의 새로운 경향이고 참혹한 전쟁의 후유증을 앓는 시대상황과 사회풍조를 담은 문학예술의 한 경향으로 파악되고 있는 보통이다.

---

[1] 전광용은 1939년 동아일보에 동화 「별나라 공주와 토끼」가 입선되어 등단하였으나, 1955년 「흑산도」로 조선일보 신춘문예에 당선되면서 실질적인 작가활동을 시작하여 단편 28편, 장편 4편의 작품을 남겼다.

1953년을 전후한 우리의 문단은 본격적인 창작활동으로 그 문학적 움직임이 왕성해졌으며, 많은 신인 작가들이 등장하기도 하였다. 이들은 전쟁의 참혹한 상황을 몸소 체험하였고, 전쟁체험을 토대로 삶과 문학의 문제를 새로운 각도에서 접근하려는 의지를 지니고 있었다. 이러한 접근에는 가난에 대한 공포, 전후에 필연적으로 드러나는 피폐한 삶, 가치관의 붕괴와 더불어 미래에의 삶에 대한 방향상실, 남북이산 가족으로 인한 고향상실, 민족의 동질성 회복을 위한 통일지향의 필요성 등에 대한 관심이 필요하다. 그리하여 그들은 전쟁상황의 인간체험과 전후의 불안한 정신상황을 나름대로 해석하고 형상화하여 전후문학이라는 독특한 문학을 일구어 내었다.

전쟁체험작가이기도 한 전광용이 전후사회의 양상을 그려내고 바라본 세계는 전쟁의 후유증으로 고생하고 흔들려진 삶의 다양한 형태들이었다. 그의 작품 속에는 윤리관과 가정의 해체와 붕괴, 생존의 조건 등이 불안정한 모습 그대로 드러나고 있다. 이 같은 모습들을 현실의 부조리와 인간상호 간의 갈등을 어떤 특정한 인식으로부터 출발시킬 때 작가는 거기서 비롯되는 여러 가지 양태의 인간군상의 양상을 드러내기 마련이다. 그것은 6·25라는 특이한 현실상황 속에서 현재적 삶의 의미를 추구하고 절규하고 있는 인간상으로 제시되고 있다. 작가는 전쟁의 비참함을 고발하면서 인간의 존재조건에 대한 다양한 모습으로 회의감을 드러내주고 있으며, 인간성 옹호의 가치를 소설로 형상화하고 있다.

그 동안의 작가에 대한 연구논의는 여러 연구자들에 의해 언급되었다. 이형기는 그에 대한 처음으로 지적한 것으로 실증적이고, 휴머니즘이라는 점, 반메커니즘적 성향, 그러면서 문장이 간결하다는 점[2]을 지적하였다. 박동규

---

2) 이형기, 「인간수호의 시선」, 『현대한국문학전집』, 신구문화사, 1972.

는 그의 소설 특징을 소재 선택에 있어서 체험을 근거로 하는 것, 전통적 기
승전결의 구조로 이루어져 있는 것, 현실을 보는 눈에 객관적 표준성이 담겨
져 있는 것, 고전적 윤리의식이 지배하는 것[3]이라 보고 있다. 임헌영은 그의
작품세계를 크게 네 가지[4]의 계열로 분석하면서 소시민적 자아 추구에 몰두
하는 관념론적 사실주의에 몰입되어 있다고 평가하였다. 이외에도 초기의 논
의로 조동일의 「섬 생활의 묘사 – 흑산도」, 김현의 「대결의 의미 – 사수」, 천
상병의 「근대적 인간유형의 축도 – 꺼삐딴 · 리」[5] 등이 있다. 전광용 작가논
의에 대한 폭넓은 연구는 조남현[6]에 그 기초를 마련하고 있는데 그는 회상처
리기법, 결말처리 방법, 인물의 성격을 도출해내는 포괄적인 작업을 하고 있
다. 그러면서 인물연구에 있어서 다양한 계층의 탐색을 시도한 작가로 평가
하면서, 그것은 주로 '못 가진 자, 굴러 떨어진 자, 뿌리뽑힌 자'로 성격을 규
정하고 있다. 이에서 보듯 초기의 연구들에서는 그의 초기 작품들에 대한 작
품해설의 형태로 이루어진 것이 많으며, 따라서 과학적인 분석방법을 사용하
지 못하고 모두 인상비평적인 성격이 강한 것이다.

그에 대한 본격적인 논의는 김소영[7]의 논문에서 비롯되고 있다. 그는 전광
용의 연대기적 자료, 시대에 대한 인식과 문학의식을 살펴볼 수 있는 문단활동
의 내력과 작품 속에 나타나는 공간과 시간 구조의 특질, 민족의식과 현실인식

---

3) 박동규, 「현실의 나신」, 『한국현대문학전집』, 삼성출판사, 1983.
4) 임헌영, 「전광용 작품해설」, 『한국대표문학전집』, 삼중당, 1981.
　　그는 이 글에서 심리주의의 세계(「사수」), 사회학적 관심(「꺼삐딴 · 리」, 「나신」), 토착성
　　과 원주민의 정서(「흑산도」), 현대의 메커니즘에 대한 인간정신의 규명(「충매화」) 등으로
　　나누어 설명하고 있다.
5) 조동일, 「섬생활의 객관적 묘사 – 흑산도」, 『현대한국문학전집』 5, 신구문화사, 1972.
　　김　현, 「대결의 의미 – 사수」, 『현대한국문학전집』, 신구문화사, 1972.
　　천상병, 「근대적 인간유형의 축도 – 꺼삐딴 · 리」, 『현대한국문학전집』, 신구문화사, 1972.
6) 조남현, 「전광용론 – 리얼리티에의 투망, 그 정신과 방법」, 『현대작가연구』, 민음사, 1989.
7) 김소영, 「전광용 소설 연구」, 서울대 석사학위, 1988.

을 통한 주제적 성향 등을 바탕으로 그의 작품분석을 꾀하였다. 이외에도 정은미, 김진수의 연구가 잇따르고 있다8). 전자는 전쟁체험 속에서 드러난 작가의 문학의식과 연관지어 소설의 특징을 살펴보았으며, 후자는 전광용 소설의 문학사적 의의를 주체적 입장에서 전통의 명맥을 잇는 작가로 파악하고 있다.

이에 본고는 그의 전후시기에 발표한 작품9)을 대상으로 신세대 작가로 주목을 받으면서 드러낸 전후적 특성과 작가의 현실인식을 중심으로 고찰하고자 한다. 이는 동시대의 신세대 작가10)들이 행동성과 과학적 휴머니즘, 비평정신을 지녔다11)는 평가와는 달리 전후사회에 대한 비판적 시각이며, 전후 사회의 고발과 저항의 세계를 다루었으며 그 동안의 기성 세대적인 것의 부정과 기성세대의 윤리의식과 사회가치 개념에 대한 반항의식을 드러낸다는 점에서 변별성을 가질 수 있다.

2. 전후의 피폐된 경제와 가난한 삶

전후소설에 있어서 전쟁의 체험적 경험과 그 영향력은 그것의 성격규정

---

8) 정은미, 「전광용 소설 연구」, 성신여대 석사학위, 1992.
  김진수, 「전광용 연구」, 홍익대 석사학위, 1997.
9) 전광용은 1955년 「흑산도」 이후 1960년 초까지 16편의 작품을 발표하였는데 그중 15편의 단편작품을 논의의 대상으로 한다.
10) 김상선은 50년대 이후에 활동하고 있는 작가를 크게 구세대작가와 신세대작가로 나누어 설명하고 있다. 구세대란 한국의 고유한 근대적 정신을 근본으로 창작활동을 하는 작가를 가르치며, 신세대란 과거의 낡은 인습과 낡은 전통에 대한 부정적인 정신적 자세와 과거와 판이한 문학정신을 가진 작가들이라 한다. 이러한 작가군에는 손창섭, 장용학, 김성한, 오상원, 최상규, 선우휘, 이호철, 최일남, 한말숙, 송병수, 전광용, 김광식, 서기원, 정한숙, 이범선, 곽학송 등을 대표적으로 들고 있다.(『신세대작가론』, 일신사, 1982)
11) 이어령, 「오늘의 문단과 작품 – 구세대의 문인과 성장하는 신인의 대결」, 《연합신문》, 1958.6.22.

에 있어서 불가분의 관계를 갖기도 한다. 6·25전쟁으로 인한 엄청난 인적, 물적 피해와 함께 정치·경제·사회·문화의 모든 영역에 있어서 큰 변화가 일어났다. 특히 경제적으로는 전쟁의 파괴로 인해 생산력의 마비상태에 빠지게 되었다. 전비의 조달과 막대한 UN대여금의 원화 지출은 인플레이션을 조장하여 경제적 굶주림을 야기 시키기도 하였다.

이러한 경제적 궁핍함과 어려움은 「흑산도」에서 극명하게 드러나고 있다. 이 작품은 '복술이'와 '용바우', '박영감', '인실이 어머니'가 주된 화자가 되어 이야기를 전개하고 있다. 박영감은 평생을 고기잡이배를 타면서 바다에서 지낸 인물이다. 아들과 며느리를 바다에 잃고 손녀딸 복술이와 단둘이 외롭게 지내고 있다. 이러한 박영감은 복술이를 용바우와 혼인시키려는 생각을 가지고 있다. 그러한 용바우는 십년 동안이나 배를 탄 이제는 제법 어엿한 뱃사람이며, 신체가 건장하고 건강한 믿음직한 남자이다. 그러면서 복술이와 박영감에게는 의지의 대상이었으며, 용바우 또한 복술이를 제 몸처럼 소중하고 알뜰하게 여기면서 지내고 있다.

그러던 용바우가 다시는 돌아오지 못하는 죽음의 길로 가게 되는데, 이는 전후에 곳곳에 널리 전염병처럼 늘려 있는 가난 때문에 비롯된 것이다. 날씨 변화가 심하여 출어를 만류했지만 당장의 먹을 양식이 없는 상태에서 용바우는 선택의 여지가 없었다. 자신을 믿고 의지하고 있는 복술이와 박영감의 기대에 커다란 버팀목이 되고 싶었던 것이기도 하다.

한아부지가 보름이나 지나믄 나가자는디.

물감자(고구마)도 그만 다 떨어졌지라, 먹을 것이 다 바닥이 났으라우.

그랄테지랴, 하지만······.

아니요, 보름전에 한 축은 해야 한다이께.

용바우는 담배를 말아서 불을 붙였다. 두툼한 양 볼이 오므라지게 빨았다가
는 길게 내뿜었다. 눈 온 뒤에는 꼭 바람이 터진다는 할아버지의 말이 다시 떠올
라 복술이는 어쩐지 불안스러웠다.

보름을 쇠구 가제, 그라요.

보름은 손구락을 빨구 쉰당께. 새벽참에 떠나문 보름 전에 돌아오지라.

— 「흑산도」, 12쪽

위의 작품인용에서 보듯이 날씨가 좋지 않음에도 출어를 나가야 하는 절
박한 상황이 잘 드러나고 있다. 먹거리인 '감자(고구마)를 비롯한 생필품'이
바닥난 것이다. 이렇듯 전쟁은 많은 사람들의 목숨을 앗아갔고, 그 가운데에
중요한 것은 생활문제를 해결해야 하는데 그것을 책임져야 할 가장들이 많지
않았다. 가난과 죽음의 문제는 전후작가들이 가장 많이 다루는 내용중의 하
나가 될 만큼 많은 자리를 지니고 있다. 죽음의 문제는 전쟁으로 인한 가정
의 파괴와 관계가 많으며, 이는 곧 가난이라는 문제에 직접적으로 맞닥뜨리
게 된다. 그러면서 이어지는 혼란은 생활의 타락과 절망의 단계로 이어지고
하는 것이다.

까막개 큰애들에게는 뭍이 향수처럼 그리웠다.

인자, 그만 뭍에 가 살았으문…….

새댁은 바위 끝에 주저앉으며 동의를 구하는 듯한 눈매로 복술이를 쳐다 보
았다. 복술이의 마음도 그러했다. 바다를 떠나서는 살 수 없으면서도 해마다 그
꼴로 되풀이되는 섬살림이 이젠 진절머리가 났다.

— 「흑산도」, 17쪽

복술이는 자신의 최대 희망이자 정신적 의지처이기도 했던 용바우조차 바다에서 잃자 그녀는 모든 삶의 희망을 잃게 된다. 복술이는 인실이 어머니로부터 복술의 아버지도 바다에 나갔다가 사고를 당하고 복술의 어머니는 날마다 나왕봉에 올랐다가 어느 날 밤에 갑자기 없어졌는데 물에 빠져 죽었다는 사람도 있고 육지에서 본 사람도 있다는 이야기를 전해듣는다.

이때 건착선의 곱슬머리는 쌀과 고무신 등으로 복술이를 유혹하고 뭍으로 나가자고 제의한다. 이에 복술이도 그와 함께 뭍으로 나가 살 것을 결심하지만 결국은 떠나지 못하고 주저앉게 된다. 뭍으로 나가려고 했던 것은 죽은 줄로 알았던 그녀의 어머니가 뭍에 살고 있을지도 모른다는 생각이 들어서기 때문이며 그래서 뭍으로 시집을 가야겠다는 결심도 하게 된다. 더욱이 인실이 어머니가 해산을 하다가 어린 아이가 걸린대로 죽었다는 소문을 듣고서는 '의사가 있는 육지에 나가 살아야지' 하고 흑산도를 떠날 결심을 굳혔던 것이다.

이러한 '흑산도'는 이들에는 절대적인 생활의 터전이기도 하고, 남자들에게는 싸워서 이기지 못하면 살아서 돌아갈 수 없는 죽음의 공간을 의미하기도 하고 여자들은 이런 바다를 떠나서 뭍으로 가기를 간절하게 원한다. 뭍으로 나가면 더 이상의 가난과 절망, 그리고 죽음에 대한 공포는 없을 것이라 생각하는 것이다. 그러나 조동일은 희망과 동경의 대상인 육지로 나가서 가난을 벗어나고자 하는 욕망은 대단하면서도 곱슬머리와의 약속을 버리고 용바우를 택한 복술이의 행동을 의무감에서라기보다 생활에 강하고 사랑에 강한 섬처녀의 행동양식[12]으로 해석하기도 한다. 이러한 행동양식의 저변에는 해방이전부터 대물림되어온 가난이 전쟁을 치르는 동안 더욱 심하게 피폐해

---

12) 조동일, 앞의 글.

진 섬지역의 가난함에서 벗어나려는 절박함을 적나라하게 드러내주는 것이라 할 수 있다.

> 칡(葛) 뿌리 파기에는 힘이 겨워 송기(松肌)를 벗겼다. 소나무의 곧은 줄기라곤 다 없어지고 앵돌아진 가지밖에 남지 않았다. 한나절이 지나서야 송기는 바구니에 반이나 찼다.
>
> (…중략…)
>
> 오래간만에 다루어 보는 쌀이었다. 복술이는 쌀을 한 움큼 쥐어서는 부서져라 비비고 손바닥을 살그머니 폈다. 오드득 소리나게 마른 쌀이 손가락 사이로 간지럽게 흘러 내려갔다.
>
> ―「흑산도」, 20∼23쪽

위의 내용은 생활의 곤궁함을 이겨내기 위해 복술이는 인실이 어머니와 송기(松肌 : 소나무 어린 가지의 속껍질)벗기러 간 장면이다. 그야말로 초근목피의 생활 근거리로 지내고 있는 모습이다. 그럴 때 곱슬머리 청년은 복술이를 유혹하기 위해 쌀 한 움큼과 신발 한 켤레를 부엌에 놓고 간 것이다. 얼마 만에 보게된 쌀인가 싶은 것이다. '부서져라'고 움켜쥐는 복술이의 행동에서 먹고사는 경제적 삶의 절박함은 다른 그 무엇에서보다도 벗어나고픈 삶의 여정이 아닐 수 없다.

이러한 가난의 문제는 미군부대에서 나오는 쓰레기를 뒤져서 생계를 유지는 사람들의 삶의 모습을 그리고 있는 「진개권」에서 비참한 생활의 모습은 정점을 이루고 있다. '진개(塵芥)'라는 제목이 제시하는 것처럼 모든 것이 쓰레기, 먼지 결국 아무 쓸모가 없는 것을 뜻한다.

차가 머물기 바쁘게 다른 축들도 다람쥐처럼 매달렸다. 미처 차에 오르지 못한 순여 엄마는 쓸어 내리는 쓰레기 속에서 주먹보다 더 큰 귤 한 개를 주워 내자 몸빼 가랑이에 쭉쭉 훑어서 한 입 뚝 떼어 보고는 입 다시는 소리에 얼려 눈을 딱 감으면서 옆에 놓은 보루상자에 집어넣는다. 갈퀴로 쓰레기 속을 뒤지던 개똥이는 라디오 다마를 바지 호주머니에 집어넣고 반이나 남은 치약 튜브를 들고 머뭇거린다. 모두들 눈에 독이 올라 힐끔힐끔 장서방쪽을 곁눈질하면서 쓰레기 속을 노리고 있다.

– 「진개권」, 28쪽

이는 UN군부대에서 나오는 '쓰레기' 마저 서로 가리려고 혈안이 되어 있는 전후의 하층민의 생활상을 드러내주고 있다. 이에는 빅토리아 사장으로 통하는 '장서방'과 빈병 모아 살아가는 '순여엄마'와, '쌍과부댁'이 중심 인물이다. 주위에서 '쌍과부댁'으로 부르게 된 것은 며느리의 남편도 방위군에 끌려가 소식이 두절된 상태로 지내기 때문에 붙어진 것이다. 대체로 전후에 겪게 되는 여자들의 일반적인 삶의 모습이다. 전쟁터에서 남자들을 다 잃은 것이다. 여기에 나타나는 '꿀꿀이 죽, 고장난 라디오, 나무궤짝' 등은 미군부대에서는 쓰레기로 취급받는 것들이지만 이들에게는 생활을 해결하는 중요한 '물건'이었던 것이다. 그 가운데 고장난 라디오는 그들에게 노다지와 같은 것이었다.

홍, 꿀꿀이 죽 땜에 이에 돼지와 사람이 사춘이 됐어.

개똥이란 놈이 한 발 들여 밀었다.

입에 대어 보지도 않고 부대 취사장에서 남은 대로 나온 꿀꿀이는 깨끗한 드럼통에 받아져서 사람 입으로 들어갔고 나머지는 돼지물로 들어갔기 때문이었다.

(…중략…)

피난처에서 옛집이라고 돌아왔으나 이미 농사철은 거지반 지난 때라, 무슨 대책이라도 세워 주려니 하던 막연한 생각이 꼼짝 못하고 앉아서도 굶어죽게 만들었다.

―「진개권」, 29∼30쪽

'꿀꿀이 죽' 때문에 돼지와 사촌이 되다시피 한 이들에게 더욱더 안타까운 것은 UN군이 철수하는 문제가 생겼다. 미군부대에서 기생하여 살아가던 이들에게는 생활의 터전을 상실한 것이다. 이들은 쓰레기로부터는 자유로워졌지만 자신의 삶의 터전을 잃게 된 것이다. 특히 곰보영감과 장서방은 무기까지 다 싣고 나간다고 투덜대면서 자신들도 쓰레기 취급을 받는 것이 아닌가 하고 생각하게 된다. 그러한 장서방에게는 온 세상이 쓰레기로 보였다. 장터를 비롯한 교회, 정당, 회사, 군대, 학교 등 모조리 쓰레기통으로 여겨진 것이다.

특히 작가는 방위군에 끌려가 남편을 잃고 혼자의 힘으로 시어머니와 유복자인 아이의 생계를 책임지고 있는 쌍과부의 어려운 삶을 안타깝게 제시하고 있다. 이러한 형편에 이르게 된 쌍과부는 장서방의 농담 섞인 애정까지도 받아들이게 되는 지경에 이르게 된다. 이는 전쟁 후에 겪게되는 어려운 현실의 여건 속에서 살아가는 미망인을 비롯한 우리네 여인들이 겪게 되는 슬픈 삶의 또 하나의 모습을 형상화하고 있는 것이다.

전광용은 인간의 자유의 우위성에 표적을 맞추기보다는 오히려 인간사회의 음울하고 불행하고 학대받는 참담한 현실 속으로 빠져있는 인간을 제시하

고 있다. 이러한 시대적 배경 하에 그는 상이군인, 전쟁 후에 생겨나는 전쟁
미망인, 혼혈아 등의 전쟁피해자들이 사회 속에서 적응하지 못하는 파행적
삶의 모습들을 작품에서 보여준다. 이들은 정신적으로 소외되거나 신체의 불
구자로서 세계와 세상을 바라보는 사람들이다.

　작품「영1234」의 주인공은 1224호 트럭 조수직을 맡고 있는 '민현철'이라
는 인물인데, 그는 난리에 아버지를 잃고, 피해를 입은 '절름발이'이며 승합자
조수로 일하면서 생계를 꾸려나간다. 그는 합승단골 손님인 룸바 아주머니에게
애정을 느낀다. 여기에서 전쟁 중에 아버지를 잃은 후에 어머니와 나를 혜순
누나는 미군부대에 다니면서 부양했는데, 룸바 아주머니의 외모생김새와 키가
자기 누이 혜순 누나와 닮았기 때문에 그는 더욱 애정을 느끼기도 한다.

　훨씬 후에 안 일이지만 룸바 아주머니는 결혼 후 얼마 아니되어 남편이 전사
하고 그 뒤 힘에 벅찬 살림살이를 겪다가 마지막에 다다른 곳이 지금 일자리라
는 것이다.
　참으로 우리는 난리에 피해를 입은 비슷한 절름발이이라고 가슴아프게 느껴
졌다.

-「영1234」, 93쪽

전쟁 중에 피해를 입어 절름발이인 현철과 룸바 아주머니는 전란의 상처
로 마음이 얼룩져 있다. 룸바의 아주머니는 결혼 후 얼마 되지 않은 시점 즉
6·25난리에 남편을 잃고 생계유지로 어쩔 수 없는 직업의 세계를 택한 것
이 룸바 생활이다. 밤늦게까지 일하다 바삐 퇴근을 재촉하는 합승버스의 지
나친 급커브로 인해 차창 밖으로 튕겨나간 룸바 아주머니가 시체로 변하는

순간 현철은 또 한번 '마음의 절름발이'을 겪게 된다.

그에게 서울이 지니는 공간적 의미는 생각 밖으로 '야박하고 싸늘한' 곳이었으며, '즐거움보다는 두려움'이 더 앞을 가리는 곳으로 형상화되고 있다. 이는 생활자체의 리듬이 실제 난리와도 같은 살벌함과 생활의 곤궁함이 더 많이 존재했기 때문이다.

나는 전에는 바니, 댄스홀이니 하는 것들을 퍽 추하게 보았다. 그러나 지금의 심경은 훨씬 달라졌다. 이 합승차 조수 노릇보다 더 천하고 고된 일은 없으리라는 생각이 들었기 때문이다. 여기서 벗어나서 제대로 밥 먹을 수만 있다면 아무 데라도 가리라고 결심한 지 이미 오래다.

- 「영1234」, 94쪽

현철은 무슨 일과 어떤 일을 하더라도 '제대로 밥 먹을 수'만 있기를 절실하게 바라고 있다. 룸바 아주머니는 20대의 젊은 여인으로 전쟁 미망인이며 술집 바에서 하루 하루의 생존을 위해서 일한다. 그러는 가운데 자신과 같은 환경에 놓여있는 현철을 동생처럼 따뜻하게 대해주며, 낮에는 학교에 가서 공부도 하고 밤에는 자기 가게에서 일할 수 있도록 주선해주기도 하는 마음이 따뜻한 인물이기도 하다. 현철은 이 시점에서 자신의 누이 혜순을 생각하게 되고, 그 누이는 룸바 아주머니처럼 식구들의 생계를 책임지기 위해 미군부대로 전락하고 있는 것에 대하여 안타까워하는 마음을 갖게 된다.

이처럼 전쟁이 낳은 커다란 피해자는 여성이다. 전쟁을 치른 후에 남편을 잃고, 가족의 생계를 홀로 책임지는 여성들의 모습이 전광용의 작품 곳곳에서 드러나고 있다. 이 작품의 룸바 아주머니나 혜순 누나의 경우도 예외가 아니다. 이들도 전쟁에서 자신을 포기한 채 많은 것을 잃고 오로지 생의 문제인 생활 해결의 문제에 구속되어 있는 것이다.

> 돌아오는 길에 굳데 닫혀진 은행문앞 돌층층대에 어린애를 끼고 앉아 눈을 감고 손을 내저으며 구걸하는 여인의 넋두리를 들으면서도 거의 무감각하다.
> 그것이 다만 자기 마누라나 자식들의 몰골 같기만 하다는 느낌뿐이다.
> 주위가 어두워지고 전등불이 밝아왔다. 오늘 마누라가 첫장사를 펴놓겠다던 구멍가게의 결과가 궁금하다.
>
> — 「벽력」, 74쪽

「벽력」의 '창식'이는 대학교의 수위를 지내다가 전후에 새롭게 나타난 편나누기 시류에 편승되어 학교에서 쫓겨나 네모진 궤짝을 짊어지고 다니면서 종소리를 내면서 광고전단과 삐라를 뿌리는 광고원으로 일한다. 창식의 마누라는 눈만 뜨면 '빽' 타령을 해댄다. 창식이가 학교에서 쫓겨나게 된 것이 빽이 없어 그런 것이라 이해한다. 창식은 일자리를 찾아 복덕방에 출입을 하다가 그도 안되어 동대문 시장에 나가 막일을 나가보지만 그것도 쉽게 해결되지 않는다. 매일같이 이거리 저거리 헤매고 다니지만 어느 누구 하나 일을 해보라고 권하는 이가 없다. 이제는 심지어 버스 승강장 바닥에 던져진 담배꽁초를 주워서 피워야 하는 지경에 이른다.

위의 인용된 작품은 창식이 집에 돌아오는 길에 은행 앞 돌층계 앞에 어린애를 끼고 있는 어느 여인의 모습을 보면서 자신의 아내를 떠올린다. 그러는 가운데 무허가 판잣집에 지내고 있는 지금의 집이 헐린다는 것이다. 집주인이 헐어내고 새집을 짓겠다는 것이다.

　술집을 나와 대머리 영감과 갈라지자 퍼붓는 비를 맞으며 대뜸 자기집 골목으로 뛰어 올라갔다. 집에 들어서기 전에 위선 웃집 축대부터 돌아보았다.

　새로 쌓아 올리기 시작한 돌담은 판자집만을 남겨 놓고 집 양쪽 벽 앞구비에 붙여 쌓아올려 이제 하꼬방은 웃집 뜰 안에 선 것처럼 되고 말았다.

　구멍가게도 다 틀려먹은 꼴이었다. 집에 들어서니 마누라는 도사리고 앉아 남편 오기만 기다리고 있다.

　피천 한 닢 없는 주제에 어데가서 술만 처먹구 고주가 되어 오는거유.

　첫 벼락이 터졌다. 그대로 뺨다구나라도 후려 갈기구 싶으나 훌적거리는 꼴이 측은하기도 하였다. 아우성 소리에 잠자던 어린 것들이 눈을 떴기에 꾹 참았다.

— 「벽력」, 76쪽

　무허가 판잣집에서 쫓겨나지 않기 위해 창식이는 집터를 헐리지 않게 위해서 비를 맞으며 축담을 새로 쌓아올려 보지만 결국은 헐어버리게 되는 지점에 이르러서는 전후의 곤곤한 삶의 전형을 보여주고 있다. 창식에게 있어서 최대의 빽은 '술'이 되어 버린 일상생활의 어려움을 이 작품에서 드러내주고 있는 것이다.

　글쎄, 그놈의 배급이라능 게 몇 달씩 밀리다가 준다는 것이 겨우 그 꼴이 아니요, 입쌀은 뉘만큼 밖에 안되고 보리쌀투성이니 그게 어디 되겠소? 간죠두 벌써 석달이나 밀리구두 꿩 굶어 먹은 소식이 아니요?

　내일 내일 하구 핑계만 해쌓구, 한바탕 맛을 봐야 알지 그 놈의 자슥들이, 흠.

— 「지층」, 44쪽

위의 작품 「지층」에는 고향이 이북인 권노인이 딸 하나를 데리고 이남으로 내려와 거제도에서 여수로, 다시 여수에서 목포로, 다시 고향 사람들이 많다는 철원에서 탄광일을 하다가 임금지불이 늦어 주저앉게 된 모습과 자신의 아버지도 갱도에서 생매장 당하고 자신도 광부의 일을 하고 있는 '칠봉이', 권노인의 딸 '영희'가 하루라도 빨리 탄광을 벗어나고자 조르고 있는 삶의 모습을 제시하고 있다. 이는 현실에 대응하여 생명과의 싸움을 벌이고 있는 모습을 드러낸 것이다.

권노인의 딸 영희는 탄광촌의 현실을 거부하고 새로운 곳으로의 삶을 꿈꾸고 있으면서 이곳에서는 더 이상 살 수 없다는 생각으로 탄광촌을 떠날 생각만 한다. 이에 비해 권노인은 모든 일이 '다 운이요, 운'이라는 운명론에 함몰되어 있다. 칠봉이는 왜정말엽에 아버지의 뒤를 이어 미성년 견습 탄광부로 들어와서 해방과 6·25의 두 고비를 석탄굴 속에서 지내는 이제는 의젓한 청년 광부이다. 불의의 조난으로 아버지를 이 굴속에서 잃고 생계를 위해 자신도 어쩔 수 없이 이 탄광에 몸을 담고 있는 것이다.

칠봉이는 권노인을 보기에도 멋적은 생각이 들었다. 곡괭이질을 하는 권노인을 남겨두고 실어 담은 탄차를 몰고 나갔다.

개 돼지만도 못하게……

영희의 뱉어 버린 마지막 말이 칡덩굴처럼 머릿속에 엉키고 감겨서 풀려지질 않았다. 영희가 그렇게 원한다면 간죠가 나는 대로 함께 이곳을 떠나리라 마음먹었다.

술기운에 숨이 가빠진 권노인은 쉬어가며 천천히 곡괭이질을 하였다. 해춘만 하면 꼭 속초 쪽으로 떠나리라는 속셈을 하면서 고향에 남긴 가족들의 얼굴을 하나하나 더듬어 보는 것이었다.

– 「지층」, 57쪽

영희는 자기 아버지 권노인을 설득해보지만 뜻대로 되지 않자 탄광촌에서 자취를 감추고 만다. 그러는 와중에 칠봉이는 권노인의 끔찍한 죽음을 지켜보게 된다. 자신이 좋아했던 영희가 서울로 달아난 후에도, 자신의 아버지를 잃은 원수 같은 굴 속에서 또다시 권노인의 시신을 수습하면서도 그는 탄광촌을 떠나지 못한다. 떠날 궁리는커녕 다시 굴속으로 들어가 일을 계속하게 된다. 그것은 물론 임금을 조금이 더 많이 받아서 나갈려는 것이다. 이렇듯 전후의 경제적 궁핍한 삶의 모습과 이산가족의 생활, 전쟁이라는 극한 상황에서의 인간관계, 전쟁이 남긴 후유증 등을 다각도로 작가는 드러내주고 있는 것이다. 그런 반면에 권노인이 자신의 딸 영희를 칠봉이에게 주지 않는 것은 고향 사람에게 시집을 보내려는 이산가족이 겪는 귀향의식13)의 한 단면으로도 볼 수 있다.

3. 인간의 본원적 자아 상실

전광용은 전후의 위선과 비리, 그리고 비속성을 노출하는 인간의 부정적 측면을 드러내주고 있다. 전쟁의 참혹한 상황 속에서 인간 본래의 진정한 자기정체성을 상실한 모습들을 리얼하게 제시해주고 있다. 다음 「동혈인간」은 급박한 피난길에 자기 자신만이라도 살아야겠다는 절박한 상황을 한 편의 영

---

13) 김소영, 앞의 책, 89쪽.

화처럼 제시하고 있다. 성희는 남편을 전쟁 중에 잃고 혼자의 힘으로 세 남매를 데리고 피난 가는 도중에 혼수상태에 빠진 아기를 포기할 수밖에 없는 극한적 상황을 제시해주고 있다.

성희는 열이 나는 애기를 업고 걸었다. 악을 쓰며 영수가 길에 주저앉아 못 가겠다 앙탈을 부릴 때면 경순이가 억지로 손목을 끌고 왔다. 그러나 애기가 위독하여지자 한 걸음도 옮기지 못한 것이 벌써 나흘째나 되었다.

마을 안은 텅 비었다. 의원이란 말할 것도 없거니와 제 몸조차 가누지 못하는 병자와 집 지키는 노인 몇 사람이 남아 있을 따름이었다.

(⋯중략⋯)

성희는 애기를 팔에서 방바닥에 내려놓았다. 심장을 들먹이는 품이 숨을 거둘 시간이 촉박했나 싶었다. 난 지 반 연도 못되는 핏덩이에, 어미가 극도로 영양 부족이 되었으니 갓난애기의 꼴이란 말할 나위도 없다. 거기다 45도나 되리라고 짐작이 가는 고열에 줄곧 시달리고 보니 이제는 뼈에 껍질을 붙여 놓은 셈밖에 안 되었다. 살아나지 못할 바에야 이 밤 안으로 아예 끝장이 났으면 싶었다.

(⋯중략⋯)

성희는 방안으로 다시 들어가자 업었던 애기를 방바닥에 내려놓았다. 마지막 순간이 닥치는 듯 손발이 시려 들어오나 숨은 아직 끊어지지 않았다.

성희는 애기 몸뚱이에 포대기를 뒤집어 씌워놓고 실신한 사람처럼 밖으로 뛰어나갔다. 재빨리 영수를 들쳐업고는 경순의 손을 붙잡고 뒷덜미를 치는 듯한 포성 속에 남쪽으로 걷기만 하였다.

― 「동혈인간」, 44, 46쪽

"성희"는 혼수상태에 빠진 갓난 아기를 포대기에 뒤집어 씌어놓고 걸을 수 있는 아이들의 손목만 잡은 채 떠나가고 있다. 이는 전쟁이 가져온 극한적 상황 속에서 인간이 어떻게 대응하느냐의 근원적인 자아문제를 표출해주고 있는 것이다. 인간의 가장 숭고하다고 믿는 인간애의 본능마저도 전쟁이라는 극한상황에서는 별 도리가 없는 것이다. 이것은 아주 절박한 전쟁상황 속에서 도피적이고 비인도적인 행위를 통해 전쟁은 삶과 죽음 혹은 인간성 본래에 대한 본질적인 회의감을 갖게 해준다.

「사수」는 주인공인 '나'가 B라는 인물과 끊임없는 심리적 대결의 갈등을 겪고 있는 과정을 그리고 있다. 주인공은 B와는 학창시절부터 절친하면서도 서로의 경쟁관계에 서있었다. 이들의 대결은 우연하게 시작되었는데 곰이라는 별명을 가진 뚱뚱보 담임 선생님의 수업시간에 허사로 시작되는 '엠'의 소리의 횟수를 세다가 선생님에게 들켜 서로의 뺨을 때리는 벌을 받게되면서 이들의 갈등의 골은 깊어만 가게 된다. 이들의 대립관계는 서로의 끝자리인 죽음에 다다서도 쉽게 해결을 보지 못한다.

B가 오늘 집행되는 수형의 당사자라는 것을 알았을 때 나는 순가 – 그것은 참말 계량할 수 없는 눈 깜짝할 찰나였지만 – 복수의 만족감 같은 회심의 미소를 지을 뻔했던 것이다. B의 얼굴에 겹쳐 경희의 모습이 떠올랐다. 그러나 그것들이 다 어릴 때부터의 벗이던 순진하고 아름다운 정에 얽매인 인간의 모습이 아니라, 언젠가 가족 동반에서 만난 당황하는 표정들이 점점 혐오를 느끼게 하던 그런 모습들인 것이다.

(…중략…)

겨누어 총!

구령에 맞추어 사는 일제히 개머리판을 어깨에 대고 B의 심장에 붙인 붉은 딱지에 총을 겨누었다.

순간 나는 내 정신으로 돌아왔다. 최종에는 내가 이긴 것이라는 승리감 같은 것이 가늠쇠 구멍으로 내다보이는 B의 심장 위에 어린다. 그러나 나는 곧 나의 차디찬 의식을 부정해본다. 어떻게 기적 같은 것이 있어 이 종언의 위기에 선 B를 들고 달아날 수는 없는 것인가…… 방아쇠의 차디찬 감촉이 인지(人指)의 안 배에 싸늘하게 연결된다. 내가 쏘지 않아도 다른 네 사수의 탄환은 분명 저 B의 가슴의 빨간 딱지 표지를 뚫고 심장을 관통할 것이다.

－「사수」, 107, 109쪽

이들은 경희라는 여자를 사이에 놓고 아주 미묘한 경쟁을 벌이는데 주인공과 경희의 관계를 B는 6·25전쟁을 이용하여 자신과의 결혼을 성사시키게 된다. 주인공인 '나'는 경희의 남편이 된 B와 다시 만나게 되면서 경희보다는 B에게 일종의 심한 배신감을 느끼게 된다. 그런 반면에 경희는 주인공 '나'에 대해 이중적인 모습을 보여주고 있다. 전쟁 중에 어쩔 수 없는 환경의 탓으로 돌리면서 남편의 문제보다 자신에 대한 변명으로 일관하는 모습에서 기회주의적인 인간의 단면을 엿볼 수 있는 것이다.

이러한 대결양상에 대해 김현은 '타인은 지옥이다'[14]라는 사르트르의 명제에 맞추어 설명을 하고 있다. 이것은 곧 주인공 '나'와 B는 각각 남북의 대결상황을 상징하는 것으로 이해하고 있다. 그러나 군법재판에 회부된 B가 사형구형을 받게 되고, 주인공인 '나'는 그의 사형집행수로 지명이 되자 심한

---

14) 김현, 앞의 글.

인간적인 애증과 갈등을 겪고 있는 점에서 지나친 이데올로기의 문제로 보는 것이다. 그런 후 B의 죽음을 집행하고서도 누구의 승리인가에 집착하는 '나'는 승자도 패자도 존재하지 않는 인간관계의 미묘한 긴장에서 야기된 무의미한 경쟁을 계속하고 있는 것이다.

나는 자기 자신의 속죄의식 같은 강박관념에 사로잡혀 어떠한 힘든 일에도 자진 선두에 서서 내 육신을 아끼지 않았다. 이것은 어떤 면으로 보면 나 자신에 대한 자기 학대의 시초였는지도 모른다.

(…중략…)

무모한 자학, 이런 것으로 쓰디쓴 추억은 메워질 수 없었다. 그 후 나는 격렬한 전투에서 여러 번 사경을 넘었으나 결국 부상을 입고, 왼쪽 어깨에 파편이 남아 있는 대로 육군병원에 후송되었다.

(…중략…)

나는 체면도 염치도 없이 목놓아 통곡하고 있다. 그것은 영희의 혼을 부르는 울음도 아니요, 영숙이를 안타까워 우는 울음도 아니다. 다만 자기 자신의 주체성 없는 왜소하고도 소극적인 자기 비굴에 대한 나 스스로의 새로운 넋을 부르는 통곡임에 틀림없는 것이다.

－「초혼곡」, 177, 183쪽

이 작품의 주인공인 '나'는 입주식 과외선생 노릇과 입주하고 있는 집의 영희에게 더 관심을 많이 가지고 있으며, 그리고 사회와 가문에 대한 열등감을 가지고 살아가는 인물이다. 그러나 '나'와 '영희'는 자라온 환경이 너무나 다른, '강물 속에서 유유히 헤엄치는 고기 떼'와 '어항 속의 외로운 붕어'인 것이다. 현격한 환경적인 조건의 차이에서 오는 비굴감이 영희를 더 좋아하게 되고, 소극적인 '나'는 심리적 위축을 크게 경험하고 있다.

'나'는 사랑하는 영희에게 자신의 내면을 보여주지 못한 채 자신이 가르친 아들이 입시에 실패하자 아무런 이야기도 못 나누고 그 집을 떠나게 된다. 그러나 우연한 기회에 서로 만나게 자리에서 영희도 사실은 그를 좋아하였으며, 그가 떠난 후 많이 찾았다는 것과 아버지의 권유로 다른 남자와 결혼했다가 정신이상이 되어 죽었다는 사실을 동생 영숙을 통해 전해 듣는다. 작가는 나라는 인물을 통하여 자기비하와 비굴감이 인생에서 얼마나 무서운 것인가를 잘 보여주고 있는 것이다. 목놓아 통곡하는 나의 울음은 자신의 정체성 없는 왜소함과 흘러간 역사에 대한 최후의 호곡(號哭)으로 볼 수 있는 것이다.

인공수정이란 기술면에 있어 무리 없는 성공여부도 난점이려니와 혈연관계에 직결되는 유전문제를 비롯하여, 윤리 및 도의면에 직접적인 파문을 야기시킬 중대문제라 생각되어, 그것이 의학전문잡지에 발표된 것을 처음 보았을 때부터 적지 않은 의아심을 품게 한 난문제의 하나였다.

그것은 마치 자기의 분신 즉 자기와 같은 핏줄기가 모호한 사회적 기형아를 더 만들어내는 것밖에 되지 않는다는 생각이 들기도 하였던 것이다.

(…중략…)

私生兒

이것이 충에게 있어서 이가 갈리도록 저주스러운 이름이었다.

국민학교 입학은 아직 철들기 전이어서 그 자세한 사단은 알 길이 없다. 중학교 입학에서 처음으로 그 쓰라림을 호되게 맛보았다.

아버지가 분명치 않는 아들, 이것은 당시의 소위 일류 중학교에서는 허용되지 않았다. 하는 수없이 겨우 이류학교에 입학했다. 이러한 충이 대학에서 의학을 전공으로 택하는 데는 그럴만한 이유가 있었다.

―「충매화」, 135, 147쪽

「충매화」의 '충'은 유복자로 태어났으며, 육체적 불구인 소아마비를 지니고 있는 산부인과 의사이다. 즉 그는 육체적 불구자이며, 사생아라는 혈연적 불구자이고, 그 열등감으로 인한 정신적 불구자이기도 한 것이다. 그런 그에게 어느 날 인공수태를 해서라도 간절히 임신을 원하는 어느 '여인'이 찾아와 부탁을 한다. 그러나 자신은 인공수정에 대해 별로 좋은 반응을 보이지 않는다. 그러나 여인의 끈질긴 요청과 자신의 학구적 호기심에 의해 인공수정을 시도하게 되고 결국은 실패하게 된다.

이러한 실패 끝에 그는 '생식의 기계화'로 인공수태 하려는 비정한 메커니즘에 항의하기 위해선 여인에게 피동이 아닌 능동으로 정확한 수태를 시켜야 한다고 결심하게 된다. 이는 오히려 주인공의 열등감이 삶에 대해 반항적이고 도전적인 자세로 사랑하지도 않는 여자에게 단지 자신의 씨를 제공해주기 위해서 육체적인 결합을 하게 된다. 이러한 충의 행위는 자기인식에 대한 의지의 회복으로 보여질 수 있다. 신체적 불구와 사생아의 신분으로 사회와의 관계 속에서 늘 수동적일 수밖에 없었던 충은 사회의 '조직 같은 틀'에 반항하여 비윤리적이지만 적극적인 행동주의자로 변신하는 변종의 삶을 보여주고 있다. 산부인과 의사의 시선을 빌려 전후 우리 사회에서 성도덕이 근본적으로 파괴되기 시작하고 동시에 성의 상품화 현상[15]이 뚜렷하게 드러나는 것

---

15) 조남현, 앞의 글.

으로 분석이 가능하다.

충은 사회에 대한 증오, 사람들에 대한 불신, 부모님에 대한 증오로 과거의 삶으로부터 현재의 삶에 이르기까지 매우 불행하다고 느끼고 있다. 어렸을 때 앓았던 소아마비로 인한 육체적 불구에서 오는 열등감이 교실에서나 거리에서의 외톨박이로 만들었고 나중에는 자기의 혈통에 대한 비굴감이 겹쳐 자기 자신에 대한 학대에만 몰두하게 된다. 이러한 충은 이성문제에 있어서도 적대감을 가지고 여성을 대하게 되는데, 자기 발로 매춘부의 소굴로 찾아가 자신의 흥분이나 만족보다는 상대의 흥분과정을 지켜봄으로써 오히려 쾌감과 만족을 느끼는 비정상적인 행동에서 자신의 여성에 대한 적대감, 그리고 여성에 대한 정복욕, 자신의 남성으로서의 건재함 확인 등의 복합적인 심리상태를 드러내주고 있다.

자신의 목적달성에만 관심이 있을 뿐이고, 목적에 도달하기 위한 방법론에서는 앞뒤를 가리지 않는 그녀의 행동을 통하여 작가는 현대인의 인간 본원적 존재에 대한 고민을 무시하는 단면을 제시해 주고 있다.

4. 부조리한 현실의 고발

전쟁이 끝난 후의 사회는 여러 곳에서 제 기능을 제대로 발휘되지 못하고 있다. 더욱이 6·25전쟁을 겪은 우리의 사회현실은 비인간적인 전쟁의 생태를 비롯하여 전쟁 메커니즘 구조적 모순, 전후의 암담한 사회현실, 쓰라린 피난살이, 전쟁이 휩쓸고 간 황량한 폐허 위에서 독버섯처럼 돋아난 갖가지 사회적 혼돈과 무질서, 부정부패 등 직접적이든 간접적이든 전후의 비상식적이고 부조리한 상황들이 곳곳에서 재연되고 있다. 이러한 사회현실의 부조리하다함은 이성이나 양식과 조화가 안 된 상태이거나, 이성적과 명백히 반대되는, 따라서 우스꽝스러운, 어리석은 상황16)으로 이야기 할 수 있는 것이다. 이러한 전후시대에 시대와 환경의 부조화로 인해 외부세계와의 갈등을 심하게 겪는 일인데 작품 「해도초」의 주인공인 기자 '나'는 하층민의 어려운 삶보다는 약소국으로서의 설음과 우리 정부의 사대주의적인 처사를 비판하고 있다.

> 이번 사건이 내 가슴에 던져 준 충격도 크려니와 내가 서울을 떠나던 전날 과도정부 비서실에서 벌어진 기사 취재에 대한 패배감 같은 꺼림칙한 감정이 아직도 내 몸뚱아리 전체를 억누르고 있었기 때문이다.
>
> ―「해도초」, 60쪽

기자인 '나'의 시각으로 바라본 '준구'의 죽음은 참으로 어처구니없는 일이었다. 준구는 발동선 선장이 되는 꿈을 가지고 지내는 청년이다. 그는 해산을 앞둔 아내와 함께 인생의 목표를 가지고 그 목표를 향해 한 단계 한 단계 나아가는 성실한 인물이다. 그리고 그는 아버지의 무능을 나무라면서 섬을 떠나려는 일념으로 이를 깨물고 노동에 전념하다가 물일 나갔다가 미군 비행기의 폭격을 맞고 실신을 하게 된다. 백주 대낮에 독도 근해에 미군은 무차별 비행기 폭격훈련을 감행하였고, 이로 인해 이유도 모른 채 준구와 같은 수많은 생명들이 무참하게 죽어간 것이다. 그렇게도 추종하고 있던 미국의 비행기에 의해 우리의 국토와 우리의 국민은 유린당하면서 부적응한 채로 지

---

16) Arnold P. Hinchliffe, 『부조리 문학』, 황동규 역, 서울대 출판부, 1980, 5쪽.

내고 있는 것이다.

그저 열심히 성실하게 일만 하면서 지내온 준구는 이유도 알지 못하고 죽음에 이르게 된 현실을 나는 안타까워한다. 시대를 잘못 만나 역경에 처한 그는 시대가 빚어낸 희생물이다. 이러한 시대와 환경의 부조화 속에서 나는 고민하고 갈등하는 것이다. 그것은 곧 시대와의 부조화 속에 나타나는 주체의식의 결핍으로 비판하고 있는 것이다.

전쟁을 치르는 과정에서 빚어진 가장 커다란 피해자는 군인일 수가 있다. 그들은 전장 터에서 자신의 생명을 걸고 국가의 안위를 위해서 헌신한다. 그러나 그들에 대한 대우문제가 늘 문제가 되었던 것이다. 「퇴색된 훈장」에서의 '형우'가 그런 인물이다. 형우는 장진호 전투에서 다리를 잃고 의족의 상태로 지내는 인물이다. 형우는 제대를 하여 가정을 꾸려 나가지만 군합동주례사에서 제대후의 생활에 대해서는 일체 걱정하지 말고 꿋꿋하게 살아가 달라는 정부의 사탕발림의 이야기는 공염불로 그치고 마는 현실에 대해 좌절하고 절망하게 된다. 형우는 실제로 회관에 나가서 일자리를 찾아보기도 하고, 이곳저곳에 일 할만한 것들을 찾아 나서보지만 마땅한 일자리가 나지 않는다. 그의 아내인 '은주'는 매일매일 골목을 누비며 콩나물 장수를 하고, 갓난아이는 뜨거운 열병에 걸려도 병원에 한 번 제대로 데리고 갈 수가 없다. 그러한 형우는 차라리 전사당한 것이 훨씬 나은 것이 아닌가 하는 회의감에 빠져들고 있다.

벽에 반쯤 몸을 기대고 자린 다리를 죽 뻗는다. 옆구리와 골반이 잉잉거리게 쑤신다. 이렇게 제 몸 하나 마음대로 가눌 수 없는 바에야 그때 K와 함께 흰눈 속에 파묻혀 전사하는 편이 훨씬 나았으리라는 생각이 지금 또 떠오른다. 그 후

불구자의 볼성 사나운 주제로 목숨이 질기게 살아온 것을 보면 죽음도 하나의
기회인가 싶은 생각이 없지 않았다.

– 「퇴색된 훈장」, 『자유문학』, 1959년 2월호, 26쪽

이렇듯 비감한 생각을 갖게 되는 형우는 사회활동 곳곳에서 열등의식을
겪게 된다. 열병으로 고생하던 갓난 아이는 폐렴으로 죽게되고, 극장에서 양
보해주지 않는 관객들 사이에서 자신의 존재에 대한 비참함을 이루 형언하기
곤란할 정도다. 우리 사회에서 불구자로 지낸다는 것은 죽는 만큼이나 심각
하게 다가왔던 문제인 것이다. 두 사람 사이의 매개역할을 하던 갓난 아기가
죽자 아내와의 사이에도 대화의 단절감이 생기게 되고, 형우는 외출했다가
콩나물공장 친구를 만나 폭음을 하고 사회 모든 이들에게 버림받은 듯한 외
로움에 대하여 빠지게 된다. 그 가운데 은주는 가출을 하고 절망 속에 빠지
게 된 형우는 마을 뒤쪽에 있는 공동묘지 소나무에 스스로 목을 메어 자살을
하게 된다. 축 늘어진 형우의 가슴에서 '퇴색된 훈장'만이 번쩍거리고 있는
것이다. 상황과 현실의 아이러니(irony)한 모습이 아닐 수 없다. 이 또한 전후
시대의 부조화 속에서 드러나는 삶의 한 양상이라 할 수 있다.

아무것도 자신을 뉘우칠 건덕지는 없었다. 그렇다고 앞으로 지향할 아무 지
표도 없었다. 희망도 이상도 포기된 상태, 그것은 삶이 아니라 죽음에 가까운 것
이었다. 또 술을 생각하여 보았다. 그것만이 유일의 마비제요, 순간의 위안이라
생각되었다.

– 「크라운 莊」, 118쪽

「크라운 莊」의 '문호'는 젊었을 때 음악가로서의 천재성이 엿보였던 음악도이기도 하며 시대를 잘못 만나서 속화와 전락의 길을 걸어가는 과정을 세밀하게 제시해주고 있다. 문호는 과거에는 뛰어난 연주 실력 덕분에 악단이나 동료들로부터 촉망받는 연주자였지만 지금은 비어홀 악단의 악장이다. 그는 해방후 좌우익의 사상적인 대립이 격심할 때도 오로지 예술만을 생각하며 생활하였다. 세상의 변화에 흔들리지 않고 순수한 예술인의 자리를 성실하게 지켜낸 셈이다. 그러나 그런 그에게 돌아온 것은 아무 것도 없었으며, 복잡하고 미묘한 세상의 움직임 속에서 그는 자연히 방관자의 위치로 밀려나고 만 것이다.

연주밖에는 아무것도 모르는 문호는 세상에서 밥 벌어먹고 살 수 있는 길도 역시 연주밖에는 없었는데, 자신이 좋아 선택한 길이었던 만큼 후회는 하지 않았다. 그러나 아들 준식이 자신과 같은 길을 걷고자 하는데는 자신의 아버지가 그랬던 것처럼 쉽게 찬성할 수는 없었다. 자신이 걸어온 외롭고 험난한 길을 아들까지 걷게 할 수는 없었던 것이다.

「G・M・C」는 "경구"(아명 : 똥돌)라는 인물과 동료였던 이헌과의 사이에서 전후사회에 팽배한 불신임의 사회상을 극명하게 제시하여 주는 작품이다. 경구는 미군부대 소속의 트럭 운전수로 일하다 서울로 이동하여 서울시청 청소차를 운전하다가 결국 자기 차를 마련하여 생활하게 된다. GMC는 경구가 미군 흑인장교 지프차를 수리해줌으로써 얻게 된 별명인데 서울시청 청소차 사업권 교체기를 맞이하여 서로가 뇌물과 청탁의 방법을 동원하여 사업권을 얻어내기 위해 서로간에 분열된 모습을 적나라하게 드러내준다.

환도 직후의 아쉬운 살림에 경구는 이헌을 위하여 물질적인 도움은 물론, 접대의 자리마다 술상에는 거의 같이 앉았던 것이다.

그 이헌이 지금 이 청소 작업의 이권을 사이에 두고 경구와 최후의 각축을 겨루고 있는 것이다.

그것도 이제는 직장에 사표까지 내고 본격적으로 사업을 하겠노라고 덤벼들고 있다.

경구는 장덩이를 먹여 놓은 뱀에게 발뒤꿈치를 물린 격이라는 생각이 들었다. 기대었던 벽이 무너지는 것만 같은 심정이었다.

(…중략…)

자기로서는 전력을 다한 일이지만 너무도 시시하게 승패가 결정된 것만 같았다.

그래, 이렇게까지 친구를 삶아 먹고도 그 똥장사를 꼭해야 되겠어?

노기를 띤 어조였다.

살자니 별 수 있어? 나도 심부름이야. 실권은 배후의 사람들이 쥐고 있는 거야.

에이, 똥 같은 자식아, 이 놈아 제 쓸개로 살아야지.

경구는 이헌의 가슴팍을 콱 질러 놓고 밖으로 나와 버렸다.

이렇게 될 것이라면 그 소실된 자동차는 보상할 것 없이 그대로 버티었을 것이라는 후회가 거센 분노와 함께 치밀었다.

에에, 똥 같은 자식들. 똥째로 다 먹어라.

내뱉듯이 누구에게라고 할 것 없이 외치고는 경찰서로 뛰어갔다.

— 「G・M・C」, 75, 81쪽

경구의 동료 이헌은 어려울 때마다 도움을 받았던 친구이다. 그런 이헌에게 경구는 고마움의 표시대신 쓰디쓴 배신감을 받게 되는데 두 사람간의 갈등은 서로가 양보할 수 없는 이해관계에서 비롯되고 있다. 두 사람간의 갈등 이면에는 사회 혼란기에 나타나고 있는 부정부패의 전형적인 모습들을 지니고 있다. 사업교체기에 다다른 사업권에 대하여 권력층에 있는 자들이 자기들의 사람을 앞면에 내세워서 사업권을 취득하는 것이다. 그러는 과정에서 서로가 끝나는 줄 모르는 뇌물과 청탁의 방법들이 교묘하게 벌어지고 있다. 결국 경구 역시 자신도 힘닿는 대로 높은 사람들을 찾아다니면서 청탁을 해보지만 더 큰 실세 앞에서 무너지고 좌절하는 인물로 형상화되고 있다.

5. 맺음말

문학의 근본적인 존재의의가 그 시대의 환경과 역사적 사실과 경험의 산물이라는 것을 새삼 강조하지 않더라도 역사적 사건이 문학과 매개자인 작가에게 주는 충격은 거의 절대적이라 할 수 있다.

6·25의 전후작품에서 드러나는 문학사회학적 충격은 작가들의 개인적 차이에도 불구하고도 커다란 동시대적 동질성을 획득하게 되는 것은 바로 전쟁의 역사적 체험이 문학적 상상력에 깊숙이 작용하고 있음을 드러낸 것이다. 그런 가운데 전후소설은 현실의 비리와 부조리한 상황에 대한 비판을 주제로 하는 고발문학의 치열성과 구체성이 또 다른 경향으로 주목된다. 이러한 경우에는 무엇보다 현실의 부조리와 비리에 대한 강렬한 비판정신이 주축을 이루고 있다. 물론, 그러한 정신적 지향이 외부적 현실에서 자기내면으로 방향을 바꾸게 될 경우 상황성에 대응하는 자의식이 두드러지게 드러나기도

한다.

　1950년대의 우리 사회현실은 6·25전쟁의 폐허 속에서 미국의 경제원조에 힘입어 겨우 생활이 유지되기는 했지만 그래도 당대의 역사 속을 거쳐 나오는 사람들에게 해방이전부터 누적되어 후대에까지 이어진 삶의 가난의 문제가 지속되고, 보편화의 과정을 겪고 있었다. 그야말로 너나 구분 없는 무주의 공허한 상태가 계속 이어진 것이다. 게다가 대부분의 생산시설이 잿더미되고 폐허화된 산업의 활동은 기대할 수도 없을 뿐더러 일자리 마저 얻지 못한 뿌리뽑힌 월남난민, 고아, 미망인, 도시빈민들의 삶의 연속된 모습이었다. 이들의 하루 하루의 삶 자체가 고통이었으며, 미래에 대한 전망 또한 보이지 않는 절망 그 자체뿐이었다. 이러한 문제 속에서 그 동안의 논의를 정리하면 다음과 같다.

　첫째, 전후사회가 필연적으로 드러나거나 그 이전부터 켜켜이 누대로 대물림된 가난과 궁핍성이 전란을 거치면서 더욱 악화된 삶의 모습을 다루고 있는 것으로 볼 수 있는 「흑산도」의 '복술이', 매일매일 쓰레기통을 뒤지면서 지내나가는 「진개권」의 '장서방'과 '쌍과부'의 모습에서, 일찍이 고아 아닌 고아가 되어 도회지로 몰려나와 트럭의 조수노릇을 하면서 생활하는 「영1234」에서의 '민현철'과 '룸바 아줌마'의 삶, 전후사회에 독버섯처럼 고개를 내민 기회주의 속성이 팽배하는 과정에 적용하지 못하고 하루 하루를 어렵게 버티고 지내는 「벽력」의 '창식'을 통하여, 일제시대를 통과하고 해방을 거쳐서 까지 석탄굴에서 지내는 「지층」의 '칠봉'을 통하여 전후의 부정적이고 전망부재의 모습을 작가는 형상화하여 당대의 현실을 증언해주고 있다.

　둘째, 자아의 내부세계 갈등으로 사회와 가문에 대한 열등감으로 닫힌 자아상을 보여주는 「초혼곡」의 '나'를 비롯한 '영희'가 겪은 일들, 전쟁의 극한 상황이라고는 하지만 갓난 아기를 버리고 멀리 피난을 떠나야하는 「냉혈인 간」의 성희엄마, 자신이 육체적 불구와 사생아라는 현실적인 문제로 자아 내면의 깊숙한 곳에까지 상처를 지니고 살아가는 「충매화」의 의사인 '충'과 인공적인 수태를 통해서라도 임신을 원하는 여인, 이들은 모두 자아의 열등감으로 자아정체성에 대한 짙은 회의감을 지닌 채로 살아가는 모습을 드러내주고 있다.

셋째, 시대와 환경의 부조화로 인해 외부세계와의 갈등을 심하게 겪고 있는 「해도초」의 기자인 '나'와 미군의 비행기 폭격으로 죽는 '준구'의 모습에서, 전문예술인이 되기를 원하나 우연찮은 기회에 종군악사의 길을 걷고 그로 인해 학창시절의 꿈을 이루지 못하고 지내는 「크라운 莊」의 '문호'의 삶 속에서, 미군부대의 트럭 조수로 일하다 청소차 이권사업권을 가운데 놓고 벌어지는 당대의 부조리한 모습을 「GMC」의 '경구'와 '이헌' 등이 잘 드러내주고 있다. 이는 작가 역시 전후의 다른 작가들과 마찬가지로 전후의 민족적 비극을 어떻게 수용하느냐에 대한 관심과 열정을 보이기도 하면서 전쟁에 의해 빚어진 가혹성과 부당성 등을 고발하고 있는 것이다.

전후신세대 작가들의 공통 관심사에서 크게 벗어나지는 못하고 있는 전광용 역시 공산주의 침략에 의한 삶의 처절함, 전투와 살육, 굶주림과 폐허, 절망 등을 그려낸 일방적인 피해의식의 문학이 대부분이다. 이렇게 된 데에는 작가의 현실인식이 외부세계와 아무런 관련을 맺지 못하고, 오로지 작가의 내면 속에서 주관화되고 이상화로 흘러버린 탓이기도 하다. 이는 작가가 지닌 정신적 외상(Trauma)과 상처가 현실의 구체적 기반 없이 추상화되고 있음을 보여주는 것이라 볼 수 있다.

그러한 가운데서도 작가는 전후 현실 속에 비대하게 팽창해 가는 가난과 자아의 상실, 부조화와 비합리의 거대한 소용돌이 속에서 인간은 언제나 초라하고 피해자일 수밖에 없는 현실을 묘사하고 있다. 이처럼 그는 역사와 사회가 만들어낸 여러 인물들의 끝없는 갈등과 좌절, 그리고 극복의 삶을 통해 사회의 구조적 모순과 당시의 현실이 내포하고 있는 여러 자기 문제점을 드러내고 고발하면서 그것에 대한 반성과 재인식의 필요성을 제기하고 있다. 또한 이러한 역사적 시대상황 속에서 야기된 전쟁에 의한 전통과 인간성 상실, 윤리와 도덕성 상실을 역사나 사회적 전체가 아닌 개인들의 비극적 삶을 통해서 전달하고 있다. 작가는 이들의 비극적 삶을 통해 사회적 모순과 대립과 인간의 무력함을 적나라하게 보여주려 했던 것이다.

문학과 역사, 현실적 대응의식 : 최태응

1. 머리말

최태응(1916~1998)은 황해도 은율(殷栗)에서 출생하여, 휘문고보를 거쳐 1941년 니혼대학(日本大學) 문과를 수료하고 일제강점기 말기에는 고향에서 교편을 잡았으며 8·15해방후에는 월남하여『만주일보』,『민중일보』,『부인신보』등의 신문기자를 지내기도 하였다. 그리고 해방후 그는 좌일 계열에 대항하기 위해 김동리, 유치환, 곽종원, 조지훈, 조연현 등과『조선청년문학가협회』를 결성하여 활동하기도 하였다. 그는 1939~1940년『문장』지에「바보 용칠이」,「봄」,「항구」의 3편을 추천 받아 작가활동을 시작한 이후 총 96편[1]의 작품을 남겼다. 그는 일제 강점기에 등단한 당시에는 신세대 작가로

---

1) 권영민 교수가 편한 자료집(『최태응소설전집』전3권, 태학사, 1995년)에 의하면 등단시기인 1930년대 후반에 2편, 1940년대에 29편, 1950년대에 41편, 1960년대에 12편, 1970년대 이후 11편을 발표하였으며, 작품집으로는 5권의 소설집이 있다.

평가받았으나 실질적인 문단활동은 1950년대에 많이 하였으며, 실제 종군경험이 있는 작가이기도 하다.[2] 그는 일제식민지하의 문학배경을 뒷받침으로 하여 소설을 시작한 작가이지만 우리 민족의 전쟁이었던 6·25를 거치면서 문학과 현실과의 조응관계를 깊게 천착하기도 하였다.

우리에게 1950년의 6·25는 각별한 의미로 와 닿는 것은 지금도 전쟁후유증의 하나라 볼 수 있는 이산가족의 문제와 남북 이데올로기의 자장권내에서 자유롭지 못할뿐더러, 해방이후 다양하게 펼쳐진 삶의 원형질을 제공해주고 있는 유사 이래의 가장 큰 사변이기 때문이다. 그것은 그 동안의 숱한 전쟁이 이민족간의 싸움이었던 것에 비해 같은 민족끼리 총부리를 마주 겨눴던 것으로 지금까지 가장 고통스럽고 비극적인 일로 작용하고 있는 것이다. 전쟁으로 인한 파괴성의 위력은 국토의 폐허나 물질적이고 경제적인 손실보다는 사회전체 구성원의 정신적 황폐화를 초래한다는 점에서 치명적이고 동족간에 서로 극단적인 증오의 감정을 고착화시키고 있다.

최태응에 관한 그 동안의 논의를 보면 매우 미약한 편이다. 대표적 논의로써는 신영덕의 종군작가연구[3]에서 전쟁체험의 소설화에 대한 것과 박신헌의 논문[4]에서 작품 「자매」에 대하여 전쟁 후에 파괴된 성적 도덕적 타락의 양상에 비추어 살펴보고 있다. 조남현은 최태응에 대해 월남 문인으로서의

---

2) 실제로 그는 육군종군작가단(1951.5)에서 최상석을 단장으로 하여 김팔봉, 박영준, 정비석, 박인환, 김이석 등과 활동하였으며 기관지 『戰線文學』(1952)을 간행하였다. 그리고 군가 작사라든가, 강연회, 문인연극, 종군기 등으로 활약하였다. 그의 종군기록물을 살펴보면 다음과 같다.
「평양인상기」(1950.12, 『문예』), 「전쟁과 문학」(1952.1, 『신조』), 「동부전선기행」(1953.3, 『전선문학』), 「염상섭씨에게」(1953.3.11, ≪연합신문≫), 「돌아오라 상허」(1953.5.25, ≪연합신문≫), 「友情昔今」(1953.6, 『문예』), 「누구를 위하여-민족, 자유, 예술, 국토」(1953.6.17, 『연합신문』)
3) 신영덕, 『종군작가연구』, 국학자료원, 1998.
4) 박신헌, 『한국전쟁소설의 현실인식』, 형설출판사, 1993.

체험과 고통을 활용하여 남북의 실상을 비판적 각도에서 제시하는 데로 나아 갔으며, 그리고 좌파 이데올로기와 공산주의자들의 형태에 대한 부정적 인식 을 분명하게 드러냄으로써 반공문학의 기반을 닦아놓았다고 평가[5]하고 있다. 이렇듯 대부분의 선행검토에서 나타나는 한계는 단편작품 1, 2작품을 중심으 로 다루다보니 작가의 전반적인 특성이나 문학적 가치를 밝혀내는데 어려움 을 나타내고 있다.

많은 양의 작품과 시대적 경험을 작품 속에 그대로 반영해놓고 있는 그 에 대한 논의가 미약한 것은 작품 속에서는 치열하게 온몸으로 살아왔던 조 국을 그가 1979년 말에 미국으로 건너간 이후에는 뚜렷한 작품을 발표하지 않은 현실적 도피적인 안이함에서 그 원인을 찾을 수 있다. 그의 작품경향을 크게 3단계로 나누어 볼 수 있는데, 첫째 시기는 등단 초기 단계로 일제식민 지속에서 지내는 평범한 삶의 모습을 드러내준 것들이며, 둘째는 해방이후에 서 1950년대 말까지로서 전쟁을 경험한 시대적 인식을 형상화 한 것, 셋째는 60년대 이후로 시대적으로 민감한 3·15와 4·19 이후의 사회부조리상과 그 렇더라도 6·25 전쟁의 여진의 자장권내에서 현재적 삶의 원인을 되묻는 시 대 비판적 작품을 창작한 것으로 나누어 볼 수 있다.

이에 본고는 여느 작가보다도 시대적 양상과 작가의식이 뚜렷한 초기작 품을 대상으로 그가 드러낸 작가적 특성을 시대적 변화추이 과정을 따라 밝 혀보고자 한다. 특히 그는 전쟁의 참혹한 상황을 몸소 경험하였으며 전쟁의 체험을 토대로 전쟁의 폭력성[6]과 시대적 현실의 삶의 문제를 어느 작가들보

---

5) 조남현, 『한국현대문학사상논구』, 서울대 출판부, 1999, 331쪽.
6) 폭력이란 인간주체가 자신의 특정의도를 성취하기 위해 타자에게 강제적으로 가하는 유무 형의 물리력이다. 전쟁, 살인, 강간, 성희롱 등의 폭력은 다양한 형태로 등장한다.
   최강민, 「한국전후소설의 폭력성 연구」, 중앙대 박사학위, 13쪽 재인용.

다도 리얼하게 드러내주고 접근하려는 의지를 지니고 있다. 또한 그는 1950년대의 전후 소설이 갖는 일반적인 특징이라 할 수 있는 전쟁의 참화를 고발하고 부조리한 상황 속에서 인간성 상실의 폭로와 인간성 옹호에 주로 관심을 기울이거나, 전쟁에 의한 인간적 존재 기반의 와해라는 극한 상황을 제시함으로써 인간성 상실에 따른 허무감, 절망감, 상실감의 세계를 잘 드러내주고 있다. 그리하여 그는 전쟁상황의 인간체험을 많은 소설적 인물을 통하여 형상화하였으며 전후의 불안한 정신상황을 작가 특유의 리얼리즘 정신으로 해석하고 비판하여 '전후문학작가'라 할 수 있는 독특한 문학영역을 일구어낸 작가이기도 하다.

2. 해방전후의 사회구조와 현실주의

1) 해방전의 사회구조적인 가난

대부분의 일제식민지하의 다른 작가들도 당시의 시대적으로 팽배해 있던 가난의 문제에서 벗어날 수는 없었다. 최태응이 활동을 시작한 1939년은 일제의 탄압이 극에 달했던 시기이기도 하고 문화적으로 유화적인 정책을 폈던 시기이기도 하다.

그는 작품 속에서 처음부터 끈질기게 문제적 인식을 가지고 현실인식에 깊게 파고드는 것은 가난문제이다. 추천 등단작 「바보 용칠이」에서도 작가는 가난한 삶에서 오는 인간의 삶의 조건이 가혹하리 만치 불평등하게 결정지어지는 모습을 드러내고 있다. 용칠의 아내 필녀가 남의 목화밭에서 목화도둑질을 하고 있는 것을 심술이 고약하기로 소문난 숙근이에게 그 장면을 들키게 되는데서 문제의 발단을 시작되고 있다.

> 그는(=숙근 : 필자) 우지작 하고 손에 닿는 한 움큼 풀을 뜯어서 대강 꽁무니를 문질러 버리고 정신이 있는대로 목화밭에 팔린다. 보니 사람(게다가 여자인 듯) 한데 한 군데서만 움직이고 있다.
>
> (목화 도둑년이구나!)
>
> 순간 숙근이는 한 번 어깨를 춤추듯 하고 침을 꿀꺽 삼켰다.
>
> － Ⅰ, 22쪽[7]

숙근은 목화도둑을 빌미로 필녀의 몸을 계속해서 요구하고 겁탈하게 되는데, 남편 용칠이는 그 문제를 안 뒤에는 돈으로 해결하려고 하고 그 마을을 떠날 준비를 서둘러 한다. 그러는 가운데 용칠이는 자기 주인집에도 떠난다는 이야기를 하지 않는다. 단지 이곳을 떠나버리면 용칠이는 이제 '바보'라는 소리를 듣지 않게 될 것이라는 문제에만 집착을 하게 된다. 그러는 이면에는 헤어지려고 했던 필녀와의 관계가 내외지간으로 다시 화합하려는 장을 마련한다는 본질이 전도된 의미를 제시하고 있다. 「바보 용칠이」는 간접적인 표현방법으로 가난으로 인해 인간의 근원적이고 사회적인 가정 문제가 어떻게 파괴되는가를 나타낸 작품인 것이다. 가난으로 인한 인륜의 파괴보다 자신에 대한 남의 시선을 더욱 중요하게 생각하는 바보 '용칠'이는 당시의 흔한 가난의 문제를 통해서 일제 말엽의 궁핍한 시대적 사회상을 시현하고 있는

---

7) 작품은 권영민이 1996년 발행한 최태응의 전집(전3권)을 기본텍스트로 한다. 인용표시는 앞의 로마자 표기는 전집번호이며, 뒤의 숫자는 해당 쪽수를 표시하기로 한다.)

것이다.

이러한 인물의 대응 양상은 「봄」에서도 나타나고 있다. 작품의 외형적 구조는 사님이와 얌전이 간의 사랑 문제를 다루는 듯하지만 실제 내용의 이면에 흐르는 요점은 해방전에 겪게 된 우리의 가난이 인간의 삶을 원형적으로 뒤바꿔 놓는 사회구조의 모순을 드러내주고 있다.

사님이는 그보다도 지금까지 얌전이를 두들기까지 하며 잡아끌던 여인에게 향해서 싸울 듯이 물었다.

"당신은 웬 사람이꺄?"

"첨에 일백 이십원에 샀디오"

− 일천 이백 냥 −

사님이는 얼뜬 회계를 보고

"그래 일천 이백 냥을 내란 말이군"

"어데 그건 본전이디요. 그새 옹군 이 년 동안에 빚이 얼마라구."

여인의 말이 그치자 얌전이가 벌떡 일어나며,

"이때 동안 죽두룩 부려 먹구 벌어 먹구 무슨 빚이 있대요"

"요런 앙큐시륜 년, 네 손으루 쓴 돈을 몰라? 요 앙실방실……"

"여보"

다 귀찮다는 듯이 사님이가

"그 빚이니 뭐이니 다 얼마이꺄?"

− Ⅰ, 47쪽

열심히 일하는 사님이와 돈에 팔려 가는 얌전이, 이러는 가운데 얌전이를 구하려는 사님이의 눈물나는 투쟁모습은 당시의 가난문제가 인간의 삶을 얼마나 비참한 모습으로 파괴하고 있는가를 궁핍한 시대 1920년대의 소설이나 당시의 작가들 못지 않게 제시하고 있는 것이다.

단순한 개인의 연정문제가 사회환경의 모순관계로 승화하지 못한 채 가난의 문제와 사회의 모순된 착취구조는 인간의 본성을 훼손시키고 있다. 많은 여성들을 사창가나 성을 생활의 매개수단으로 내몰리고 있는 시대적 악순환의 구조이기도 하다.

「항구」에서는 신식문물이 수입되면서 겪게되는 사회의 변환기에 하층민의 애환을 리얼하게 드러내주고 있다. 이러한 전환기의 어려움과 사회구조의 탈각현상을 곽서방의 지겟꾼 짐꾼 생활과 장손이의 부차적 인물의 대응을 통해서 나타나고 있는 것이다. 곽서방의 아내 막득이는 갈보짓을 하면서 무능력한 남편을 의식적으로 무시하고 짓밟는 윤리적·도덕적 붕괴양상을 나타내주고 있다. 막득이의 이러한 타락현상은 개인적이라기보다는 당시 사회구조의 변화나 개인의식의 부적응에서 오는 인간적인 삶의 모순점을 제시하는 것이다.

> 곽서방의 입에서 지금은 그대로 <갈보>다, <나까이>다 못해 <잡화냥년>이요, <천벌이 내릴 년>이다.
>
> 오늘의 곽서방은 꼭 그 아내 만득이를 저주하기 위해 살아 있는 인간이요, 생명이라 한다.
>
> — Ⅰ, 57쪽

위 내용은 '젖통을 내놓고 퀴퀴한 악취가 풍겨나는 것 같은 속곳, 그것마저 말통을 글러치우고 피둥피둥한 아랫 배때기를 보였다 감취었다' 하면서 화투를 치면서 지내는 곽서방의 아내에 대한 자신의 자책인 것이다. 이는 1920년대 일제하의 초기단계에 드러나는 최서해류의 가난문제와는 또 다른 문제로서 성적 타락의 문제와 이와 더불어 식민지 말기의 지점에 겪게되는 사회적 모순의 충돌은 더 크게 와 닿는 것이다. 항구에서 짐꾼 생활을 해서 먹고 사는 곽서방은 늙은 탓에 힘도 부치거니와 노동조합이라는 것이 생겨서 '산더미'같은 짐들이 부둣가에 쏟아져도 아무런 입맛이 당기지도 않고 신이 날 것도 없다. 더욱이 자신의 지게를 장손이에게 대물림하는데서 그 어려움의 깊이는 더해간다고 볼 수 있는 것이다.

「산사람들」의 만수는 가난을 피하여 서울로 도망을 가지만 더욱더 생활의 많은 어려움을 겪고 있는 모습을 형상화하고 있다. 만수는 고향에 있는 원님이에게 서울을 꼭 다녀가라는 편지를 두어 차례 보내게 된다. 이에 원님이는 서울로 출발하게 되고 서울에서는 편지주소대로 물어 물어 찾아가게 된다. 그러나 만나는 순간 원님이는 만수의 뺨을 내려친다.

"반내미새끼"

불현 듯 원님이는 날쌔게 달려가서 만수의 두볼을 별불이 퉁겨라-고 때렸다. 그러면서 중얼거렸다.

"기껏 서울까지 와서 거지란 말인가?"

(…중략…)

"짚세기 한 켤레에 열두 냥이나 하는 세월에, 돌아댕기면서 거렁뱅이질이란 말인가? 염체가 낫자루만두 못한 새끼."

남루를 걸치고 콧구멍이 굴뚝처럼 되어 고재가 퉁겨나는 것 같은 헌털뱅이 모자를 쓰고, 쇠갈쿠리를 들고 참대자루를 둘러멘 만수의 체신은, 그 자신이 각해도 밤골 산촌에 그런 더럽고 추한 몰골이라고는 없었다.

- Ⅰ, 175쪽

산에서 지낼 때보다 잘 살아 보겠다고 친구 용순이와 함께 서울로 갔지만 서울에서 생활이 말로서는 이루 표현할 수 없을 정도로 살아가고 있었던 것이다. 더군다나 원님이가 더 좋아하는 용순이는 영양부족으로 병원생활을 하는데 병원에 있는 동안 장마가 져서 다리 밑의 만수의 움막 생활근거지가 다 씻겨내려 가버린 것이다. 결국 이들 세 사람은 다시 산으로 되돌아오는 아픔을 겪고 있는 것이다. 이때의 고향으로의 회귀는 현실의 생활에 패배한 사람들의 전형적인 모습이기도 하다. 일제 강점기에 너도나도 떠났던 고향을 다시 되찾는 모습이란 것이 이렇게 처참하게 현실과의 패배 속에 이어진 것이다. 이러한 패배는 이 시대의 보편적인 아픔의 전형이라 할 수 있다. 「바보 용칠이」에서도 용칠이가 바깥 세상으로 도망가듯 떠나가지만 그 끝의 결과는 미루어 생각하지 않아도 뻔히 보이는 시대적 아픔의 연속이 계속된 것이라 보여진다.

2) 해방직후의 현실주의 성격과 이데올로기 혼란

민족해방이 된 후에도 최태웅은 인간의 근본적인 삶의 기본조건인 가난 문제에 대한 시선을 놓지 않는다. 자연적이고 생래적인 가난이긴 하지만 인간 삶의 균형을 가장 크게 파괴시킨다는 점에서 '가난'문제는 인류사의 끊임없는 문제이기도 하다.

「고향바람」에서는 해방 이후의 우리 민족이 가난하게 살아가는 삶을 뜨내기 장사를 하는 방울이를 통하여 거울처럼 드러내고 있다. 방울이는 자기 아내와 가난 때문에 헤어져 지낸다. 이러한 가난은 생래적인 가난과는 다른 문제의 성격을 지니고 있다. 그것은 방울이 친구 몽석이가 서울에 도망와서 방울이 집에 같이 기거하면서 생긴 일인데 방울이나 물건값 수금할 집(가게)들이 모두 종적을 감춰버리는 바람에 몽석이의 대부분의 채무관계가 방울이의 몫으로 남게 된 것이다. 어렵게 지내는 어느 날 몽석이가 서울에 나타나 지난날의 잘못과 어려웠던 점을 사과하고 같이 고향으로 가서 지내자는 제의를 방울이게 한다.

> 몽석이―보다도 신용 있는 그의 아내―의 말과 같이 그들의 시골을 가기만 하면 우선 들어서 발뻗고 누울 수 있는 집이 있고 남의 땅을 주무르더라도 먹고 입고 살아 나가기에는 아무런 걱정이 없다니 서울서 이 고생을 하느니보다 나을게 아니냐?
>
> ― Ⅰ, 303쪽

이 작품은 어떠한 어려움 속에서도 꿋꿋하게 지켜져야 할 인간성 회복의 휴머니즘을 드러내고 있다. 해방후의 복잡하고 혼란한 사회의 틈바구니 속에서 직면하고 있는 어려움 속에서 삶의 방향을 방울이는 몸으로 드러내주고 있다. 이러한 고향으로의 되돌아감은 일제식민지 기간 내내 수탈에 시달렸던 우리 민족의 근본성을 제시한 것이기도 하다. 그러면서 이 작품은 해방 직후의 소설에서 식민지 체험에 대한 작가들의 비판적 정리 못지 않게 중요한 과제로 취급되고 있는 것은 해방공간의 현실에 대한 소설적 형상화 작업인 것이다. 한편 해방의 의미가 잃어버린 조국을 되찾았다는 역사적 사실로 규정되고 있듯이, 잃어버린 고향으로서의 귀환장정이 소설의 장면 속으로 자주 등장하고 있다라는 지적8)에서 볼 수 있듯이 이들의 귀환은 황폐화된 고향에서의 새로운 재건을 도모할 수 있는 계기가 마련된 것이다.

「스핑크스의 미소」에는 이야기의 중심화자인 소년이 K방직회사에 다니는 여공, 경숙이 현실에서 겪고 있는 과정에 대해서 관찰하고 탐사하고 있는 이야기이다. 여공인 경숙은 몸이 좋지 않아 기숙사에서 몇 일째 일도 나가지 못한 채 누워지낸다. 회사측에서는 병원에 연락하여 의사를 불러줘 검사를 받게 해주는 배려를 아끼지 않는다. 그러나 불려온 의사는 의사로서의 직분과 숭고한 양심보다도 권력과 물질 앞에서 주저앉는 모습을 드러내 보이고 있다. 더욱이 돈이 없으면 죽겠다는 어찌할 수 없는 이야기를 경숙에게 하곤 한다. 몇 일째 심하게 앓던 경숙은 기숙사를 몰래 빠져나와 개인병원에를 가보지만 병원비가 없어서 쫓겨나고 소년이 있는 병원으로 오게된다. 그것도 그녀가 길가에 쓰러져 있는 것을 순찰 지나던 순경이 데려다 무료로 수술과 치료를 받게 해준 것이다.

> "관비(官費)라지?"
>
> (…중략…)
>
> 흡사 인류를 불쌍히 여기고 모든 것 눌러 용서하는 천사와 같이 경숙은 그 위험 많은 세상을 고이 지탱해온 비밀 같은 몸둥이를 알알이 벗고 배에 감은 붕대와 그 속에 대인 헝겊과 심지어는 수술자리를 꿰어 맨 실밥들 마저 모조리 뜯어낸 채 이래도 가면을 벗고 부끄러운 줄을 모른단 말이냐고 남들에게 묻고 질책하듯 태연히 일어나 앉았다가 인차 방바닥에 쓰러져 엎드러진 것이다.

— Ⅰ, 341쪽

---

8) 권영민, 『한국현대문학사 1945~1990』, 민음사, 1993, 80쪽.

순경의 도움으로 치료를 받고 있는 경숙은 주위 환자들의 야멸 찬 야유를 받게 되고, 병원 측으로부터는 온갖 멸시와 천대의 치료를 받다가 결국엔 병원에서 죽음을 촉진하는 주사를 놓게되는 비정함을 당하게 된다. 소년은 경숙의 죽음을 통해서 해방후 혼란한 시기의 사회의 비정성을 느꼈으며, 세상이란 사회란 정녕 살려는 사람, 살 수 있는 사람에게 살 수 없는 길을 짓궂게 걸리게 하며, 막상 죽어 가는 생명을 또한 고스란히 죽어가지 못하게 하는 것이 아닌가 하고 비판하고 있다.

「슬픔과 고난의 영광」은 전형적인 해방공간에 갈등하는 내면의식을 중심 화자 철은 드러내 보이고 있다. 해방후 우리는 한번도 38선을 생각하지 않았는데 남북분단에 원인적 담론이 오가고, 해방을 맞이한 생활이 더 궁핍하고 게다가 끼니걱정을 매일같이 하면서 지낸다. 그러다 어느 학교의 회계원으로 철은 취직을 하게 되지만 보증인의 문제와 보증인의 재산목록까지 제출하여야 하는 문제에서는 어쩔 수 없이 주저앉게 된다. 더욱이 북에서 내려온 '철'로써는 막막한 현실의 답답함이 가로 놓여 있는 실정이다.

그러나 조건은 거기서 끊이지 않았다.

적어도 수천 명 학생을 집안으로 삼고 있는 학교에 더구나 금전 출납을 맡아 회계원의 보증에는 무엇보다도 재산목록이 첨부되어야 한다는 데는 철은 그만 기가 질리고 아연하지 않을 수 없었다.

양심과 사상과 고결한 인격 같은 것은 그런 경우 그런 세상에서는 한 덩어리의 황금 앞에 존재도 없이 무용하고 무력한 물건이었다.

─ Ⅰ, 378쪽

　　보증인 문제는 간신히 해결을 보았지만 결국 '철'은 이력서를 도로 받아서 학교문을 나서게 된다. 해방후의 사회적 풍토가 '양심과 사상과 고결한 인격'만으로는 살아갈 수 없는 그야말로 황금만능주의의 한 계기를 드러내 보이고 있다. 해방이 되어 자기 삶의 터전이 열렸다고 생각했지만 끊임없는 '가난'의 굴레 속에서 철은 헤어나지 못하는 것이다. 보증문제가 해결되자 취직이 되었다고 눈물이 글썽글썽한 '아내'와 재롱부려대는 '어린 것들'의 모양이 한꺼번에 눈앞에 아찔하게 다가서는 아픔을 겪고 있다. 그러한 '철' 자신은 여름철에 참외를 파먹는 고자리와 같은 무골충이라는 자책을 하게 된다. 민족과 나라의 해방을 위해 싸워온 혁명투사들이 독립된 조국 아래서 벼슬자리에 앉아서 사돈의 팔촌까지 모조리 불러다가 자리에 앉혀 놓고 요공받고, 뇌물 먹고, 사기 협잡 횡령을 하다가 법망에 걸리는 그것을 하나의 '고자리'와 같다라는 것이다. 그야말로 총체적인 부정의 소용돌이 속에서 지내게 되는 것이다.

　　「사탕」에서의 순녀는 해방후 당시의 우리네 삶의 모습을 켜켜이 드러내 보이고 있다. 이 당시는 사회적으로 불한당패들이 부쩍 많아졌으며, 영양부족으로 지내는 사람들이 날로 늘어가는 추세였으며 이 가운데 음식배급에 애착은 모든 사람들이 사력을 다하여 매달리는 형편이다.

　　그저 돈만 있으면 그런 것은 병이 아니라는 영양부족에서 걸려 돌마지를 강냉이죽으로 하고 내리 사흘동안을 돌라내다가 이제는 시래기(욱어지, 끄트머리마저 없어지고 죽 국물조차 목을 축일 수 없는 그렇게 난처하게 된 순녀가 죽을 것은 뻔하지만 그래도 때마침 배급이 된다는 사탕을 한 목을 타 먹여본 뒤에 갈 곳으로 간다면—하여튼 거기에서 더한 생각을 할 틈이 없는 어머니의 아프고 답답한 심정이었다.

— Ⅰ, 207쪽

순녀모는 애절한 모습으로 사탕배급을 받으려고 한다. 그러는 가운데 더욱 삶의 혼란함을 부추기고 해방후의 삶의 실존적이기까지 한 모습을 내보이는 것은 밤마다 무슨 무슨 단체에서나, 무슨 무슨 정당에서 나와 무조건 도장을 찍으라는 운동원들의 북적거림을 통하여 당시의 혼란한 사회의 분위기와 가난한 삶이 맞물려 현실생활에 별로 관심이 없음을 내보이고 있는 것이다. 순녀부는 없는 사람들 위해서 소위 시대의 변명을 등에 업고 투쟁하는 작가들이 더없이 밉게 생각하고 있다. 당시의 모순된 구조는 황소처럼 일하는 사람보다 귓전에 연필이나 끼고 뒷짐지고 "에헴" 하는 사람들이 잘사는 비현실적인 사회 모습을 작가는 적나라하게 나타내주고 있다. 순녀父는 차라리 해방전에는 일한 몫은 챙길 수 있었다며 해방후의 삶이 사는 것이 아니라, "죽어가"는 삶이라 불만을 토로하고 있다. 순녀모는 거적으로 돌돌말은 순녀의 거적 품안에 배급받은 사탕을 끝까지 넣어주기까지 하는데, 이는 해방후의 가난한 삶을 살아가는 서민들의 시대적 한 맺힌 삶을 드러내주고 있다. 해방은 되었다 하지만 여전히 일반 사람들의 살아가는 생활은 오히려 해방전보다 더 악화된 것이다.

「사과」의 윤이라는 인물은 해방이 되자 북에서 남으로 넘어온 인물이다. 윤을 통하여 당시의 분위기나 현실을 느낄 수 있는 대목은 해방이 되자 새로 생겨난 '월경죄(越境罪)'라는 죄목이 그것이다. 서울로 와서 직장을 잡았지만 가족들의 생활비도 안 되는 형편인데 다가 어린 아이들의 영양실조가 늘어나고 많아지는 것에 주인공 인물은 절규한다.

고향에 있는 어머니가 남으로 내려오는 인편에 고향의 사과 몇 상자를 보내지만 배달되는 중간에 사과는 없어지고 만다. 이러한 광경은 당시의 현실성을 그대로 내보이는 장면이다. 그러면서 어머니에게 덕분에 잘 있다는 편지 답을 쓰면서 인간성의 마지막 상실을 굳건하게 지켜내려고 한다. 해방공간의 어려웠던 삶의 단편들은 최태응 작품 곳곳에 산재되어 있는 실정이다.

「북녘 사람들」에서는 M신문사의 편집국에서 근무하고 있는 윤에게 북쪽의 고향사람인 영주가 5년 만에 찾아와 그동안의 저간의 이야기를 나누게 된다. 고향사람인 영주는 지금 북에서는 남으로 넘어간 사람들의 생활이 말을 할 수 없을 정도의 어려움이 많다느니 어쨌느니 하는 소문이 쫙 퍼져있다는 이야기를 전해주기도 한다. 영주는 월남자에 대한 대우문제가 애당초 소문난 것처럼 좋지 못하다는 것과, 해방전의 이즘(-ism)에 매달려 살던 사람의 생활들에 대한 현실적인 문제들을 되짚어 보고 있다.

"그럼요 여기 와보니깐 마치 이북은 아주 철저한 공산천하가 된 듯이 야단인데 그건 어림두 없는 허풍이지 어디"

"그래두 거긴 제법 많은 진행을 보지 않았나 토지개혁을 위시해서"

"아 토지개혁을요? 난 너무 촌에만 있어서 그런진 몰라두 땅 나눠 준다구들 솔깃했든 것두 옛날이예요 글쎄 농사꾼들 말루두 그 좋은 논밭을 맘대루 가진 사람네두 옛날 남의 개강전을 붙혀 먹든 시절이 차라리 그립다는 걸 어떻게요 그리구 실제루 양식이 없는 걸 어떻게요"

- Ⅰ, 232쪽

해방이 된 후의 상대편의 체제에 대한 호기심과 불신이 밑바닥에 깔려있는 증표이기도 하다. 이미 일반사람들의 의식 속에 분단의식의 그늘이 짙게 깔려있는 형태인 것이다. 윤의 형은 사회주의운동에 빠져들어 가산을 탕진

당하고, 일반 백성들은 공산주의 사상에 대한 허상이 매우 큰 편이고, 당시의 사회가 토지개혁을 하였지만 실제로 굶는 사람이 날로 많이 늘어나는 실정을 놓고 윤은 영주와 이데올로기의 빈 껍질을 보고 있는 듯한 실정이라 더욱 안타깝게 생각한다. 또한 이들은 해방이 되기 전에는 해방되기만을 바랬던 것이지만 실제로 해방이 된 후에는 사회의 혼란함이 극에 달한 것을 보고 회의감에 젖기도 한다.

위의 장면에서 보듯이 영주는 특히 공산주의 허상이 대단히 크다고 생각하고 있으며, 토지개혁을 하였지만 굶주리는 사람은 여전히 많다라는 현실적인 상황을 드러내주고 있는 것이다. 차라리 남의 개강전을 부쳐먹는 것이 더 좋겠다는 것이다. 그러면서 해방이 되기 전에는 해방되기만을 기다렸는데 실제 해방이 된 후에는 제각각 혼란된 모습으로 지내고 있는 것을 드러내주고 있다는 것이다.

「집」에의 작가의 자서전인 듯한 인물 R의 행적에서도 그대로 드러나고 있다. 여기저기 이사만 여섯 번을 하게되는 떠돌이의 연속이었다가 38선 이남에 왔다가 다시 북쪽으로 가는 모습에서 당시의 혼란함과 어려움을 읽어낼 수 있다. 「소」에서는 가진 자의 지주계급과 남의 땅 붙여먹고 사는 소작인과의 관계가 최악의 상태에까지 가는 모습을 보여준다. 마을에서 제일 부자로 손꼽히는 백초시네가 김풍헌이 기르는 누렁이 농우소를 빼앗고 싶은 욕심으로 갖가지 방법을 동원하여 착취하는 과정을 보이고 있다. 「매춘부」는 제목에서도 드러나고 있듯이 해방이후 벌어지고 있는 여인들의 삶의 한 방식이기도 하다. 낮에는 병원의 간호원으로 성실하게 일하면서도 밤에는 여관에 기생하여 지내는 것이다. 작가는 이러한 간호원의 실상을 통하여 해방 이후의 혼란한 분위기와 윤리의식의 붕괴과정을 가난을 매개로 하여 곳곳에서 일어나고 있는 상황을 제시하고 있다.

일제 식민지 생활에서 벗어나자마자 혼란스런 사회적 분위기는 이데올로기 부문에서 첨예하게 대립되는 양상을 나타내고 있다. 해방직후의 민족의 독립과 통일·민주·민중국가 건설의 역사적 과업을 수행하기 위한 여러 형태들의 움직임이 다양하게 전개되기도 하였다. 그리고 암울했던 시기에 지하에서 활동했던 정당관계 기관들이 해방을 맞이하면서 곳곳에서 기득권을 쟁취[9]하기 위한 일환으로 우후죽순처럼 나타났던 것이다.

「월경자」에는 평소에 언행이 바른 목사가 해방 3년 만에 서울거리에서 뭇매를 맞는 상황부터 제시된다. 젊은 목사인 '그'는 어학에 남다른 재주가 있었다. 해방전 만주로 떠날 무렵에는 영어로 성경공부를 하였고, 그 후에는 중국어, 소련어도 배웠다. 해방후 서울로 오게된 그는 통역관으로 일을 하게 된다. 북에서 남으로 넘어 오는 도중에 청년단원들에게 붙잡혀 취조를 당하다가 한때 소련말로 통역한 것이 문제가 되어 큰 봉변을 당하기도 하였다. 그러는 와중에 38선 넘어가는 행렬 중에 아는 사람을 만나면 가능한 모르는 척 하면서 넘어왔던 것이다.

그가 만주로 떠나기 전인 옛날 역시 명성을 날린 목사로서 더욱이 사회주의자로서 가진 학대와 압박을 받아온 사람이었다.

"왜놈들이 소위 사회주의자라고 칠 년 팔 년 모닥의 판대기에 굴리더니 이제는 해방이 됐다면서 아라사 아닌 조선 사람들이 나를 또 잡아 가두는구려"

---

9) 해방공간의 문단조직의 변화에서 볼 수 있듯이 이 시기의 이데올로기의 충돌은 여러 단체의 출현을 통하여 드러나고 있다. 좌익 측에서는 『조선문화건설중앙협의회』(1945.8.18)를 우익 측에서는 『조선문학가협회』(1945.9.8)를 결성한다. 이들은 그동안 여러 단체들과의 합종연횡을 거쳐 전자는 『조선문학가동맹』으로, 후자는 『한국문학가협회로』로 발전하게 된다.

머리털이 히끗히끗한 목사는 그의 손목을 잡고 울지도 못했다.

- Ⅰ, 280쪽

감방에 있는 이들은 하나같이 민족주의자요, 사회주의자들이다. 일본놈들은 소위 사회주의자라고 몇 년간이나 괴롭히더니 해방이 되어서는 같은 조선 사람끼리 들볶고 잡아 가두려고 혈안이 곤두세워져 있다. 이러한 사회분위기 속에서 목사인 그는 탑골공원에서 몰매를 맞는 수난을 당했던 것이다.

「강변」의 장가 유가는 경찰서 본서에서 근무하는 사람이다. 두 사람은 호가호위하는 식으로 일본의 권력을 등에 업고 일반 평민들의 탄압을 일삼으면서 지냈던 인물이다. 일제하의 일본이 우리나라의 청년들을 징용으로 끌고 갈 때 값나가는 물건과 소지품들을 강제로 빼앗기도 하였다. 갖가지 방법으로 부정과 나쁜 짓을 일삼던 두 사람은 해방이 되어서 해방전의 이력이 당시의 어린이였던 사람이 순사가 되어 경찰서에 같이 근무하다가 들통이 나버렸다.

신문도 편안한 마음으로 들여다볼 수 없다. 친일파 민족반역자.

얼마나 끔찍끔찍하고 압제를 주는 말들인가. 왜놈들은 그들을 두들겨 다시 부어만들듯 여러 번 말없이 일본을 닮으라고 일본이 되라고 가진 흉계를 다 썼으나 자기네가 망하는 날은 어떻게 하라는 대책은 꿈에도 표시한 적이 없다.

- Ⅰ, 202쪽

장가와 유가는 이곳저곳을 도망을 다녀보지만 어디 한곳에서도 그들을 반갑게 맞이해 주는 곳이 없다. 서로는 달리 다른 방향에서 도망 다니다가 우연찮은 기회에 만나게 되는데 강변에 앉아 지나간 신문을 펼쳐든다. 신문에는 친일파, 민족반역자 등을 처단하고 잡아죽여야 한다는 기사내용들이 그들의 지나간 가슴을 아리게 한다.

3. 전후현실의 폭력성 양상

1) 전쟁와중의 피난민 삶

최태응의 작품세계는 전쟁문학[10]의 주요특징이라 할 수 있는 반전, 휴머니즘을 옹호하는 르포, 다큐멘터리, 귀향, 기타 순수전쟁의 서정문학 등의 세계를 리얼하게 그려내고 있다. 특히 작가는 종군작가로서 활동한 경험이 있기 때문에 작품 곳곳에서 전후시기에 파생되는 문제들을 잘 지적하고 있다. 6·25전쟁 당시 민간인들이 많은 희생을 당하고 자기가 살던 고향을 버리고 전전해야 했던 아픔을 당한 것이 사실이다. 또한, 전쟁이 사회에 미치는 충격 중에서 인구의 급격한 이동으로 인한 사회변화와 혼란상에 주목하는 결국 민간인에게 끼치는 전쟁의 영향이 얼마나 심각한 것인가를 말해주는 것으로 볼 수 있다.[11] 그는 전쟁후(戰爭後)에 드러나는 일반적인 특징이라 할 수 있는 전후의 궁핍한 생활, 내일이 없는 실존적 조건에 내몰린 결핍의 시대적인 상황성과 전통적 가치규범을 비롯한 윤리성의 붕괴 등을 문제삼고 있다. 또한

---

10) 전쟁문학이라 함은 전쟁이라는 현대적 병을 고발하고 진단하는 문학, 전쟁을 소재로 해서 진정한 인간성과 참다운 진실을 부각하는 것이 전쟁문학의 보편적 성격이다. 한국에 있어서 전쟁문학은 6·25이후 최초로 전쟁의 實相을 그대로 반영된 작품의 등장이었다. 한국의 전쟁문학은 서구에서 볼 수 있듯이 1, 2차 대전의 거대한 전쟁의 소용돌이가 이전에는 없었고, 전쟁을 증언할 여건을 갖지 못했기 때문에 인간의 처절한 비인격화에 대한 고발을 할 수 없었다. 6·25를 통해서 민족적 비극의 막이 오르자 비로소 전쟁문학의 효시를 볼 수 있었다.
윤병로, 『윤병로평론선집』 1권, 새미, 2001, 292쪽 재인용.
11) 김경동, 「전쟁사회학 시론」, 『현대사』 창간호, 1980, 20쪽

전쟁은 폭력과 학살을 그 특징으로 갖는데, 한국사회에 이러한 전쟁적 학살적 폭력이 6·25전쟁이래 줄곧 내면화되어 형상화되고 있다.

그중 「전후파」는 그의 논의에서 빠짐없이 거론되었던 작품이기도 하다. 이 작품은 전쟁이 가져다준 영향론적인 당시의 문제점들이 다 드러나고 있다. 그것은 전쟁으로 인해 가치체계가 뒤바뀌는 혼란스러운 삶, 즉 옳고 그름의 가치개념이 붕괴되는 것이다. 옳다고 생각되었던 예전의 것들은 이제 구시대의 유물처럼 볼품 없는 골동으로 전락해버리고 현실의 새로운 옥쇄로 작용하는 것이다. 전쟁은 남자들을 전쟁터로 내몰리게 함으로써 가정이 파괴되고 홀로된 여자들의 성적타락과 도덕윤리의 붕괴를 빠른 속도로 번지게 하는 양상을 그대로 보여주고 있다. 동규와 여옥은 원래는 사제지간이었다. 동규 자신의 '전후파'의 대한 특징에 대해 언급하는 장면을 보기로 한다.

"자꾸 되풀이가 되지만 우리의 발등에 떨어진 불덩어리를 우리는 아직 철저히 짓밟아 꺼버리지 못한 국가 민족이 아니겠오? 생사의 기로에서 전쟁의 한 가운데서 전후를 자처하고 개인적 利害와 사정에 좌우되고 만다면 반드시 그 다음에 올 진짜 전후를 어떻게 맞이하며 무슨 여력으로 그 다음까지 버틸 수 있단 말인가? 난 결코 역의 처지를 무시하거나 여옥의 사정을 평가할 사람이 이니오. 나아가 여옥뿐 아니라 도대체 우리가 속는 줄을 버언히 알면서도 얼마든지 속아 온 사람이며 이리의 생리를 羊의 가죽으로 들러 쓰고 인적 드문 숲 속에서 연약한 짐승들을 못할게 굴며 잡아먹기까지 하는 자들이 누구라는 사실도 역력히 아는 사람들이 아니겠오?"

- Ⅱ, 74쪽

　　이들은 전후파의 본질적 특징은 무엇인가를 고민하고, 삶의 근본적 과제에 대하여 의문을 계속 제기하고 있다. 그러면서 문학의 역할과 해방후의 붕괴된 사회적 질서에 대해 비판을 하고 있다. 그러면서 동규는 친구의 주선으로 다시 일선에 참여하는 현실 참여적 당시의 명제에 충실하게 복무하고 있다.

　　이 작품은 몇 개의 작은 항목으로 나뉘어져 있는데 이것은 원래 신문에 발표되는 작품이라 그때그때 주제별로 묶어낸 것이라 여겨진다. 실질적인 '전후'의 실제 삶의 내용이라 할 수 있는 내용을 제목으로 제시하고 있는데 그 가운데 대표적인 것의 몇 개만 지적해보면 다음과 같다. 「양갈보의 巢窟」, 「양의 껍질을 쓴 이리」, 「우연찮은 一線行」, 「명동의 유혈족」, 「생활의 패배자」, 「전후파의 도시」, 「애국의 山野」 등이다. 이들 소제목의 작품들은 전쟁이라는 극한상황의 경험 속에서 생활의 윤리라든가 생활의 방식들이 급격하게 바뀜으로써 전후사회 전체가 질서로부터 무질서로, 규범적인 삶에서 무규범적인 생활의 패턴으로 변화하여가는 것을 제목 그대로 드러내주고 있다.

　　「개살구」에서는 주인공 인물(장동규)이 난리통에 이리저리 피난으로 떠돌아다니다가 보고 겪었던 경험적 상황들을 묘사하고 있다. 그는 난리통을 피해 안동으로, 대구로 떠돌다가 서울로 되돌아오는 체험을 하고 있다. 되돌아오는 과정에서 만났다 헤어짐을 반복했던 '여인'의 삶을 통하여 전후의 변화된 일상모습을 제시해주고 있는 것이다. 그 여인은 자칭 '개살구'라는 이름을 사용하고 있는데 여인의 이름에서 역사적 상황의 상흔이 베어나고 있으며, 또한 그녀는 미군과 함께 지내는 양갈보 노릇을 하면서 지낸다. 장동규는 안동의 시골여관에서 만난 여인이 서울로 오는 버스에서 또 동석하게 된다. 양공주라는 '개살구'라는 여인은 포천, 춘천인가로 헤어져 북쪽으로 돈벌이를 가서 버는 것도 못되었는데 삼랑진에 있는 어머니가 위독하다는 전보를 받고 가려는 길이란다. 그 여인은 끈질기게 그를 따라 다니다가 헤어졌는데 나중에 미군과 함께 지낸다는 소문을 그는 듣게 되는데서 당시의 살아가는 방식을 짐작을 할 수 있다. 동규는 그 여인의 어머니 병명이 '영양부족'이었다 내용을 나중에야 알게 된다.

「삼인(三人)」에서는 피난길에 오른 세 사람, 즉 김봉구, 인숙, 변장한 어느 선생의 살아가는 방식을 드러내주고 있다. 중심화자인 김봉구는 피난길에 '도장굴'이라는 마을에 닿는다. 그곳 '도장굴'은 전쟁 중에 숨어 지내기에 안성맞춤인 마을이다. 후미진 곳이라 인민군이니 보위부원인 하는 생소한 이름과 수상한 사람들이 출입이 최근에 와서야 가능해진 외진 곳이다. 다음 대목에서 도장굴의 위치를 가름할 수 있다.

> 폭도 좁은 바탕까지 사나운 산길 옆에 협쑤룩한 초가가 대여섯 채 주막도 없는 도장굴 동네는 그렇듯, 어설픈 동구에 서서 유심히 풀밭과 밤나무 숲을 들여다 보아야 짐작이 생기는 보잘 것 없는 촌락이었다.
>
> − Ⅱ, 257쪽

그곳에서는 피난 내려오는 길에 만난 어느 선생님의 변장 모습과 예전에 같은 마을에서 지내다가 피난길에 다시 만나게 된 인숙의 피난하는 과정에 겪고 있는 생활의 단면을 보여주고 있다. 그녀는 9·28때까지 쫓겨나지 않다가 전쟁이 파국으로 치다를 무렵 괴뢰군에 잡혀 주야로 뒤바뀌는 심부름꾼 역할을 하게 된다. 전쟁의 와중에 살아남기 위한 변장술로 교묘하게 지내는 선생님의 모습에서 당시의 현상을 읽어낼 수 있다.

「타인」에서는 전쟁 중에 아기를 버리고 도망가는 어느 어머니의 모습을 나타내주고 있다. 학수는 일선 전쟁에 징용갔다가 1년 만에 돌아오는 것이다. 집에 돌아오는 길에 몹시 아파 울고 있는 '아기'를 병원에 입원시켜 준다. 그 병원에는 어린 아이가 항문이 없는 채로 태어났는데 수술을 병원 측에서 무료로 해주겠다고 제의하지만 애기 엄마인 듯한 젊은 여인은 가타부타 말도없이 퇴원하기를 고수한다. 그러나 그 젊은 여인은 애기를 놓고 어디론가로 도망가버리는 것이다. 이는 관찰자 학수는 일선에 징용갔다가 돌아오는 길에 겪게 된 일들이다. 이와 비슷한 경우가 전광용의 「동혈인간」이라는 작품의 순이와 같은 처지에 놓인 것이다. 피난길에 가족들의 건사를 다하지 못하자 제발로 걸어갈 만한 자식들만 챙겨 남으로 피난을 가고 있는 것이다.

그러나 이 '아기'가 누구의 아기인지 모르는 저간 사정 끝에 학수가 보호하고 있는데 나중에야 자신의 애기였음을 알게 된다. 이미 자신의 집에 도착했을 때 자기의 아내도 어디론가로 가버리고 없고 그 '아기'는 자신의 아기였던 것이다. 제목처럼 남의 일 같지 않은 일이 생긴 것이다. 모든이들이 타인처럼 생경하게 느껴지는 것, 전쟁이 가져다 준 또 하나의 아픔이 아닐 수 없다.

「옛같은 아침」의 윤(潤)은 난리를 피하여 돌고 돌아 다시 서울로 되돌아왔다. 난리통에 박살이 나다시피한 서울의 모습은 끔찍끔찍, 흉흉, 울울, 적적, 비분강개, 불안과 공포, 원한, 보복 등의 폐허화된 전쟁의 끝을 희극화시키면서도 궁극적인 삶의 질문에 고민하기도 한다.

윤은 다만 야만과 미개한 인간들을 상대로 피투성이나 다름이 없이 되어 치열한 투쟁을 일삼아 오면서 혹은 쓰러지고 혹은 참패하고 또 혹은 눈부신 승리

를 거두고 있기도 한 그러한 인물일수록 돌볼 줄 모르는 물심양면의 도모-낭비-
에 대해서 과연 그들의 철천지 원수나 다름이 없는 야만과 미개한 인간들의 천
부적인 도로 – 낭비 – 와 비교할 때 승, 제, 가, 감이 어떻게 되며 산출된 답안이
수지 균형을 놓고 어떻게 남는가-모자라는가-에 대해서 뇌심하고 더욱 사색하지
않을 수 없는 것이다.

– Ⅱ, 335쪽

즉 인간에 대한 본질적인 삶의 질문을 제기하는 것, 전쟁원인에 대한 근
원적인 물음이기도 하다. 이러한 근원적인 물음은 우선 가치체계의 혼란을
들 수 있고, 그 중에서도 가장 무서운 것이 삶과 생명에 대한 절망과 가치의
상실이다. 전투 현장에서 사람들의 죽음을 직접 경험한 사람들은 물론이고
피난길에서 굶주리거나 병들어 쓰러져 가는 많은 사람들의 생명들을 본 화자
는 전반적으로 이와 같은 분위기에 휩싸인 상황에서 삶을 영위한 대다수의
생명의 가치에 깊은 회의감을 느끼는 것이다.

2) 전통적 윤리성의 붕괴

모든 전쟁이 인간의 안정적인 생활에 큰 변화를 주고 있듯이 6·25전쟁
도 많은 사람들의 삶의 터전을 뿌리 채 흔들어 놓았다. 함께 모여서 살아야
할 가족들이 사방팔방으로 흩어지고 해체되는 쓰라린 아픔을 겪게 된 것이
다. 전쟁에 의해 가족에게 가해진 피해와 손상은 회복할 길이 전혀 없다는
점에서 그 어느 피해보다도 치명적이 될 수밖에 없다. 피난민보다 더 직접적
으로 손상을 받은 것은 이산가족 구성원들의 결손이다. 수많은 국군 및 민간

인 사상자, 행방불명자, 전쟁의 고아 등은 가족 중에서도 구성원들의 결손으로 인한 전쟁의 폭력성, 즉 상처를 고스란히 남겨 놓고 보여주는 형태이다.

「자매」의 채경, 채옥 자매는 처음에는 부유한 가정에서 자랐으나 전쟁으로 인하여 아버지를 어느 날 갑자기 납치 당하고 1·4후퇴 때 부산까지 피난을 왔지만 가난에서 헤어나지 못하는 생활을 하게된다. 이들이 겪게되는 가난은 난리 중에 겪게되는 대부분의 피난민들과 공통적이었으므로 그들에게만 특별한 것이라고는 할 수 없다. 이들 자매는 할 일을 못 찾아 놀고 있거나 자기 용돈도 안 되는 벌이를 하고 있을 때 식구들(어머니와 남동생)은 담배와 깨엿을 팔아 수제비국으로 연명을 하는 것에 스스로의 양심의 가책을 느끼게 된다. 그리하여 서울로 가서 스스로 이들은 독립할 생각을 한다. 이들 자매는 지나치게 현실을 수월하게 낙관하고 실질적인 대책을 갖추지 못한 채 무작정 상경하는데서 문제는 발생한다. 서울이 수복되기는 하였지만 평정을 되찾은 상태가 아니어서 전선이 언제 다시 어떻게 될지도 모르는 상황에 학생의 처지로서 무작정 상경하는 것은 그들 스스로를 혼란한 함정 속으로 빠져드는 일이었다. 그들은 상경하던 기차 안에서 전시하의 현실을 실질적으로 체감하게 된다.

> 대전서 영등포에 이르는 불과 몇 시간 사이에 그 착잡한 기차 속에서 채경이가 보고 듣고 느낀 또하나의 새로운 사회상(社會相)과 생존을 위한 남녀노소 할 것 없는 사람사람의 움직임과 고된 수난과 발악적인 한 토막의 현실에서 가뜩이나 떠름하고 기가 질려 온 속살이 서글프고 무섭기까지 했다.
>
> — Ⅱ, 274쪽

서울에서의 이들이 겪게 되는 현실문제는 호구를 해결하기 위한 최소한의 생활이 전부가 되다시피 하였다. 그러는 가운데서도 채경은 동생 채옥을 학교에 등록시키려고 하는데 이것은 이들이 얼마나 당시의 현실인식에 둔감한 것인가를 보여주고 있는 것이다. 그러나 결국 그들은 학교등록도 못하고 그들이 가지고 간 옷가지를 팔고 호구를 해결하기 위해 길거리를 헤매게 된다. 이들 자매는 직접적으로 자기들의 성적 타락을 제시하고 있지는 않지만 길거리에서 마주치게 되는 학교 친구들의 농염한 자태에서 당시 여대생들의 추락해 가는 성적인 타락상을 짐작하게 해준다.

> 흔히 일컫는 '양갈보'라 해서 이미 변명해 볼 여지도 염치도 다 잃은 것 같은 그런 차림과 교태까지 틈 남김없이 갖추고 그들은 행여 채경이가 발을 멈추고 본능적인 반가움에 입을 벌리고 바라다보는데도 의식적으로 외면을 하고 모른 체 지나가 버리는 속살일지도 몰랐다.
>
> － Ⅱ, 277쪽

채경은 친구 덕실이를 만났지만 그녀 또한 "동물들과 다름없는 난잡하고 마땅치 않은 차림과 태도"를 보게 된다. 그러면서도 그들은 오랜만에 만난 친구의 가방에서 돈을 훔치게 되고, 모르는 사람들에게 사기를 친다. 채경은 돈을 훔친 후 "이대로 죽었으면" 하고 괴로워는 하지만 전후의 어려운 생활은 그녀의 감정을 갈수록 무디게 하고 나중에는 "차라리 다행"이라며 자위까지 하게 되는 비정상적인 인식을 하게 된다. 그것이 그들을 철저하게 타락의 길로 빠지게 되는 작용의 역할을 한다. 이들의 도둑질과 사기행각은 계속해서 이어지고, 친구집을 털고 난 후에 오히려 뒤집어 씌우기도 하고 삿대질도 해댄다. 그러는 장면은 애당초에 없었던 다이아반지를 목욕탕에서 잃어버렸다고 하여 주인에게 시비를 걸어 돈을 뜯어내고, 목욕하면서 미리 봐둔 손님의 값나가는 비싼 옷을 입고 나와버리는 데서도 드러난다.

이들이 자신의 잘못을 깨닫기까지는 법의 준엄한 심판을 받아야 가능해졌다. 그러나 이 작품이 비극적이고 아이러니한 것은 감옥살이를 하는 순간을 차라리 바깥세상보다 편안한 세계로 생각하고 있는 것이다.

> 감옥의 일년이 어떤 것인진 모르겠다만 나는 차라리 오늘부터 죄를 짓지 않아도 먹고살 걱정 술 걱정을 조아리지 않아도 된다는 것이 후련하고 태평한 것 같다.
>
> — Ⅱ, 287쪽

채경이는 감옥에 수감되면서 동생 채옥에게 다시 어머니가 있는 부산으로 가야한다고 부탁하면서 자신의 속내를 "오늘부터 너이들보담 평안하고 살찌는 환경 속에 혼자 곪어 가는지도 모른다"라면서 내비치는 대목이다.

전쟁 중에 나타난 성도덕의 가치붕괴와 타락은 물질적 빈곤에 의한 생존본능과 정신적 타락에 의한 유희욕구라는 원인을 생각해볼 수 있다. 이 두 가지는 어느 것이나 자신의 삶을 포기하는 자포자기적 절망의식과 깊게 연관되어 있는 것이다. 이 작품은 자신의 입장을 생각할 겨를도 없이 혼란한 현실가운데로 내모는 전시하의 난폭스러움과 그 속으로 계속 침몰하는 전락상을 보여주고 있어 처절한 만큼 비극성은 강하게 드러나고 있다. 이는 곧 전쟁으로 인해서 생기는 가정의 파괴와 삶의 터전이 붕괴되는 과정을 드러내주는 것이다.

「빨래터」에서의 빨래도둑 문제를 통하여 전후의 가난문제를 동시에 드러내주고 있다. 전쟁의 폐허 속에서 외국의 경제원조에 의지하여 겨우 유지되었던 전후의 사회는 당대인들에게 궁핍의 보편화를 강요한 것이다. 더욱이 대부분의 생산시설이 파괴된 위에 소비재위주의 편향된 원조경제로 인해 기업의 활동은 제대로 이루어지지 못하였으므로 일자리마저 얻을 수 없었던 것이 당대의 실정이었다. 게다가 남편들은 전쟁터로 모두 나가고 없는 자리에 여인들이 생활을 전담해야 하는 절박한 구조의 모습을 형상화하고 있다. 이러한 상황 속에서 가장 고통을 경험하고 있는 계층은 누구보다도 전쟁을 통하여 뿌리뽑힌 계층으로 전쟁 미망인, 월남 난민, 전쟁 고아, 도시 빈민들이었다. 이들은 하루 하루의 삶 그 자체가 고통이었고, 더욱이 그것은 보이지 않는 절망 그 자체이기도 하였다.

「꿈깨인 아침」에는 주인물 수진이의 가족사 이야기이다. 전난 중의 가난을 극복하기 위해 서울로 가보지만 가는 곳마다 양갈보 문화가 흥청거려 넘쳐흐르는 판국이다. 이러한 양갈보문화는 미군의 주둔으로 인해 생겨나는 커다란 문화적인 영향의 한 부분으로서 성윤리의 문란, 매춘의 확대로 이어짐을 여러 작품에서 만날 수 있다. 그 중 하나가 오상원의 「쑈리킴」이라는 작품에서 볼 수 있는 것과 같이 젊은 여성들은 몸을 팔아서 자신과 가족의 생존을 유지하게끔 강요당하며 지낸다. 서울에서의 하룻밤을 여관생활에서 겪게 되는 이들은 다시 집으로 되돌아오면서 겪는 삶의 방황과 허무만이 짙게 나타나고 있다.

「제3자」에서는 사창굴로 타락하는 순자의 삶과 진정한 서울의 의미에 대해 생각한다. 민돌과 영만 사이에서 넘나들다가 나중에는 다른 남자 노마와 야반도주를 하는 순자의 삶. 사회자체가 사창굴로 바뀌어 가는 사회적 피폐한 모습을 드러낸다.

전쟁은 가장 기본적인 가정의 구조를 붕괴시켰다. 전쟁이후 우리의 정신문화로서 많이 지적되는 것은 전통적인 가치와 규범이 급속하게 약화되는데 있는 것이다. 특히 이는 전통적 가치들 가운데 정신주의적 인본주의가 물질주의와 현세주의로, 공동체주의나 집단주의는 개인주의와 이기주의로 바뀌어 버리는 계기가 되기도 한다. 살아남기 위한 막바지 몸부림에 접어들 수밖에 없었던 전후 피난민들에게 있어 체면이나 염치, 예의 등은 오히려 거추장스러운 굴레로 인식하게 되었고, 오직 생존해야겠다는 목적을 위해 수단과 방법을 가리지 않는 관행12)만이 정착되어 갔다.

「속·상처이후」에서도 6·25로 인한 가정파괴의 양상과 그 이후에 일어나는 모습을 나타내고 있다.

> 그 3년 동안, 일선이 우선 승패를 임자인 아군-국군-자체가 속시원히 결할 수 없는 부당한 제약과 제한 속에서 어련히 불법무례한 적 – 오랑캐 – 군의 패퇴해 가는 뒤통수를 여지없이 두둘겨 부시고, 그 길로 남북통일을 이룩할 수도 있겠건만, 그렇듯이 충천했던 사기와 응징 보복과 승리에의 다시없는 호기를 어이 없이도 구속당하듯 음아무야로 중단한 채 억울한 희생-애석한 충혈-이 또한 얼마였는가…….
>
> – Ⅱ, 479쪽

어려웠던 난리 통에서 목숨조차도 제대로 간수하기가 쉽지 않았던 시절인데도 화자의'아내'는 연애시절부터 간직하고 있었던 선물받은 것들이며, 연애편지 등을 잘 보관하고 있다. 그러한 아내가 끝내 전쟁 중에 죽은 것이다.

---

12) 김경동, 『경제성장과 사회변동』, 도서출판 한울, 1983, 248쪽.

가족의 평화, 가정의 행복은 여지없이 전쟁으로 인해 깨진 것이다.

「살인문제」에서 화자의 아내는 장질부사로 이 병원, 저 병원을 옮기게 된다. 그러나 그녀는 병원의 오진문제로 호된 고생을 겪다가 죽게 된다.

> "……아내의 죽음을 놓고, 우리에게 가능한 기적은 이미 보았습니다. 사람이 죽어가는 마지막 장면과 대개 죽음을 직면한 인간의 본능이 어떤 것인지를 불과 사십년 살아오는 동안에 무수히 보고, 들었읍니다마는 저 사람(아내처럼 죽음과는 멀리 떨어져서 끝끝내 죽음과는 상관이 없이……"
>
> － Ⅱ, 454쪽

화자의 넋두리처럼 들려오는 대화에서 전쟁 끝의 사회윤리마저 부재 하는 상황을 드러내주고 있다. 모든 것이 눈앞의 당장의 이익에만 급급해 있어, 치료가 어려운 환자는 서로가 미루는 지경에까지 이르게 된 모습들이다. 결국 화자는 '모든 죽음은 타살 아니면 자살이다'라는 모진 생각을 갖게 이른다. '타살'이라는 것은 사회적 책임을 비판하는 것이며, '자살'이라 함은 자신을 포함한 이 시대 사람들이 적응하지 못한 채 죽어가야 하는 안타까운 실정을 피력한 것이다.

「과거의 사람들」의 '윤'은 6·25가 터지자 부산으로 피난 갔다가 아이 어미를 잃은 채 다시 서울로 오게 된다.

> 10여 년 전 해방을 놓고서도 남달리 일제 38선을 넘어오되 맨주먹으로 고향을 떠나 서울로 왔듯이 근근히 적막했던 서울의 살림살이를 '6·25'와 더불어 깨끗이 내던지고 맨몸이 된 채 이번 또한 변변찮은 겨울옷 한 벌을 단벌치기로 걸

쳤을 뿐 지닌 것이라고는 없이…… 반면의 단무데기나 되는 빗표(責務)라고나 할까 사실상 떨쳐버릴 수 없고 난감하기 이를 데 없는 오직 철부지들일 따름인 어린것들 3남매를 데리고…….

― Ⅱ, 511쪽

이렇게 어린 아이들만 데리고 서울로 되돌아 온 '윤'은 서울에서의 생활이 오히려 부산 피난시절 보다 더 나쁜 형편이다. 그는 이곳저곳을 떠돌아 다니다가 아내의 친구 김씨를 만나게 된다. 아내의 동기동창이기도 했던 김씨는 살뜰했으며 여자 멋쟁이로도 지냈던 인물이다. 그녀는 전쟁 중에 남편을 잃고 혼자 살아가는 여인이다. 그러면서도 화자 '윤'의 변화에 늘 관심 가졌던 여인이다. 서울로 되돌아 온 후에는 자주 그녀를 만났는데 그녀는 '윤'에게 아이가 넷이나 되는데 재혼을 왜하지 않느냐고 따져 묻기도 하는데, 새로운 사람을 소개해준다고 해놓고 자신이 와락 윤의 가슴에 안기는 일이 벌어지고 만다. 그러나 '윤'은 당신과 우리는 '과거의 사람'이지 그 밖의 어떤 관계의 형성이 어렵다고 하면서 밀쳐 내고 있다. 이는 그녀의 편에서 보면 예전부터 관심 두었던 남자에 대한 사랑의 표시인 수 있지만 전체적인 분위기로 봐서 전쟁 후에 겪게 되는 홀아비의 삶과 그에 빗댄 전쟁미망인들의 애달픈 삶의 한 단편이 아닐 수 없다. 이와 같은 내용의 작품이 「맞선」(1956.12)에서 화자인 '나'와 술집주인인 과부댁과의 사이에서 일어나는 소꿉 같은 이야기이다. '나'에게 중매를 서겠다던 과부댁이 나중에 자신이 맞선보는 장소에 나오는 것이다.

「3인 가족」의 김중섭 대령은 전쟁 중에 아내를 잃었다. 딸아이 하나를 둔 채로 전쟁터를 따라 이곳저곳을 다니다가 딸아이에게 따뜻하게 해주는 박

정혜 여선생님을 만나게 되어 정을 붙여 지낸다. 딸아이 설옥이도 박 선생을
어미같이 따르기도 한다.

설옥이는 정혜의 집에서 자는 일이 잦았다.

집이라야 농가집 건너방을 빌어서 혼자 자취를 하는 여교원 박정혜의 살림
살이요, 설옥이가 자는 일은 설옥이의 의사라기보다 정혜에게 달린 것이었다.

왜냐하면 진종일 뛰놀던 어린애가 어머니란 어떤 것인지조차 모르는 형편에
남달리 귀여워해 주는 여선생을 따라 모녀처럼 정다이 저녁을 먹고 숙제를 하고
나면 졸립게 마련이었다.

− Ⅲ, 45쪽

이는 김준섭이 군 제대후 박 선생과 결합하게 되는 당시의 정서관계상
평범한 구조를 나타내준다. 그러면서 이는 전쟁이 남긴 부조화된 후유증의
하나이기도 하다. 실상과 파괴가 일상화된 참혹한 전쟁을 경험하고 그 폐허
위에서 새로운 삶을 설계해야 하는 전후의 상처받은 영혼들이 현실의 결핍을
메워 줄 수 있는 본래적 향토성의 세계를 꿈꾸는 것은 자연스러운 일이 아닐
수 없다. 현실이 척박하면 할수록 그에 비례하여 자아와 세계의 대결이 지양
된 풍요로움과 인정이 넘치는 공간은 더욱 그리움의 대상이 되지 않을 수 없
는 것이다. 전쟁으로 인해 인간이 생명을 경시하고 생존을 위해서 동물적 다
툼을 벌이는 극한적 상황에서 인간에게 민족이나 이데올로기의 문제가 중요
한 것이 아니라 인간성의 옹호가 제일의 가치라고 할 수 있다. 이러한 점에
서 이 시기에 문학이 지향해 나가야 할 방향은 '휴머니즘'의 구현이라고 볼
수도 있다.

「인간가족」은 「3인 가족」의 성격과 비슷한 구조를 지니고 있다. 주요인물도 사건과 이야기구조가 같은 것이다. 그러나 문제는 전쟁 중에 잃었다고 생각했던 아내를 서울 어느 공원에서 만나게 되고 그곳에서 설옥을 생모에게 빼앗기게 되었다는 데서 비롯되고 있다. 설옥의 생모는 인간가족원이라는 고아원 보호단체를 설립운영하고 있다. 이것은 아마도 잃어버린 딸아이를 찾으려는 모성애가 발휘된 것이라 할 수 있다. 그러면서 김준섭에게 같이 지내자고 제의한다. 그러나 김준섭은 박정혜가 임신한 것을 두고 어찌할 바를 모른다.

「3인 가족」과 「인간가족」에서 드러난 김준섭의 휴머니즘은 오상원이나 이범선의 작품에 나타나는 것과 같이 낭만적인 방법으로 형상화되는 것이 아니라 행동주의적으로 형상화되고 있는 특징을 지니고 있다. 개인은 구체적인 생존의 논리에 관계없이 개인의 순진한 내면은 어떠한 대가를 치르더라도 움직일 수 없는 중요한 것으로 옹호되는 것이다. 그래서 개인은 올바른 삶을 확보하기 위해서는 집단주의적 발상을 가진 인물들에게 저항하는 문학으로 형상화된 것이다.

이외에도 최태응은 「무엇을 할 것인가」에서 해방이후의 이리저리 줄서기 해대며 지내는 사람들의 모습을 나타내주고 있다.

오년의 세월이 실로 갈피를 잡을 수 없는 설덤벙한 그 날 그 날의 연속으로만 흘러갔다기보다도 빙빙 돌아대는 가운데 지나간 것만 같은'해방'에서'6 · 25'로 '1 · 4'로, 그 날에 이르는 그 오년의 세월동안은 또한 그대로'어느 장단에 춤을 추어야 하느냐'는 회의와 더불어 도시 선후를 놓고 바라보는 마음의 여유라거나 결정(혼잣 속 상상이라도)을 가져본 예가 그에게는 없었던 것이다.

— Ⅱ, 402쪽

시대적 분위기를 화자는 또 언급하고 있는데, 저마다 모두가 입술이 부르틀 만큼 떠들고 다니는 '애국자' '혁명투사' '정치지도자' 등이라는 것이다.

「슬픔과 괴로움 있을지라도」에서 해방이후에 각기 자기 입장만을 내세우는 이익단체가 우후죽순식으로 생겨나는 현상과 38선이 생긴 후에 남과 북이 서로 다른 삶을 살아가야 하는 것에 대해 주인공 박세원은 고민하는 모습을 나타내주고 있다.

> 탓없는 강토의 한 허리를 질러 묶고 애매한 동포들의 내왕을 끊고, 대낮에 총칼을 메고 오고가는 사람들의 보따리를 털어먹는 강도떼가 제멋대로 노략질을 하고, 억울한 목숨들까지 마음껏 짓밟는 '38'선에서 패잔과 낙오의 별 수 없는 처지와 전죄의 대가를 받아 마땅한 왜인들과 마찬가지로 인적 없는 산골 그늘진 수풀과 어두운 밤을 타서 기어 넘어야 하는 원한과 통분을 이기기 어려워서 세원이는 몇 번이나 치를 떨고 주먹을 부르 쥐었던 셈인지 모른다.
>
> (…중략…)
>
> 분명히 틀리고 차이가 있는 이 쪽과 저 쪽, 어느듯 그렇듯 성격이 다르고 내용이 판별된 셈인지 38선을 사이에 놓고 남쪽과 북쪽은 마치 서로 근본과 내력 ─ 생장과 풍속을 달리 해온 타국간이오, 이민족 사이나 아닌가 싶었다. 말없는 불안과 긴장 속에서 어둠과 산길을 더듬어 이남 땅을 디디는 순간 사람마다 넘어온 북쪽 길과 북쪽 하늘을 돌아다보며 비로소 쉬는 한숨과 한숨 속에 얼러서 중얼거리는 말이 하나 같았다.

─ Ⅱ, 349～350쪽

하나같이 중얼거리는 말이라는 것이 '인제 살았다'거나 '지옥을 벗어났다'라는 월남 피난민들의 안도와 낙관과 희망, 환희에 넘친 말들이었다. 그러면서 자기 자신도 모르는 사이에 무슨 무슨 동맹위원장이니, 무슨 위원회 위원장이라 하는 감투가 씌워졌다 벗겨졌기도 하였다. 박세원 자신은 한때는 사회주의 이념을 추구하였으며 반일과 독립투쟁을 위하여, 인간적인 역사를 위하여 싸우고 투쟁하였지만 결과는 그렇지 못한 것으로 보여진다. 소련에 대한 강한 불만으로 가득 차 있는 현실을 내보이고 있다. 더군다나 자신은 지겟꾼 노릇을 하면서도 오직 내 '나라'만을 있어주기를 간절히 바라고 있다.

4. 맺음말

역사의 소용돌이 속에서 작가는 얼마나 자유로울 수 있을까? 특히 6·25와 같은 커다란 사회적 대변혁의 격랑에서 작가는 종군작가의 경험이 있기도 하다. 전쟁이 가져다준 후유증과 파괴력은 고통스럽기보다도 저주스러울 정도였다. 국토의 1차적 폐허와 물질적, 그리고 국민의 정신적 공허상태와 허무화 등을 부채질하는 이러한 시대적 공간 속에서 존재하는 모든 것들은 자기 자리를 잡지 못하고 붕괴되는 양상을 그리고 있다.

문학은 민족이 맞닥뜨린 상황의 시대적 분위기를 종합적이고 총체적으로 반영하여 민족 구성원이 어려움을 겪었던 당대의 진실과 현실적 자화상을 드러내주는 거울이라 할 수 있다. 이런 측면에서 볼 때 최태응의 문학에는 전후에 발생할 수 있는 제반의 현상들이 예외 없이 다루어져 있다. 기존 질서의 파괴, 저항, 그리고 휴머니즘의 갈구 등의 여러 목소리가 혼류하고 있는 복합적인 성격을 지니고 있다. 그것은 좀더 속으로 들어가 보면 전후피난민들이 겪게 되는 내면적 상황에 대한 구체적인 관심과 사회 비판적이며 부정적인 정신세계를 다룬 작품과 또한 전후의 허무를 다룬 작품 등으로 형상화되고 있다.

그러나 그의 작품이 지니는 공통적인 경향은 전쟁으로 인한 리얼리즘과 전쟁이라는 극한 상황과의 대결에서 무참하게 패배하는 인간들이 비극성이라고 할 수 있다. 이는 이 시대의 특징이라고 할 수 있는 도덕성의 상실, 기존 가치체계에의 부정, 인간성 상실, 인간불신 풍조에 대하여 민감한 반응을 보이거나 도덕성과 인간성 회복을 펼쳐 보이는 휴머니즘을 지향하는 간접적인 제시이기도 한 것이다. 그동안의 논의된 결과를 정리하면 다음과 같다.

첫째, 즉 등단초기부터 해방후 6·25전쟁이 발발하기까지는 당시의 일반적인 세태양상이라 할 수 있는 가난의 모습과 혼란한 사회의 양상을 형상화하고 있다. 물론 이러한 가난은 개인의 노력여하에도 불구하고 세습되는 자연적인 모습과는 다른 사회구조적으로 모순된 양상이라 할 수 있는 것이다.

등단작 「바보 용칠이」를 비롯하여 「봄」에서 사님이가 사창가로 팔려 가는 것도 결국엔 가난의 문제에서 비롯된 것이며, 「산사람들」에서 만수가 용순이 데리고 서울로 도망을 갔다가 다시 고향으로 되돌아오는 것 역시 가난문제를 해결해보려는 몸부림에 해당된다. 「항구」의 곽서방이 지겟집으로 생활하다가 그나마도 못하게 되는 문제 역시 곧바로 삶의 문제로 연결되는 어려움을 제시하고 있다. 「고향사람」의 몽석이가 방울이의 돈을 훔쳐서 도망갔다가 다시 결합하는 과정도 어느 정도의 가난문제에서 벗어날 수 있는 데에서 비롯되고 있다. 「집」의 작품은 작가의 자전적인 듯한 이야기를 하고 있는데 해방전후로 남의집살이하면서 겪었던 어려움과 가난에 대하여 형상화하고 있다. 「북녘 사람들」의 윤과 영주는 복합적인 문제를 제시하고 있는데 즉 가난과 남과 북에서 이질적으로 드러나는 토지개혁이라든지, 이데올로기이라든지 하는 피해 갈 수 없는 삶의 절박한 문제에 부딪치며 고민하는 내용이다. 「사과」에서는 해방후 곧바로 38선을 월경하는 월남인이 많았다 라는 것과 이 역시 가난에서 시작되고 있음을 적나라하게 보여주고 있다. 「매춘부」의 간호원은 낮에는 병원에서 간호사로 일하면서도 밤에는 창녀짓으로 연명하여 가는 모습을, 「소」의 백초시 삼부자는 김풍헌네 식구들을 못살게 군다. 결국 김풍헌네는 가난을 핑계로 백초시가 요구하는 문제들을 들어줄 수밖에 없는 지경에 이르는 것을 보여주고 있다. 이와 유사한 분위기와 내용을 드러내주는 작품으로 「취미와 딸」, 「사탕」, 「스핑크스의 미소」, 「참새」, 「슬픔과 고난의 영광」, 「슬픈 승리자」, 「차창」 등이 있다.

둘째, 전쟁후의 드러나는 전쟁의 폭력적 양상으로 전쟁당시의 피난민의 삶과 전쟁으로 파괴된 가치관의 붕괴를 들 수 있다.

그의 대표작이라 할 수 있는 「전후파」에서는 전쟁의 소용돌이 속에서 벌어지고 있는 다양한 삶의 모습들이, 「대가와 삼제」, 「무지개」의 윤중사는 군에서 휴가를 줘도 가난 때문에 휴가를 반납해야 하는 모습을, 「삼인」의 김붕구, 인숙, 변장한 모습으로 지내는 어떤 선생의 피난하는 과정의 삶의 양상을, 「자매」의 채경, 채옥은 가난으로 도둑질을 일삼고 학업을 포기한 채 사회의 밑바닥의 삶을 체험하게 된다. 「꿈 깨인 아침」에서는 수진이가 겪는 전후의 어려운 삶의 모습과 골목 어디를 가도 넘실대는 양갈보의 문화를 고발하고 있다. 「옛날 같은 아침」의 윤은 전후의 삶의 방향을 잡지 못하고 방황하는 모습을, 「슬픔과 괴로움 있을지라도」의 박세원은 한때는 사회주의 운동한 이력을 가지고 있었으며, 해방후에는 38선에 대해서 진지한 고민을 하고 전쟁이 끝난 후에는 진정한 민족주의를 건설해야 한다는 시대적 풍경을 제시하고 있다. 「타인」의 학수는 전쟁으로 인한 피해와 희생된 삶을 지내는 모습을, 「무엇을 할 것인가」에서는 해방이후 좌우익의 줄서기 문화를 대변해주고 그러면서 전쟁 중에 어떻게 해야 될지를 모르는 어수선한 상황을, 「만춘」, 「살인문제」에서는 전후의 사회윤리마저 무너진 모습을 드러내고 있다. 이 외에도 「맞선」, 「속·상처이후」, 「버섯」, 「과거의 사람들」, 「제3자」, 「추억을 밟는 사람들」, 「문단으로 가자던 사람」, 「개살구」, 「사람이고저」, 「살처자」, 「3인 가족」, 「여인도」, 「인간가족」「태양의 수고」, 「빠이론의 수명」, 「빨래터」, 등의 작품에서도 앞서 분석한 작품들과 대동소이한 시대적 모습을 형상화하거나 비판하고 있다.

대체로 그의 작품은 눈앞에 보이는 현상의 절망적 부정성 앞에서 한치도 나아가지 못하고 주저앉아 버린 형국이 형상화된 것이 많다. 이는 부정적 현실의 암담함을 있는 그대로 폭로함으로써 변혁의 당위성을 암시하는 소극적인 방식을 드러낸 것이라 할 수 있다.

최태응의 작품세계는 해방이전의 민족적으로 겪고 있는 궁핍한 삶의 패턴에서부터 전쟁으로 인한 처절함, 전투와 살육, 또한 필연적으로 생겨나는 굶주림, 절망을 그린 일방적 피해의식의 문학이 대부분이었으며, 또한 그 틈에서 피어나는 휴머니즘도 형상화되었다. 이는 그의 전후소설이 전쟁의 폐허 속에서 단지 개인만이 지닌 절망과 환멸의 무게를 표현해내는 치중하고 있는 셈이다. 이는 전후작가가 지니고 있는 정신적 외상과 상처가 현실의 구체적 기반 속에서 형상화되고 있는 것이다.

그의 전후문학은 1950년대 이후의 전후상황을 객관적으로 형상화하는데는 실패하고 있는데, 이는 자신의 전쟁경험을 다양한 문학적 장치에 의해 표현하지 못한 것에서 비롯되는 한계이기도 하다. 그럼에도 그의 경험적 형상화의 세계는 분단인식의 연쇄고리로서 그 이후의 분단문학과 유기적인 연관을 맺어준다는 점에서 의의가 있는 일이라 할 수 있다.

08

소외 인간의 구원과 생명존중 : 한무숙

1. 머리말

한무숙은 1948년 장편소설 「역사는 흐른다」가 국제신문 현상모집에 당선됨으로써 문단에 본격적으로 등단하였다.1) 이후 꾸준한 작품활동을 벌여 다섯 권의 창작집과 두 권의 장편소설과 세 권의 수필집 등을 남겼다.

한무숙은 이와 같은 꾸준한 작품활동과 문단활동에 비해서 문학사에서 많은 조망을 받지 못하고 있는 실정이다. 한무숙은 해방기 문단에 등단하여 본격적인 작가활동과 작가의 지향점이 성숙된 시기라고 할 수 있는데도 불구하고 최근의 50년대 문학연구의 주요 성과 면에서 전쟁이후 새롭게 출발하는 전후세대 작가2)로 지칭되어지고 있다. 1950년대 문학사 서술의 구도자체가

---

1) 1942년에 장편 「등불 드는 여인」이 『신세대』 현상모집에, 1943년에 희곡 「마음」, 1944년에 희곡 「서리꽃」이 각각 조선연극연구회 문예현상 모집에 당선된 경력이 있었으나 문단에 이름이 알려지고 작가로서 본격적으로 활동한 계기는 「역사는 흐른다」를 통해서이다.

전장의 폐허와 굳게 연계되어 작가들을 전전과 전후의 세대로 대별하고 작품
도 전쟁체험의 연장 속에서 이해되고 있는 까닭에 한무숙과 같은 전전세대에
드러나는 독특한 문학적 개성을 작가에 대해서는 명확한 관심을 기울이지 못
한 것이라 볼 수 있다. 문학사 서술이 시대의 다양한 영역을 포괄해야 한다
고 할 때 비단 한무숙 뿐만 아니라 기존문학사 서술에서 배제되어온 주변적
인 영역에 대한 재고와 작품의 발굴은 반드시 필요한 일이다.

한무숙의 1950년대 작품들이 보여주는 전장으로부터의 거리는 오히려 균
형감각을 확보하는 이면을 지니고 있다. 곽종원은 전시의 소설구도가 전장과
매우 밀접하게 연관되어 있었던 까닭에 대부분의 소설들이 르포르타쥬 형식
에 비참한 현실의 폭로와 고발에 치우쳐 소설이 지녀야 할 예술성을 잃고 있
다고 비판하고 한무숙의 「대구로 가는 길」, 「허물어진 환상」, 「노인」 등을
훨씬 나은 수확을 거두었다고 평가하였다.[3] 조남현도 전시소설에 대해 재평
가하는 글에서 전시소설이 작품다운 작품이 없는 것을 작가와 소재간에 시간
적 심정적 측면에서 객관적 거리를 유지할 수 없었던 것 때문이라고 해석한
다.[4] 한 편 그 중에서도 "후방문학" 중에 전시의 한국인들의 구체적인 모습
과 피난민들의 심층심리를 엿볼 수 있는 작품은 강신재의 「눈물」과 함께 한
무숙의 「허물어진 환상」을 포함시키고 있다.

한무숙 작품에 대한 기존의 논의 방향은 문체에 대한 논의와 주제 비평
적인 논의의 큰 범주를 이루고 있다. 첫째, 한무숙 문체의 수려함과 뛰어남에
대한 논의는 구중서, 김일근, 박정만, 이문구 등에 의해 이루어졌다. 구중서는

---

2) 김윤식·정호웅, 『한국소설사』, 예하, 1994, 328쪽.
　권영민, 『한국현대문학사』(1945~1990), 민음사, 1994, 144쪽.
　송하춘·이남호, 『1950년대의 소설가들』, 나남출판사, 15쪽.
3) 곽종원, 「1953년 상반기 작단 총평」, 『문예』 7월호, 1953.
4) 조남현, 「우리 소설의 넓이와 깊이 2 : 전시소설의 재해석」, 『문학정신』, 1988년 10월호.

한무숙의 소설세계에서 돋보이는 일련의 요소 중의 하나로서 전아한 문체를 들고 있으며, 특히 「감정이 있는 심연」에서는 섬세, 절제, 세련의 필치를 구사하여 뛰어나게 예술파적 능력[5]을 나타낸 것으로 평가한다. 김일근은 시앗보고 질투하고 애태우는 전통사회의 정실 여인의 한과 갈등을 호소하는 방법을 외할머니에게 하소연하는 편지 형식으로 처리하는 기법은 가장 적절하고 기발한 작가의 능력이라고 하면서 「우리 사이 모든 것이」와 더불어 서간체라는 형식을 추출함으로써 한무숙의 문학사적 위상이 더욱 빛난다[6]고 하였다. 이외에도 한무숙의 문체에 대하여 논의한 것으로는 김인환, 손우성, 윤병로, 홍기삼 등[7]의 글이 있다. 둘째, 한무숙 작품의 주제의식에 대한 접근이면서 동시에 학위논문으로는 강난경의 글이 있다. 강난경[8]은 한무숙의 생애를 조명하고, 1950년대 중반 이후에 발표된 작품을 중심으로 성의식을 통해본 여성상, 작품에 나타난 죽음의식, 불륜의 애정관계를 통해 본 여성상이라는 세 가지 관점으로 개괄하고 있다. 작품 분석을 통해서 작가가 성을 금기시했던 전통적인 성관념에서 탈피해서 개방적인 성의식을 보여주었으며 종교적인 차원으로 승화된 죽음의식과 전통적인 윤리에 귀속되는 삶에의 지향의식을 보여주었다고 밝히고, 그리고 그녀의 작품에서 추구하는 문제가 인간성 및 생명에의 존중, 소외된 인간들의 인간성 회복을 위한 구원의 진지한 구원의 장이라고 특징지었다. 이와 같은 유사한 관점은 이인복, 신동한, 정영자 등의 논의[9]에서 이어졌다. 이인복은 한무숙을 "이조적 여성관, 반봉건적 여

---

5) 구중서, 「한무숙의 작품세계 – 장인의식과 구원의 주제」, 『한무숙문학연구』(한무숙재단), 을유문화사, 1996, 12쪽.
6) 김일근, 「한국의 세비네(sevigine)부인」, 『한무숙문학전집』 6, 을유문화사, 1992.
7) 김인환, 「열어놓고 지키기」, 『생인손』, 문학사상사, 1987.
  윤병로, 「한무숙편」, 『신한국문학전집』, 어문각, 1973.
  홍기삼, 「역사와 운명 사이의 여성」, 『문학사상』, 1993년 3월호.
8) 강난경, 「한무숙 연구」, 숙명여대 석사학위, 1988.

성관, 서구식 여성관에 통달한 한국의 여성으로서 자신의 순결의식과 생사관을 작품 속에서 학구적으로 추구하여 고백하는 작가"라 주목하여 주요 작품 속에서 성모랄의 추이와 죽음의식의 발전을 추적하고 여성인물을 통해 한국 여성의 의식구조를 분석해 보이고 있다.

본고에서는 한무숙의 전작품 가운데서 50년대에 발표된 21편의 작품 가운데서 6·25전쟁과 관련된 작품 10편을 중심으로 하여 작가의 전후 현실인식을 고찰하기로 한다.

2. 전쟁의 상흔과 인간성 옹호

6·25전쟁의 참상은 가시적인 것이나 불가시적인 것이나 엄청난 피해를 드러내고 있다. 전쟁 중에 부모를 잃고 거지나 고아가 되어 다리 밑에 웅크리고 살아가고 있는 모습을 「모닥불」을 통해서 드러내주고 있다. 이 작품은 꼬마 형제가 거지가 되어서 다리 밑에 생활하다가 병으로 죽는 모습을 전해주고 있다. 6·25 전쟁 이후 집 없는 피난민들의 거처는 주로 토굴이거나 다리 밑이 주된 곳이었다. 비가 오면 춥고 습기로 인해 온갖 썩은 냄새가 코를 찌른다. 이러한 비참한 생활 조건 속에서 꼬마는 언니의 죽음조차 깨닫지 못한다는 상황을 정확하게 이해하지 못하는 현실의 비정함을 더욱 부각시켜 주고 있다.

---

9) 이인복, 「한국여성의 생사관과 순결의식」, 『아세아여성연구』 17집, 1978, 288쪽.
   신동한, 「순수성의 추구」, 『소설문학』, 1984년 7월호.
   정영자, 「한무숙론 – 절대순수의 추구와 한의 세계」, 『한국현대작가연구』(권영민 엮음), 문학사상사, 1991.

　언니의 죽음조차 깨닫지 못하는 어린 꼬마는 충식이라는 형이 빌어오는 것으로 목숨을 이어가나 충식이가 남을 괴롭혀 얻어오는 것을 보고 그에 대한 역겨움이 의식의 밑바탕에 깔린다. 충식이는 꼬마를 제 몸보다 더 아끼면서 고시런을 해 주었으나 충식이의 그 사랑에는 얼룩이 심해 꼬마에게는 쓰레기 같은 사랑이었다. 그런 불안전한 사랑에는 꼬마는 살아갈 힘을 잃고 그만 시들어 가면서 죽는다. 전쟁은 온 가족을 흩어지게 하고, 부모 잃은 고아의 우왕좌왕하는 모습에서 전쟁의 참상을 본다. 작가는 이 불쌍한 꼬마에게 현실의 어려움 속에 따뜻한 엄마를 기억하게 함으로써 인간을 향한 아름다운 심성을 보여준다. 그리고 인간에게는 인간다운 사랑이 필요하다는 인간의 존엄성을 보여준다.

　전쟁은 모든 것을 파괴하는 것은 물론이고 인간의 생존마저 파괴된다. 전쟁 속에서 인간은 인간다울 수 없다. 작가는 전쟁 중에 인간의 감정이 조각조각 파면처럼 가라지고 선악의 구별이 극도로 어려워지는 전쟁의 아픈 상혼을 「파편」에 담고 있다.

　부산 피난지 창고 속에는 경향 각 지에서 모인 사람들이 살림 도구를 경계한 생활이 아닌 생존을 위해 하루 하루의 목숨을 연명해 가고 있다. 황해도 대지주의 외아들 태현은 경성 제국 대학까지 나왔으나, 이 전쟁 중에는 학벌이 소용이 없다, 그의 부인이 담배장사를 해서 아이와 함께 생계를 유지하나 그나마 아내가 아파서 누웠다. 언젠가 팔려고 몇 번이나 망설이고 있다. 이 창고 안에는 모두들 생존의 아픔과 괴로움을 모두 안고 산다. 배노인은 두 아들이 있는데 한 아들은 국군이요 한 아들은 빨치산이 되어 서로 대치하고 있는 상황을 상상하면 비애가 가슴을 쓰리게 한다.

　송서방네는 태현의 어린애가 우는 소리에 자기의 다섯 아들을 엄동설한에 천리 길을 걷게 하여 고개하나 넘으면 마을이 있다고 족치다가 아이가 눈에 미끄러져 일어나지 못해 죽었다는 넋두리를 늘어놓는다.

이 송서방은 시골서 반반하게 살았으나 전쟁은 그에게 이성과 체모와 스치심을 빼앗고 대신 왕성한 생명력을 주어 살게 한다. 미군 물자를 빼돌려 장사하려다가 물건을 빼기면서 살아간다. 이 창고 속에 제일 여유 있어 보이는 김병민이라는 청년은 부유층 아버지를 협박하여 돈을 많이 가지고 있다. 그가 사랑했던 두 친구를 전쟁에서 잃고 남하하는 배를 탔는 데 선원들이 자꾸만 타려고 하는 사람들을 정량이 넘었다는 이유로 사람들을 발로 차 바다에 빠뜨리는 것을 보는 순간 그의 이성이 극도로 혼란되어 성격이 무너져 버렸다고 한다. 오싹하고도 끔직한 일을 겪고 나면 성격이 바뀌어 버리지 않을 수 없을 것이다. 또한 전쟁은 UN군 병사와 새빨갛게 입술을 물들인 창녀가 있게 하고 그 광경을 보고자라는 아이들에게 외잡한 욕을 하게 만든다. 불끼 없는 창고 속에 태현은 아픈 아내와 어린아이를 제대로 돌보지 못하고 이북에 두고 온 부모에게 다시 모시러 오겠다고 위선적인 말까지도 한 것에 대해 자조하고 있는데 부당하게도 이 창고안 사람들은 막연한 존경을 보내고 있다. 노무자인 사람이 자기가 지식 계급이라고 병든 아내에게 해 주라고 생선과 시금치 뭉치를 내미는 것에 친밀감을 느낀다.

전쟁이란 선풍에, 뿔뿔이 흩어진 민족의 파편을 아무렇게나 쓸어 담은 구잡스레한 창고 – 완전체의 파편으로 인간 감정도 무사한 막다른 골목 생활을 잃은 존재만이 있는 전쟁의 흔적을 보여주고 있다. 전쟁은 지식인을 아무 쓸모 없게 무능력자로 전락시키고 기존의 질서를 무너뜨리고, 인간의 가족 단위를 해체시켜 경향 각지에 모인 각양 각색의 사람들이 이 창고 안에 서로 부비고 목숨을 이어가게 하는 것이다.

또 전쟁은 남녀노소, 학연, 신분, 지위, 직업을 묻지 않는다. 그런 기존의 질서가 완전히 뒤집어 진다. 그가 어린 아이인가를 묻지 않는다. 오직 생존을 위한 치열한 다툼에서 부모가 아이를 어른처럼 취급하여 걷게 하다가 죽게 만드는 제2의 살인이라고도 할 수 있게 한다. 그런 비참한 가운데 인간에게 살게 하는 의욕 – 즉 강인한 생명력을 주어 사람끼리 다투어 가면서 살게 된다. 서로 살아야겠다는 아우성 속에 태현은 그렇게도 할 수 없는 지식인의 나약함을 서글퍼 할 뿐이다.

배노인의 두 아들은 국군으로 한 아들은 빨치산으로 대치하고 있는 상황에서 어느 한 편도 도울 수 없는 딱한 처지에 맞닥뜨리게 된다. 6·25전쟁은 '이데올로기 전쟁' 이었으며 그것은 곧 '이데올로기'가 '민족' 보다도 우선함을 실증한 전쟁이었다. 배노인의 아들이 바로 이데올로기의 희생자라 할 수 있다. 우리가 선택한 이데올로기가 아닌 것인데 민족의 동질성이 파괴되고 형제가 서로 총으로 대체해야 하는 남을 위한 진정 명분 없는 전쟁이라 하겠다. 6·25를 어떻게 정의해야 한단 말인가. 인권이 무참히 짓밟히며, 모든 것이 와해되어 버리는 기존의 질서가 인간의 가장 기본이 되는 천륜(天倫) 마져 서로 죽음으로 몰아놓고 있는 아우성 그런 가운데 전쟁이 주는 충격 및 변화는 반드시 부정적인 것이 아니다. 전쟁은 용기와 결단과 초인적 인내심과 강인한 생명력을 길러주기도 한다. 송서방네가 자식의 어이없는 죽음을 보고 어버이로서 삭일 수 없는 분노를 누르며, 수돗가에서 대판 싸움을 벌리고 있는 것도 왕성한 생명력의 표현이다.

전쟁은 수치와 체면을 없게 해 준다. 수치와 체면을 벗는 모양을 신미령은 다음과 같이 비유하여 말하고 있다.

　"비오시는 날 이런 일을 경험허신 일은 없으신지요?(…) 어느 날 곱게 차리고 외출을 했는데 갑자기 날이 궂어져서 비가 쏟아지기 시작했어요.(…) 새하얀 진솔 버선에 긴 새치마를 입고 있던 저는 어떡하면 이 치마와 버선을 더럽히지 않고 집에까지 갈 수 있나 하고 조심조심 치마를 휘어잡고 물이 고이지 않은 데로만 골라 다니며 길을 걸어갔어요. 이란 이루 말할 수가 없어 한 방울의 물도 흙도 묻히지 않고 갔습니다만.(…) 위에서 달려온 자동차가 전속력으로 옆을 지나가는 것을 피할 새가 없어 아스팔트 패어진 고인 더러운 흙물을 머리에서부터 뒤집어 써 버렸어요. 얼마나 약이 올랐겠어요. 저는 울상을 하고 달려가는 자동차를 쏘아봤습니다만, 물론 부질없는 일이었습니다. 그런데 예기 안 했던 일이 생겼습니다. 글쎄 옷을 쫄딱 버린 후부터는 그저 마른땅 걷는 것과 마찬가지로 진땅을 걸을 수가 있지 않겠어요(…) 나중에는요 일부러 진창을 철벅철벅 걷기두 하구, 그 기분이란 무어랄까요? 참 자유롭구 거리끼는 것이 없구, 말하자면 불명예의 향락이랄까요?(…)

―「파편」, 65쪽10)

　수치와 체면이라는 것을 뽑아버려 마음 편한 신미령과 그것을 뽑지 못해 전전긍긍해 하는 태현의 태도에서 구식스타일이 되어버린 양복 한 벌을 가보나 되는 것처럼 싸안고 있는 지식인의 고뇌를 보여 준다. 작가는 전쟁이 준 파편을 양심 속에 뽑지 못해 전전긍긍해 하는 인간상과 아버지에게는 돈을 빼앗아 호사스럽게 쓰긴 했지만 양심의 가책을 느끼고 계속 가슴 아파하는 청년, 피난 생활에 지치고 참담한 모습을 통해 인간이 가지는 존재의 의미가

---

10) 한무숙문학전집 5, 『대열 속에서(외)』, 을유문화사, 1992.
　　앞으로 작품인용은 『전집』번호와, 쪽수만 표기함.

무엇일까 하는 질문을 던진다.

원칙이 동요되고 전락되는 시대, 선악의 구별을 할 수 없는 세기의 비극을 이 창고 안의 정경을 통해 축소적으로 보여주고 있다. 작가는 태현을 통해 이런 비참한 지경에도 '대청에 다홍치마에 금박이 노란 반지랑 저고리를 입고 소소하게 섰던 아내의 옛 모습'을 그리게 하고, 노무자를 통해 생선 한 마리와 시금치로 위로 받게 하며 인간이 친절을 느끼게 해준다. 작가의 마음 속에 흐르는 인간성의 옹호가 그 밑바닥에 받쳐주고 있다.

「김일등병」은 전쟁터에서 부상당한 김일등병은 후방에서 치료를 받던 중 위문차 온 한 떼의 여학생을 만나게 된다. 그 여학생 중 까만 벨벳을 입은 여학생이 자기에게 유난히 친절을 베풀며 볼우물을 짓고 활짝 웃고 있는 것을 보고 갑자기 목발이 원망스러웠다. 그러나 자기가 건강한 청년이었다면 그 소녀의 호의를 겹게 생각하지 않았을 것이다. 전쟁에 재 출정하는 것이 유일의 목적이었던 투병생활이 또 하나의 희망과 목표로 얻은 것 같아 식사종이 울렸으나 자기 도취에서 깨어나지 못하고 있다. 작가는 이 작품을 통해 국군 상이병에게 용기를 주고자 했다. 일종의 종군 위문적인 성격의 작품이다.

> 난 훈장을 많이 찬 장군을 보면 위압감을 느끼지만 상이병을 보면 뒤에 서라두 저을 허구 싶도록 존경과 친애와 눈물까지.(…)
>
> −『전집』 5, 142쪽

작가는 명예보다 희생정신을 높이 사고 있다. 작가는 순진한 소녀의 입을 통해 상이 군인에게 감사와 찬양과 위로를 해 주고 싶었던 것이다. 「김일등병」은 부상당한 군인에게 용기와 희망을 주는 것이 목적이었다면 「군복」은 전쟁에 출정하러 가는 군인에게 용기를 더 해주기 위한 종군 위문적 소설이다. 전쟁은 신분의 상하를 뒤흔들어 놓는다. 화자는 어릴 때 감히 바랄 수도 없었던 부유한 가정의 딸 은희를 그냥 좋아서 짝사랑하였다. 은희에게 잘 보이고 싶다는 일념으로 소학교 교원을 그만 두고 문리대에 들어갔다는 고백을 듣는 순간 청년의 순정과 진실 앞에 그렇게도 오만했던 그녀는 내일이면 전선으로 출정가는 군복을 입은 청년 앞에서 비로소 겸허를 알았다. 작가는 전선에 나가는 군인에게 용기를 복돋아 주고 싶은 따뜻한 마음의 배려를 느낄 수 있다.

「명옥이」에서 월남한 명옥이는 아는 사람을 찾아다니며 그때 그때 적당한 거짓말을 하여 생계를 이어 간다. 여성 화자는 나는 명옥이와 국민학교 다닐 때 우리 집에 와서 고향이 어디냐고 묻자 거창이 아니고 ‘가아창’ 하여 기억에 남는 아이다. 뚱뚱한 몸집에 얼굴에 주근깨가 빈틈없이 깔린 명옥이가 ‘베아트리체’ 운운하면 그만 고귀하고 청순한 것과 너무나 거리가 멀어 얼떨떨해진다. 그런 명옥이에게 완전 무결하다는 옛 애인이 자기를 못 잊어 밤마다 찾아와서 문을 열어 달라고 애원한다. 허나 한 가정을 파괴하고 싶지 않아 문을 열러 주지 않는 다는 것이다. 십팔 관이 넘는 ‘베아트리체’가 왕성한 식욕으로 삼시간에 밥 세 그릇과 국그릇을 널름 치워버리는 것을 보고 문득 가엾은 생각이 들고, 모국장, 모사장이 자기의 친척이 된다고 늘어놓는 것을 보면 그녀와 교분을 이어 가기 위해 ‘속아주지’ 않으면 안 되는 일이었다. 그런 명옥이의 애인을 볼 기회가 있었다.

애인의 사회적 지위나 초상에 한해서만큼은 명옥이의 말에 거짓은 없었다. 그러나 그들의 처지는 완전히 도착적인 것이고 명옥이의 고백은 다만 이마에 주름을 잡기 시작한 체중만큼 불행을 지닌 못 생긴 중년 여성의 꿈과 희망에 지나지 않았다는 것은 의심할 여지가 없었다. 이 사회적 명사인 단려한 외모를 가진 신사는 동물이 되는 순간에만 명옥이를 찾았으리 — 이런 생각이 스치자 동물이 될 수밖에 없는 명옥이가 진실로 가여웠다.

— 『전집』 6, 189쪽

우스꽝스런 모습으로 사랑을 운운한다는 것은 아이러니한 일이다. 작가에게 있어서 사랑의 정의는 고귀한 희생 위에 얹혀진 사랑(만남의 표녀, 유수암의 진경, 어둠에 갇힌 불꽃들에서 교동 부인)이었다. 작가는 동물적인 사랑은 인정하려 들지 않는다. 어디까지나 희화적 모습으로 그리려 하고 있다. 작가는 못난이 명옥을 질책하지 않는다. 못났으면 못난 대로 수용하며 사흘 굶주리면 담장을 넘는다는 말도 있듯이 아무런 밑받침이 없이 여자 혼자 몸으로 살아가는 명옥이에게 작가는 불쌍한 동정을 하면서 살아가는 방도를 그 나름대로 수긍하며 거짓말하는 현장을 목로 시키지 아니한다. 그런 명옥이가 불쌍하여 작가는 어디까지나 내쳐 두지 않고 거룩한 모성으로 끌어올리려 애쓴다. 오래 간 만에 본 명옥이가 뙤약볕 아래 양산도 없이 등이 곤드라진 어린 애를 업은 모습을 여성화자는 멀리서 보면서 비참하지만 훌륭하고 진실한 모습이라고 느낀다. 전쟁은 윤리와 생활 이전에 생존 문제였다. 어떻게 사느냐가 아니고 어떻게 살아 남느냐가 중요하다. 작가는 산다는 것은 모든 윤리에 앞서는 것이라고 말한다.

명목이는 어떻든 살려 놓고, 불쌍한 명옥이를 모성으로 끌어올리는 작가에게서 못나고, 불쌍한 인간을 존재시키는 인간 옹호의 정신을 엿볼 수 있다.

「집념」의 아버지는 「아버지」에 나오는 아버지와는 반대로 아버지로서의 자존심을 가지고, 막내딸 하나 아들에게 짐 지우지 않고 대학 공부를 시키기 위하여 등록금을 보내는 과정에서 6·25전쟁이 나기 전 6월 23일에 붙인 우편환을 도로 찾기 위한 집념을 보인다. 허노인이 죽고 나자 중요서류 뭉치가 든 가방이 남았다. 그 속에 예금통장, 대체환 영수증 뭉치를 보고 노인의 인생을 짐작케 한다. 노인은 거의 이십여 년을 두고 우체국 나들이가 그의 소일 거리였다. 서울서 대학 다니는 딸에게 대체환으로 돈을 부친 것이 공교롭게도 유월 이십 삼일이었다. 그 안타까운 돈이 흐지부지 된 것이다. 돈에 대한 집념은 훨씬 나중 가서 일이고, 괴로군 점령 하에 서울 소문을 들었을 때 딸의 생사에 안절부절 못하던 노인이, 딸이 죽지 않고 돌아오고, 어수선하던 세상도 일시적으로 조용해지자 십만환이 몹시 아쉬워졌다. 노인은 가끔 영수증을 펼치고 지나간 세월을 회상해 본다. 아들의 유학 자금 영수증이 나오고, 노인의 치부를 감추듯 하는 영수증도 나온다. 새로운 영수증 뭉치는 용어가 우리말로 적혀 있고 금액도 전에 비하면 경이적이다. 이 송금을 위하여 얼마만한 희생과 노력을 하지 않으면 안 되었다. 아들을 공부시켜 이제 아들은 사회적 명사가 되었고 아버지의 노환에 충분한 치료와 간호를 받고 있긴 하지만 우환도 수삭을 걸치고 보니 예사가 되어 한동안 뜸하던 주연이 요즘 와서 부쩍 잦았다. 단정하고 깔끔한 노인으로서 방안에서 대소변을 보는 것이 심리적으로 타격이 되었다. 노인은 마지막 있는 사고력을 다하여 우체국으로 대체환을 돌려 받기 위해 편지를 쓰다가 쓰러진다. 아버지로서 자식에 대한 희생을 끝가지 감수하는 모습을 보여준다. 일생을 근면하게 살며 자식들 뒷바라지에 심혈을 기울이고, 딸 하나마저 대학을 시키기 위해 얼마나 애썼나. 애들은 이제 사회적으로 출세하여 자기의 병 치료를 애쓰는 아들을 보고 불효라고 나무랄 수도 없다. 허 노인은 아버지로서의 책임감을 감당하기 위해 힘들어

송금한 영수증 뭉치들을 볼 때면 이 노년의 허망함을 감당할 길이 없다. 그는 해뜨는 바다의 저물어 가는 산을 바라보며 병고와 추억과 비애와 체념과 무력한 노여움과 희망이 얼섞인 올로 부단히 '죽음'을 짜고 있는 것이다. 그런 허망한 속에서 전쟁 속에 없어진 대체환 영수증을 찾기 위해 최후의 안간힘을 쓰는 것이다. 그의 마지막 인간으로서의 존재의 확인을 위한 행위이다.

3. 꿈의 상실과 삶의 진정성

여기는 「귀향」, 「그대로의 잠을」, 「소년 상인」, 「허물어진 환상」, 「천사」 등이 속한다.

「귀향」에서 샛대 붙들이 신창수는 출세하여 지금은 국회의원이 되어 부모의 산소를 돌보기 위해 고행에 금의환향하였다. 많은 사람이 샛대 붙들이로 알아주길 원했으나 국회의원 신창수로만 대접하려 들었다. 사람이 출세하여 고향에 돌아가고 싶은 마음을 이제나 저제나 또 같은 모양이다. 신창수는 성공을 위하여 고향을 등지고 물불 가리지 아니하고 매진한 결과 지금은 국회의원이 된 신창수다. 부모의 산역을 돌보기 위해 고향에 내려갔으나 알아주는 사람 없어 쓸쓸해 한다. 6살이나 위인 아내 – 아무 고울 것도 없는 아내 대신 자기에게 추파를 던지던 추련이를 생각했다. 추련이와 가깝게 지내자 동네에 더 있을 수 없었던 것이 출분의 동기이다. 그 이후로 얼마나 많은 여자를 버렸는가. 자기를 찾아온 강첨지 – 개똥이가 아들의 등에 업혀 온 것을 보았을 때 투박하고 우둔한 강첨지의 아들이 탐날 것은 천무당 만무당 하였으나 가난한 촌로 강첨지는 그의 물새 틈 없는 차림새, 비굴해 하는 비서의 태도나, 고급 자동차라든가 그런 것에 관심을 보이지 않았다. 자기는 이런 촌야보다 높이 있는 자기를 의심치 않았으나 자기의 모든 성공, 재력, 명성 같은 거의 점점 퇴색해 짐을 느낀다.

자기의 부인이었던 감내집의 무덤이 눈에 들어오자 명성과 성공과 야망 같은 노력이 부질없어 짐을 느껴야 했다. 외지에서 출세하고 고향에 돌아 와도 감내집의 정성어린 돌봄을 뿌리치고, 추련이와의 열렬한 소문도 결국 추련이를 삼취맥으로 시집을 낮추어 가게 했다. 자기를 샛대 붙들이로 기억해 주는 친구들은 개똥쇠만 빼놓고 다 출분하여 알아줄 사람 없는 고향에 돌아 와도 자기에게 아무 의미도 없었다. 출세와 성공을 위하여 남을 짓밟고 올라서 봐야 별 의미가 없으며, 가난하나마 가족의 돌봄이 있고, 아버지가 아들을, 아들이 아버지를 극진히 위하는 그 생활이 진정한 인간의 삶이라고 작가는 말하고 있다.

「그대로의 잠을」에서는 한 젊은 의사가 창녀를 직접 죽이지 않았으나 그 상황이 죽음으로 몰아 넣었다고 자백하는 진실에 찬 인간의 삶이 그려져 있다.

남성 화자인 나는 영호의 출산을 도왔으나, 태반이 영호의 머리를 뒤집어 쓰는 바람에 피의 세례를 받고 태어난다. 그 후 동네에 영호를 보면 꼭 남저고리를 입었다. 까닭인즉 피를 뒤집어쓰고 나온 아이는 살인의 운명을 타고 나기 때문에 그것을 예방한다는 것이다. 나의 어머니는 마흔 다섯 노산에 낳아 젖이 부족하자 누이의 젖을 먹고 자라고, 어머니가 돌아가시자 자연 누이의 집에서 기거하며 공부하여 그녀의 소원대로 의과대학에 가고 미국에 유학가는 주선도 해 주었다. 누이가 서둘러 약혼까지 했다. 병원에 근무하는 중한 어리디 어린 아기 엄마가 눈병 치료를 위해 병원에 들렀다. 원장이 안과에 가라고 하는 것을 옆에서 듣고 있다가 대학 병원에 근무하는 친구에게 소갯장을 써 주었다. 누이의 점포가 서울역 부근이라 가끔 양동 천막촌 그녀 집 가까이에 오게 되었다. 그녀가 놀라며 '선상님' 같은 분이 오시면 안 된다고 하는 소리에 "왜, 안 돼" 하며 그녀를 몹시 난타하고 있는 나를 발견하고 부끄러운 마음에 뛰쳐나오고 말았다. 바깥의 소동에 잠이 깨어 긴 밤의 사정을 알게된 나는 누이에게 그녀를 죽인 것은 나라고 누이에게 말했더니,

> "아냐 아냐, 넌 넌 그렇게 되어 있었어. 그걸루 그걸루 때워 버린거야."
> "때우다니 때우다니 – 뭐 뭣을……"
> 말이 같이 더듬어 나왔다. 무서운 예감이 등살에 칼같이 꽉 꽂혔다.
> (…) 남의 일 같이 빈정대는 입가에 자꾸만 경련이 일었다.
> "그럼 그걸 빠쳤겠니?"
> 누이가 태연히 받았다. 눈이 번들거렸다. 마치 기다리고 있었던 것이 실현이나 된 것같이 광열적인 얼굴이었다. 복받쳐 오르는 분노를 있는 대로의 벽마다에 머리를 부딪쳐 부숴 버리고 싶었다. 모든 것을 이제야 안 것이다. 막연히 느껴오던 그 거미줄에 얽힌 것 같은 느낌, 언제나 문턱에서 거절당하는 인생에의 참가, 남들이 일상이 그리도 어려웠던 일들. 그렇다. 한 벌의 남저고리가 입혀질 때마다 한 인격으로부터 자유와 주체성을 박탈해 간 것이다.
>
> ─「그대로의 잠을」, 312쪽

날 때부터의 피의 세례를 받았다는 이유로 백일 안에 남저고리 7벌을 해 입혀야만 살인의 운명에서 벗어난다는 속설로 남성화자인 '나'는 자라나는 과정에서 적극성을 잃고 소극적이 된다. 남들이 그렇게 일상적인 것이 왜 그렇게 어려운 가를 이해하게 된다. 위험한곳, 무엇이든 삶의 이니시에이티브를

잡지 못하는 피동이 성격으로 자란다. 누이의 보호아래 모든 생활이 규칙적인 데서 오는 부자유, 그가 자유 의지대로 그런 대로 돌봐준 사람이 있다면 윤락녀 모녀가 있을 뿐이다. 아기는 아구창에다 농루안을 앓고 있고, 여자는 아기가 있음에도 불구하고 윤락녀의 생활로 생계를 이어 가야만 한다. 작가의 소설에서 가장 비참한 대목이 있다면 바로 이 대목이 있을 것이다. 작가는 인간의 생활의 극한 상황을 보여 주면서 그런 윤락녀가 그런 대로 명랑성을 유지하고 있는 것을 삶을 '참고' 있는 것이 아니고 분명 '살고' 있기 때문이라고 말한다 그녀에 비하면 여태껏 모든 삶을 규범에 맞추어 살아 왔다.

또 한 가지 천막촌에 드나들면서 느낀 것은 인간은 어떻게 해서라도 살 수 있다는 것이다. 그런 행위가 추악하다든가 용인할 수 없다든가가 아니고, 실로 존재한다는 것은 모든 윤리에 선행한다고 작가는 이런 비참한 경우를 두둔한다. 작가는 생명의 존엄성, 인간 존재의 존엄성을 다시 한번 말하고 있다. 누이는 모자가 죽은 위치를 가지고 몹시 나무라고 있다. 화재가 났을 시 아이는 마땅히 엄마가 끌어안고 있는 자세에서 죽어 있어야 하는데 엄마가 저 혼자 살려고 아이는 팽개치고 나오다 변을 당했다고 거듭 분개했지만, 사실 그녀의 아이에 대한 정성은 지극한 것이었다. 인간이 비참해진 진실을 대했을 때 무어라고 표현을 할 수 있겠는가. 한편 그 불쌍한 그녀를 내가 죽인 거라고 용감하게 고백할 수 있는 것은 삶의 밑바닥에 깔린 때묻지 않는 순수 때문이었다. 사회의 밑바닥 인생 시궁창 같은 속에서 삐 뚫어지지 않고 순수하게 살아가고 있는 곳에 한 가닥 구원의 빛을 던져 주고 있다. 사회 밑바닥 가장 가련하고 불쌍한 그녀를 아무런 이유도 없이 분개하고 있는 자신을 깨달았을 땐 너무나 부끄러웠다. 단지 선생님 같은 분이 이런 곳에 오는 것이 아니라고 말하는 그녀를 볼 때 나는 마치 인생에의 참가를 거부당하는 까닭 없는 분노가 치솟았던 것이다. 이제 그 분노의 열정이 식었을 무렵 그녀를 죽인 것은 자기라고 깨닫고 자수하여 푸른 미결수로 남는 것이다. 한 창녀가 어떻게 죽든 나와 상관할 바 아니라고 하면 되겠지만 한 인간의 양심이 살아 있고 진실한 삶의 고백이 있다면 살 희망이 있다는 것을 보이고 있다.

「소년 상인」 여성화자인 '나'가 시장에 털보 아저씨 가게에 단골로 정해 놓고 다닌다. 어느 날 시장에서 채소를 고르고 있노라니까 '무 사세요, 무가 싸요.' 햇닭이 처음 홰를 치는 것 같은 미숙한 소리가 들려 호기심으로 그 쪽으로 둘러보았다. 십 사오 세 가량의 소년이 아버지와 장사를 하고 있었다. 나는 그 날로 소년의 단골이 되었으나 소년은 옛 훈장보다도 완고하고 융통 성이 없고 빡빡했다. 마침 정복을 임은 소년이 알을 체를 했으나, 그의 열등 감이 발로하여 다시 만나자는 기별도 없이 헤어지는 것을 보았다. 그 친구가 가 버리자 "에 에 싸요. 무가 막 싸요!" 하는 비명에 가까운 음성이 절망적인 항거가 그 속에 담겨 있었다. 돌아오는 길에 콧구멍 만한 페인트 점에 '우주 사'라는 간판을 보고 난센스라고 느껴지면서 내 운명 또한 그런 것이 아니었 나 싶어 괴로웠다. 누구나 '우주사'와 같은 원대한 꿈을 꾸고 산다. 특히 소년 기에는 원대한 꿈을 누구나 그려본다 그러나 소년 시절 꾸었던 그 꿈과는 반 대로 조그마한 가게처럼 그 거창한 우주사와는 전연 다른 삶을 살고 있는 평 범한 일상들인 것이다. 그 꿈이 허물어 졌을 때 소년처럼 현실을 받아들이지 못하고 자학적인 행동으로 햇닭이 홰를 치는 듯한 갈라진 소리가 나오며 손 님을 대하는 태도에 있어서 어설프고, 자신을 수용하지 못해 남에게도 까다 롭게 굴고 소년 상인처럼 어설프게 보이는 것이다. 작가는 소년에게 "이왕 깨어진 꿈의 파편조차 주울 수 없는 것이 현실이라면 털보장수 같은 부드럽 게 굵어지고, 흥정꾼의 까닭 없는 푸념까지 '헤헤' 웃고 받게 될 만치 신경을 없애라." 하고 충고하고 있다. 그러나 사노라면 시간의 흐름이 그대의 슬픔을 씻을 때가 올 것이라고 위로하고 싶었던 것이다. 한 인간의 꿈의 상실을 어린 소년의 자학적인 모습에 비추어 본다. 소년이 인생을 살아가는 출발에 아직은 확연히 끄집어 낼 수는 없다. 작가는 못난 인간에 대한 연민에 충고를 보내고 있는 것이다. 작가는 사는 것이 진실인 만큼 비록 시장에서 장사를 위해 공부를 계속할 수 없더라도 현실을 수용하고 두 발을 땅에 디디고 용기 있게 살 것을 당부하고 있다.

「소년상인」에서 깨어진 꿈과 파편에서 오는 절망감을 표현했다면 「허물어진 환상」에서는 절망에 필요한 정열조차 없는 혁구를 통해 절망을 표현하고 있다. 일제 시대 최초의 학생 운동 지도자 이혁구 선생—그는 꿈의 파편조차 주워 올 수 없는 의미 상시자이다.

혁구 씨와 어릴 때 서로 이웃하며 살았던 영희는 혁구 씨가 독립운동가로 활동하는 것을 본다. 영희는 그 후 사법관인 남편에게 시집가고 혁구로부터 독립운동자 명단이 들어 있는 서류를 빼달라고 부탁 받는다. 부탁 받은 서류로 고민하다가 불태워 없애 버린다. 남편이 죽자 다방을 차리게 되고 혁구는 거기서 대필해서 생계를 이어가고 있다 그는 '고문을 너무 받아 천치가 된 것'이 아니고 의미를 잃어버렸기 때문이다라고 한다. 독립이 되어 더 이상 싸울 대상이 없어서 일까? 무엇 때문에 사람이 그렇게 전락되어 버렸을까? 또 4살 우인 그의 아내가 됫박 이마에 주먹코를 가진 그의 아내 때문일까?

꼿꼿하게 줄을 새운 바지, 주름살 하나 없이 다린 낡은 상의를 말쑥하게 입은 혁구 씨는 어딘지 좀 초라해 보인다. 무릎이 뚱그런 수세미 같은 양복에 바바리를 걸친 모습이 퍽이나 씩씩하고 당당하게 보인 그였는데, (…) 정성껏 닦은

듯한 구주 가죽이 갈라진 틈에다 구두약이 끼어 있는 것도 서글프고 초라한 인
상을 주고, 챙이 좁은 검은 소프트를 쓰지 않았으면 싶었다.

ー「허물어진 환상」, 75쪽

　　정성껏 그를 돌보는 아내가 있었으나. 그에게 별 의미를 주지 못하고 있
다. 그 시대 사회 활동한다고 하는 남자들의 세태를 보여 준다. 고도의 지식
인으로 가정에서 세심하게 돌봐 주는 아내가 있음에도 불구하고, 그는 사는
의미를 잃고 넋나간 사람 모양 그저 다방에서 대필이나 해주고 산다. 해방후
우리의 대부분 세대 모습을 보여 주고 있다. 독립 운동이라는 크나큰 과제를
가지고 싸우다 거기서 소외되어 이빨 없는 호랑이로 전락되어 버렸다.
　　해방후 민족 운동하던 대부분의 애국자들이 역사의 주동세력에서 밀려나
사회의 밑바닥 인생으로 낙후된 한 전형을 보여 주고 있다. 무지개만 쫓다가
발을 헛디뎌 인생이 무너진 안타까운 모습이다. 한 아내의 남편이고, 아이들
의 아버지 노릇하는 것도 그 의미가 큰 데 그런 것은 무시하고 무언가 허황
된 것을 쫓는 남자의 허실을 보여 주고 있다. 해방후 권력의 핵심으로 부상
못한 뒤쳐진 세대이다. 그에 걸맞은 직업이 없었던 그래서, 그의 고등 지식을
활용할 직장이 없었던 그 시대였다. 아버지가 고문문관이긴 했지만 그래도
학생 때 독립운동이니 하고 할 수 있었던 것은 가정의 뒷받침이 있었기 때문
이다. 부모가 돌아가시고, 생활을 돌 볼 가장이 되었을 때 그에게 걸맞지 않
지만 호구를 위해 그저 다방에 앉아 대필을 해야 하는 그야말로 꿈을 잃은
세대를 보여 주고 있다. '우리의 위대한 대 선배 이혁구 선생'을 청사에 남은
분이라는 학생들의 외침이 혁구 선생의 꿈이었다면 그 옆에 초라하게 웅크리
고 앉아 있는 이 혁구 선생은 현실이다. 8ㆍ15 이후 순수 민족 운동가들은

제 자리를 잃고 다시 친일파가 득세하여 중요한 자리를 다 차지하고 정작 순수 민족 운동가는 변방으로 돌게 되어 우리가 본 바로 독립 운동가 하면 가난과 실업이라는 초라한 현실이 신문 사회면을 뒤덮고 있음을 볼 수 있다. 남자의 꿈의 상실을 보여 주는 또 하나의 이와 유사한 작품으로 「천사」가 있다.

송 선생이라고 하는 '나'는 어릴 때 글재주를 인정받아 그런 대로 대학까지 진학을 하였는데 친구 S의 호강으로 자라는 모습 등이 그에게 강렬한 매력에 도취되어 그가 하는 민족 운동에 가담하게 되었고 감옥까지 가게 된다. 그런 대로 시골 부모님은 귀한 아들로 키웠을 터인데, 그 공은 모르고 눈에 보이는 사치스런 호강만으로 귀하게 자라는 것이 부럽고 S의 강렬한 개성에 몰입하였다. 애초에 무슨 민족 운동할 위인은 아니었다. 고향에서는 대학이나 다녔다고 그를 존경하며 '송선상'이라고 호칭으로 불린다. 동네에 무슨 일이 생기면 자문을 구할 때면 그저 고개만 끄덕여도 겸손한 사람으로 소문이 났다. 그의 소망 없는 삶을 한층 더 한심하게 하는 것은 그의 추한 아내 때문이다. 잘 때 코를 고는 모습하며 자식을 마구 때리는 거친 행동하며, 자식이 꼬챙이에 눈이 찔려 피가 흘러도 못 본체 하는 그였다. 그의 이상은 한없이 아름다운 것을 동경하는데 현실은 비참하여 더욱이 못나고 추한 아내로 하여 모든 것이 절망이라고 한다. 하루 종일 생업에 종사하느라 고단하여 쓰러져 자면서 코를 골고 옷 매무새 다듬을 사이도 없이 하루가 바쁘게 뛰어다니느라 잇속에 고춧가루가 끼었는지도 모르는 아내를 남편은 흉이나 보고 있다.

눈만 감으면 코를 고는 아내, 손가락을 머리 속에 넣어 빗질하듯 긁어내리는 버릇이 있어, 언제나 손톱사이에 때가 끼어 있는 아내, 그런 아내를 볼 때 '나는

저것을 참고 있는 것이다.'하는 생각이 일어 오는 것이다. (…) 사실 나는 어떤
쾌감에 ─ 복수적인 쾌감에 젖어 있었던 것이다. 지저분한 이, 얼쑹덜쑹한 얼굴 지
리뚱한 허리 ─ 차라리 여러 아이가 빨아서 늘여뜨려 버린 쇠불알만한 추악한 젖
통이 까지 내 놓았으면 하는 충동이 일어나는 것이다.

─「허물어진 환상」, 138쪽

왜 이렇게 소망 없는 삶을 살아야 하는가. 그 시대(1950년대 무렵) 지식인
들의 생활력은 무능하나 머리 속에 그리는 것은 너무나 고상하게 나타났던
것이다. 누가 그를 동정해 주고 있으며, 또한 아내에게 호통만 받고 살면서
아내의 추한 꼴이 그에게 복수적 쾌감이라고 생각하며 지내고 있는 그에게
환상적인 장면이 나타난다.

한 마디로 말하여 색채였다. 눈이 번적할 만큼 선명한 진홍─첫눈에 너무
현란하여 미처 얼굴을 볼 사이도 없는 데.(…) 인중이 몹시 짧아, 언제나 가볍게
열린 아담한 입이 그녀가 한번 끌고 온 일이 있는 암염소의 젖꼭지처럼 연분홍
색이다.(…) 그의 보드랍고 애애한 음성을 듣는 것만이라도 나는 부드러운 무엇
인가가 사풋이 마음에 얹혀 오는 것을 어찌할 수 없었다. 그것은 거의 도취였다.
격렬한 운동 끝에 오는 건강하고 싱싱한 흐뭇함이 아니고 'euphoria'랄까 차라리
무슨 마약 같은 것에 취하는 심정 ─말하자면 생명이 황홀하게 중절되는 것 같
은 느낌이었다.

─「허물어진 환상」, 139～140쪽

과수원집 딸이라고 하는 문학 소녀의 등장으로 마약 같은 것에 취하는

심정으로 바뀐다. 그러면서 그 서녀를 기다리게 되고, 그의 영혼의 전부랄 수 있는 시를 쓴 원고를 소녀에게 모두 건네 주게 되고, 그 소녀를 아프게 기다린다.

서울 말소리와 풋풋한 소녀의 모습에서 구원을 받는 느낌이 든다. 흔히 남자들이 가정에는 사느라고 정신 없는 아내의 추한 모습, 깨끗지 못한 자식들. 지저분한 방의 풍경 이런 것들을 외면하고 머나먼 것을 동경하는 그 세계가 손에 잡힐 듯 착각하는 모습을 그리워한다. 소녀를 기다리다가 오지 않아 소녀를 찾아 과수원이 있는 언덕으로 오른다. 과일을 씌운 봉지가 무엇인가를 알았을 때 눈앞이 캄 막히고, 경악과 절망과 굴욕감이 지나갔을 때 폭풍이 휩쓸고 난 고요가 나에게 다가왔다.

문학적 재능을 부추겼던 국민학교 시절의 은사, S가 그렇게 매력 있어 그가 하는 일에 동조했던 나의 꿈이 또 한번 소녀를 만나 꿈틀대다가, 폭격에 맞은 폐허처럼 원래의 나의 모습으로 돌아 왔을 때 모든 것이 허무로 무참히 깨어지고 일상적인 평온함을 찾게 된다. 독립 운동을 하다가 의미를 잃어버린 초라한 혁구를 그리고 있는 「허물어진 환상」이나, 문학 청년으로 한창 꿈에 부풀었다가 낙향한 송선상을 그린 「천사」나 두 주인공 다 현실에서 의미를 구하려 하지 않고 크고 손에 잡히지 아니하는 꿈을 쫓다가 상실한 전형을 보여 주고 있다.

4. 맺음말

한무숙은 한국현대소설사에서 순수 소설가의 한 사람으로 주목받아야 하는 작가이나 타계한 지가 얼마 되지 않았고, 여류소설가에 대한 편견으로 그에 대한 연구가 활발하지 않았다. 본고에서는 그녀의 50년대 발표작품에 드러난 주제의식을 고찰하였다. 작품 저변에 깔려 있는 이러한 작업은 다른 50년대 작가들과 같은 대열에 속하는 전후문학의 한 몫을 개성적으로 드러내주고 있는 것이라 생각한다.

작가는 6·25를 겪으면서 사회의 혼란에 무심할 수 없는 작가의식을 전쟁소설은 아니더라도, 전쟁의 와중에 흩어진 가족, 잃어버린 고향상실로 인한 인간성 황폐를 그려 전쟁이나 혼란 속에서도 인간은 존엄하며 인간성의 순수함을 그대로 간직해야 함을 나타내고 있다. 「모닥불」, 「김일등병」, 「집념」, 「소년 상인」, 「명옥이」 등이 전쟁으로 인한 상흔을 다루고 있다. 「모닥불」, 「파편」에서 6·25는 분명 우리의 뜻이 아니건만 이데올로기가 무엇인지도 모르는 어린아이를 격렬한 오열에 빠뜨리게 하고, 한 지식인에게 삶의 의욕마저 가질 수 없게 함을 그리고 있다. 전쟁 때는 최전방에서만 피를 흘리고 싸우는 것이 아니고, 후방에서도 생존하기 위해 하루하루 처절히 식량을 위해 싸우는 것이다. 그 속에서 인간성은 천박할 대로 낮아져 숨쉬기조차 역겨운 현상이 곳곳에 보인다. 작가는 이러한 처참한 상황 속에서도 인간은 고귀하며 고귀한 인간에게 쓰레기 같은 취급은 있을 수 없음을 말한다. 작가는 인간성 옹호를 다시 한번 외치고 있다. 전쟁은 사회를 혼란시킬 뿐만 아니라, 계층의 이동이 뒤죽박죽 된다. 그런 혼란 속에서 전쟁이 주는 긍정적 의미가 있다. 그것은 살고자 하는 왕성한 생명력을 갖게 한다는 것이다. 「허물어진 환상」에서는 지식인들이 안주할 곳이 없는 상황을 그리고, 「귀향」에서는 수단과 방법을 가리지 않고 출세를 했으나, 진실한 삶에 외면당한 인물들을 그려내고 있다.

「소년 상인」에 나오는 소년 상인이나, 「램프」에 나오는 노양, 「명옥이」의 명옥이는 어딘가 좀 모자란 듯한 인간들이다. 작가는 그들을 비웃으려고 출현시킨 것이 아니고, 따뜻한 눈으로 그들을 작품 속에 수용하고 작품 속에 교훈을 일러 주려고 하였다. 작가는 그들도 이 사회의 구성원임에 틀림없다고 생각하여 그들을 인정하는 것이고, 다함께 세상을 더불어 살아가야 함을 알리고자 했다. 그래서 모든 인간들을 참여시키고, 참되게 살아가는 진실한 인간상을 그려내 주고 있다.

작가는 독특한 심리표현 기법을 통해 인간의 죽음의식, 여성의 사랑과 성을 드러내고 있다. 「정의사」, 「귀향」, 「양심」, 「그대로의 잠」, 「소년 상인」은 남성의 진실한 삶의 고백을 「램프」, 「수국」, 「명옥이」, 「월운」은 여성의 심리 묘사를 다루고 있다.

이상에서 볼 수 있듯이 작가는 50년대의 상황을 다양한 주제에 맞춰 기술하고 묘사하려고 하였다. 그 속에 담긴 인간들의 이야기는 작품 밑바닥에 인간성 옹호라는 크나큰 주제를 가지고 서정적이고 시적인 아름답고 유려한 문체로 표현되었다. 작가는 독자들에게 고결한 영혼을 가진 인물들과 만나게 하려고 그의 작품세계는 다양하게 변주시키고 있다.

작가의 작고 이후 그녀의 작가 작품론이 해마다 계속 연구되고는 있지만, 아직도 종합적인 연구가 미비하고 작품 하나 하나의 심도 있는 연구와 그의 큰 주제인 존재와 죽음의 의미를 심층 깊게 다루는 연구가 불충분한 상태이다. 이는 앞으로의 과제로 삼는다.

참고문헌

1. 기본 자료

『불신시대』(박경리), 지식산업사, 1987.
『Q씨에게 - 박경리 산문집』(박경리), 솔출판사, 1993.
『선우휘 문학선집』(전5권), 조선일보사, 1987.
『신한국문학전집』, 어문각, 1986.
『아버지의 눈물』(선우휘 칼럼), 동서문화사, 1986.
『이호철 전집』(전10권), 청계연구소, 1988~1991.
『이호철문학 선집』(전7권), 국학자료원, 2001.
『표구된 휴지』(이범선), 책세상, 1989.
『전광용 대표작품선집』, 책세상, 1994.
『동혈인간』(전광용), 삼중당문고(321), 1977.
『최태웅 문학전집』(전3권), 태학사, 1996.
『한국현대문학전집』, 삼성출판사, 1981.
『한무숙문학전집』(1~10권), 을유문화사, 1992.
『현대한국문학전집』, 신구문화사, 1972(1982).

2. 평론 및 논문자료

강금숙, 「한무숙 소설의 원형상징 연구」, 『이화어문논집』 8호, 1986.
강난경, 「한무숙 연구」, 숙명여대 석사학위, 1988.
구중서, 「한무숙의 문학세계」, 『한무숙 문학연구』(한무숙재단), 1996.
권영민, 「이호철론 - 닫힘과 열림의 변증법」, 『문학사상』, 1985.5.
_____, 「전후의식의 극복과 문학적 자기인식」, 『한국문학』, 1985.6.
권 유, 「이범선 소설에 나타난 피해의식 연구」, 한양어문연구회, 1996.12.
곽종원, 「1953년 상반기 작단 총평」, 『문예』 7월호, 1953.
곽학송, 「나의 현대작가 산책」, 『월간문학』, 1984년 2월호.
김경동, 「전쟁사회학 시론」, 『현대사』 창간호, 1980.

김동리, 「1959년의 소설」, 『사상계』, 1960년 1월호.

김만수, 「1950년대 소설에 나타난 한국전쟁의 형상화 방식」, 『문학과논리』, 태학사, 1993.

김병걸, 「현실을 보는 세 개의 시선」, 『창작과 비평』, 1976년 가을호.

______, 「폭넓은 객관적 리얼리스트 이호철」, 『한국단편문학전집』, 동화출판사, 1976.

김병익, 「6·25와 한국소설의 관점」(계간 『현대사』 창간호), 1980.

______, 「60년대의 순진성과 그 풍속의 상실」, 『이호철 전집』 7, 청계연구소, 1991.

김소영, 「전광용 소설연구」, 서울대석사학위, 1988.

김시태, 「빛과 어둠의 형이상학」, 『한무숙문학전집 2』, 을유문화사, 1992.

김양수, 「행동의지의 상황문학」, 『한국소설의 문제작』, 도서출판 일념, 1985.

김양호, 「오상원 작품 세계 – <유예>의 전형성」, 『강남어문』, 1992.

김우종, 「동인상 수상작품론」, 『사상계』, 1960년 2월호.

______, 「인간에의 증오」, 『한국현대문학전집』, 신구문화사, 1986.

김원철, 「이호철 소설의 변모과정 연구」, 서울대석사학위, 1998.

김외곤, 「전후세대의 의식과 그 극복」, 『1950년대 문학 연구』(문학사와 비평연구회 편), 예하, 1991.

김윤식, 「소설가와 예술가의 갈등 – 이호철의 작품세계」, 『이호철 전집』 3, 1988.

______, 「인생에서 마지막 남는 번뇌」, 『한무숙문학전집 4』, 을유문화사, 1992.

______, 「오상원·오유권·이범선과 그의 문학」, 『신한국문학전집』, 어문각, 1986.

김일근, 「한국의 세비네(sevigine) 부인」, 『한무숙문학전집 6』, 을유문화사, 1992.

김정자, 「소설성과 소외의 이데올로기」, 『소외의 서사학』, 태학사, 1998.

김진수, 「전광용 연구」, 홍익대석사학위, 1997.

김치수, 「6·25동란을 취재한 작품」, 『월간문학』, 1969년 10월호.

______, 「관조자의 세계 – 이호철론」, 『문학과 지성』, 1970년 겨울호.

김태순, 「선우휘 초기소설 연구」, 건국대 석사학위, 1988.

김홍규, 「일상과 역사」, 『세계의 문학』, 1976년 가을호.

김해옥, 「여성적 자존과 소외 사이에서 글쓰기」, 『<토지>와 박경리 문학』(한국문학 연구회 편), 솔출판사, 1996.

김 현, 「허무주의와 그 극복」, 『사상계』, 1968년 11월호.

______, 「대결의 의미 – 사수」, 『현대한국문학전집』 5, 신구문화사, 1972.

______, 「두 개의 실존적 정신분석」, 『사르트르의 문학적 세계』(김치수·김현 편), 문학과지성사, 1989.

류보선, 「비극성에서 한으로 운명에서 역사로」, 『작가세계』, 1994년 가을호

민현기, 「이호철의 풍자소설」, 『한국현대작가연구』, 민음사, 1989.

박동규, 「현실의 나신」, 『한국현대문학전집』 31, 삼성출판사, 1981.

박태순, 「막힌 시대의 갱도를 헤쳐온 사람」, 『천상천하』, 도서출판 산하, 1986.

박철우, 「이호철 소설 연구 – 분단상황을 제재로 한 작품을 중심으로」, 중앙대 석사학위, 1988.

배경열, 「선우휘 소설 연구」, 서울대 석사학위, 1992.

변지연, 「한무숙 소설 연구 – 비극적 세계인식과 허무지향」, 동국대 석사학위, 1993.

송태욱, 「오상원 소설 연구」, 연세대 석사학위, 1993.

선우휘, 「<대담> 나의 문학·나의 소설작법」, 『현대문학』, 1983년 9월호

______, 「정훈장교 시절 <불꽃>을 쓰기까지」, 『문학사상』, 1984년 4월호.

______, 「나의 언론생활 40년」, 『월간조선』, 1986년 4월호

______, 「부둥켜안고 전사한 남과 북의 병사」, 『아버지의 눈물』, 동서문화사, 1986.

신동한, 「순수성의 추구」, 『소설문학』, 1984년 7월호

신오현, 「자기 소외성의 문제 : 유형론적 이해」, 『자아의 철학』, 문학과지성사, 1996.

심원섭, 「박경리 생명사상 연구」, 『<토지>와 박경리 문학』(한국문학연구회 편), 솔출판사, 1996.

오은엽, 「한국전후소설연구」, 이화여대 석사학위, 1997.

염무웅, 「선우휘론」, 『창작과비평』, 1967년 겨울호

______, 「개인사에 음각된 민족사」, 『소슬한 밤의 이야기』, 청아출판사, 1991.

유기룡, 「한국현대소설에 나타난 인물형의 특질」, 『국어교육연구』 1집, 경북대 사범대, 1969.

유종호, 「한국문학에 있어서의 휴머니즘」, 『사상계』, 1962년 9월호.

______, 「도상의 문학 – 오상원」, 『현대한국문학전집』, 신구문화사, 1982.

______, 「삶의 진실과 슬픔」, 『한무숙문학전집 6』, 을유문화사, 1992.

유학영, 「1950년대 한국소설연구」, 성균관대 박사학위, 1987.

윤석달, 「변경된 삶과 시대의 초상」, 『1950년대 소설가들』, 나남출판사, 1994.

윤성원, 「이호철의 분단의식 연구」, 숙명여대 석사학위, 1994.

이광훈, 「선우휘론」, 『문학춘추』, 1965년 2월호.

이경자, 「선우휘 연구」, 숙명여대 석사학위, 1987.

이기윤, 「1950년대 한국소설의 전쟁체험연구」, 인하대 박사학위, 1989.

이동하, 「선우휘의 <불꽃> 연구」, 『어문논집』 제2집, 경남대 국어교육학과, 1986.

이덕화, 「비극적 세계와 여성의 운명」, 『페미니즘과 소설비평』, 한길사, 1997.

이명귀, 「이호철 소설의 한 연구」, 경희대 석사학위, 1995.

이보영, 「소시민적 일상과 증언의 문학」, 『현대문학』, 1980.8.

이상진, 「여성의 존엄과 소외, 그리고 사랑」, 『<토지>와 박경리 문학』(한국문학연구회 편), 솔출판사, 1996.

이어령, 「1957년의 작가들」, 『사상계』, 1958년 2월호.

______, 「문제성을 찾아서」, 『한국전후문제작품집』, 신구문화사, 1961.

______, 「역사·행동·관조」, 『현대한국문학전집』 12, 신구문화사, 1967.

이유미, 「1950년대 소설의 서사적 특성 연구」, 연세대 석사학위, 2001.

이인복, 「한국 여성의 생사관과 순결의식」, 『아세아여성연구』 17집, 1978.

이현석, 「전후소설의 서사구조와 수사적 성격연구」, 서울대 석사학위, 1997.

이점갑, 「선우휘 소설 연구」, 성균관대 석사학위, 1987.

이재선, 「전쟁체험과 50년대 소설」, 『한국현대문학사』(김윤식·김우종 외 30인), 현대문학, 1995.

이재현, 「정치, 상황 그리고 인간」, 『천상천하』, 도서출판 산하, 1986.

이태동, 「역사적 인간과 실존적 체험」, 『문학사상』, 1984년 8월호.

______, 「분단시대의 리얼리즘」, 『한국현대소설의 위상』, 문예출판사, 1985.

이철범, 「한국전후소설의 인간상」, 『자유문학』, 1963년 4월호.

이형기, 「인간수호의 시선」, 『현대한국문학전집』 5, 신구문화사, 1972.

임신영, 「1950년대 신세대작가의 소설연구」, 연세대 석사학위, 1992.

임준호, 「오상원 소설 연구」, 서울대 석사학위, 1996.

임헌영, 「전쟁 속의 인간상」, 『월간문학』, 1969년 10월호.

______, 「분단시대 소시민의 거울」, 『이호철 전집』 2, 청계연구소, 1988.

정명환, 「전쟁과 한국작가」, 『사상계』, 1963년 11월호.

＿＿＿, 「실향민의 문학 – 이호철의 <소시민>을 중심으로」, 『창작과 비평』, 1967년 여름호.

정영자, 「한무숙론 – 절대순수의 추구와 한의 세계」, 『한국현대작가연구』(권영민 엮음), 문학사상사, 1991.

정은미, 「전광용 소설연구」, 성신여대 석사학위, 1992.

정재원, 「한무숙 단편소설 연구」, 연세대 석사학위, 1995.

정호웅, 「서늘한 맑음, 감각의 문학」, 『이호철 문학 앨범』, 웅진출판사, 1993.

＿＿＿, 「탈향, 그 출발의 소설사적 의미」, 『1960년대 문학연구』, 예하, 1993.

＿＿＿, 「박경리의 <토지>론 – 지리산의 사상」, 『동서문학』, 1989년 봄호.

조남현, 「우리소설의 넓이와 깊이 – 전시소설의 재해석」, 『문학정신』, 1988.

＿＿＿, 「오상원의 소설 세계」, 『문학정신』, 1989.

＿＿＿, 「전광용론 – 리얼리티에의 투망, 그 정신과 방법」, 『한국현대작가연구』, 민음사, 1991.

채진홍, 「인간의 존엄과 생명의 확인」, 『1950년대의 소설가들』(송하춘 · 이남호 편), 나남출판사, 1994.

천이두, 「묵계와 배신 – 이호철론」, 『종합에의 의지』, 일지사, 1974.

＿＿＿, 「분단현실과 한국문학」, 『월간문학』, 1976년 6월호

최원식, 「사멸하는 현실과 살아있는 현실」, 『월남한 사람들』, 심설당, 1981.

하정일, 「1950년대 단편소설 연구」, 연세대 석사학위, 1986.

한무숙, 「나의 문단 40년 회고」, 『문학정신』, 1987년 2월호.

한수영, 「월남작가와 1950년대 민족문학」, 『역사비평』, 1993년 여름호.

홍기삼, 「균형과 조화의 원리」, 『한무숙 문학연구』, 한무숙재단, 1996.

홍사중, 「선우휘론」, 『사상계』, 1966년 5월호.

＿＿＿, 「테러리즘과 비인간화」, 『현대한국문학전집』 12, 신구문화사, 1967

＿＿＿, 「한정된 현실의 비극」, 『한국현대문학전집』, 신구문화사, 1986.

황헌식, 「선우휘론」, 『현대문학』, 1972년 2월호.

3. 단행본

강만길, 『한국현대사』, 창작과비평사, 1986.

구인환 외, 『한국 전후문학연구』, 삼지원, 1995.

구중서, 『민족문학의 길』, 중원문화, 1985.

권영민, 『소설과 운명의 언어』, 현대소설사, 1992.

권영민, 『한국현대문학사 1945~1990』, 민음사, 1993.

고　은, 『1950년대』, 도서출판 청하, 1989.

김경동, 『경제성장과 사회변동』, 도서출판 한울, 1983.

김동욱·이재선 편, 『한국소설사』, 현대문학, 1990.

김병익 외, 『현대한국문학의 이론』, 민음사, 1972.

김상선, 『신세대 작가론』, 일신사, 1982.

김승환 외, 『분단문학비평』, 청하출판사, 1987.

김영화, 『분단상황과 문학』, 국학자료원, 1992.

김우종, 『한국현대소설사』, 성문각, 1982.

김윤식, 『문학사와 비평』, 일지사, 1975.

______, 『한국현대문학사』, 일지사, 1983.

______, 『우리소설과의 만남』, 민음사, 1986.

______, 『우리소설을 위한 변명』, 고려원, 1990.

김윤식·김우종 외 30인, 『한국현대문학사』, 현대문학, 1995.

김윤식·정호웅 공저, 『한국소설사』, 예하, 1993.

김윤식·김현, 『한국문학사』, 민음사, 1987.

김정자, 『소외의 서사학』, 태학사, 1998.

김치수·김현 편, 『사르트르의 문학적 세계』, 문학과지성사, 1989.

김　현, 『사회와 윤리』, 일지사, 1972.

문학과논리, 『한국전후문학의 형성과 전개』, 태학사, 1993.

문학사와 비평연구회 편, 『1950년대 문학 연구』, 예하, 1991.

______________________, 『1960년대의 문학연구』, 예하, 1993.

박동규, 『현대한국소설의 성격연구』, 문학세계사, 1981.

______, 『전후 한국소설의 연구』, 서울대 출판부, 1996.

박동규 외,『한국전후문학의 분석적 연구』, 월인, 1999.
박신헌,『한국전쟁소설의 현실인식』, 형설출판사, 1993.
백낙청,『민족문학과 세계문학·Ⅱ』, 창작과비평사, 1985.
백 철,『인간탐구의 문학』, 창미사, 1986.
서종택,『한국현대소설사론』, 고려대출판부, 1999.
송하춘·이남호 편,『1950년대 작가들』, 나남출판사, 1994.
신경득,『한국전후소설연구』, 일지사, 1983.
신영득,『종군작가연구』, 국학자료원, 1998.
신오현,『자아의 철학』, 문학과지성사, 1996.
우한용,『한국현대소설구조연구』, 삼지원, 1990.
윤병로,『한국현대소설의 탐구』, 범우사, 1980.
_____,『윤병로평론선집』, 새미, 2001.
엄해영,『한국전후세대소설연구』, 국학자료원, 1994.
염무웅,『한국문학의 반성』, 민음사, 1976.
_____,『민중시대의 문학』, 창작과비평사, 1985.
이동하,『문학의 길, 삶의 길』, 문학과지성사, 1987.
_____,『우리문학의 논리』, 정음사, 1988
이선영,『문학비평의 방법과 실제』, 삼지원, 1983.
이재선,『현대한국소설사 1945~1990』, 민음사, 1991.
_____,『문학주제학이란 무엇인가』, 민음사, 1996.
이태동,『한국현대소설의 위상』, 문예출판사, 1985.
임헌영,『우리시대의 소설 읽기』, 도서출판 글, 1992.
_____,『한국현대문학사상사』, 한길사, 1988.
전기철,『한국전후문예비평연구』, 도서출판 서울, 1993.
정창범 편,『전후시대 우리문학의 새로운 인식』, 박이정, 1997.
조가경,『실존철학』, 박영사, 1991.
조진상 편,『한국전후 문학연구』, 성균관대출판부, 1993.
조남현,『문학과 정신사적 자취』, 이우출판사, 1984.
_____,『한국소설과 갈등』, 문학과 비평사, 1990.

______,『한국현대소설의 해부』, 문예출판사, 1993.

______,『한국현대문학사상논구』, 서울대출판부, 1999.

한국문학연구회 편,『1950년대 남북한 문학』, 평민사, 1991.

한국현대문학연구회,『한국의 전후문학』, 태학사, 1991

한국문학연구회 편,『<토지>와 박경리 문학』, 솔출판사, 1996.

한무숙재단,『한무숙 문학연구』, 1996.

한양어문학회,『1950년대 한국문학연구』, 보고사, 1997.

현길언,『한국소설의 분석적 이해』, 문학과비평사, 1991.

현대문학연구회,『한국의 전후문학』, 태학사, 1991.

4. 번역서

Bakhtin. M.,『장편소설과 민중언어』, 전승희 역, 창작과비평사, 1988.

________,『도스또예프스키 시학』, 김근식 역, 정음사, 1988.

Boulton. M.,『소설의 분석』, 김영민 역, 동천, 1984.

Camus. A.,『반항적 인간』, 신일철 역, 일신사, 1971.

Clausewitz. K. V.,『전쟁론』, 삼성출판사, 1998.

Coser. L. A.,『갈등의 사회적 기능』, 박재한 역, 한길사, 1987.

Christoper. L.,『나르시시즘과 문화』, 최경도 역, 문학과지성사, 1988.

Danto. A.,『사르트르의 철학』, 신오현 역, 민음사, 1995.

Deleuze. G.,『니체와 철학』, 이경신 옮김, 민음사, 1988.

Dilthy. W.,『딜타이 시학 – 문학과 체험』, 김병욱 외 옮김, 예림기획, 1998.

Freud. S.,『새로운 정신분석 강의』, 임홍빈 · 홍혜경 공역, 열림원, 1996.

________,『꿈의 해석』, 서석연 역, 범우사, 1992.

Fromm. E.,『인간의 마음』, 황문수 역, 문예출판사, 1984.

________,『파괴란 무엇인가』, 유기상 역, 홍성사, 1978.

Godsblom. J.,『니힐리즘과 문화』, 천형균 역, 문학과지성사, 1988.

Goldmann. L.,『소설사회학을 위하여』, 조경숙 역, 청하, 1982.

Grisebach. M.,『문학연구방법론』, 장영태 역, 홍성사, 1982.

Hall. C. S.,『심리학 입문』, 왕사영 역, 학일출판사, 1981.

Heinmann. F., 『실존철학』, 이기상 역, 문예출판사, 1993.

Hinchliffe. A. P., 『부조리문학』, 황동규 역, 서울대출판부, 1980.

Kayser. W., 『언어예술작품론』, 김윤섭 역, 대방출판사, 1982.

Kermode, F., 『종말의식과 인간적 시간』, 문학과지성사, 1994.

Kojev. A., 『역사와 현실의 변증법』, 설헌영 역, 한벗, 1981.

Lacan. J., 『욕망이론』, 민승기 · 이미선 · 권택영 옮김, 문예출판사, 1994.

Lukacs. G., 『소설의 이론』, 반성완 역, 심설당, 1986.

Nadel S. N. & Poulantzas. N. 외, 『사회 계급론』, 박현우 역, 백산서당, 1986.

Lemaire. A., 『자크 라캉』, 이미선 옮김, 문예출판사, 1994.

Nietzsche. F., 『권력에의 의지』, 정진웅 역, 고려문화사, 1980.

Sarup. M, 『알기 쉬운 라캉』, 김해수 옮김, 백의, 1994.

Sartre. J. P., 『구토』, 이휘영 역, 삼성출판사, 1983.

______, 『실존주의는 휴머니즘이다』, 방곤 역, 문예출판사, 1989.

______, 『존재와 무 · Ⅰ』, 손우영 역, 삼성출판사, 1990.

Stanzel. F. K., 『소설의 이론』, 김정신 역, 문학과비평사, 1988.

Swingewood. A., 『문학의 사회학』, 정혜선 역, 한길사, 1986.

Todorov. T., 『산문의 시학』, 신동욱 역, 문예출판사, 1993.

Uspensky. M., 『소설구성의 시학』, 김경수 역, 현대소설사, 1992.

Wellek. R. & Warren. A., 『문학의 이해』, 이경수 역, 문예출판사, 1990.

Wilson. C., 『아웃사이더』, 이성규 역, 범우사, 2000.

Zeraffa. M., 『소설과 사회』, 이동열 역, 문학과지성사, 1987.

Zimma. P., 『문학의 사회비평론』, 정수철, 역, 태학사, 1996.

Zimmermann. F., 『실존철학』, 이기상 역, 서광사, 1987.

찾아보기

―용어 · 작품명 · 인명

■■■ **작품명**

ㄱ

「갈매기」 159
「감정이 있는 심연」 289
「강변」 264
「개살구」 267
「거울」 77, 85
「계산」 14, 51, 52
「고향바람」 255
「과거의 사람들」 276
「군식구」 30, 34
「귀신」 57
「귀향」 299
「균열」 98
「그대로의 잠을」 299, 300
「김일등병」 295, 309
「깃발 없는 기수」 57, 72, 74
「꿈깨인 아침」 274

ㄴ

「나상」 204
「난영」 126
「노인」 288
「눈물」 288

ㄷ

「단독강화」 57, 81, 82, 85
「대구로 가는 길」 288

「도전」 57
「동혈인간」 230
「똥개」 76, 85

ㄹ·ㅁ

「만조」 178
「매춘부」 262
「먼지 속 서정」 208
「명옥이」 29, 6309
「모닥불」 290, 309
「모반」 88, 120
「몸 전체로」 142, 163
「무엇을 할 것인가」 279
「미꾸라지」 142, 163

ㅂ

「바보 용칠이」 247, 250, 251
「반딧불」 42, 47
「백지의 기록」 113, 116
「벽력」 227
「벽지」 14, 47, 51
「보복」 57, 85
「보수」 108
「봄」 247, 252
「부군」 181
「부동기」 128
「북녘 사람들」 261
「불꽃」 61, 74
「불신시대」 14, 15, 17, 20, 25

■■■ 인명

ㄱ · ㄴ

ㄷ

ㄹ · ㅁ

ㅂ

ㅅ

ㅇ